तिराहे पर तीन

रजनी गुप्त

राजपाल

स्थापित 1912
100 वर्षों की श्रेष्ठ प्रकाशन परम्परा
राजपाल

ISBN : 9789389373585

TIRAHE PAR TEEN (Novel)
by Rajni Gupt

राजपाल एण्ड सन्ज़
1590, मदरसा रोड, कश्मीरी गेट, दिल्ली–110006
फोन : 011–23869812, 23865483, 23867791
e-mail : sales@rajpalpublishing.com
www.rajpalpublishing.com
www.facebook.com/rajpalandsons

कथाक्रम संपादक व वरिष्ठ कथाकार
शैलेंद्र सागर जी के प्रति, सादर

हाईवे के बाएँ मोड़ पर नंदनगर शुरू होता था। उसी मोड़ के बाईपास पर बनी चहारदीवारी के उस पार थी वो लंबी-चौड़ी खंडहरनुमा हवेली जो कस्बे से काफ़ी दूर, सुनसान इलाके में बनी थी और जिसकी छत पर कबूतरों के जोड़ों के साथ-साथ अक्सर प्रेमी-प्रेमिका भी गुटरगूँ करते पाए जाते। अरसे बाद रेवती और संजय ने भी हवेली में चलकर बतियाने की योजना बनाई। सजग कदमों से चलते-चलते वे एक कोने वाली मुँडेर पर बैठ गए। दोनों ने चौकन्नी नज़रों से चारों तरफ़ देखा। आस-पास के लोगों की टोह लेते हुए बात रेवती ने ही शुरू की, ''इतनी बड़ी महलनुमा हवेली का रख-रखाव तकलीफ़देह तो होता होगा। यहाँ कितने सारे वर्कर्स हैं, जिनसे काम ले पाने में मुश्किलें आती होंगी। सोचो ज़रा, कितना सारा पैसा है बाई सा के पास, हिसाब लगाने वाले मुनीम वगैरा भी गड़बड़ा जाते होंगे। है न?''

''न जाने कितने मुनीमों ने अपने घर भर लिए इनकी कमाई से। सुनो, तुम्हारी वो सहेलियाँ—सुगंधा, अलका वगैरह भी तो यहाँ आई हैं। यहाँ आते वक्त मुझे उनकी कार दिखी थी थाने के पास...'' संजय ने जानकारी देते हुए रेवती के कंधे पर हाथ टिकाया, जिससे बेखबर उसका ध्यान सुगंधा और अलका के आने पर टिका हुआ था।

''अच्छा, फिर तो पूरा परिवार ही साथ होगा। वरना सुगंधा वगैरा को अकेले कहीं आने-जाने की परमीशन तो मिलती नहीं। उनके घर के नियम बड़े सख्त हैं और शायद विचित्र भी...'' कहते हुए वह दूसरी तरफ़ आशंकित नज़रों से देखने लगी कि कोई उसे देख तो नहीं रहा यहाँ। अनाम-सा भय उसके चेहरे के उल्लास को अपनी छाया में लपेट लेता था।

''देखो तो, आज की इस गुनगुनी धूप में तुम्हारा चेहरा कितना दमक रहा है। चलो, इसी बहाने तुमसे अकेले में मिलने का मौका तो हाथ लगा वरना तुम तो...'' हँसते हुए संजय ने चारों तरफ़ नज़रें घुमाईं जहाँ दोपहर की धूप के साथ-साथ सन्नाटे का एकछत्र साम्राज्य फैला हुआ था।

हवेली के चारों तरफ़ बनी छज्जेनुमा छतरियों में बैठे इंसान को कोई बाहरी आदमी कतई नहीं देख सकता, जबकि वहाँ बैठकर ज़रूर बाहरी लोगों को ताड़ा जा सकता था। एक मिनट बाद उसने रेवती के कंधे पर अपना हाथ टिकाया तो आस-पास देखते हुए तेज़ी से बोलने लगी वह—

''अरे, हाथ हटाओ और सामने देखो। ये किलेनुमा हवेली कित्ती बड़ी है और कितनी मोटी-मोटी तो इसकी दीवारें हैं जिनमें दर्जनों कमरे नीचे, पाँच बड़े हॉल और इतने ही ऊपर होंगे फिर हर कमरे के भीतर बनी छोटी-सी हवादार जाली को देख रहे हो ना? जो बाहर छज्जे तक जाती हुई हवामहल-सा सुख देती है। संजय, सुन रहे हो?'' हवा में उड़ती चुनरी को उँगली में गोल-गोल लपेटते हुए रेवती की खिलखिलाती आवाज़ अनायास उच्छल तरंगों में तब्दील हो गयी जैसे छोटे-छोटे पत्थरों पर बहते कई झरने कल-कल करने लगे हों।

''हूँ, जैसे तुम मेरे ऊपर छायी हो हवामहल की रानी बनकर...'' हँसते हुए संजय ने उसे अपने पास खींचा और झटपट उसके गाल पर अपना चुम्बन जड़ दिया।

''अरे, अरे, ये क्या कर रहे हो? कोई देख लेगा तो?'' बनावटी गुस्सा दिखा कर रेवती ने हवा में उड़ते दुपट्टे को सँभालते हुए चारों तरफ़ सतर्क नज़रों से ताका। छत पर बहती तेज़ हवा से नीम की पत्तियाँ सरसराकर गिर रही थीं और टपक रही निबौरियों की गंध से माहौल गमक रहा था। 'ये आस-पास गिर रहे पत्तों की आवाज़ है या कुछ और?' सोचते हुए संजय के कंधे से चिपकी रेवती को ऐसा लगा जैसे कहीं से कोई उन्हें देख तो नहीं रहा, सो वह सावधान नज़रों से चारों तरफ़ देखने लगी।

''सामने देखो, वो रही भूरी चुड़ैल, जो यहाँ कभी भी टपक सकती है। देखो तो, सामने बालकनी के नीचे बने सुराखों से हमें ही घूर रही है।'' बेचैन रेवती ने हड़बड़ाई आवाज़ में संजय से कहा, ''है न वही?''...''अरे नहीं, वो भूरी नहीं है। वो तो उसका बाप रामदास है जिसके कंधे पर दो बड़े-बड़े थैले टँगे हैं। पता नहीं कहाँ से चला आ रहा है ये सामानों से लदा-फँदा, अपनी ही धुन में मटकती चाल से।'' ढलाननुमा सड़क के दूसरी तरफ़ देख रहे संजय ने रेवती के गले में हाथ डालते हुए प्रेमालाप शुरू किया ही था कि वह बोल पड़ी, ''सुनो, इस हवेली का रखवाला है ये रामदास। पूरी हवेली, मन्दिर, बावड़ी, बगीचा और फ़ार्महाउस यही रामदास और उसकी बेटी भूरी देखते हैं। बस यही

दो जने भूत की तरह पूरी हवेली में चारों तरफ़ मंडराते रहते हैं। दबे पाँव आने वाले बाघ जैसी तेज़ नज़रें हैं इनकी।'' वह जल्दी-जल्दी एक साथ सब उड़ेल देना चाहती थी।

''रेवती, एक बात तुम्हें पता है? ये भूरी इस रामदास की असल औलाद नहीं है बल्कि किसी अंग्रेज़ की औलाद है। सुना है, इसकी बीवी को पसंद कर लिया था किसी गोरे अंग्रेज़ ने।''

''अरे? ऐसे क्यों चौंककर देख रही हो? हाँ, सच्ची में?'' मुस्कुराते हुए उसका दायाँ हाथ रेवती के कंधे पर टिके दुपट्टे के नीचे तक चला गया। धीरे-धीरे वह उसे अपनी मीठी बातों की चाशनी में लपेट लेना चाहता था, मगर इससे बेखबर वह तो अपनी रौ में लगातार बोलती ही जा रही थी—

''हाँ, ऐसी उड़ती खबरें सुनी हैं हमने भी, कि खड़े-खड़े गोली से उड़ा दिया था रामदास ने अपनी बीवी को। तभी तो ये बंदा पूरे 15 साल जेल की सज़ा काटकर लौटा है। इसी हवेली के लोगों ने मुकदमा लड़कर इसे जेल से छुड़ाया है। सो ये भी पूरी वफ़ादारी और जी-जान से इनकी सेवा में जुटा रहता है।''

एक साँस में तेज़ी से धाराप्रवाह ढंग से अपनी बात खत्म करके उसने संजय के करीने से कढ़े बालों पर उँगलियाँ चलाकर बिखेर दिया। तभी एक बड़ी-सी कार के अहाते में रुकने की आवाज़ सुनाई दी और रामदास ने तेज़ी से लपककर कार का दरवाज़ा खोल दिया। अचानक संजय और रेवती एक झटके से चौंककर उठ खड़े हुए और झटपट इशारों में कुछ कहते हुए छत के बरामदे से बाहर निकल पड़े। बाहर जाने के लिए दोनों अलग-अलग सीढ़ियों से उतरने लगे। अभी वह तेज़ी से नीचे उतर देहरी पारकर सड़क किनारे ढलान की दूसरी तरफ़ मुड़ने ही वाली थी कि सुगंधा ने उसे सरसरी नज़रों से देखते हुए आवाज़ लगाई, ''अरे, अरे, ऐसे अचानक कहाँ भागी जा रही हो रेवती? रुको तो। हम इससे पहले भी तो मिल चुके हैं।'' सुगंधा ने उसे अपनी जद में लेते हुए रोकना चाहा।

''हाँ, हाँ, साल भर पहले ही तो मिले थे ना हम? खूब याद है। कैसी हैं आप? बी.ए. तो हो गया होगा ना पूरा?'' उसने जल्दी-जल्दी औपचारिक लहज़े में पूछ डाला।

''हाँ, अब तो एम.ए. इंगलिश में करने का सोच रही हूँ और तुम तो

पॉलिटिकल साइंस में एम.ए. करने वाली थीं ना?'' सुगंधा ने मुस्कुराते हुए रेवती की तरफ़ देखते हुए पूछा, ''तुमने तो आगे नौकरी करने की प्लानिंग की थी ना?'' अनायास पुराने प्रसंग उभर आए।

''हाँ और तुमने क्या सोचा है नौकरी को लेकर?'' उसने यूँ ही आदतन पलटकर पूछ लिया।

''हम और नौकरी, मज़ाक तो नहीं कर रहीं? वैसे मेरी छोटी बहन अलका ज़रूर नौकरी करने के बारे में सीरियसली सोचती रहती है।'' फिर वे गंभीर स्वर में बोलीं, ''सच बात तुम जानती हो, अगर हम नौकरी करना भी चाहें तो घर वाले हमें करने कहाँ देंगे? हम पढ़ पा रहे हैं, यही क्या कम है?'' कहते हुए सुगंधा ने रेवती का हाथ पकड़ते हुए आग्रह किया, ''चलो, पहले कुछ खाते-पीते हैं। फिर साथ-साथ कहीं घूमने चलेंगे। हाँ, हाँ, घर की चिंता मत करो। तुम्हारे घर पर बताते हुए घूमने चलेंगे।''

रेवती ने बेफ़िक्री से जवाब दिया,

''हाँ, ठीक है,'' कुछ सकुचाते हुए उसने कहा। फिर सुगंधा बोलने लगी,''रेवती, मेरा यहाँ आने का ज़रा भी मन नहीं करता पर आना पड़ता है। जानती तो हो, अम्मा को यहाँ आकर इस हवेली, मन्दिरों और नौकरों आदि की देख-भाल जो करनी पड़ती है।''

हर साल सुगंधा अपने भाई-बहनों के साथ उस कस्बे में लगभग दस दिन आकर रुकती और इस दौरान उनकी माँ अपनी खेती-बाड़ी और ज़मीन-जायदाद से जुड़े ढेर सारे काम-धंधे सुलटाती रहतीं।

दो साल पहले मिली थीं वे दोनों। तभी रेवती, सुगंधा और अलका के साथ खूब हिल-मिल गयी थी। जब भी सुगंधा अपनी बहन अलका संग यहाँ आती तो उनकी दोस्ती फिर से ज़िंदा हो उठती और जब वह झाँसी चली जाती तो इस दोस्ती के रंग थोड़े से फीके पड़ते जाते मगर अगले साल की गर्मियों में वे फिर से मिलतीं और तब खुलते एक-से-बढ़कर-एक राज़, साज़िशों की गाँठें खुलतीं और प्रेम के छुपाए मेरे-तेरे-उसके किस्सों की रहस्यनुमा पोटलियाँ भी खुलतीं जो अँधेरी सुरंगों के भीतर सालों से दबी कहीं गहरी खोह में धँसी होतीं। अनायास कुछ याद करके सुगंधा पूछ बैठी, ''रेवती, ये जो हमारे साथ मुनीम जी हैं न, वे तुम्हारे ही गाँव के तो हैं। कैसे आदमी हैं वे? बताओ तो ज़रा।''

"बहुत बेकार आदमी हैं। आए दिन अपनी बीवी को तीन-तीन लड़कियाँ जनने का ताना मारते रहते हैं और बात-बेबात उस बेचारी को पीटते रहते हैं। सुनने में आया, कुछ लड़कियों को सोनोग्राफ़ी के ज़रिए पेट में ही मरवा डाला था। वैसे तुम क्यों पूछ रही हो? है कोई खास बात?" उसकी आँखों में आँखें डालते हुए पूछा।

"हाँ यार, सुनो एक प्राइवेट बात। एक बार, अकेले में मौका पाकर उसने हमें यहाँ-वहाँ से छूने की कोशिश की तो हमने डाँट दिया था..." सुगंधा ने कान में फुसफुसाते हुए कहा।

"उस कमीने की ये हिम्मत? डरपोक नंबर एक और घाघ इतना कि हिसाब में कहीं से भी हेर-फेर कर दे। उससे सावधान रहना। एक और बात, तुम्हारे यहाँ तो दीवान जी के घर के लोग भी आते-जाते रहते हैं। वे भी शातिर किस्म के लोग हैं। यूँ तो उनकी अम्मा मिलते ही मीठी इमरती बनकर बतियाने लगेंगी मगर हैं बड़ी भितरघाती। बहुत चालू, हाँ," रेवती अपनी रौ में जल्दी-जल्दी राज़ खोलती जा रही थी।

"हाँ, सही कह रही हैं। वैसे रिश्ते में दूर की बुआ लगती है वो, मगर उनके बारे में कुछ बातें डिटेल में तो बताओ?" सुनते ही सुगंधा का मुँह खुला रह गया।

"सुनो, यूँ तो वे शादी के काम करवाने में माहिर हैं सो अक्सर उन्हें किसी के यहाँ शादी का काम सौंपा जाता है। एक बार की बात है, किसी के घर पर लड़की को पहनाने वाली सोने की मटरमाला ही गायब कर दी इन्होंने। पर हाँ, मेरा नाम सामने नहीं आना चाहिए वरना मेरे घर में खैर नहीं। सच्ची में," आँखें चमकाते हुए बोली वह।

"मगर वे तो रामलीला मंडली में हैं, फिर कमी किस बात की है?" सुगंधा ने प्रश्नातुर आँखें उस पर टिका दीं।

"कमी है उनमें। उनकी तृष्णा, लोभ या लालसा का कोई ओर-छोर तो है नहीं। किसी छोटी-मोटी चीज़ से पेट नहीं भरता उनका। रामलीला मंडली में वे खुद तो कुछ करतीं-धरतीं नहीं पर उनकी परिचित लड़कियाँ रामलीला में कमर मटका-मटकाकर बड़ी चीप टाइप की एक्टिंग करती हैं। ये उनसे पैसे कमवाती हैं। यहाँ-वहाँ लगाई-बुझाई में भी महारत हासिल है इन्हें। जिससे मतलब सधे तो खूब मीठा-मीठा बोलेंगी सो कोई भी उनके झाँसे में आसानी से फँस जाता

है। पता है, किसी 14 साल की लड़की का संबंध किन्हीं रामलीला मंडली वाले 40 साल के आदमी से कर दिया इन्होंने और इसी तरह किसी लड़की का रिश्ता भी किसी अधबूढ़े पोस्टमास्टर से कर दिया था मगर वह लड़की बूढ़े से नाता तोड़कर घर वापस लौट आयी। अब शायद किसी अस्पताल में नर्स बन गयी है। हाँ, ऐसी ही हैं वे। चालाक और मतलबी। जिन पर कतई भरोसा नहीं किया जा सकता। जिसकी थाली में खाएँ, उसी में कब छेद कर दें, कहना मुश्किल है। उनकी बातें पता लगाना आसान नहीं होता।'' रेवती ने एक-एक बात जमाते हुए पूरे दम-खम से अपनी बातें रखीं।

''ऐ, कहाँ खो गयीं सुगंधा? कुछ बोलतीं क्यों नहीं? ओ सुगंधा,'' रेवती सुगंधा को ज़ोर-ज़ोर से हिलाने लगी।

''सच कह रही हो तुम। पिछले महीने अपनी लड़की को परीक्षा दिलाने लाई थीं झाँसी। फिर कई दिन हमारे घर रुकी रहीं और अम्मा के पास बैठकी करके हमारे घर का राज़ जान लेने की कई बार कोशिश भी की। हमारी सीधी-सादी अम्मा उनसे घंटों बतियाती रहतीं। कहीं बातों-बातों में कुछ उगलवा न लिया हो। सुबह-शाम वे पान-बीड़ा कायदे से लगातीं और मनुहार करके सबके लिए नई तरह की सब्ज़ियाँ और खीर वगैरह बनाकर खिलातीं। वे तो बात-बात पर हँसी-ठट्ठा करतीं और इस तरह हर किसी की चहेती बन जातीं। अपने छोटे लड़के की नौकरी लगवाने की खातिर पैसे भी तो चाहिए थे उन्हें। शायद 4-5 लाख की बात कर रही थीं...''

''याद करो, तुम्हारे यहाँ उस दौरान कुछ माल असबाब चोरी तो नहीं हुआ? शायद कोई कीमती चीज़ खोयी हो। वैसे पिछले महीने उन्होंने बड़ी धूमधाम से बेटे का ब्याह किया है...''

थोड़ी देर चुप रहने के बाद कुछ सोचते हुए सुगंधा की आँखों में अचानक चमक उभरी, ''हाँ, रेवती, ठीक कहा तुमने। अब मुझे याद आ रहा है। तुम्हारी बात सौ परसेंट सही हो सकती है। अभी कुछ महीने पहले हमारे यहाँ तलाशी तो हुई थी मगर हमें बच्चे समझ अम्मा ने खुलकर कुछ नहीं बताया। कोई उनके लिए ऐसा-वैसा सोच ही कैसे सकता था और तभी से वे हमारे यहाँ आईं भी नहीं। पर अब अम्मा से पूछूँगी ज़रूर इस बारे में,'' सुगंधा सोचते-सोचते बोलती जा रही थी और बोलते-बोलते सोचती जा रही थी। कभी-कभी उनकी बातों के बीच अलका भी आ जाती और वह भी उनके साथ उसी तरह से हिल-मिल

जाती। अलका की बातों में करियर से जुड़ी महत्त्वाकाँक्षी योजनाएँ सुनना रेवती को खूब पसंद आता और वह उसकी दी गईं जानकारियाँ दिमाग में सहेजती रहती।

सालों पुराने दौर के बारे में सुनते-सोचते हुए रेवती अनायास समय के उस सिरे पर पहुँच गई जहाँ उसे हवेली का वो भारी-भरकम लोहे का फाटक याद आ गया, जिसके सामने से वे सब अक्सर गुज़रते और उसे दुर्ग द्वार कहते हुए उस पर बैठकर झूला झूलते रहते। कैसा था वो हवेली का भीमकाय गेट और वह गुज़रा ज़माना...और संजय से पनपता कच्ची उम्र का वह प्रेम। लगता है, जैसे ये सब कल की ही बात हो जब वे बचपन के मैदान में सरपट दौड़ रही थीं। फिर ऐसे में बाउंड्री वॉल की किसे खबर?

वे देर तक सिर-से-सिर जोड़े यहाँ-वहाँ की बातें करती रहीं। रेवती अपने करियर से जुड़ी योजनाओं या भविष्य के सपनों के बारे में ज़्यादातर बात करती। फिर वे अपनी दोस्त निमिषा को लेकर चिंता जताती कि किस कदर अचानक से आयी बीमारी के चलते वह ठीक से चल-फिर नहीं पाती, जबकि वह आगे पढ़कर कुछ बनना चाहती है। अपने-अपने सपनों को साझा करते हुए दोनों टहलने के इरादे से बगीचे की पगडंडी पर चलने लगीं जहाँ गिरे हुए सूखे पत्तों पर चलते हुए पैरों की चपर-चपर की आवाज़ को अनुसना करते हुए वे देर तक बतियाती रहीं। बीच-बीच में माली रामदास उनके पास दौड़-दौड़कर समोसे और मिठाइयाँ लाकर देता रहा। अगले दिन उन्हें फ़ार्म हाउस जाना था सो अँधेरा घिरने से पहले वे अपने-अपने रास्तों की तरफ़ मुड़ गयीं। जाते ही सुगंधा गुस्से से भरी आवाज़ में सारा किस्सा अपनी माँ को सुनाए जा रही थी, ''अम्मा, वो जो नंदगाँव वाली बुआ हैं ना, पता भी है कुछ उनके बारे में? कितनी चालाक हैं वो? आप तो हर किसी पर जल्दी से भरोसा कर लेती हो...''

''हाँ, सुगंधा, ठीक कह रही हो तुम। हमें उनके बारे में बहुत देर से पता चल पाया। हमारे यहाँ जो 5 लाख की चोरी हुई थी ना, वो रातों-रात गलियारे वाली दीवार काटकर समूची चाँदी की पेटी ले उड़ी थीं और हम सोते ही रह गए। उस दिन भुनसारे उठकर हमने उनके चेहरे पर बदहवासी देखी। सोचो, खुद ही चुराकर उल्टा हमें बताने आयी थीं कि देखो तो ये दीवार कैसे कट गयी। उनकी मीठी बातों के असर में थे तब तो हम। तब हमारी आँखों में उनके नेह

या मोह की काली पट्टी बँधी थी सो हम कुछ समझ ही नहीं पाए कि ये सब साज़िश उनके दिमाग की उपज है। सामान खोने की हड़बड़ी में हम ये एकदम भूल गए कि आस्तीन के साँप ही तो काटते हैं? ऐसे दोमुँहे साँप हमारे हितू कैसे साबित हो सकते हैं? छल किया बुआ ने हमारे साथ, तभी तो उनकी बिटिया एक दिन कहीं मिल गई सो गले लगकर हिलक-हिलक कर रोने लगी थी। कुकर्म या पाप कभी-न-कभी सिर चढ़कर बोलते हैं ना?'' गहरी साँस लेकर वे सिर से खिसक गए पल्लू को फिर से ढाँकने लगी थीं।

''पर अम्मा, हमने पुलिस में रिपोर्ट क्यों नहीं की? इतनी बड़ी भूल कैसे की आपने?''

''ऐसा करके कोई फ़ायदा नहीं होता। ऊपर से हमारे इतने नामी खानदान की कितनी छीछालेदर होती। अखबारबाज़ी में कितनी थू-थू होती हमारे परिवार की। सच बात है, गया पैसा वापस आता है कहीं? वैसे भी कितनी अजब-गज़ब थीं वो और उनकी लड़की रूपा भी। आज उनकी वे सब बातें और हरकतें कितनी अबूझ और रहस्यमय लग रही हैं...'' सोचते हुए उनकी आँखें विस्मय ये चौड़ी होती गयीं और वे कहीं अतीत में खो गयीं उस पल।

''नंदगाँव की बुआ के बारे में और भी कुछ बताओ ना अम्मा, ओ अम्मा, चुप क्यों हो गयीं? उनकी लड़की रूपा के बारे में हमें सचमुच कुछ नहीं पता। कैसी थी वो भी? उसके बारे में भी कुछ बताओ ना अम्मा...'' कहते हुए वह उनकी तरफ़ टकटकी बाँधकर देखती रही।

''हूँ, रूपा की बातें गज़ब और चेहरे पर तो जैसे नूर बरसता था। हाँ, उसकी तो आँखें बोलती थीं।'' सोचकर बोलते हुए आँखें मींचे वे गुज़रे समय के बीहड़ अँधेरे में खो गयीं। अनायास उनके इर्द-गिर्द उड़ने लगी अतीत की राख।

रूपा की रामलीला बनाम रासलीला थी अपरंपार

'आज ये सोचकर हैरानी होती है कि पहले हम उम्र को जीते थे और अब उम्र हमें जीने लगी है, कितना कुछ गड्ड-मड्ड हो गया है...' सोचते हुए रूपा ने एक नज़र चांद-तारों से भरे आसमान की तरफ़ डाली। यही वह धरती है जहाँ वह सालों पहले अपने संगी-साथियों संग रामलीला की रिहर्सल किया करती थी। तब के समय में रामलीला मंडली में काम करते कलाकारों संग होतीं बातें

एक-एक करके आँखों के सामने नमूदार होने लगीं।

उस रामलीला मंडली में वह हमेशा लक्ष्मणजी के रोल में अपने बोले जाने वाले डायलॉग याद करती रहती। तीन भाइयों के बीच इकलौती रूपा को उसकी माँ ने बड़ी मन्नतों के बाद पाया था। जिसका उजला रंग, उठान लिए चौड़ा-ऊँचा माथा, बड़ी-बड़ी आँखें और सुतवां नाक के बीच में लटकता मोती देखकर उसकी सहेलियाँ अक्सर उसे चिढ़ाया करतीं, "क्या पैदाइश मोती पहनकर जन्मी है तू? मंडली संग रिहर्सल करते-करते पैर फटकार-फटकारकर चलना सीख गयी है तू तो। ऐ रूपा, सुनो तो..." अपने पास बुलाकर, अचानक मंडली वाले लड़के ने उसकी छाती पर हाथ रखा तो उसने तरेरती नज़रों से डपटते हुए फटकार लगायी, "ऐ सोनू, अपनी औकात में रह। पिछले महीने लताड़ पड़ी थी ना तुझे? इतनी जल्दी भूल गया ये सब?"

"रूपा, क्यों इतना तरसाती है मुझे? हाय राम, कितनी सुंदर लगती है तू तो..." बेहयाई से लार टपकाती जुबान में अनायास याचना के रंग घुल गए तभी रूपा की अम्मा छत पर किसी काम से आयीं और रूपा संग सोनू को देखकर बड़बड़ाने लगीं, "सोनू यहाँ क्या कर रहा है? इतना मनबढ़ होता जा रहा है तू? अभी तेरे बाप को बुलाकर तेरी आवारगी के किस्से सुनाती हूँ। रुक तो ज़रा। अब कहाँ भागा जा रहा है?" बाप के नाम से घिग्घी बँध गयी उसकी और अचानक वह तेज़-तेज़ दौड़ पड़ा वहाँ से।

सीढ़ियों से धप-धप की आवाज़ें सुनकर भागते सोनू को देखकर रूपा को हँसी का दौरा-सा पड़ गया। रामलीला मंडली में अपने सशक्त अभिनय में पगे-सधे संवाद बोलकर दर्शकों का दिल जीतने वाली रूपा को अक्सर सभी लक्ष्मण भैया बुलाते और सबके मुँह से ऐसा सुनते-सुनते वह खुद को भी लक्ष्मण जैसा ही मानने लगी थी। कैसा तो दौर था वो, जब रात-रात भर रामलीला में अदाकारी के बाद दिन-दिन भर कोठरी में सोना और ठीक पाँच बजे उठकर संध्या आरती-प्रसाद के बाद अपनी-अपनी कॉपियाँ लेकर रामलीला में बोले जाने वाले संवाद रटना। हारमोनियम, ढोल-मंजीरे और तबले की संगत पर पैरों को विशेष खम के साथ उठाना और पाँव में बँधी पैंजनी को मंच पर थाप देकर एक खास अंदाज़ में ठोकना। क्रमशः सब किरदार पूरी तरह रामलीला के रंग में घुलते जाते। बड़े भाई राम बनते तो रूपा लक्ष्मण और अपने-अपने किरदार को दिन-रात जीते हुए पूरे दस दिन समूचे गाँव में सिर-आँखों पर रखकर

घर-घर स्वरूप बनकर पूजे जाते। रामलीला रूपा के घर के बाहर बने बड़े चबूतरे पर होती और नीचे पंडाल में बोरियाँ बिछाकर पूरा गाँव इकट्ठा होता। रोशनी के लिए दस-बारह हंडे जलाए जाते और फिर अपनी-अपनी पसंदीदा जगह पाने के लिए शाम से ही मैदान में बोरियाँ बिछाने के लिए होड़ मच जाती। पुष्प वाटिका, राम-जानकी विवाह और रावण वध देखने के लिए तो आन गाँव के लोग भी बैलगाड़ियों और ट्रैक्टरों पर लदकर सुबह से ही गाँव में जुटने लगते।

रामलीला के कलाकारों को घंटों मेकअप करके बैठे रहना पड़ता। माथे पर मुकुट, नाक में आगे की तरफ़ लटकता मोती, माथे पर कई रंगों के लंबे-लंबे तिलक लगाए जाते, गले में मोतियों की मालाएँ, हाथों में फूलों से सिंगार और पीले वस्त्र पहनकर हाथों में धनुष-बाण धरे रूपा के आत्मविश्वासी कदम जैसे ही मंच पर धम्म से उतरते कि सब दाँतों तले उँगली दबाकर देखते रह जाते। खास दिन जब धनुष टूटने पर परशुराम संवाद ज़ोर-ज़ोर से बोले जाते तो देखने-सुनने वाले रूपा की संवाद अदायगी के कायल हो जाते। औरतें आपस में खुसुर-फुसुर करने लगतीं, ''पता है, जा मौड़ी है, मौड़ा नईं...देखो तो, कितेक हुशियार हो गयी जैसे साक्षात लक्ष्मण जू ने अवतार लै लव होय। कित्ता सुंदर स्वरूप और कैसी सधी बोली वानी। नज़र न लग जाए...''

''हव, जरा भी नहीं हिचकिचात मौड़ी। सबसे बड़ी बात कै मौड़ी जैसी तौ बिलकुल नहीं दिखात जब कि 18 से ऊपर की हो गयी...'' किसी गाँव की औरत ने दूसरे से कहा।

''अरे सुनो, ज़्यादा बातें न करो। हमें सुनन देव रूपा के डॉयलॉग। कल वो हमें सुना रही थी...'' बगल में बैठी रूपा की सहेली ने बातें करती औरतों को बीच में ही टोक दिया।

अंधियारी काली रात में टिमटिमाते सितारों की चमक-दमक इन हंडों की रोशनी में फीकी पड़ने लगी। सैकड़ों लोगों से भरे पंडाल में अपने लिए सराहना महसूसती रूपा के कैसे तो सपनीले दिन थे वे, जब दशकों पहले वह इसी गाँव में कितने लोगों की निगाहों में अपने लिए खास किस्म की तारीफ़ पढ़ लेती और खुद विशिष्टता बोध से भर जाती। धीरे-धीरे आन गाँव से भी लक्ष्मणजी बनने के प्रस्ताव आने शुरू हो गए मगर अम्मा ने दो-टूक लहज़े में मना कर दिया, ''न, ये काम तो हम बापू की जलायी लौ को ज़िंदा रखने के वास्ते करते हैं। जिससे बापू की याद को ज़िंदा रख सकें। हम कोई पेशेवर कलाकार थोड़ेई हैं।

रूपा के पिताजी को तो वैसे ही ये सब पसंद नहीं है...'' कहकर वे अपने पति के बारे में संकेतों में समझाने लगतीं।

रूपा के पिताजी के बारे में ज़्यादा क्या कहें अब। यह भी एक लंबी कहानी है।

दशकों पहले समय चक्र के पहिए तले गुज़रती यात्राओं की गवाह रही हैं ये घड़ियाँ...मकड़ाई गाँव के बाशिंदे पिताजी के पास ज़्यादा प्रॉपर्टी तो थी नहीं मगर अम्मा के पास तो थी अथाह संपत्ति। सोने-चाँदी के ढेरों सिक्के, दो सौ एकड़ ज़मीन और दुनिया भर के काम-धंधे। इतनी प्रॉपर्टी की इकलौती वारिस अम्मा बनीं। शौकीन मिज़ाज उनके पिता जगतपति बहुत धार्मिक प्रवृत्ति के नेक इंसान थे, जिन्होंने गाँववासियों में चेतना जगाने के लिए स्कूल खुलवाए और आम आदमी के मनोरंजन के लिए तमाम लोककलाओं पर नए सिरे से काम शुरू करवाए और रामलीला की शुरुआत की।

ये रामलीला मंडली उन्होंने खुद बनायी जिसमें वे राम बनकर दोहे, चौपाई, सवैए और गीत रचकर गाते-बजाते और अपनी नई-नई धुनें तैयार करके गाँव के रसिकजनों के बीच सुनाते रहते। घर के बाहर बने बड़े चबूतरे पर दर्जनों लोग ज़मीन-जायदाद के झगेलों में सलाह लेने उनके पास अक्सर आते रहते जिनके बीच से वे रामलीला मंडली के किरदारों को चुनते। तब के ज़माने में बैलगाड़ियों पर लदकर कलाकार आन गाँव में भी अपनी लीलाएँ रचाते। ढोलक, मंजीरा, तबला और हारमोनियम की संगत पर नाचते-गाते कलाकारों में कोई हिजड़ा ज़रूर शामिल होता जो कॉमेडी करते हुए सबका मनोरंजन करता। ऐसे माहौल में जगतपति की इकलौती बेटी कृष्णा भला कैसे तटस्थ रह पाती सो धीरे-धीरे वह भी अपने बापू जगतपति के साथ इसी मंडली में जुड़कर भगवान का ही स्वरूप बनना चाहती थी मगर बापू ने सख्ती से मना कर दिया। तब पिता की मनाही का मतलब मनाही होता था और पिता के नाम पर उनकी ज़ुबान हिल नहीं सकती थी, सो वे मन-मसोसकर रह गयी।

जैसे-जैसे जगतपति अशक्त व बूढ़े होते जा रहे थे, उस लिहाज़ से वे अपनी इकलौती पुत्री कृष्णा को कुछ-कुछ ज़िम्मेदारियाँ सौंपने लगे। कृष्णा की अम्मा के गुज़रने के बाद खेती-बाड़ी का हिसाब-किताब रखना उसे सिखाया गया। रामलीला मंडली वालों के लिए समय पर खाने-पीने का बंदोबस्त भी उसे ही करना पड़ता। इसी बीच अनायास एक दिन पास के गाँव के रामस्वरूप

ने कृष्णा को खेती–बाड़ी सँभालते देखा तो उन्होंने जगतपति के कान में एक बात चुपके से डाल दी, ''कक्का, एक सीधौ–सादौ लरिका देखौ हमने। गऊ है एकदम। अपनी बिन्नू के लानै बहुत नीक। राम–सीता की शानदार जोड़ी लगहै। लरिका पढ़बे में हुसियार है। ग्वालियर में पढ़ रव।''

''पर हमाय जा गाँव में रुपिहै का* ?''...एक सवाल उन्होंने तुरंत दाग़ दिया।

''काय नहीं रैहै? ऐन रैहै। इतेक बड़ी ज़मीन–जायदाद देखकै ज़रूर तैयार हो जैहै...जा गारंटी रई हमायी,'' उन्होंने आश्वस्त किया।

''कल सुबह चलहै देखबे। पक्की बात करहै वाके बाप से।'' कहते हुए बापू ने गाड़ीवाले को आदेश दिया, ''कल भोर में पाँच बजे चलनै।'' उनकी ऊँची आवाज़ सुनकर उसने पलटकर तुरंत हामी भरी।

जगतपति को अपनी ऊँचे कद की, भरे बदन वाली और काम–काज में तेज़–तर्रार कृष्णा के लिए किसी सीधे–सादे गऊ लड़के की ही तलाश थी जो उनके यहाँ घर–जमाई बनकर रहे। अगली सुबह वे घोड़े पर सवार होकर खुद चल पड़े और अपने खास लोगों को गाड़ी में बिठा दिया। बातचीत में लड़का उन्हें जम गया सो तुरंत 100 चाँदी के कलदार (सिक्के) व 50 सोने के कलदार बाप के हाथों पर रखकर रिश्ता तय कर आए। तब का यही ज़माना था कि तय तोर के बाद पंडितजी की बतायी तिथि पर बज उठते शादी के नगाड़े–बाजे।

कृष्णा ने सुना तो हक्की–बक्की रह गयी। उजबक सी इधर–उधर ताकती, मगर मुँह खोलकर बापू से कहने की हिम्मत नहीं पड़ी कि वे एक बार डॉक्टरी पढ़ रहे अपनी ही बिरादरी के रामकुमार को तो देख लेते। कितनी सुंदर सोच वाला व दिखने में कितना शानदार लड़का है रामकुमार जिसे बुआ के यहाँ शादी में देखा था कृष्णा ने। पर मन की बातें मन में ही दबी रह गयीं। बापू से कुछ भी कहने की इतनी हिम्मत नहीं जुटा पाई कृष्णा। बापू से कुछ कहने के नाम पर थर–थर काँपती कृष्णा भला मुँह खोलकर अपने बारे में कैसे उनसे अपनी ख़्वाहिश जता सकती थी? असंभव, अकल्पनीय था। उस ज़माने की वे बातें...

डॉक्टरी पढ़ रहे रामकुमार को जब कृष्णा की शादी की खबर मिली तो बेचैनी के मारे उनका बुरा हाल था। आख़िरी साल पूरा करके ही घर लौटना, घर से ऐसा फ़रमान मिलने पर वे शादी में भी नहीं आ पाए। कितना भव्य समारोह था कृष्णा की शादी का जिसमें गाँववालों के खाने–पीने का इंतज़ाम पूरे पाँच दिन

---

*हमारे गाँव में रुकेंगे क्या?

चलता रहा। जिनके घरों की दीवारों पर सोने-चाँदी के सिक्के दबे पड़े हों, उनके यहाँ के पैसों का अंदाज़ा लगाना मुश्किल था और उनकी इकलौती बेटी की शादी कैसे न राजसी ठाट-बाट में होती। साल भर बाद डॉक्टरी पढ़कर रामकुमार लौटे तो पिताजी की बैद्य जी वाली गद्दी पर बैठे। जल्दी ही वे भी शादी के बंधन में बँध गए। वक्त का पहिया धूप-छाँही सफ़र तय करता लंबे-लंबे डग भरता चलता रहा।

इधर कृष्णा की ख़्याति दिन-दूनी-रात चौगुनी गति से बढ़ती रही। दस सालों में ही अपनी खेती-बाड़ी से चौगुना कमाने वाली कृष्णा ने आस-पास के बड़े-बड़े इलाकों में अपने लिए बहुमंज़िला इमारतें बनवा डालीं। बापू के अचानक गुज़रने के बाद तो कृष्णा पर लगीं बंदिशों की बाड़ एकदम से ढह गयी और पूरी तरह मनमर्ज़ी से जीना शुरू कर दिया। गोया सालों बाद रिहा कैदी आज़ाद हवा में साँस लेने के लिए कुछ भी करने पर उतारू हो गया हो।

बिल्डिंग बनाते समय सबसे पहले कृष्णा ने अपने लिए भव्य तरीके से डिज़ाइनर टाइल्स मँगवाकर खूब शानदार चार बड़े-बड़े कमरे, खुला दालान और आधुनिक तरीके से बनाए कमरों में अलग-अलग बाथरूम बनवाए। भवन का रंग-रोगन करवाया। फिर नक्काशीदार फ़र्नीचर तैयार करवाकर पहली मंज़िल की शानदार साज-सज्जा करवा डाली जैसे अपने पीछे छूट गए धूमिल सपने अब वे फिर से जीना चाहती हो। अधूरी ख़्वाहिशों को पूरा करने में कुछ भी कसर नहीं छोड़ेगी अब वह। अब इसे महज़ इत्तफ़ाक कहें या कुछ और मगर नंदनगर की जिस गली में उनकी पाँचमंज़िला इमारत दमक रही थी, वहाँ से महज़ बीस फ़ीट की दूरी पर पड़ता था डॉक्टर रामकुमार का अस्पताल। आँच और ताप की गर्माहट सालों बाद भी मिलकर वही असर पैदा करती है जो सालों पहले करती थी। एक दिन बड़े आदर भाव से जैसे ही उन्होंने डॉक्टर साब को अपने यहाँ बुलवाया, डॉक्टर साब उनकी सुरुचि और चारों तरफ़ बिखरी समृद्धि की सराहना किए बिना नहीं रह सके, ''अरे कृष्णा, इतना सब कितनी मेहनत से बनाया है तुमने। कमाल की बात है कि एक अकेली औरत होकर तुमने इतनी भव्य हवेली इस इलाके में खड़ी कर ली जैसे आसमान से सीधे स्वर्ग को ज़मीन पर उतार दिया हो। अच्छे-अच्छे धन्ना सेठ नहीं कर पाते ये सब। सच्ची में,'' वे बढ़-चढ़कर तारीफ़ करते जा रहे थे।

''अरे कहाँ डॉक्टर साब, बस ऐसे ही एक दिन सोचा कि ऐसी बिल्डिंग बनाने की कोशिश करें जो आस-पास में कहीं दूर-दूर तक नज़र न आए। ज़रा

शौक से रहने का स्वभाव है हमारा। अच्छा खाना, पहनना ओढ़ना यानी आला दर्जे के कपड़े पहनने का शौक है हमारा। सालों से ऐसा ही स्वभाव है हमारा।'' वह चहकते हुए बोली। तो डॉक्टर साब झटपट बोल पड़े, ''अच्छे-अच्छे पढ़े-लिखों की छुट्टी कर दी है तुमने तो, हाँ...''

''मगर बापू ने आठवीं के बाद पढ़ने नहीं दिया हमें...'' उसकी आवाज़ में बच्चों जैसी निश्छलता आ गयी, जिसे ताड़ते हुए बोल पड़े वे, ''ज़रा भी नहीं बदलीं तुम। बल्कि पहले से ज़्यादा खूबसूरत दिखने लगी हो। तुम्हें देखकर कौन कहेगा कि चार बच्चों की माँ हैं आप...चश्मेबद्दूर... ।'' उनकी आँखों में सराहना की रंग-बिरंगी मछलियाँ तैरने लगीं।

''अरे, आप तो शायरी करना सीख गए। ताज्जुब है।'' अपने बाएँ हाथ के कंगन को कलाई से ऊपर-नीचे सरकाते हुए उन्होंने सरौते से सुपारी काटते हुए पान पर कत्था, चूना, इलायची, गरी बुरादा और सुगंधित मसाला छिड़कते हुए अपनी पान रखी हथेली डॉक्टर साब के सामने बढ़ायी तो अपने लगाव और चाहत का इज़हार करते हुए उनकी हथेली पर से पान उठाते हुए मीठी आवाज़ में वे बोले, ''आप को कभी नहीं भुला पाया। अक्सर मन करता था कि पढ़ाई छोड़कर भाग-भूग जाएँ कहीं, मगर तुमने तो कौल रखवा दिया था सो बचनबद्ध था मैं वरना...''

''अब बीती बातें बिसार दो डॉक्टर साब। अच्छा पहले ये तो बताओ, इतने सालों बाद हम कितना बदल गए? बदले हैं ना?'' किसी उत्सुक बच्ची की तरह अपना जवाब पाने के लिए विकल-बेताब हो उठीं वे।

''कृष्णा, मेरे लिए तो तुम आज भी वही छोटी बच्ची जैसी हो। तुम्हारी छवि उससे आगे नहीं बढ़ पाई, जब तुम्हें पहली बार बुआ के यहाँ शादी-समारोह में देखा था। क्या करूँ? तुम्हारे बारे में इतना ज़्यादा सोचता रहता हूँ कि लगता ही नहीं कि तुममें कोई बदलाव भी आ सकता है? मेरी नज़रों में वही नाचती, गाती, हँसती, खिलखिलाती, बात-बात पर लड़कों का मज़ाक उड़ाती लड़की ज़िंदा हो उठती, जो हरे रंग का राजस्थानी लहंगा-चोली पहने, कानों में लटकती झुमकीं, नाक में नथ, पैरों में बजती पाजेब और वे मैचिंग वाली हरी चूड़ियाँ खनखनाते हुए यहाँ-वहाँ हाथ मटकाते, कमर घुमाते हुए सबसे ज़्यादा चंचल, शोख और बातूनी लड़की लगी थी जिसे मैंने पहली नज़र में पसंद कर लिया था। उस दुबली-पतली सी नटखट लड़की को भला कैसे भुला सकता

हूँ जो बात-बात पर सवाल-दर-सवाल पूछती रहती थी। कभी मेरी पढ़ाई तो कभी कुछ और...'' बोलते-बोलते वे अतीत में खो गए। फिर आहिस्ते से बोले, ''उस ज़िंदादिल और प्यारी लड़की की तस्वीर तो अभी भी मेरे दिल के तहखाने में वैसी ही सुरक्षित है किसी बेशकीमती हीरे की तरह।''

सुनते हुए उनके होंठों पर मुस्कुराहट सजने लगी। खिड़की से आती हवाएँ इतनी दिलकश कि मुरझाया मन खिल उठा। अचानक पानी की बौछारों से इतनी भीनी खुशबू आयी जिसे सूँघकर उनका अंत: पुरानी यादों में डूब गया। थोड़ी देर बाद वे नाश्ते से भरी रंग-बिरंगी तश्तरियाँ सजाकर वहाँ ले आईं जिनमें सूखे मेवे, कचौड़ियाँ, पुलाव, मीठी पूड़ी और उनकी पसंदीदा बंगाली मिठाइयाँ थीं।

''अरे, इतना सारा कैसे खा पाऊँगा मैं? देख रही हो, मेरा पेट निकलने लगा है। जबकि आप अभी भी वैसी ही हो छरहरी, शोख, चंचल और जवाँ।'' ऐन मौके पर उनकी बेटी रूपा वहाँ किसी काम से आई तो डॉक्टर साब ने उत्सुक नज़रों से उसे देखा, ''कितनी प्यारी, कितनी लाजवाब बेटी है, बिलकुल अपनी माँ पर गयी है...''

''मूल से ब्याज प्यारा होता है डॉक्टर साब...'' जवाब देते हुए दोनों मुस्कुराने लगे और वे मान-मनुहार से अपने बनाए व्यंजन एक-एक करके उन्हें खिलाने लगीं।

''आपका बेटा राजन भी तो बड़ा हो गया होगा अब। रूपा के संग ही तो पढ़ता है ना कॉलेज में?''

''हाँ, मैं उसे डॉक्टर बनाना चाहता था पर उसका मन नहीं है। क्या करें?'' आवाज़ में एक लाचारी उभर आई।

यूँ ही बातें होती रहीं देर तक, समय अपने पैरों चलता रहा।

~

रूपा और राजन की दोस्ती कॉलेज में नहीं हुई बल्कि हुई तो बस स्टैंड पर, घंटों बस का इंतज़ार करते हुए। लंबी, पतली, गोरी और दो चोटी बनाए कॉलेज जाने वाली रूपा अपनी तीक्ष्ण नज़र से राजन के चेहरे पर आते-जाते भावों को पढ़ने में माहिर थी। दोनों को नंदनगर से एक ही बस से कॉलेज जाना पड़ता था सो रास्ते में तमाम मुद्दों पर खूब चर्चाएँ होतीं। राजन कहने लगता, ''साथ

और संगत के बीच अलक्षित–सी रेखा है जिसे देखना सबको नहीं आता। मान लो, अनिवार्य या ऐच्छिक सवालों में से पहला सवाल हल करना अनिवार्य हो जिसके बिना पूरे पेपर की जाँच ही न की जाए तो हमारा सारा ध्यान अनिवार्य सवाल पर ही टिका रहेगा ना? इसी तरह हम अपने जीवन के अधिकांश हिस्से को ऐसे ही अनिवार्य सवालों को हल करने में खर्च कर देते हैं।'' उसने संकेतों में अपनी बात कहनी चाही।

''मज़े की बात तो ये भी है कि हममें से ज़्यादातर लोगों को इस तरफ़ सोचने की फ़ुर्सत तक नहीं। आधी से ज़्यादा उम्र खर्च करके समझ में आता है ये सब, पर तब तक बहुत सारी ख़्वाहिशें असमय ही धूल–धूसरित हो जाती हैं।'' उसने अपना पक्ष रखना चाहा।

''इसीलिए तो तुमसे कहता हूँ कि दोनों को एक साथ साधती चलो। हमारी ये तालीम हमें पैसा कमाना ज़रूर सिखाती है मगर सुपर क्लास जीने की कला नहीं सिखाती। बेहतर ज़िन्दगी का रास्ता शर्तिया तौर पर ऐशो–आराम की ज़िन्दगी से होकर नहीं जाता जबकि ऐसी खूबसूरत संगत में बिताए पल संजोने लायक होते हैं। ताज़िन्दगी हम उन्हें याद करके तरो–ताज़गी से भर जाएँगे। उन्हें याद करके हमारी बेजान आँखें चमकने लगेंगी। नहीं क्या?''

''अरे कवि महाराज, ठीक बात। पर ये तो सोचो कि एक ही ज़िन्दगी हमें मिली है और दूसरी ज़िन्दगी हमें चुननी पड़ती है, इसके बीच का अंतर समझना पड़ेगा ना? मान लो, अगर हमें चुनने का अधिकार ही न मिले तो क्या करेंगे तब?'' उसने स्त्री समाज की प्रचलित परंपराओं पर अपनी बात रखी।

''सिलैक्शन बाई च्वाइस या सिलैक्शन बाई चांस का फ़र्क करने का हक हमें अपने हाथ में हर हाल में लेना ही होगा।'' उसने अपनी दमदार आवाज़ में कहा।

''सिलैक्शन या अलॉटमेंट? दोनों में फ़र्क करने का हक कौन देगा हमें? मेरे घरवाले? कतई नहीं।'' उसने भी उतनी ही मज़बूत आवाज़ में अपना तर्क रखा मगर ये सवाल हवा में ही अटका रह गया और कॉलेज आ गया। बात आयी–गयी हो गयी पर रूपा को रह–रहकर राजन की बातें याद आने लगीं कि बेहतर जीवन का रास्ता बेहतर चयन से होकर गुज़रता है। सोचने लगी कि उसकी ठहरी ज़िन्दगी में राजन से मुलाकात के बाद सैकड़ों दीए जलने जैसी रोशनी का एहसास हुआ। कितना रहस्यमय है ये एहसास जैसे बाँसुरी के कई रंध्रों से फूटने

लगे हों प्रेमिल राग और युगल बेशुमार धुनें गुनगुनाते हुए झूम उठें कि वे जहाँ भी हाथ रख दें, वे जगहें अमर हो जाएँ और जो भी बोल गले से निकलें, वे क्लासिक का दर्जा पा जाएँ। सचमुच, मोहब्बत की रोशनाई खुदाई देन है, कुछ इस तरह जैसे कली का चुपचाप खिलना या बीज का अनायास अंकुरित होना या ठंडी बयार सूँघकर होंठों का अपने आप मुस्कुराने लगना। ये सब अप्रत्याशित एहसास हैं जो कब, कहाँ, किससे हो जाएँ, सब कुछ अनिश्चित। राजन से जुड़ी उम्मीदें अनायास खुलते मीठे झरने की तरह फूट पड़तीं और एक झटके से खुलते हैं खुशी के सोते। तो क्या, ऐसे ही आता है प्रेम जीवन में?

पहाड़ों पर यदा-कदा खिलती धूप दूर-दराज़ से अचानक आए प्रेमी की तरह गुनगुना एहसास जगाती है जिसकी एक झलक पाने के लिए बौरा जाती है प्रेमिका। बहुत अजीब कशिश होती है इस एहसास में, मिलने में इतनी प्रगाढ़ता, इतना गहरा आवेग और इतना अनकहा एहसास जिससे बिछुड़ने की सोचकर ही गले तक तकलीफ़ का धुआँ भरने लगता।

राजन लॉ करके वकालत करना चाहता था तो रूपा किसी आम लड़की की तरह एम.ए., बी.एड. करके स्कूल में मास्टरी करने की सोचा करती। उस दौर में पढ़े लिखे लड़कों को ग्रेजुएट लड़कियाँ चाहिए थीं सो कस्बों की अधिकांश लड़कियाँ बी.ए. करने कॉलेज जाने लगी थीं। रूपा दूसरे कामों में तो तेज़ थी पर जब भी पढ़ने बैठती, उसकी आँखों के सामने माँ की गतिविधियाँ घूमने लगतीं।

रूपा को अपनी माँ परंपरागत माँओं की तरह कभी नहीं लगीं। न तो वे घरेलू महिलाओं की तरह स्वेटर बुनतीं, न सिलाई-कढ़ाई करके समय बितातीं, न रसोई में कुछ नया पकाने के लिए खटतीं बल्कि इसके उलट वे तो जीवन का हर दिन उत्सव की तरह मनाना चाहतीं। ज़िन्दगी का भरपूर लुत्फ़ उठाने का कोई मौका नहीं छोड़तीं। सबसे अजीब बात तो उनकी ये थी कि वे नए ज़माने की लड़कियों की तरह जीवन जीना चाहतीं। वैसे ही कपड़े पहनना-ओढ़ना या उनकी देखा-देखी करना जिससे रूपा खासी चिढ़ जाती।

वे अपने लिए नई चलन के ब्लाउज़ बनवातीं और महँगी से महँगी साड़ियाँ खरीदतीं। उन पर मैचिंग चूड़ियों के ढेर लगे रहते, साथ में उसी से मिलती-जुलती ज्वैलरी। अपने लिए ऊँची एड़ी के सैंडिल खरीदतीं तो रूपा के लिए भी कुछ आधुनिक लिबास उठा लातीं जिसे वह कतई पसंद नहीं करती। ये

कहना ज़्यादा मुनासिब होगा कि वे जो भी आधुनिक परिधान लातीं, सब रूपा के नाम पर खरीदतीं लेकिन इन्हें पहनतीं वे खुद।

बापू के गुज़रने के बाद उन्होंने पूरी होशियारी से पैसों की बागडोर अपने हाथ में थाम ली सो उनके पास शक्ति या सत्ता अपने आप आती गई। उनकी कमर में हमेशा चाबियों का गुच्छा लटकता रहता। वे खुद सारा हिसाब-किताब देखतीं। इस मामले में उन्हें किसी पर भरोसा नहीं था, यहाँ तक कि अपने बेटों पर भी नहीं। सो अपने तमाम काम कराने के वास्ते वे मुनीम देवेंद्र की मदद लेतीं या अखिलेश ठेकेदार की। पतिदेव रामनगर और आस-पास के गाँवों की खेती-बाड़ी देखते रहते। वे किसी अनाम प्रसंग की तरह खुद को सिकोड़ते-समेटते हुए अलग-थलग जीवन जीने को मजबूर कर दिए गए। इसके पीछे की कई वजहें थीं। दरअसल पत्नी की खुली जीवन-शैली में उनकी दखलअंदाज़ी उन्हें सिरे से नामंज़ूर थी और वे जब भी उनसे साड़ी पहनने का इसरार करते तो वे तुनककर जवाब दे देतीं, ''जब मन होगा तब पहनेंगे। अभी तो ये नया-नया कोट लाए हैं, कितना जँच रहा है ना?''

''इतना सुर्ख लाल रंग पहनोगी तुम? ये तो रूपा पर जँचेगा। ऐसे कपड़े तुम पर नहीं फबते। कुछ तो अपनी उम्र का लिहाज़ करो,'' दो-टूक लहज़े में बोल पड़े वे।

''तुम अपना प्रवचन बंद करोगे? सच तो ये है कि तुम मुझसे जलते-कुढ़ते हो जबकि डॉक्टर साब मेरी हर बात पर खुलकर तारीफ़ करते हैं। वे मेरी पसंद की तारीफ़ करते नहीं अघाते। एक तुम हो जिसे आज तक मुझमें कुछ अच्छा नज़र ही नहीं आया। ऐसी बुरी दिखती हूँ क्या?'' वे अकड़कर बोलीं तो सालों से शांत पति का भी जवाब हाज़िर था, ''इसलिए कि मैं डॉक्टर की तरह झूठ बोलकर तुम्हें बरगलाना नहीं चाहता। पता है, बाहर के लोग उस डॉक्टर व तुम्हें लेकर क्या-क्या कहानियाँ बनाने लगे हैं। पर तुम हो कि कुछ सुनना ही नहीं चाहतीं।'' सालों से जमी बर्फ़ निकलने लगी बूँद-बूँद।

''आस-पास के लोगों की धूर्तता, कुढ़न और जलन को खूब पहचानती हूँ मैं। उनके चेहरे की एक परत उधेड़ो तो दूसरी परतें अपने-आप दिख जाती हैं।''

''सुनो, अब मेरा और ज़्यादा मुँह न खुलवाओ...हाँ...'' अचानक तैश में आ गए वे। ऐन मौके पर उनके बिछाए सारे समीकरण और विगत के गुणा-भाग उनके अनुभव में कड़ुवापन घोलने लगे।

उनकी बात बीच में काटते हुए वे लाल-पीली आँखों से गरजने-बरसने लगीं, ''हमारी बिल्ली हमीं से म्याऊँ-म्याऊँ सीख गयी। साफ़-साफ़ सुन लो, पति हो मगर मालिकी न झाड़ो। अपनी औकात में रहो। मेरा बाप बनने की कोशिश करोगे तो ठीक नहीं होगा, हाँ, बच्चों के बाप बने रहो, यही बहुत है। साफ़ बात सुन लो अब,'' धधकता ज्वालामुखी ऐन मौके पर फट पड़ा।

उनकी ऊँची आवाज़ में अनकही धमकी शुमार थी जिसे भाँपते हुए वे बोले, ''बापू के आँखें मींचते ही तुम्हारे तो पर निकल आए, क्यों? उनके सामने तो तुम्हारी बोलती बंद थी। तब तो तुम्हारी बोलने की हिम्मत नहीं पड़ती थी। याद है ना? कि ये भी भूल गयीं? कृष्णा, तुम्हारी आँखों में डॉक्टर के नाम की काली पट्टी चढ़ी है सो तुम्हें आगे-पीछे का कुछ नहीं दिखाई दे रहा।'' सचाई का टुकड़ा उनकी तरफ़ फेंकते हुए वे खरा-खरा बोलने से खुद को न रोक सके सो बमक पड़े।

''तो तुम बापू बनना चाहते हो? ऐं,'' वे चीते की तरह मौके पर वार करने से नहीं चूकीं।

''बापू के रहते तुम कितनी सीधी-सादी सी लड़की थीं। तभी हमारे बच्चे हो पाए वरना बापू नहीं होते तो हम औलाद का मुँह तक न देख पाते।'' इस बार उनका सालों से दबाया पुराना दुख खुलकर उभर आया।

''तुम कहना क्या चाहते हो? साफ़-साफ़ बोलो ना?'' वे रौ में आकर कुछ भी कहने-सुनने के मूड में आ गईं।

''अब कहने-सुनने को कुछ बचा ही नहीं है। तुम हो अहंकारी सो तुम्हारे मुँह पर जय-जयकार करने वाले बहुतेरे मिल जाएँगे मगर तुम भी सुन लो कान खोलकर कि अब मैं यहाँ और नहीं रह सकता। तुम्हारी ये रासलीला ऐसे ही चलती रहे पर मैं खुली आँखों से अब और नहीं देख पाऊँगा तुम्हारे कारनामे। अब और नहीं सुन सकता लोगों के ताने। सो जा रहा हूँ अपने गाँव, वहीं रहूँगा। बच्चों का जब मन हो या जहाँ कहीं उन्हें मेरी कोई ज़रूरत हो तो खबर भिजवा देना। आत्ममुग्धता लाइलाज बीमारी की तरह बढ़ती जा रही है तुम्हारे अंदर...''

फ़ैसलाकुन आवाज़ में खरे बोल उनके गले से निकल गए। फिर वे तेज़ कदमों से चलने लगे तभी रूपा कहीं से दौड़ती हुई आ रही थी, ''कहाँ जा रहे हो पिताजी, हम भी साथ चलेंगे। पहले, चलो ना अंदर, आज हमें आपको खेल

में हराना है...चलो ना,'' कहते हुए वह उनका कुर्ता खींचने लगी तो उनकी आँखें भर आयीं।

''रूपा, जल्द ही आऊँगा।'' कहकर वे तेज़ी से बड़े-बड़े डग भरते हुए तेज़ धूप के सफ़र पर अकेले ही निकल पड़े। वक्त तो धूप-छाँह के संग चलता रहा। समय व हालात बदलते रहे। बच्चे किसी-न-किसी काम से पिताजी को जब भी बुलाते, वे तुरंत मौके पर हाज़िर हो जाते और किसी मेहमान की तरह रात बिताकर सुबह चल देते। फिर कभी न उनके मन में पत्नी के प्रति पुराना अनुराग जगा, न पत्नी ने उन्हें कभी उचित मान-सम्मान या इज़्ज़त बख्शी।

यह उन दिनों की बात है, जब रूपा की परीक्षाएँ चल रही थीं और कठिन पेपर आने पर सबने मिलकर वाकआउट करना तय किया। देखते-देखते एक-एक करके सब परीक्षा हॉल से उठ गए सो वह जल्दी से घर पहुँच गयी। दुपहर के 12 बज रहे होंगे मगर पूरे घर में भारी पर्दे टँगे थे। चारों तरफ़ सन्नाटा और मुर्दनी छायी थी जैसे माँ कहीं चली गयी हों। मगर तभी भीतर से किसी की आवाज़ सुनाई दी और रूपा ने ज़ोर से दरवाज़ा खटखटाना शुरू किया कि बदहवास हालत में मुनीम देवेंद्र ने दरवाज़ा खोला और नज़रें अम्मा को तलाशने लगीं जो अंदर की कोठरी में पेटीकोट पर साड़ी लपेट रही थीं। कितना कुछ अटपटा-सा, असहज और अनकहा जैसे अपनी कहानी खुद बयां कर रहा था। इधर-उधर बिखरी सच्चाइयों को आँखों ने देखा, कानों ने अनसुनी घटना सुनी और दिल ने आहत होना महसूस किया। कुछ सच्चाइयाँ तो महज़ देखकर अनदेखा कर ज़हर का घूँट पीने के लिए होती हैं। उस दिन पहली बार रूपा ने पिताजी के यहाँ से चले जाने की वजह ठीक से समझी और पूरी हकीकत का शिद्दत से एहसास हुआ। उस दिन उसने खुद को सबसे अलग-थलग खड़ा हुआ पाया—तन्हा, बेबस और असहाय।

उस दिन उसे कुछ भी तो अच्छा नहीं लग रहा था। मन में बेचैनी-सी उमड़ी, पर न किसी से ज़्यादा कहने-सुनने की इच्छा हुई, न किताबों को उलटने-पलटने का मन किया और न ही अगले दिन कॉलेज गयी। कुछ भी समझ नहीं आ रहा था कि इसके बारे में किससे, क्या, किस तरह कहा जाए। भाई से कहने पर दबाव बनता भी मगर उनके सामने पड़ते ही होंठ सिल जाते। सहेलियों से किस मुँह से बात करती? वे तो वैसे ही उनका मज़ाक उड़ाने लगतीं, ''रूपा, तुम्हारी माँ को तो फ़ैशन वीक में जाना चाहिए। क्या स्टाइल है उनका? खुले बाल, प्वाइंटेड जूते और छरहरी तुम्हारी मॉम क्या सचमुच सिर्फ़ जूस पर रहती हैं?''

''हाँ, ऐसा ही समझ लो।'' वह चिढ़कर बोलती मगर वे कुरेद-कुरेद कर पूछतीं, ''राजन से दोस्ती किस स्टेज पर है तेरी? आगे की कोई खास प्लानिंग?''

''नहीं यार, ये सब मेरे वश की बातें नहीं। माँ की बातें उनसे ही पूछना,'' बताते हुए वह झुँझला जाती। ऐसी बातें सुनकर गुस्सा आने लगता पर वह चुप हो जाती। अस्सी के दशक में ऐसी मॉम न के बराबर थीं सो रूपा ऐसे उल्टे-सीधे सवाल सुनकर परेशान हो उठती। इस घटना के बाद अम्मा उससे कम बोलने लगी थीं। हो सकता है ये उसका वहम हो मगर एक दिन उसने खुलकर अम्मा से कहा, ''राजन हमारा अच्छा दोस्त है और कुछ टॉपिक्स पर हमें चर्चा करनी है सो कुछ दिनों तक शाम को वो घर आएगा और हम साथ-साथ पढ़ेंगे।'' उसकी सधी आवाज़ सुनकर वे बोल पड़ीं—

''ठीक है...'' चलताऊ लहज़े में जवाब दे दिया गया मगर वे रूपा के बदलते हाव-भाव ताड़ने लगीं। उसके बात करने का लहज़ा तेज़ी से बदलता जा रहा था। हाथ में किताबें लिए वह अक्सर अपने स्टडी-रूम में घुसी रहती जहाँ शाम को आता था राजन। वे घंटों यहाँ-वहाँ की बातें करते। इसे चर्चा कहें या दोस्ती की शुरुआत मगर उनके बीच चल रही चर्चाओं में अम्मा कई बार झाँक जातीं। एक दिन अँधेरे कमरे में जलते नाइट लैम्प के बीच स्टडी-रूम के पास से ठकठकाने की आवाज़ सुनाई पड़ी तो उनकी नींद टूटी, ''कौन?'' चौंककर अम्मा ने सबसे पहले घड़ी देखी, सुबह के चार बजे कौन हो सकता है? आहिस्ते से आहट ली और दबे पाँव खिड़की से चारों तरफ़ झाँका—भाँय-भाँय करती काली रात में सड़कों पर भौंकते कुत्ते, आसमान से झाँकता कटा चाँद और सन्नाटा बुनता अँधेरा। हो-न-हो, ये उनका वहम है, सोचकर वे रज़ाई खींचकर सो गयीं। मगर मन में शक के बीज तो पड़ चुके थे—कहीं इतनी रात को राजन तो नहीं आया होगा। कुछ देर बाद फिर से दरवाज़ा खुलने की आहट—क्या हो गया हमें? क्या मेरे कान बज रहे हैं? इस बार वे उठी नहीं। कड़कड़ाती ठंड में रज़ाई को चारों तरफ़ से लपेटते हुए वे सोती रहीं कि सुबह 6 बजे ज़ोर से दरवाज़ा पीटने की आवाज़ सुनाई दी, ''अरे देवेन तुम? आज रात भर नींद ठीक से नहीं आयी। आओ, आओ, यहीं रज़ाई में आ जाओ। हम उठकर चाय बना लाते हैं...'' रूपा ने ये बात सुन ली और सोचने लगी—'अपनी उम्र से आधी उम्र के देवेन को इन्होंने रज़ाई में घुसा लिया। कैसी हैं अम्मा? तो क्या राजन

ठीक कहता है कि तुम्हारी अम्मा देवेन संग...'

सोचते ही दिमाग में तनाव व्यापने लगता। ज़्यादा सोचने से माथा गर्म हो गया मगर वह करे तो क्या करे? उन पर पूरी तरह निर्भर वह कहाँ जाए, क्या करे? भाई भी उन पर निर्भर रहते। स्वाभिमानी पिताजी चुपचाप अकेले गाँव में पड़े रहते। एक दिन मौका पाकर उसने भाई से इशारों में कुछ कहना चाहा तो वे बौखलाकर बोले, ''इनकी ज़्यादा तानाशाही नहीं सहूँगा। बस तब तक चुप हूँ जब तक तुम्हारी शादी नहीं हो जाती। वरना ईंट से ईंट बजाकर रख दूँगा, हाँ। वैसे कल पिताजी को चिट्ठी भेजी है पर वे भी क्या कर सकते हैं? पैसा तो सब दाब रखा है इन्होंने। फ़िलहाल चुप रहो, करेंगे जल्दी ही कुछ-न-कुछ इलाज इनके सिरफिरे दिमाग का।'' भाई तो ताव में आकर बोलने लगा था उस दिन।

जिस दिन अम्मा देवेन के लिए कनस्तर से नाश्ता निकाल रही थीं, तभी रूपा ने तरेरती नज़रों से अम्मा को देखा भर, पर कहा कुछ नहीं। वे पूर्ववत नाश्ता निकालती रहीं। कभी देवेन तो कभी डॉक्टर साब तो कभी कोई और। बस चेहरे बदल जाते मगर न तो अम्मा का तानाशाही रवैया बदला, न चाल-चलन और न ही मनमाना व्यवहार। हमेशा की तरह कड़क मिज़ाज, अपने तौर-तरीके से ज़िन्दगी जीने में भरोसा रखने वाली और तड़क-भड़क में रहने की आदी अम्मा न तो कभी मेकअप करना भूलतीं, न पान चबाना, न हथेलियों में रंग-बिरंगी बदलती चूड़ियों संग सोने के कंगन बदल-बदलकर पहनना भूलतीं, न गले में सोने की मटर मालाएँ पहनने का मोह तज पातीं। शौकीन मिज़ाज उनके डिज़ाइनर स्टाइलिश कपड़े देखकर तो नव-ब्याहताएँ भी अपने पहनावे पर लजा जाएँ मगर वे तो भाँति-भाँति के जूड़ों पर रंग-बिरंगी जालियाँ सजाकर जब मोती चिपकातीं तो देखने वाले 'अरे वाह' कहने लगते पर जब वे महफ़िल में बैठतीं तो एक पर एक गाना गाती रहतीं। ढोलक पर थाप देते हुए फ़िल्मी हीरोइन की तरह नकल उतारकर हँसतीं और फ़िल्मी गानों पर नाचना शुरू कर देतीं। देखने वाले चाहे उनकी निंदा करें या तारीफ़ मगर कोई उन्हें नज़रअंदाज़ नहीं कर सकता था। गाने-बजाने में डूबी उनकी मुखमुद्रा देखकर किसी की ये कहने की हिम्मत न पड़ती कि अम्मा, अब बस करो, बहुत हो चुका। पचास पार की औरतों को ऐसी चोंचलेबाज़ी शोभा नहीं देती मगर उनसे बोलने की हिमाकत करेगा कौन?

मुँह अंधियारे उठकर छत पर टहलने के इरादे से रूपा दबे पाँव दरवाज़ा

खोलकर बाहर की तरफ़ निकली तो देखा—अम्मा की गोद में कोई लेटा है, ''कौन?'' रूपा ने आवाज़ दी मगर कोई नहीं बोला तो वह धप-धप करते हुए सीधे छत पर निकल गयी। ठीक पाँच मिनट बाद देवेन जूते पहनकर बाहर जाता दिख गया। एक बार फिर अम्मा को लेकर कई सवाल बवंडर बनकर उठे और रूपा का शक पुख्ता यकीन में बदलने लगा। तभी तो तमाम लोग उनके बारे में 'त्रिया चरित्रम', 'रस भरी जिज्जी', 'जगत भाभी', 'कलाकार अम्मा'... जैसे चुभते नाम लेकर उससे पूछते रहते, ''पिताजी क्यों नहीं रहते साथ में?'' तब उसे हमेशा एक ही रटा-रटाया जवाब दुहराना पड़ता, ''आते-जाते रहते हैं। अगर यहीं हमेशा रहेंगे तो वहाँ की खेती-बाड़ी के इतने सारे काम-काज कौन देखेगा?'' सुनते ही वे सब आपस में इशारेबाजी में मुस्कुराने लगते और उसे अजीब नज़रों से घूरने लगते, ''बच्ची है अभी बेचारी। बड़ी होगी तो खुद ही इनकी रासलीला समझने लगेगी।'' वे कनफुसियाँ बातें चुभती रहतीं उसे मगर चुप साधे बड़ी होती रही।

सचमुच, बड़ी तो वह ज़रूर हुई, समय से पहले, मगर वह अम्मा को पूरी तरह कभी नहीं समझ पाई। रूपा के जन्मदिन पर बिल्डिंग के सभी किराएदारों और पड़ोसियों संग उसकी सहेलियों को बुलाकर बड़ी पार्टी देकर उसे चकित कर देने वालीं अम्मा या उसके लिए विशेष परिधान मंगवाकर उसे खुश करने वालीं अम्मा या फूलों की खास तैयारी से मंडप सजाकर उसमें रूपा को बिठाकर टीका करने वाली अम्मा। कुछ इस तरह ढोलक, हारमोनियम की थाप पर गाते-बजाते हुए रूपा का जन्मदिन मनाया जाता। शाम के खाने के बाद सबको चार मोतीचूर के लड्डू देकर विदा करतीं अम्मा। कहाँ तो उस दौर में लड़की का जन्मदिन तक मनाने की परंपरा ठीक से विकसित नहीं हो पायी थी और कहाँ इतने आलीशान ढंग से रूपा का जन्मदिन मनाया जाता कि जो देखता, दाँतों तले उँगली दबाकर हाय-हाय करने लगता।

यह कितनी अजीब बात थी कि वे अपने लड़कों के जन्मदिन मनाने को अक्सर भूल जातीं जबकि रूपा उनके लिए जैसे कोई आसमान से उतरी नाजुक-सी परी हो जिसे वे खूब सजा-संवारकर रखतीं। होली, दीवाली, करवाचौथ या कोई और त्योहार जैसे मौकों पर वे पूरी तरह उत्सव के रंग में रंग जातीं और तमाम औरतों के बीच खाने-पीने का सामान बाँटती रहतीं। रात तक खूब जश्न होता और हर उत्सव में वे खूब सज-सँवरकर नाचने-गाने के मौके तलाश ही

लेतीं। जब बड़े बेटे की शादी हुई तब भी वे मौके-बेमौके खूब हँसती-हँसाती रहीं। उनके चेहरे पर सास बनने की गंभीरता या गरिमा बोध दूर-दूर तक नज़र नहीं आया, लेकिन उनकी कमर में हमेशा चाबियों का छल्ला दबा रहता। सोने-चाँदी के गहनों और पैसों पर उनका एकछत्र अधिकार बदस्तूर कायम रहा। एक ही समय में वे किस तरह एक साथ कई लोगों को अपने ढंग से मैनेज करना सीख गयी थीं। अपने बेटे-बहू पर रोब-दाब गाँठना उन्हें खूब आता था पर बेटी को सहेली बनाकर रखने में सुख महसूसतीं। बहुओं के आने पर बेटे उनके प्रति अपना विरोध दर्ज करना सीखते जा रहे थे।

उस दिन वे बुखार में तपते देवेन का सिर अपनी गोद में रखे हुए थीं। उसे बड़े इत्मीनान से माँ की गोद में लेटे देख बड़े भैया ज़ोर से चिल्ला पड़े, "देवेन, ये क्या तमाशा बना रखा है? मैं अक्सर यहाँ नहीं रहता मगर इसका मतलब ये तो नहीं कि तू यहाँ आराम फ़रमाता रहे। चल उठ यहाँ से, इसी वक्त।"

सुनते ही बिफ़र पड़ीं वे, "कैसे बोल रहा है तू? बात करने की ज़रा भी तमीज़ नहीं है?"

"तमीज़ तो आपमें है नहीं अम्मा, न आपने हमें सिखाई। पहले डॉक्टर साब को मुँह लगाए रखती थीं और अब ये सुअर का पिल्ला। अपने घर पर जाकर क्यों नहीं अपनी बीवी से सेवा कराते?"

भैया बमक पड़े और तैश में आकर गुस्से में अनाप-शनाप बोलते जा रहे थे कि वे दहाड़ती शेरनी की मुद्रा में चीखने लगीं। ऐन मौके पर रूपा आ गयी। जिसे देखते ही वे उन पर फिर से चिल्लाने लगे, "यही सब सिखा रही हो तुम इस रूपा को भी? तभी तो ये राजन संग यहाँ-वहाँ घूमती फिरती है। आपकी जैसी लीला यहाँ देखेगी तो यही सब तो सीखेगी। मगर भुगतेंगे हम। बदनामी होगी हमारी। तभी तो पिताजी महीनों यहाँ नहीं झाँकते। सारी दुनिया थू-थू करती है आप पर..." बंदूक से निकली गोली की तरह इतनी सारी बातें धाँय-धाँय उनके मुँह से निकलती जा रही थीं।

गुस्से में आपा खोकर वे भीतर से बड़ा-सा डंडा उठा लायीं और सीधे उसके सिर पर वार करने ही वाली थीं कि पीछे से बहू ने डंडा पकड़ लिया, जो हाल ही में अपनी पहली डिलीवरी के लिए यहाँ आयी हुई थी। देखते-देखते अच्छा-खासा तमाशा खड़ा हो गया। और उस दिन उनकी सरेआम बेइज़्ज़ती हुई। यह घटना उनके लिए ज़बरदस्त सदमा साबित हुई। इसी तरह अचानक

एक दिन जब स्टडी खत्म करके रूपा और राजन एक साथ खड़े हुए तो राजन ने कहा, ''मेरी इल्तिजा है कि इस स्टडी के अलावा भी बेहतर ज़िन्दगी के बारे में जीने का रास्ता खुद तलाशना होगा तुम्हें, जिस पर चलकर मिलेगा खूब सारा सुकून, सुख और संतोष।''

''सिर्फ़ मुझे, तुम्हें नहीं?'' प्रति प्रश्न सुनकर उसे हँसी आ गयी और अनायास दोनों ने एक-दूसरे के गले में खुद को लिपटा पाया, ये कब किस तरह हुआ, उन्हें पता नहीं चल पाया।

ऐन मौके पर अम्मा प्रसाद देने आ धमकीं। अकबकाए दोनों को गले लगे अम्मा ने देख लिया था और तभी से वे रूपा के पीछे किसी डिटेक्टिव की तरह निगरानी करने लगीं। सुबह उठने से लेकर कॉलेज से लौटने तक या राजन के आने-जाने पर खासी चौकसी बरतने लगीं। जिस दिन रूपा को सुबह छह बजे की बस पकड़कर कॉलेज जाना था तो ठीक पाँच बजे राजन लेने आ गया तो उन्होंने पहले घड़ी देखी फिर राजन की तरफ़ सवालिया नज़रों से घूरा, ''इस समय?''

''छह बजे की बस से जाना है, स्पेशल क्लास...''

''अच्छा-अच्छा। ठीक है राजन, तुम मेरे पास आकर बैठो। तुम तो मुझसे ठीक से बतियाते ही नहीं। आओ, यहीं रज़ाई में घुस जाओ। अभी रूपा को देर लगेगी।'' वे पुचकारती आवाज़ में बतियाते हुए उसके करीब आने को हुईं कि उसे थोड़ा अटपटा लगा। असहज महसूसता राजन पास पड़े दीवान के किनारे सिकुड़कर बैठ गया कि उन्होंने उसकी तरफ़ साटन की चादर फेंकते हुए मीठी आवाज़ में दुहराया, ''मेरे पास आओ राजन। मेरी तरफ़ देखो...'' कहते हुए अचानक उसकी हथेली पकड़ अपने पास खींचते हुए दीवान पर उसे टिका दिया और माथे पर गिर आए बालों को पीछे करते हुए बोलीं, ''राजन, कितने बाँके हो तुम तो...'' कहते हुए वे बेढब तरीके से हँसीं और वह सिटपिटा गया। तेज़ी से दीवान से उठकर सर्र से तीर की तरह बाहर निकल गया। तभी बालकनी से गुज़रती रूपा ने उसे तेज़ कदमों से बाहर की तरफ़ निकलते देखा तो ज़ोर से बोली, ''राजन, रुको तो। सुनो तो, आ रहे हैं हम।''

मगर फिर उसने मुड़कर रूपा की तरफ़ देखा तक नहीं। यह उनकी चाल थी या साज़िश या अनायास दिमाग में उपजी कोई खुराफ़ात मगर तभी से राजन ने रूपा से किनारा करना शुरू कर दिया। जब कभी वे अनायास टकराते तो वह

सधे कदमों से अलग हट जाता। एक बार रूपा ने सीधे-सीधे राजन से पूछने के लिए उसे घेर लिया, ''या तो सीधे-सीधे सच बताओ या मैं कुछ उल्टा-सीधा कर लूँगी। तुम्हारी ये चुप्पी जानलेवा है। सो बताना पड़ेगा वरना... ।'' उसकी डबडबायी आँखों और काँपती ज़ुबान में सचाई की चमक देखकर वह डर गया सो हकलाते हुए बमुश्किल बोल पाया, ''तुम्हारी अम्मा की लीलाएँ अपरम्पार हैं जिन्हें बता नहीं सकता मैं। प्लीज़ बुरा मत मानना मगर अब मैं तुम्हारे घर नहीं आ पाऊँगा कभी।''

संकेतों में काफ़ी कुछ बताकर वह रूपा से नज़रें चुराने लगा तो रूपा ने उसे जाते देखकर कहा, ''राजन, बस, यहीं इस मोड़ तक आकर हमारे सालों के संबंधों की इतिश्री कर दी तुमने। इतना भर भरोसा था हम पर, जिस पर दम भरते थे तुम, बोलो ना? चुप क्यों हो? किसी और की करतूतों का फल हमारे माथे फोड़ दिया तुमने। हम क्योंकर भुगतें उस गुनाह को जो हमने किया ही नहीं।'' उसने पूरे तर्क के साथ अपना पक्ष रखना चाहा।

अनायास राजन ने पलटकर उसकी तरफ़ देखा मगर रूपा ने बोलना जारी रखा, ''इस जीवन में जो भी, जितना भी, जैसा भी मेरे हिस्से आया, उस पर मेरा कोई अख़्तियार नहीं और न ही मैं खुद को इसके लिए ज़िम्मेदार मानती हूँ। फिर भी तुम मुझे गुनहगार ठहराकर चलते बने, अपने रास्ते। हो सकता है, तुम्हें मुझसे अलगाने के लिए ये भी उनकी कोई चाल हो।'' एक-एक शब्द वो चुन-चुनकर बोलती जा रही थी।

''ये बात मेरे दिमाग में भी आयी थी...'' अचानक बीच में ही बोल पड़ा वह।

''बस रहने दो राजन। हमारे बीच अब कहने-सुनने को कुछ नहीं बचा।'' बोलने के साथ ही वह वहाँ से उठकर चल दी और फिर दुबारा मिलने की बात कभी नहीं सोची। अम्मा से कई बार घुमा-फिराकर पूछने का मन किया मगर फिर बाद में लंबा मौन धारण कर लिया।

अब यह संयोग था या उनकी चतुराई से चली चाल कि रिश्तेदारी में कहीं और लड़की देखने आए सुदर्शन लड़के को रूपा को दिखा दिया गया और चट मंगनी पट ब्याह की तर्ज पर तीन महीने के अंदर रूपा शादी करके दिल्ली चल दी। रूपा को रह-रहकर अपना विगत याद आता, जिसे एक झटके से तजकर वह ससुराल चली आयी और यहाँ के माहौल में खुद को इतना खपा दिया,

उनके रंग में खुद को ऐसा ढाला कि सबकी चहेती बनती गयी।

फिर अचानक एक दिन अम्मा के हार्टअटैक की खबर सुनकर वह सालों बाद यहाँ लौटकर आयी तो बचपन में खेली रामलीला के लक्ष्मण का पाठ, नंदनगर, रामनगर और बरल जैसे गाँवों की यादें ज़िंदा हो उठीं। धीरे-धीरे गाँवों से रामलीला विदा होती गयी, जिसकी जगह ले ली थी टीवी ने। उस समय दूरदर्शन में चल रहे 'रामायण' सीरियल को देखना अधिकतर लोगों को रामलीला से ज़्यादा रास आने लगा था।

एक दिन उड़ती-उड़ती खबर आयी कि भैया ने पिस्टल के बल पर पूरी बिल्डिंग पर कब्ज़ा कर लिया और अम्मा को गाँव भेज दिया गया। प्रॉपर्टी के कई हिस्से करने पड़े और सारा कुनबा तितर-बितर होकर बिखरता गया। अम्मा की छवि वक्त के साथ-साथ धूमिल होती जा रही थी। जब उस दिन पूरी सज-धज के साथ वे अपनी भतीजी की शादी में गाँव गयी थीं जहाँ अपने बीमार व कृशकाय पति को देखकर वे पिघलती आवाज़ में पूछने लगीं, "क्या हुआ आपको रूपा के पिताजी? इतने कमज़ोर कैसे?"

"गनीमत समझो कि तुमने मुझे पहचान लिया। बड़ी मेहरबानी की। इतना एहसान तो किया तुमने मुझ पर..." अपनी लड़खड़ाती आवाज़ में वे बमुश्किल धीरे से इतना ही बोल पाए।

इधर लड़की की बिदाई का वक्त हो रहा था, उधर उनके सीने में अचानक से हौल उठा जिसके असहनीय दर्द से वे खड़ी न रह सकीं तो दीवाल का सहारा लेकर बैठ गयीं। बोलने के लिए पूरी ताकत लगायी लेकिन ज़ुबान लड़खड़ाने लगी, "पा...नी..."

इधर मायके की दहलीज़ पर लड़की को दूध का कुल्ला करवाया जा रहा था, उधर कृष्णा को खून की उल्टियाँ होने लगीं। न जाने ये कौन-सी बीमारी थी जो अरसे से उन्हें निगलती, कुतरती अपनी जद में लेती जा रही थी। पत्नी के लिए पानी लाने वे भीतर की तरफ़ जाने लगे। एक तरफ़ बिदा होकर जाती लड़की रो रही थी तो दूसरी तरफ़ अम्मा के मुँह में चम्मच से पानी डालते पति ने नरमी से माथे पर आए पसीने को पोंछा। तभी अनायास ऐसा लगा जैसे उन्हें पिलाया पानी होंठों के किनारों से दोनों तरफ़ लुढ़कने लगा हो। इसी बीच ज़ोरदार हिचकी के साथ उनकी आँखें मुँदती गईं तो वे ज़ोर-ज़ोर से चिल्लाने लगे, "अरे कोई है यहाँ? जल्दी आओ। इनकी तबियत बिगड़ती जा रही है?"

ज़ोर से बोलते हुए उनकी हथेलियाँ आपस में जुड़ गयीं और वे मन-ही-मन बड़बड़ाने लगे, ''तेरी लीला अपरम्पार है प्रभु ?'' पर उनकी अस्फुट आवाज़ें किसी को सुनाई नहीं पड़ रही थीं। आनन-फानन में वहाँ भीड़ बढ़ने लगी। चारों तरफ़ शोर-ही-शोर। तुरंत उन्हें अस्पताल ले जाया गया, मगर उत्सवधर्मी अम्मा ने तो अपने ढंग से शादी-समारोह के संग जाना ही तय कर लिया हो जैसे। तभी भीड़ के बीच में से किसी की आवाज़ सुनाई दी, ''अरे, वे सुहागन मरी हैं सो उनका सोलह सिंगार होगा।'' देखो तो, कुदरत ने भी उनके सजने-सँवरने का पूरा इंतज़ाम कर दिया है। सचमुच, शौकीन मिज़ाज अम्मा की देह जन्म से लेकर मरने तक चमकती-दमकती रही।

अम्मा का अचानक देहावसान होने पर रूपा को एक पुरानी बात याद आ गयी। राजन कहता था, ''ज़िन्दगी प्याज की मानिंद होती है जिसकी परत-दर-परत खोलते जाओ, इस उम्मीद में कि आगे कुछ बेहतर मिलेगा, इस बार नहीं तो अगली बार। मगर एक-एक करके सारी परतें खोलने के बाद अंत में पता चलता कि अब सब खत्म।'' काश कि हमने पहले ही इसकी हर परत को सूँघते हुए ज़िन्दगी ठीक से जी ली होती और निकट भविष्य में बेहतरी की उम्मीद न रखी होती तब हमें इतना पछतावा तो न होता पर आज अरसे बाद हाथ मलने के सिवाए और कुछ भी मुट्ठी में नहीं आ पाया। काश कि हमने हर कदम पर अपने तईं फ़ैसला लिया होता, अम्मा की तरह। सचमुच! अम्मा कितना सही करती थीं, अपनी शर्तों पर ज़िन्दगी जीने का जज़्बा था उनमें...अनायास उस सघन अंधियारे में अम्मा का आकार-प्रकार रूपा की आँखों में तैरने लगा जैसे वे जाते-जाते उसे जीने का सबक सिखा गयी हों। रूपा बहुत रोयी मगर उसकी माताश्री तो सिधार चुकी थीं।

इतना सब सुनाने के बाद रेवती की अम्मा चुप हो गयीं। शायद उन्हें किसी ने आवाज़ दी और वे अंदर जाकर गाँव से आए मेहमानों से बतियाने लगीं।

रेवती सोचने लगी, 'उस समय उनकी अम्मा का जीवन भी तो तमाम उठा-पटक से भरा पड़ा था। कहाँ, कैसे रहीं अम्मा। तब तो बात-बात पर कितना डाँटती-फटकारती थीं ? कैसी थीं उनकी अम्मा और उनकी ज़िंदगानी ?'

''अम्मा, उनका किस्सा तो पूरा हुआ पर अब आप अपने बारे में भी तो कुछ सुनाइए ना। तब का माहौल और जिए गए जीवन की झाँकी, बस एक झलक।''

"हूँ, वो समय और वो ज़िंदगानी तो आज सपने जैसी लगती है, बिसर गया वो सुंदर सपना।"

कहते हुए वे विगत सपनों में खो गईं। तो चलो, क्यों ना दशकों पुरानी धड़कती-फड़कती एक सच्ची कहानी सुन ली जाए?

अथ हवेली कथा

अरसे बाद वे उस हवेली की ऊँची-ऊँची दीवारों से मुखातिब थीं। हवेली में आए हुए न जाने कितने दशक बीत गए मगर आज भी ऐसा लगता जैसे उनकी रूह यहाँ की दीवारों में अभी तक कैद है, खूब गहरे धँसी हो जैसे। सचमुच! उनके प्राण सालों से यहीं तो अटके हैं। यहाँ की ढहती दीवारों पर हाथ फेरते हुए कुसुम को अजीब-सा लगने लगा, जिसे बता पाने के लिए शब्दों का टोटा पड़ गया हो।

बैठकखाने से लगे बड़े हॉल में टँगे आदमकद आईने के ठीक बगल में लगी थी उनकी सालों पुरानी कमसिन जुगल जोड़ी वाली तस्वीर जो कुंवर सा के विदेश से लौटे दोस्त ने अपने विदेशी कैमरे से खींचकर भेजी थी। कितनी दुर्लभ, कितनी प्यारी फ़ोटो बची है ये, जिसे कितने चाव से खुद कुंवर सा ने यहाँ टाँगा था। आज की साठ पार की कुसुम, इतने सालों बाद लौटीं अपनी उसी हवेली में जहाँ वे गौने के बाद आयी थीं। तब उनकी आँखों में उत्सुकता की बेलगाम लहरें बनती रहतीं। पैरों में बजती थी रुन-झुन पाजेब। सपनीली आँखों में उमंग की नदी ठाठ से बहती और पूरी देह में जैसे पर लग गए हों। ऐसी तेज़ उड़ान कि वे पंछी बनकर आसमान के ओर-छोर नापने के लिए मचल उठतीं। वह उम्र भी तो वैसी ही थी तब। कुल जमा 13 की रही होंगी तब वे। सबके मुँह बोले कुंवर सा यानी कान्हा जी किसी-न-किसी बहाने नई बहू की ताँक-झाँक करने का कोई मौका नहीं छोड़ते। सो घूम-फिरकर वे उसी दालान में मँडराते रहते। कान्हा और कुसुम की जोड़ी सचमुच राम-सीता जैसी जोड़ी है, देखने वाले ऐसा ज़रूर कहते।

पहली बार उन्होंने सत्यनारायण कथा के समय घूँघट खिसक जाने पर अपने पति की एक झलक भर देखी थी। कितने गोरे हैं ये। उनके ऊँचे-चौड़े माथे पर घुँघराले बाल लहराते रहते। शायद इसीलिए उनका नाम कन्हैया रखा गया। ये तो सचमुच नीके लागत, मुँह तक भर आए बोलों को कंठ के नीचे

जैसे-तैसे उतार पाईं वे। कान्हा ने देखा उन्हें, लाज-शर्म से सिकुड़ी, पीले रंग की ओढ़नी से मुँह ढाँपे, बड़ी-बड़ी कजरारी आँखों से चारों तरफ़ तेज़ी से देखती कुसुम को उन्होंने अपनी कोहनी से छू दिया। फिर हवन करते वक्त जान-बूझकर अपना हाथ उनकी हथेली पर टिका देते और हवन सामग्री यहाँ-वहाँ गिराते हुए बड़े लगाव से कुसुम की हथेली छू देते। कैसे अनूठे राग-रंग के दिन थे वे। नीची निगाह किए जब वे धरती देखते हुए चलतीं तो ऐन मौके पर उनके पास से ज़रूर गुज़रते हुए उन्हें छू देते। फिर अपने कमरे में किसी-न-किसी बहाने से बुलवा लेते। सबसे नज़रें चुराकर वे दबे पाँव सीढ़ियाँ चढ़ते हुए ऐसे चलतीं कि कोई उनकी पदचाप न सुनने पाए मगर अधीर कान्हा उन्हें लेने सीढ़ियों तक लपककर चले आते। अभी वहाँ रहते हुए पूरा हफ़्ता ही नहीं बीत पाया कि मायके से लिवौया आ गया। उस ज़माने में फ़ोन या मोबाइल का चलन तो था नहीं सो नेह भरे मन की सपनीली बातें मन में ही दबी रह गईं। वे उनसे अपने मन की दबी-ढकी बातें कुछ कह-सुन नहीं पाईं और उन्हें मन मसोसकर मायके लौटना पड़ा।

फिर पूरे पाँच साल बाद लौटीं मगर तब तक वे अल्हड़ता के दिन केंचुल उतार चुके थे। दुनियादारी की बातें उन्हें करीने से समझायी जातीं। तभी उन्हें पता चला कि कान्हा थोड़े रसिया स्वभाव के हैं। मनचले इतने कि राह चलती लड़कियों का दुपट्टा खींच दें, फब्तियाँ कस दें मगर घर में आते ही मौनी बाबा बन जाते, सो उन्हें खुश रखना ही उनकी ज़िन्दगी का सबसे बड़ा मकसद है, ऐसी बातें उन्हें समझायी जातीं। उसे बार-बार आगाह किया जाता कि इन्हें अब से तुम्हें अपने पल्लू से बाँधकर रखना है।

"क्या मतलब, क्या वे कोई दुलत्ती मारने वाला बछड़ा हैं जो बाँधा जाए?" अचकचाकर उन्होंने अपनी जेठानी की तरफ़ सवालिया नज़रों से देखा तो वे बड़े आहिस्ते से उनके कान में कुछ मंतर फूँकने लगीं, "हाँ बिन्नू, पल्लू से बाँधने की कला तो हर औरत को आनी ही चाहिए सो जल्दी से एक-दो बच्चों की अम्मा बन जाओ। फिर कहाँ जाएगा भाग के भंवरा? सो वो जैसा करने को कहें, आँखें मूँदकर मान लेना। ज़्यादा नखरे मत दिखाना। किसी बात पर ना-नुकुर मत करना। हव, जई में भलाई है। सुनो, प्यार करना उन्हें खूब मन से, तन से भी, समझ गईं ना?" अब वे खुलकर उन्हें समझाने लगीं।

पता नहीं वे कितनी देर तक क्या-क्या समझाती रहीं मगर कुसुम की

धड़कनें हर घड़ी तेज़ होती जा रही थीं। घड़ी की टिक-टिक चल रही हो जैसे रात के सन्नाटे में। नशे में चूर आए थे वे देर रात। नज़र भरकर कुसुम की तरफ़ देखा भी। आहट सुनने पर वह अकबकाकर उठीं फिर उनकी थकी-पस्त आवाज़ सुनाई दी, ''सो जाओ।''

हाँ, बस यही दो बोल सुनाई पड़े थे उन्हें। फिर वे कब उठकर कहाँ चले गए, पता ही नहीं चला। सुबह उठकर जेठानी ने उनकी तरफ़ सवालिया नज़रों से देखा जैसे कुछ टटोल रही हों, पर कुछ नहीं बोलीं। ऐसे ही कुछ दिन और निकल गए कि एक दिन भीतरी कुठरिया में रखे अपने बक्से में से कुछ निकालने वे अंदर गईं जहाँ कान्हा जी बड़े मज़े से किसी सांवली लड़की को अपने से लिपटाए कुछ गुनगुना रहे थे। दबे पाँव आने से पदचाप सुनाई नहीं दी और उन्हें सँभलने का मौका नहीं मिल पाया कि वे तेज़ी से पलटीं और सारा माजरा समझ उनका चेहरा गुस्से से तमतमा उठा। अपमान से जलती आँखों से आँसू टपक रहे थे। जब कुछ नहीं सूझा तो धम-धम करतीं पैर पटक नीचे उतर जेठानी से झिंझोड़कर पूछने लगीं, ''ऊपर वा लड़की के संगै...उससे सटे हुए...'' कहते हुए आँखें पनीली हो उठीं।

''सबको पता है जे बात। चुड़ैल है वो। कित्ती बार भगा चुके मगर मानती ही नहीं बेशर्म। छिनार कहीं की। कुजात इतनी बेहया है कि अभी भी कुंवर सा का साथ छोड़ने को तैयार नहीं। सुनो, उस कलूटी का नाम है मालती। अब तुम आ गयी हो सो अपनी सुंदरता से और सुगढ़ शरीर के जादू-मंतर से कुंवर सा के भटकते मन को अपने वश में रखना। सुनो, हाँ...'' जिठानी ने उन्हें समझाना चाहा पर वे देर तक सुबकती रहीं। कई दिनों तक रूठी रहीं और जब देखा कि किसी को उनकी परवा नहीं तो भैया के पास चिट्ठी लिखकर सारी रामकहानी सुना डाली। बड़े घर की खूब लाड़-दुलार से पली-पुसी कुसुम की रोनी सूरत देखकर उनके भैया चीख-चिल्ला कर सबको खरी-खोटी सुनाने लगे। फिर खड़े-खड़े फ़रमान जारी किया, ''कुसुम, घर चलो, अभी इसी वक्त। ऐसे माहौल में अब और नहीं रह सकतीं तुम। हम पंचायत करके अपना हक लेकर रहेंगे और इन्हें अपनी सारी सम्पत्ति से बेदखल कर देंगे। देख लेंगे हम भी, कितनी गर्मी चढ़ी है इनके अंदर।''

फिर कुछ साल दोनों तरफ़ से सुलह, सफ़ाई, मान-मनौवल और खींचतान में निकल गए। मायके से सीधी एक ही शर्त—''कुंवर सा को अब यहीं इसी

शहर में आकर रहना होगा तभी ये रिश्ता चलेगा वरना नहीं। हम उनके लिए यहीं शानदार कोठी खरीद देंगे। हमारी फूल-सी कुसुम कितनी मुरझा गई है। न मतलब न, अब वो कतई नहीं रहेगी उस गाँव-देहात में। हमने तो शादी के पहले ही अपनी ये शर्त खुलकर रख दी थी पर तब तो सबने हामी भर दी थी। फिर अब क्या हो गया?''

कुंवर सा पर चौतरफ़ा दबाव पड़ना शुरू हो गया। यहाँ तक कि उन्हें खेती-बाड़ी से बेदखल करने की धमकी भी दी जाने लगी। कहीं से उड़ती खबर ये भी सुनने में आई कि वह मुँह लगी मालती किसी आवारा, बदमाश संग कहीं भाग गयी। वजह जो भी हो मगर पूरे दो साल बाद कुंवर सा और कुसुम के बीच सही मायने में पति-पत्नी का रिश्ता कायम हो पाया और इस तरह हुए उनके चार प्यारे से खूबसूरत, सलोने और ज़हीन बच्चे। तीन लड़कियों के ऊपर एक नटखट बेटा गौरांश जिन्हें कुसुम के भाई ने कानूनन गोद लेकर आनन-फानन में अपनी सारी चल-अचल सम्पत्ति, करोड़ों की ज़मीन-जायदाद, खेत, बाग-बगीचे, मन्दिर, फ़ार्म हाउस और हवेलियाँ सब कुछ उसी के नाम कर दिया मगर इतनी सारी सम्पत्ति की देख-रेख की ज़िम्मेदारी कुसुम पर आन पड़ी। मगर यहाँ आकर भी कुंवर सा में कुछ खास तब्दीली नहीं आई। बच्चों के होने के बाद तो वे धीरे-धीरे निर्लिप्त से होते गए और अपने में ही खोए-खोए से रहने लगे। धीरे-धीरे उनका वजूद ही जैसे सिमटता-सिकुड़ता गया।

वक्त। अपनी गति से सरकता अपनी परछाईं को सिकोड़ता-फैलाता रहा।

कुंवर सा का मन झाँसी में ज़रा भी नहीं रमता, सो वे दिन भर, आलीशान सोफ़ों पर पड़े-पड़े ढेर सारी किताबें पढ़ते रहते और शाम ढलते ही अपने पुराने दोस्त मनहर के यहाँ नियम से पहुँच जाते जहाँ कुछ और ठलुओं संग वे ताश खेलते, जाम-से-जाम टकराते और देर रात तक हारमोनियम पर गाने बजाने में मगन रहते। आधी रात के बाद जब वे घर लौटते तो फिर से उन्हीं किताबों में खो जाते। उनकी खिदमत के लिए ड्राइवर लालसाब, दोस्त भी था और खूब वफ़ादार भी था। उनका राज़दार था। मजाल किसी की जो लालसाब के मुँह से कोई राज़ उगलवा ले। वो उनका दोस्त, रसोइया, सेवक, बराबरी से बहस करने वाला था। राम-लक्ष्मण की जोड़ीनुमा था यह साथ जो उनके लिए सब कुछ था जिसे उसकी मुँह माँगी तनखा हर महीने मिलती और उनकी संगत में वो भी पढ़ना-लिखना सीखता जा रहा था।

अचानक एक दिन वे अपने मुँह लगे लालसाब को बताकर अपने पुश्तैनी गाँव चले गए और फिर कभी नहीं लौटे। साल में एकाध बार ज़रूर होली, दीवाली पर किसी मेहमान की तरह आते-जाते रहे। बच्चों से उनकी पढ़ाई-लिखाई का हालचाल पूछ कर, सबसे बतियाकर वापस अपने खूँटे पर। कुसुम को शहर में रहकर अपने बच्चों को ऊँची शिक्षा-दीक्षा का बंदोबस्त करना पड़ा। लंबी चौड़ी खेती-बाड़ी भी सँभालनी थी सो वे बीच-बीच में गाँव आती-जाती रहीं। वैसे भी बीच के दलालों व बिचौलियों ने उनका काफ़ी पैसा हड़प लिया और इधर-उधर की ज़मीनें औने-पौने दामों पर बेचकर मुनीम अपना घर भरते रहे। काफ़ी नुकसान होने पर आख़िरकार कुसुम को घर चलाने की बागडोर खुद थामनी पड़ी। वैसे तो वे अक्सर पूजा-पाठ में डूबी रहतीं जो धीरे-धीरे उनके जीने का संबल बनता गया। इधर दो साल होने को आए मगर कुंवर सा यहाँ नहीं आए।

पिछली दीवाली का किस्सा याद आ गया जब वे बच्चों संग अचानक उनके पास जा धमकी थीं मगर वहाँ का नजारा देखकर आपा खो बैठीं। वे तो घर पर रहते ही नहीं थे बल्कि खेत पर ही सोने लगे थे। दिन ढले जब वे सीधे खेत पर उनके पास पहुँचीं, सूरज अपनी गर्माहट को खत्म करके नीचे बनी अपनी खोह में जा चुका था। ट्रांजिस्टर से आते गाने दूर से सुनाई पड़ रहे थे। उन्होंने अपनी कार खेत से काफ़ी दूर रुकवायी और बच्चों को गाड़ी में ही छोड़ वे दबे पाँव चलकर खेत तक जा पहुँचीं जहाँ बल्ब की पीली रोशनी में गेहूँ के हरे-भरे खेतों तक दूर-दूर पड़ता सुनहरा उजास पीली रंगत बिखेर रहा था। आसमान में सितारे पूरी चमक बिखेरने पर आमादा थे। मंद-मंद सुरभित हवाओं संग गूँज रहे गानों के बीच वे सीधे उसी जगह जा धमकीं जहाँ उस वक्त वे खटिया पर बैठे थाली में खाना परोसती किसी औरत से कुछ कह रहे थे जो बड़े मनुहार से गर्म-गर्म रोटी तवे पर सेंककर उनके पास ला रही थी। वे ओट में खड़ी होकर देखने लगीं कि खाने के बाद वे खूँटी पर टँगे तौलिए से अपने हाथ पोंछ रहे थे कि उनकी निगाह उनसे टकराई और उनके मुँह से निकल गया, "अरे, तुम! अचानक इस तरह? सब ठीक तो है? कोई खास वजह?" एक साथ कई सवाल पूछ बैठे, जैसे औचक हमले से कोई शिकारी घबरा जाए, वैसी सूरत बन गयी उनकी।

"हाँ, बस यही सब देखना बाकी रह गया था!" अचानक उसे देख गुस्से

में तमतमाते हुए वे आपा खो बैठीं और अंट-शंट बड़बड़ाने लगीं, ''जा रांड अपने खसम को छोड़कर फिर से इतै आ गई। काय मालती, तेरी देह की आग अपने खसम से ठंडी नहीं हो पा रई का?'' डर से थरथराते हुए उसने अपने हाथ जोड़ दिए फिर काँपती जुबान में बोली, ''हो सके तो माफ़ी दै देव हमें। वैसे हम तो जा काबिल भी नईं हैं...'' कहते हुए वह जल्दी-जल्दी पिछवाड़े की तरफ़ जाने लगी।

''हट जा हमारी निगाहों के सामने से। नीच, कुजात, रंडी...'' गुस्से में उनके मुँह से बंदूक से निकलती गोलियों की तरह तड़ातड़ गालियाँ झरने लगीं और कुंवर सा गर्दन नवाए मौनी बाबा की तरह निःशब्द बैठे रहे। माहौल में तनाव व्याप गया। तब तक बच्चे भी वहीं पहुँच चुके थे सो अचानक वे दोनों चुप लगा गए।

''पापा, पापा...'' की समवेत अनुगूँजों से खेत का सोया सन्नाटा अनायास गुनगुना उठा। चाँद तारों से भरी उजली रात थी वो लेकिन तीन जनों की आँखों में से नींद कहीं दूर छिटक गयी थी। बच्चों के लिए रात में ही विशेष तौर पर गाँव में स्पेशल खाने का इंतज़ाम करवाया गया। खेत में खड़ी हरी मटर और कच्ची मूँगफलियों को भूनकर होरा तैयार हुआ, जिसे गुड़ के साथ खाया जा सके। न जाने कहाँ से मालती मक्के तोड़ लाई जिसे भूनकर बोरी में भरकर कूटकर भुने दाने निकाले गए। उसे दूध में उबालकर मीठा पकवान तैयार किया गया। बैंगन, प्याज व टमाटर भूनकर कच्चे मसाले पीसकर पूरी मेहनत से चूल्हे पर सब्ज़ी तैयार की गई जिसे बच्चों ने 'सी...सी'...करते हुए बड़े चाव से खाया। ''वेरी टेस्टी, टू गुड, वाउ...स्वीट खीर, वैरी नाइस, हम और लेंगे...'' कहते हुए पूरी तसल्ली से एक-एक पकवान की तारीफ़ करते हुए जी भरकर खाया। उस देसी खाने में गज़ब का स्वाद जगाने वाली मालती की तरफ़ किसी ने देखा तक नहीं बल्कि बच्चों ने उसे नौकरानी समझकर कहा, ''क्यों ना इसे झाँसी ले चलें? बड़ी अच्छी कुक है। है ना अम्मा?''

''चुप कर,'' अनायास कुसुम की आवाज़ में कड़ुवाहट घुल गयी, ''बहुत बकर-बकर करने लगा है तू। मुँह बंद कर खाया नहीं जा सकता क्या?'' उनकी उस आवाज़ में तंज था, आक्रोश था, नफ़रत थी और ढेर सारा गुस्सा सूँघते हुए बच्चे सहमकर चुप लगा गए। सकपकाकर रह गयी वो दूसरी औरत और चुपके से रात के अँधेरे में न जाने कहाँ गुम हो गयी। किसी तरह सुबह का उजास फूटा और उन्होंने अपने चलने की घोषणा कर दी।

"क्या अम्मा, हम तो यहाँ पूरे दस दिन की प्लानिंग करके आए थे। इतनी जल्दी जाने का मन नहीं है, हाँ, फिर चारों बच्चे एक साथ चिल्लाने लगे, "हम यहीं रहेंगे।"

"मेरा मन नहीं है, तुम लोग चाहो तो रुक जाओ," उन्होंने दोटूक घोषणा कर दी।

"अम्मा, रुक जाओ ना प्लीज़, क्या हुआ अम्मा, तुम तो रोने लगीं?" बेटे ने पुचकारती आवाज़ में कहा।

पापा ने टेढ़ी नज़रों से कुसुम की तरफ़ सवालिया नज़रों से देखा भर, पर बोले कुछ भी नहीं। न कोई सफ़ाई, न मान-मनौवल जैसा एक शब्द भी उनके मुँह से निकला। कुछ देर वे वहाँ खामोशी से सोचती खड़ी रहीं फिर अनायास एक भारी-भरकम आवाज़ सुनाई दी, "बच्चों को गाँव दुवार नहीं घुमाओगी तो वे दुनियादारी कैसे सीख पाएँगे, ऐं? क्या लड़के को भी लड़कियों की तरह ढाँक-मूँद कर बंद दीवारों में कैद करके रखना चाहती हो? वैसे भी सारी ज़िन्दगी तो तुम अपनी मर्ज़ी से जीती रही हो। कभी तो बच्चों की खातिर थोड़ा-सा त्याग कर लो," एक-एक शब्द चुन-चुनकर बोल रहे थे वे।

"क्या, क्या कह रहे हैं आप? मेरी मर्ज़ी? आपने क्या किया ज़िन्दगी भर? कभी कोई ज़िम्मेदारी उठायी है? बच्चों को पाल-पोसकर किसने बड़ा किया? आप तो अपने सुख की खातिर वापस अपने ठीए पर लौट आए..." बोलते हुए वे रुआँसी हो उठीं। 'सच्ची कहानियाँ अक्सर रुला देती हैं,' सोचने लगीं वे। उन्हें तेज़ी से अपनी शून्य होती सत्ता का एहसास गहराने लगा।

"सच बताऊँ, वहाँ तुम्हारी झाँसी में कभी मन लगा ही नहीं मेरा। हर समय पिंजरे में कैद पंछी की तरह फड़फड़ाता रहता था। तुम्हारी इतनी बड़ी हवेली के वे दर्जनों कमरे एक-दूसरे से दूर-दूर थे। ऊपर से, देसी नमूने के वे बाथरूम और तुम्हारे यहाँ तयशुदा समय पर मिलने वाला वो फ़िक्स खाने का मेनू। चाय पीने का वो निश्चित समय। हर काम का एक तयशुदा अंदाज़ नहीं झेल पाया मैं। जब कभी बब्बा से दूसरी-तीसरी चाय के लिए कहता तो तुरंत कहता, 'बाईसा ने मना किए हैं कि तीन से ज़्यादा बार नुक्सान करहें। तो ठंडाई ले आवें का?' हाँ, ये सच्ची बात है कि मैं किसी आज़ाद पंछी की तरह आज़ादी चाहता था। कुछ दिनों के लिए यहाँ-वहाँ घूमता रहा। तुम्हारी खेती-बाड़ी देखने जाता भी था पर वे सब ठेकेदार, मजूर और मुनीम वगैरा मुझे शक की नज़रों से

देखने लगते। 'जिज्जी के घर सै है,' उसके बाद की कनफूसियाँ नहीं सह पाया मैं। नहीं सह सकता था ये सब कि वहाँ मेरी हैसियत ज़ीरो जैसी थी। जो कुछ था, सब कुछ तुम्हारा, तुम्हारे नाम, सो आज़ादी की साँसें मयस्सर नहीं हुईं जब कि मैं हमेशा से आज़ाद तबियत का, अपने तरीके से जीने का शौकीन रहा। बेशक बच्चे मेरी भी ज़िम्मेदारी थे सो उनको अक्सर पढ़ाने लगता पर एक समय बाद इससे भी मन उचाट हो गया। तुम शायद मेरी मन:स्थिति को ठीक से समझ नहीं पाओगी कुसुम,..." उनके मुँह से नेह पगी आवाज़ सुनकर ठिठक गए उनके कदम—फिर वे निरीह आवाज़ में बोलने लगे, "सच्ची में, हाँ, गुनहगार तो हूँ मैं तेरा। सो हो सके तो माफ़ कर देना। वहाँ पर मैं क्या करता? मेरा मन तो हमेशा से आज़ाद होने के लिए तड़पता रहता था।"

"मगर लौटने की वजह तो दूसरी थी ना? साफ़-साफ़ क्यों नहीं बता देते बच्चों को अपनी इस रखैल के बारे में? उन्हें भी तो पता चले बाप की काली करतूतें..." अनायास सालों से दबायी कड़ुवाहटें सिर उठाकर ज़हर फेंकने लगीं।

"इस बात को इतना तूल क्यों दे रही हो कुसुम? इसकी कहानी सुनाऊँगा तुम्हें तो दहल जाओगी। इत्मीनान से बैठकर इस नज़रिए से भी सोचकर देखो कि इसने कितनी सेवा की है मेरी वरना हमारी हारी-बीमारी में यहाँ था ही कौन इसके अलावा? कौन था मेरा हाल-चाल लेने वाला? ये न होती तो शायद कब का मर-खप चुका होता..." पत्नी की शिकायतें परे रखकर वे धीमी आवाज़ में अपना दुख, अवसाद और अकेलेपन के बारे में बतियाने लगे।

बीच में बात काटते हुए वे तपाक से बोल पड़ीं, "हूँ, सो सेवा के बदले मेवा भी तो गटक रही है ये चुड़ैल। अपनी बीमारी की खबर हम तक क्यों नहीं पहुँचायी आपने? सच बदशक्ल हो सकता है मगर हकीकत से आँखें तो नहीं चुरा सकते ना?" बात के छूटे सिरे को पकड़ने की हल्की-सी कोशिश की उन्होंने।

"मालती की सचाई जानना चाहती हो? पूरा किस्सा तुम्हें सुनाने का मन तो है बशर्ते तुम गंभीरता से सुनना और समझना चाहो..." उन्होंने सहलाती नज़रों से कुसुम की तरफ़ ध्यान से देखकर उनके मन की थाह लेनी चाही।

"सुना है कि भाग-भूग गयी थी वो अपने किसी यार के संग। यही ना? या कुछ और पट्टी पढ़ा दी इसने आपको?" पूरी नफ़रत उड़ेलते हुए बोल पड़ीं वे।

"पहले पूरी सचाई तो सुन लो। उसकी हकीकत को ठीक से समझ लो। उसके बाद जो जी में आए सो अपना फ़ैसला सुनाना। समय की धारा में ये किस्सा भी बह जाएगा। सुनो, यह तब की बात है जब मैं झाँसी से गाँव लौट रहा था और बीच रास्ते में ही अचानक से टकरा गयी थी मालती। बड़ी बुरी हालत में थी तब ये। उसकी सच्ची कहानी सुनना चाहोगी?" वे सुनाने के लिए मनुहार करने लगे। कुसुम चुपचाप उनकी तरफ़ देखने लगी। उनकी चुप्पी को हामी समझ वे पूरे लगाव से सुनाने लगे उसकी कहानी।

मालती की सच्ची कहानी, कुछ इस तरह...

अक्सर उसे लगता जैसे उसकी ज़िन्दगी यूँ ही किसी केंचुए की तरह सरकती रहेगी। कीचड़ में लिथड़ते किसी के भी पैर तले दबकर कुचल जाने के लिए अभिशप्त उसका जीवन तिनके की तरह बहता ही जा रहा था। हर समय वही निरर्थकता बोध घेरने लगता। अपने जीवन के अधूरेपन को पकड़ने की जब कोशिश करती तो हकीकत का रेशा-रेशा उधड़ने लगता और भरे समन्दर में प्यासे रह जाने का अतृप्ति बोध उसे कैसे भी चैन से जीने नहीं देता। वह बेपानी तालाब में पाँव टेके सूरज के तीखेपन को घंटों ताकती रहती किंतु पानी की तरलता और छककर पीने से मिली तृप्ति का एहसास कैसे भी नहीं हो पा रहा था। यूँ तो बहुत सारे दुखों के चेहरे नज़र ही नहीं आते सो उसके हिस्से में मिले दुख का भी कोई चेहरा उसे नहीं दिखता था। अक्सर उसे ऐसा लगता जैसे उसके आँख, नाक व कान वगैरह तो हैं ही नहीं या सिर कटे धड़ की तरह माँस का लोथड़ा भर होकर रह गयी है वह। काले समन्दर की तरह अथाह व अगम दु:खों को किसी के सामने मुँह खोलकर कभी बता पाएगी वह? इस समय को वह किस रूप में याद करना चाहेगी? लालसा, उद्दाम आवेग की तीव्रता या वर्जनाओं की टूटी किरचों में खुद के चेहरे को देखते हुए, उन यादों से लहूलुहान होते हुए...अतीत के ऐसे ज़हरीले प्रसंग अक्सर परेशान करने लगते।

अपनी ज़िन्दगी के बिखरे अक्स को टूटे काँच के आईने में देखती तो किरचों में दिखती अपनी तमाम सूरतें ही विकृत होकर उसे चिढ़ाने लगतीं जिन पर वह पाँव रखकर चलने का सोचेगी तो लहूलुहान हो जाएगी। अपने को लहूलुहान देखते हुए दहशत से भर जाती। अनगिनत दुखों के टुकड़े शक्ल बदल बदलकर आते रहते। अक्सर उसे ऐसा लगता जैसे उसकी आँखें बंद हों या

खुलीं, नींद पर कोई फ़र्क नहीं पड़ता पर अंत में खौलते सवाल खदकती दाल की तरह हर समय उबलते रहते। जिसका मुँह भारी-भरकम ढक्कन से मूँदने की भरसक कोशिशों के बावजूद अक्सर उफ़ान इतना ज़बरदस्त था जो कैसे भी शांत होने का नाम ही न ले बल्कि रह-रहकर वेग से उछलता ढक्कन भड़ाम से नीचे गिर पड़ता। कुछ भी समझ नहीं पाती कि आख़िर वह करे तो क्या करे? कब तक ढोती फिरे इस अनचाहे बोझ को जिसके चलते कोई भी उसे काम पर नहीं रखना चाहता। इसी वजह से वह आज़ादी से कहीं घूम-फिर कर चार पैसे भी नहीं कमा पा रही। अब तक जमा पूँजी धीरे-धीरे खत्म होती जा रही थी मगर रात में सोते-सोते जब भी वह अपने पेट पर हाथ फेरती तो जलकर खाक हो चुके सपने फिर से ज़िंदा होने लगते। अकेले अपना बोझ ढोते-ढोते कितनी थक गयी है वह। इसे लेकर जीना दुश्वार होता जा रहा है फिर भी महीनों से इसके साथ रहने की आदी भी तो होती जा रही है वह। न, इसे मारने की बात तो वह सपने में भी नहीं सोच पाती। कितनी बार उसे डरा-धमकाकर, उसे खत्म करने को कहा गया मगर वह टाल देती। ऐसे झूठे आश्वासन देकर आख़िर वह कितने दिन तक किसे बहला सकती है? फिर वह खुद को ही सवालों के कठघरे में खड़ा पाती, निरुत्तर और बेबस।

उस दिन दुपहर की चढ़ती धूप में अपनी कुठरिया में आकर पीठ टेकी ही थी कि कोई मनचला टपक पड़ा, "मालती, मेरे बीमार बेटे की मालिश करानी है, मुँह माँगे दाम दूँगा, बस तू हाँ कर दे।"

अचानक वह गुस्से में बिफर पड़ी, "देख रहे हो मेरी हालत। मेरा सुख -चैन छिनता जा रहा है। अब कहाँ-कहाँ तक क्या-क्या सुनाएँ? बस इतना समझ लो, अब और नहीं हो पाएगा मुझसे ये सब। न मन ठीक रहा और न इस तन में कुछ बचा है। छोड़ो, नहीं कर पाऊँगी।"

उसने दोटूक जवाब दे दिया तो वह बिफ़र पड़ा, "चल मालती, नखरे मत दिखा। घंटे भर की तो बात है।"

उसकी कोठरी में उसके साथ रह रहा ड्राईवर किसी सयाने शिकारी जैसी पैनी नज़रों से उसके शरीर की नाप-जोख करते हुए झपट्टा मारने वाले अंदाज़ में लाल-लाल आँखें दिखाते हुए चीख पड़ा, "कल वो पीसीओ वाला बता रिया था कि तूने आज उस कमीने के साथ चाय पी। मेरी इस कोठरी को अड्डा बना रखा है क्या? बोल ना साफ़ बात? क्या रासलीला चल रही तेरी यहाँ?"

"तेरी कोठरी? किराया मैं देती हूँ तो कोठरी किसकी हुई? और तू होता ही कौन है आँखें तरेरकर बातें करने वाला? न, ऐसे टेढ़े लहज़े में नहीं बोल सकता तू मुझसे? ब्याह तो तूने किया नहीं सो किस हक से बोल रहा है? ऐं?" उसने आड़े हाथों लिया उसे।

उसकी ज़बरदस्ती को अनसुना करते हुए उसने उसे झिड़क दिया, "न का मतलब न, समझ गया ना?"

ये सुनते ही उसने गुस्से में अपनी लात सीधे उसके पेट पर दे मारी। अपमान और दर्द की अधिकता से तड़पने लगी वह तो असहायता में उसके मुँह से गालियाँ बरसने लगीं। ज़ोर-ज़ोर से बोलते-बोलते वह पस्त पड़ गयी और मुँह का थूक सूखने लगा तो दीवार का सहारा लेकर आँखें मींचकर ज़मीन पर बैठ गयी। उस पल उसे ऐसा लगा जैसे भीतर की समूची ताकत निचुड़ गयी हो। इस दुनिया में कोई भी तो अपना नहीं मिला उसे। इस ज़िन्दगी में इतने धोखे खाए सो अब किस पर, कैसे भरोसा करेगी वह? जहाँ हर शख्स छलिया बना उसे बूँद-बूँद निचोड़ने की फ़िराक में उसके इर्द-गिर्द डोलता रहता। किसी का भी मन साफ़ नहीं, यही बातें सोचते-सोचते उसका सिर घूमने लगा। देह में दर्द-ही-दर्द समाया था, जिससे टूटती जा रही थी वह।

आँखों के भीतर और बाहर चारों तरफ़ अँधेरा-ही-अँधेरा दिखने लगा। पेट में असहनीय दर्द कि वह चैन से बैठ तक नहीं पा रही थी। फिर वह जैसे-तैसे खुद को सँभालकर लँगड़ाते हुए बड़े गेट पर बने दुर्गा नर्सिंग होम की तरफ़ चल दी। अंदर पहुँच डॉक्टरनी की कुर्सी की तरफ़ सिर उठाकर देखा तो दीवार पर लगी तस्वीर पर नज़रें पड़ीं और एक पल के लिए आँखें वहीं चिपकी रह गईं, "अरे, ये तो हमारे गाँव की कमला काकी जैसी लग रही हैं, हू-ब-हू वही आँखें, वही चेहरा और वही मुस्कुराहट..."

"अपना नाम बताओ, क्या तकलीफ़ है?" डॉक्टरनी के सवाल को अनसुना कर वह पूछने लगी, "डॉक्टरनी, पहले हमारे एक सवाल का जवाब दे दो। ये जिनकी फोटू लगी है, क्या वे ललितपुर की रहने वाली कमला काकी हैं?"

"हाँ, ये मेरी नानी थीं जो अब नहीं रहीं...पर तुम इन्हें कैसे जानती हो?"

"कमला काकी, हमारे मुहल्ले की सबसे अच्छी काकी..." कहते हुए उसकी आँखें भर आयीं। फिर उसने शुरू से लेकर अब तक की अपनी पूरी दास्तान सुना डाली। उसकी व्यथा-कथा सुनते हुए वे पूछ बैठीं, "जब तुम्हें

अपनी अम्मा की इतनी याद आती थी तो वापस क्यों नहीं चली गईं वहाँ? एक बार तो जाना चाहिए था ना? शायद वे तुम्हें माफ़ करके अपना लेते?''

''गई थी एक बार हिम्मत जुटाकर, मगर तब तक अम्मा नहीं रहीं और भाई ने देखते ही मुँह फेर लिया था—न, तुझसे कोई रिश्ता नहीं रहा हमारा। तू मेरे लिए उसी दिन मर गयी थी जिस दिन तूने इस देहरी के बाहर पाँव रखा था। मैंने कई बार अपनी कहानी सुनानी चाही मगर वो तो जैसे कुछ भी सुनने को तैयार नहीं था। फिर कहने लगे—आस-पास बदनामी होगी। मेरी बेटी की शादी नहीं हो पाएगी। हम कहीं मुँह दिखाने लायक नहीं रहेंगे। अगर जाति-बिरादरी से बाहर निकाल दिया गया तो कहाँ जाएँगे हम? कैसे अपना पेट भरेंगे? बच्चों की शादी के लिए कोई हमारे दरबज्जे नहीं आएगा। न हमें अपने यहाँ बुलाएगा। इस समाज के बगैर हम नहीं जी पाएँगे सो अपना रास्ता नाप ले तू। जिस नरक में गई थी, उसे भुगत। कहते हुए दरवाज़ा बंद कर लिया और उल्टे पैर मुझे वहाँ से रातोंरात लौटना पड़ा। तब से इसी नरक में रोज़ जीती, मरती हूँ।'' अपनी सारी बातें एक साँस में बताकर सुस्ताने लगी तो डॉक्टर साहिबा ने कहा कि अभी नहीं मगर शाम को फ़ुर्सत में आना तब तुम्हारी पूरी कहानी सुनूँगी।

''ठीक है...'' मगर उन्हें बताए बिना उसे चैन नहीं मिल पा रहा था तो फिर उसी दिन शाम को वह फिर से पहुँचकर बोली, ''आज आपको अपने उसी नरक की एक झलक दिखाती हूँ डॉक्टरनी जी...''

नई दिल्ली रेलवे स्टेशन! उसकी स्वप्न नगरी! देश की राजधानी, जहाँ संसद भवन है, जिसका नाम वह आए दिन टीवी पर देखा करती, उसी नाम को पढ़कर मन कुलाँचें भरने लगा। बगल में चल रहे दलजीत का हाथ उसने कसकर पकड़ लिया। डर, दुविधा, उमंग, रोमांच, धुकधुकी और बेचैनी के सैकड़ों दरवाज़े एक साथ खुलते-बंद होते रहे। सुनामी तूफ़ान की उछाल इतनी ज़बरदस्त, जैसे कलेजा चीरकर बाहर निकलने को बेताब हो कोई या फिर महीने से बंद किसी आजीवन कैदी को रिहा कर दिया गया हो। वह किसी विजेता की तरह अपने चुने रास्ते पर चलने का जोखिम उठा चुकी थी। अभी वह आँखें फाड़े नई दिल्ली स्टेशन से बाहर निकल रहे लोगों के हुजूम को आँखों-ही-आँखों में पीने लगी तभी दलजीत ने उसका हाथ पकड़ उसे मेट्रो स्टेशन की तरफ़ धकियाया। यहाँ भी भीड़-ही-भीड़। लड़के-लड़कियों का हुजूम वेग से निकलते, स्कूल से छूटे बच्चों की तरह मेट्रो से बाहर निकलता और फिर से

वही भीड़ अंदर धँस जाती। दलजीत की हथेली पकड़ अपने अँधेरे बियाबान से दूर अपने प्रेमी की एक पुकार सुनकर आँखें मींचे चल पड़ी थी वह एक झटके में अपना घर-परिवार छोड़कर। अचानक उसने अपने पुराने बदरंग से सलवार-सूट की तरफ़ देखा जिसे पहनकर रात में सोयी और भुनसारे उठकर दबे पाँव चल दी थी दलजीत संग, चप्पल हाथ में उठाए, सामान के नाम पर मात्र चाँदी के कड़े और कान के टॉप्स।

तभी दलजीत ने टोक दिया, ''क्या सोचने लगी मालती? अपने कपड़ों की तरफ़ मत देख। चल, पहले तुझे नए कपड़े खरीदवा देते हैं। तुझे तो सजने-सँवरने का कितना शौक है ना?'' उसने मीठी चाशनी जैसे बोल घोलते हुए उसकी तरफ़ प्यार से देखा। उसने अपनी बड़ी-बड़ी आँखों से दलजीत की तरफ़ सवालिया नज़रों से देखा, फिर हाज़िरजवाबी वाली पुरानी अदा से बोल पड़ी, ''हम लोग शादी कब करेंगे दलजीते? तूने तो कहा था कि सबसे पहले मन्दिर जाकर पंडितजी से बात करेंगे...याद हैं ना वे सब बातें?''

उसकी आवाज़ में उलाहना भाँपते हुए वह बोल पड़ा, ''हाँ, हाँ, पहले नहा-धोकर तैयार तो हो ले, फिर चलेंगे ना? इस समय तेरे पास अच्छे कपड़े तक तो हैं नहीं, तो सबसे पहले वही खरीदेंगे? अपनी सूरत को तो ठीक कर ले पहले। वैसे जँच रही है तू इन कपड़ों में भी?''

''मटमैली सूरत में क्या खाक जँच रही हूँ?'' उसने बनावटी ग़ुस्सा दिखाते हुए कहा।

''गठीले बदन वाली है तू। ऊपर से तीखे और खूबसूरत नैन-नक्श कितनों पर बिजली गिराएँगे? मालती, तुझे भरोसा है ना मुझ पर?'' वह अजीब नज़रों से उसे घूरने लगा।

''हूँ, खुद से ज़्यादा। तभी तो सब छोड़-छाड़कर चल दी तेरे संग...'' कहते हुए अनायास मुस्करा पड़ी वह। फिर वे मेट्रो पकड़ पास के बाज़ार तक जा पहुँचे जहाँ मालती ने मनपसंद कपड़े खरीदे और फिर दलजीत उसे अपने दोस्त सोनू के घर ले गया जहाँ उनके रहने का बंदोबस्त था। मालती ने उस जगह पहुँच ध्यान से चारों तरफ़ देखा जहाँ दो लड़कियाँ फर्राटेदार अंग्रेज़ी में बतिया रही थीं। 'जींस में कसा बदन और पतली-दुबली स्मार्ट लड़कियाँ यहाँ कौन-सी नौकरी कर रही हैं,' वह सोचने लगी तभी दलजीत मालती के कान में फुसफुसाया, ''ये सब बड़े घरों की लड़कियाँ यहाँ के नामी मसाज पार्लर में

काम करती हैं और इनकी महीने की कमायी है पूरे तीस हज़ार। करोगी ना तुम भी पार्लर में काम?''

''बस मालिश करनी है? सो कर देंगे, उसमें क्या?'' मालती ने मटककर कहा तो दलजीत हँस पड़ा।

दलजीत ने उसकी तरफ़ सशंकित नज़रों से घूरा तो वह पशोपेश में पड़ गयी और पूरी ताकत से दलजीत की हथेली पकड़े रही तभी बड़ी-सी दाढ़ी रखे सोनू ने दलजीत को इशारों में कुछ समझाया फिर बोला, ''मैडम को उनका कमरा दिखा दो। फिर तुम लोग यहाँ आस-पास के बाज़ार में घूम आओ। और हाँ, पैसे की चिंता मत करना।'' उसने कुछ इशारों में समझाया।

वहाँ का गुपचुप-सा माहौल कुछ रहस्यमय-सा लगा उसे और उसका मन दहशत से भर गया। वह तुरंत दलजीत का हाथ पकड़ बाहर निकल आयी, ''ये कहाँ ले आया मुझे? कहीं कुछ गड़बड़ी तो नहीं? ऐ, दलाली तो नहीं कर रिया दलजीते? साफ़-साफ़ बता ना, वरना तेरी वो गत करूँगी और सीधे पुलिस के पास ले जाऊँगी। हाँ...'' उसने आक्रोश में भरकर धमकाने की कोशिश की।

''तेरे भेजे में तो गोबर-ही-गोबर भरा है मालती। खामखां शक कर रही है। हाँ, अगर अब भी भरोसा नहीं है तो चल, अभी लौटती गाड़ी से वापस घर निकल जा। फिर जहाँ, जिससे तेरे घरवाले तुझे बाँध देंगे, वहीं जाकर ज़िन्दगी भर मर-खप।''

उसका बदला रुख देखकर वह चुप हो गयी तो वह दुबारा बोल पड़ा, ''चल, कहीं बाहर घूमकर आते हैं। देख, यदि तुझे यहाँ ठीक नहीं लगता तो कोई बात नहीं। कुछ और रास्ता निकालते हैं। मुझे कहीं कुछ काम-धाम का जुगाड़ तो करना पड़ेगा ना? वरना भूखों मर जाएँगे हम। आयी बात समझ में?'' सुनकर उसने खामोशी में सिर हिला दिया।

उस दिन वे दिन भर घूमकर खरीदारी करते रहे। लौटकर वे उसी ठीए पर पहुँचे। तब तक वह थककर निढाल हो चुकी थी। सुबह ठीक पाँच बजे नींद खुली तो देखा कि दलजीत तो बगल में है ही नहीं। हड़बड़ाकर उठी और चारों तरफ़ तलाशने लगी। जब वह कहीं नहीं नज़र आया तो बुरी तरह डर गयी और चीख निकल गयी, ''दलजीत, ओ दलजीते, कहाँ मर गया तू?'' कुछ अनहोनी की आशंका से वह सचमुच घबरा गयी थी। उसकी तेज़ आवाज़ सुनकर बगल के कमरे में लेटी दो लड़कियों की नींद खुल गयी, ''क्या हुआ? ऐसे क्यों चीखे

जा रही हो?'' मगर वह ज़ोर-ज़ोर से ऐसे बिलखने लगी जैसे किसी कसाई ने उसका गला रेत दिया हो। दहशत, डर और अनहोनी की आशंका से घबराकर बुक्का फाड़कर रोते-रोते बोलने लगी, ''दलजीते...'' वह असहायता में ज़ोर से रोते-रोते बोलती जा रही थी या बोलते-बोलते रोती जा रही थी। आँसू थे कि थमते ही नहीं थे।

''दलाल, भड़ुआ, तुझे एक लाख में बेचकर भाग गया नामुराद। सुन, दलजीत जैसे दर्जनों दलालों को फाँसता है बड़ा दलाल सोनू, बिलकुल वैसे ही, जैसे किसी जाल में मछली को फाँसा जाता है फिर चाहे वह तड़प-तड़पकर जान ही क्यों ना दे दे। सुन, या तो तू ये रोना-धोना बंद कर और इस धंधे को अपना ले, फिर हमारी तरह फ़ाइव स्टार होटल में मौज करेगी या मौका मिलते ही खिसक लेना यहाँ से।''

उसकी बात पूरी होने के बीच में ही दूसरी लड़की बोल पड़ी, ''आलीशान फ़ार्महाउस में शानदार पार्टियाँ होती हैं यहाँ। जहाँ शहर भर के टॉप क्लास करोड़पति आते रहते हैं और एक बार मसाज के एक लाख तक बड़े आराम से मिल जाते हैं तो उन पैसों से मौज कर, ऐश से रह। ऐ, सोच-समझकर आगे कदम बढ़ाना। वैसे यहाँ से भागने के मौके मिलते रहेंगे। बस तू मौके का फ़ायदा उठाने की तरकीब सोच।'' लड़कियाँ उससे अपने अनुभव साझा करने लगीं।

''एक लाख, एक बार मसाज के?'' उसकी आँसुओं से गीली आँखें आश्चर्य से चौड़ी होती गयीं।

''हाँ, विदेशी लोग दे देते हैं बशर्ते उनके मन-मुताबिक मसाज किया जाए। जैसी डिमांड वैसे रेट। सीधी-सी बात समझ ले। जिस्म के इस कारोबार में मॉडल, टीवी स्टार, कॉलेज की स्टूडेंट्स और तुम जैसी गरीब घरों से लाई सुंदर लड़कियाँ शामिल हैं जिनकी चमड़ी गोरी हो, पर्सनैल्टी में दम-खम हो और आँखों में चमक हो। क्या नाचना-गाना आता है तुम्हें? आजकल बैले डांस चलन में है...'' इसी बीच फिर वही दूसरी लड़की बोल पड़ी, ''तेरे जैसी छरहरी देह, लंबी सुडौल गर्दन और गोरी चमड़ी...पिछले महीने एक दलाल ने पूर्वी दिल्ली की किसी बिज़ी जगह पर दो लड़कियों को किसी मीटिंग प्वाइंट पर भेजा और पूरे पचास हज़ार तो दलाल ने ही वसूल लिए, बाकी पचास हज़ार लड़कियों ने।''

''ऐ नगमा, इसे आगे का पूरा किस्सा तो सुना। कितना कमीना था वो

अरब का शेख, कैसी चीप हरकतें करता था। बाप-रे-बाप। लगता था जैसे पूरे शरीर में सुइयाँ चुभोयी जा रही हों। इतनी ज़ोर से नोंचा खसोंटी करता और फिर काटने लगता। पर हम विवश थे। क्या करते? अम्मा-पिताजी की एक्सींडेंट में मौत के बाद घर में कमाने वाला कोई और था नहीं। सो दूर का रिश्तेदार यहाँ इस अंधी गली में पटक गया।'' अपनी कहानी सुनाकर वह चुप हो गयी।

उजबक-सी खड़ी वह उनके मुँह से सच्ची कहानियाँ सुनकर अपने सूख चुके आँसुओं और सूजी आँखों को कई बार ठंडे पानी से धोती रही मगर दर्द की लकीरें इतनी गहरीं कि सोचते ही आँखें भर आतीं जिसे बायीं कुहनी से बार-बार पोंछती जाती गोया आस-पास टपकते धुँध भरे कोहरे में उसे कुछ नहीं सूझ रहा था। सोनू दलाल के हिंसक बोल रह-रहकर दिलो-दिमाग में बम की तरह धमाका मचाते। ऐसे में मन करता कि कैसे भी वह सब छोड़-छाड़कर कहीं से भी उस दलजीत नाम के राक्षस का कचूमर निकाल डाले जिसने उसकी ज़िन्दगी बर्बाद करने की हिमाकत की मगर अब इस अंधे मोड़ पर जहाँ, 'आगे रास्ता बंद है' का बोर्ड लगा है कि वह यहाँ से कहाँ कैसे भाग जाए? क्या करे? कैसे इस दुश्चक्र से निकले? क्या कभी वह यहाँ इस नरककुंड से बाहर निकल पाएगी? ऐसा कभी कर भी पाएगी? या ज़िन्दगी भर के लिए कैद। जितना सोचती, दिल बैठता और जी हलकान होता रहा। उसे न खुद का होश था, न आस-पास का। समझ में कुछ नहीं आता कि उसके साथ क्या-क्या हो रहा है। उसे लगता जैसे एक बार नहीं बल्कि बार-बार दर्द का रेला भड़भड़ाता हुआ खून बनकर वेग से उमड़ रहा हो। कभी लगता जैसे बहुत ऊँचाई से बहते झरने के नीचे खड़ी है वह और दूर गिरते पत्थर की तरह भारी-भरकम चट्टानें उसे रौंदती जातीं पर उसका वजूद मिटता क्यूँ नहीं। अनिश्चितकाल के लिए काल-कोठरी में कैद बंदी की तरह दिलोदिमाग लगातार सोचता रहता पर कुछ भी, कैसे भी रिहाई के संकेत नहीं मिलते। सोचने में भी राहत की गहरी साँसें नहीं ले पाती।

धीरे-धीरे ऐसा समय आया, जब वह मशीन की तरह तन का इस्तेमाल करके दुनियादारी सीखती गई मगर देह की इस यात्रा में उस भयावह दर्द का लावा जब-तब फूट पड़ता जिसके फफोलों से उसका तन दुखता मगर अपनी आह को मन में दबाना पड़ता। तब इस सचाई का एहसास हुआ कि देह के दर्द से कई गुना ज़्यादा असहनीय होता है मन में बसा दर्द जो अनबूझ गहरी खाई बनकर दिन-ब-दिन गहराता जाता है। उसे लगता जैसे समूचा अंतर ही खारे

समन्दर में तब्दील हो गया हो। अंदर बसे दर्द के भीतर दबे होते हैं कई अनकहे छिपे हुए दर्द। अँधेरे में गुम अथाह समन्दर से उमड़ती ज़हरीली फेनिल लहरें रह-रहकर गले तक आकर वापस मुड़ जातीं, फिर से वापस आने के लिए। जैसे उसका मुँह ही उफनते समन्दर की फेनिल खारी लहरों से भर गया हो जिनमें शुमार थे ढेर सारे कंकड़-पत्थर, सीपियाँ और रेत से मिले कचड़े में लिथड़ता रहा उसका वजूद। याद नहीं, कितने दिन, कितनी रातों से वह ठीक से सोयी तक नहीं। जागते-जागते आँखें झपक लेती और फिर जागती आँखों से फिर वही अँधेरा गाढ़ा होकर उसकी पलकों पर सवार हो जाता।

सोने का ठीया...सोचते ही जी मिचलाने लगता। आए दिन होटलों में जाकर मसाज के नाम पर दैहिक यौनाचार, ओह! कहाँ-से-कहाँ ला पटका किस्मत ने उसे। अभी यहाँ चंद महीने ही बीते होंगे कि अचानक एक दिन पुलिस का छापा पड़ गया और जल्दी-जल्दी सबको तितर-बितर करने के लिए गाड़ियों में ठूँसकर यहाँ-वहाँ फेंका जा रहा था। इसी आपा-धापी में वह काले दुपट्टे से मुँह ढककर पिछवाड़े से बाहर निकल गयी और भीड़ में आहिस्ते से खुद को बचाते हुए जैसे-तैसे किसी अनजान, अबूझ राह पर निकल पड़ी। रास्ते ही रास्ते, फिर पतली गलियाँ और अँधेरे में बजबजाते नालों को पार करते हुए ऊबड़-खाबड़ पगडंडियों पर चलते हुए इन झोपड़-पट्टियों तक जा पहुँची।

तब तक रात काले कपड़े पहन चुकी थी कि किसी पत्थर से पैर जा टकराया और सामने किसी मुच्छड़ पहलवान को देखकर डर गयी और दुबारा पूरी ताकत से भागना शुरू कर दिया। तभी पीछे से दबोच लिया उसने। तब से न जाने कितनी बार, कितने हाथों की गिरफ़्त से टुकड़ों-टुकड़ों में लहूलुहान होती रही वह मगर फिर भी ज़िंदा कैसे बनी रही, सोचकर हैरानी होती मगर दलजीत को ढूँढ़ने के लिए ज़िंदा रहना होगा उसे। हर बार यही सोच-सोचकर मन को मज़बूत करती मगर देह की यंत्रणाओं का असर रूह तक पहुँचकर दिलोदिमाग को झकझोरकर रख देता। देह के पोर-पोर में पसरी दुख की असंख्य लकीरें काले-नीले निशान बना डालती। हर दिन पिछले दिन से अलग चेहरा लेकर नमूदार होता पर शाम होते ही अलग ही शक्ल-सूरत हो जाती।

ऐसे ही एक दिन जब उसे पूरनमासी का चाँद दिखा तो उसे अपने गाँव के खपरैल से बने कच्चे घर की याद आयी और अपनी अम्मा की जो चाँद को देखकर कथा पढ़कर अपना व्रत तोड़ती थीं। उसकी अम्मा ने साफ़ लफ़्ज़ों

में उसे भला-बुरा समझाया था मगर दलजीत की बातों को आँखें मूँदे मानकर चल पड़ी थी वह बिना आगा-पीछे सोचे। उसे याद है कि दसवीं पास करके अम्मा को ब्याह दिया गया उस गरीब घर में। घर की दुरावस्था देखकर अम्मा ने सिलाई कर करके अपने हुनर से घर चलाने का ज़िम्मा अपने ऊपर ले लिया और सिलाई की कतरनों को जोड़कर वे मालती के लिए सुंदर-सुंदर फ्रॉकें बनातीं जिसे पहनकर वह इठलाकर मेला जाती और सब उसकी फ्रॉकों की तारीफ़ें करते नहीं अघाते और वह खुशी से फूलकर कुप्पा होकर जताती—न, पूरे बाज़ार में कहीं नहीं मिल सकती मेरी जैसी फ्रॉक, हाँ...पर बप्पा ने कभी अम्मा की कद्र नहीं की। उल्टा वे अम्मा को बात-बेबात गरियाते रहते और येन-केन प्रकारेण उनके मेहनत से कमाए पैसे ऐंठते रहते। गृहस्थी की गाड़ी खींचती अम्मा जब भी उन्हें पैसे देने से मना करतीं तो वे गंदी गालियाँ बककर अम्मा को सरेआम ज़लील करने लगते। फिर जब पैसा मिल जाता तो वही पैसा लॉटरी खरीदने या जुआ खेलने में गंवा देते। कितने तनाव भरे दिन थे उसके बचपन के जब स्कूल की फ़ीस का इंतज़ाम नहीं होने पाता पर अम्मा ही देर-सवेर देतीं। इस तरह वह 12वीं की परीक्षा दे रही थी कि यह पापी, हरामी, धोखेबाज़ दलजीत टकरा गया था उससे और उसे लेकर इस नरककुंड में फेंक गया। मालती को लगता जैसे उसके दिमाग में सोचने का कीड़ा इतने भीतर तक घुन की तरह लग चुका है कि वह जीते जी चाहकर भी खुद को इससे मुक्त नहीं कर पाती। विगत जीवन के पन्नों को वह टुकड़ों-टुकड़ों में फाड़कर फेंक चुकी थी मगर वही फटे पन्ने उसके न चाहने के बावजूद उसकी आँखों के सामने जब-तब उड़ने लगते।

बड़े विचित्र व रहस्यमय ढंग से मुस्कराती थी वह, सब यही कहते थे। किसी दुर्धर्ष योद्धा की तरह ज़िन्दगी से आँखें मिलाते हुए उसे सुंदर दिखने का बड़ा चाव था। अक्सर वह नए कपड़े पहनकर बाज़ार में खड़े-खड़े चाट खाती या किसी भी लड़के या लड़की को साथ लेकर उस नामालूम से कस्बे के इकलौते छोटे से रेलवे स्टेशन या बस स्टैंड पर आवारागर्दी करते हुए घूमती रहती या कहीं भी मुँह उठाकर बिना किसी को बताए चल देना उसकी फितरत थी मगर जोशोखरोश से भरे स्वभाव के चलते वह सबकी लड़ैती थी। चाहे वह लड़कों की तरह पतंगबाज़ी से लेकर जाने कितने ही अजीबोगरीब काम करती मगर गुड्डी गर्ल बनने के तमगे को न जाने कब झटक चुकी थी वह। अपनी

मर्ज़ी से ज़िन्दगी जीने का साहस करने वाली उस लड़की का नाम मालती से कब मल्लो बनता गया, उसे खुद नहीं पता। अक्सर वह आँखें मिचमिचाते हुए मुस्कान की महीन परत को होंठों से दबाने की पुरज़ोर कोशिश करती फिर दलजीत को देखते ही फट से खींसें निपोर देती। उस दिन भूसे के ढेर से टिकी मालती को तेज़ी से अपने पास खींचते हुए दलजीत ने चोर नज़रों से बाड़े के आस-पास देखा जहाँ अँधेरे ने कई अँधेरों की चादर अपने ऊपर ओढ़ ली थी। बाड़े में यहाँ-वहाँ छोटे-छोटे भूसे की ढेरियाँ बनी थीं और उनके पीछे बनी दीवारों पर चिपकी थीं कंडों की कतारें और आस-पास बँधे बैल, गाय, भैंसें व बछड़े।

"मालती, चलेगी मेरे संग दिल्ली? कल रात, यहीं इसी जगह पर मिल जाना। ऐ, कितनी प्यारी हो तुम..." उसकी ठुड्डी उठाते हुए बोलता रहा वह, "ऐसे क्या, टुकुर-टुकुर देख रही हो मेरी तरफ़? भरोसा नहीं है मुझ पर क्या? वहाँ रहेगी रानियों की तरह। जो जी में आए, सो वही करने के लिए आजाद वरना अपनी बुआ की तरह मर-खप जाएगी किसी दिन। अनजान से गाँव-देहात के उजड्ड पति के साथ काटनी पड़ेगी ज़िन्दगी। किसी नरक से कम नहीं थी तेरी बुआ की ज़िंदगानी...सुन रही है ना तू? फिर जवाब क्यों नहीं देती?" वह उसे झिंझोड़ते हुए पूछने लगा।

"क्या कहा? रानी की तरह, वो कैसे?" उसने आँखें नचाते हुए पूछा, "क्या सच्ची में आज़ादी मिलेगी? या ऐसेई बातें बना रहा है तू..." अपनी देह पर से उसे पूरी ताकत से परे धकियाते हुए मालती अपने कपड़ों में चिपक गए भूसे को झाड़ते हुए बाड़े से बाहर निकलने को हुई कि दलजीत ने फिर से उसकी छाती को मसलते हुए अपनी हथेली उसके कंधे पर टिका दी, "ऐ, मालती, ऐसे क्यों तरसाकर चली जाती है तू? भूखा-प्यासा ही मार डालेगी क्या मुझे?" तभी उसके कानों में फिर वही आवाज़ें सुनाई दीं, "मालती, ओ मालती, कहाँ मर गयी? कुलच्छिनी..." आवाज़ें दुगुनी गति से कानों को फाड़ने पर आमादा थीं।

"बकवास बंद कर दलजीते। मैं चलती हूँ, देर हो गयी..." उसे परे झटककर चलती बनी वह वहाँ से। घर तक लौटते हुए अंधियारी काली रात ने और ज़्यादा काले रंग को पोत लिया था। चप्पलें हाथ में पकड़े वह दबे पाँव कुठरिया में घुसी कि दादी चिल्ला पड़ी, "ओ मालती, कहाँ थी तू अब तक? किस खसम के संग काला मुँह करवाकर लौट रही है चुड़ैल।"

अभी दादी की बात पूरी नहीं हो पायी कि बगल के कमरे में सो रहा मुन्ना दलाल गुस्से से तमतमाता हुआ आया और उसके हाथ की चप्पलें छीनते हुए सीधे उसके सिर पर दे मारीं वही चप्पलें। पटर...पटर...पटर...

"मार डाला रे, ओ अम्मा, अम्मा रे..." उसकी आवाज़ों से भाँय-भाँय करती सूनी कुठरिया जैसे चिंघाड़ने लगी हो। मालती को पिटते-कुटते देख अंदर कुठरिया में सो रही अम्मा की नींद खुल गयी और वे तेज़ी से आकर मालती को खींचकर अपनी कोठरी में ले गयी। मैली-कुचैली साड़ी पहने उसकी अम्मा और मालती चुपचाप रात के गहराते अँधेरे में एक-दूसरे से बिना कुछ कहे लेटी रहीं। दोनों के भीतर संवाद चलता रहा। जुगलबंदी अनकही रही मगर कुछ देर बाद ही अचानक फट पड़ीं अम्मा, "मालती, सुन ध्यान से। अगर तू किसी को चाहती है और वो भी तुझे सच्चे मन से चाहता है तो तू भाग जा, इस नरक से। यहाँ से कुछ नहीं मिलने वाला तुझे। अपनी बुआ की तो याद है ना? किस कदर तेरी बुआ की शादी दूर-दराज के गाँव के उस नाकारा संग ज़बरन कर दी गयी थी जहाँ दोजून की रोटी कमाना भी मुश्किल हो गया था, जबकि वो सुनार का लड़का उससे शादी करना चाहता था। डरती हूँ, कहीं तेरा हश्र भी वैसा ही न हो... हाँ," उस अँधेरे में भी उनकी आँखें आपस में टकराईं और एक अजीब-सी कौंध उस अँधेरे कमरे में रोशनी बनकर नाचने लगी।

"अम्मा। तेरा वो दूर के रिश्ते का भाई भी तो बुआ को चाहता था फिर काहे नहीं ब्याह किया उसने बुआ से?"

"ये उल्टा रिश्ता नहीं हो सकता था। पर तू नहीं समझ पाएगी इन रिश्ते-नातों की परतों को। दोनों घरों से मनाही हो गयी थी। पेट से थी तेरी बुआ, पर कड़ी सज़ा दे डाली उस बेचारी को। मजबूरी में कहीं भी पटक दिया गया उसे, जैसे-तैसे।"

"पर वो लड़का भी तो कायर निकला। ऐन मौके पर मुकर गया था शादी से। बेचारी कितना रोयी थी और रो-रोकर अपनी जान देना चाहती थी। सच्ची में अम्मा, बिदा के मौके पर तो बुआ इतने ज़ोर से डकराकर रोयी थी जैसे किसी जानवर का जिबह किया जा रहा हो..."

"जिबह ही था मालती..." अनायास उन्हें तीन महीने का गर्भ गिराने वाला दुखद प्रसंग भी याद आ गया। फिर वे सीधे उससे रू-ब-रू होकर पूछ बैठी, "दलजीत तुझसे ब्याह करेगा क्या? बोल ना?" अम्मा ने बात पलटते हुए

पूछा तो वह खामोशी से ज़मीन कुरेदती रही, कुछ जवाब नहीं दिया।

''यानी ये भी कायर, बुज़दिल और डरपोक। मर्द सब-के-सब एक जैसे, गैर ज़िम्मेदार कौम!''...''नहीं अम्मा, ऐसी बात नहीं पर वो तो मुझे दिल्ली ले जाने की बात कह रिया था। वहीं शादी रचाने के ख़्वाब दिखा रिया था...'' एक-एक शब्द को चबा-चबाकर बोलना पड़ रहा हो जैसे।

''मालती, झूठे ख़्वाब दिखाकर बरगला रहा है वो तुझे। तू उससे कह दे कि हिम्मत है तो सबके सामने शादी की बात करे। तब मैं भी तेरा साथ दूँगी वरना ये सब तुझे बेच खाएँगे और फिर पता तक नहीं लगेगा तुझे। मेरी बात गाँठ बाँध लेना मालती, याद से।'' अँधेरे में भी उनकी डरी हुई आवाज़ सुनकर सहम गई वह। फिर धीरे से फुसफुसाते हुए बोली—

''हूँ, ठीक है अम्मा।'' कहते हुए वह फिर से चुप हो गयी।

उस रात दोनों के अंदर एक-दूसरे की बातें गहरे उतरती गयीं। आँखों में नींद नहीं फिर भी वे दोनों नींद में होने की कोशिश कर रही थीं। दलजीत के बारे में मालती जितना सोचती, उतना दिमाग उलझता जाता। बगल में लेटी उसकी माँ देर तक उसे गाँव में घटी घटनाएँ सुनाती रहीं। कुछ महीने पहले एक और हादसा हुआ जब उसके पिछवाड़े रहती दीपा का प्रेमी उसे मुंबई भगा ले गया था जहाँ से वह आज तक नहीं लौटी। कितनी बार उसके माँ-बाप रो-रोकर पुलिस में शिकायत करने भी गए पर नतीजा कुछ नहीं। कोई कहता कि वह लड़का उसे कहीं बेच आया होगा तो कोई कुछ कहता। पर न तो वो लड़का फिर कभी दिखा न वो लड़की। जितने मुँह उतनी बातें होती रहीं और फिर एक दिन शांत हो गयीं।

मालती के सामने हकीकत के साँप लहराने लगे। कहीं दलजीत ने भी यही किया तो क्या होगा? दलजीत तो यूँ ही आवारा की तरह घूमता रहता है। उसके माँ-बाप तो बचपन में ही चल बसे। चाचा ने इसे पाल-पोसकर यहाँ मनीराम की दुकान पर काम पर लगा दिया। तब से मनीराम ही इसका सखा या पालनहार बनता गया। उसे कभी उसकी बातों पर भरोसा जगता तो कभी अम्मा की बातें सुनकर रूह काँप जाती।

ऐन मौके पर मन की उत्ताल तरंगें विचलित कर देतीं, ''मालती, मैं सच्ची में तुझी से ब्याह करूँगा, बस चार पैसे कमाने की चाहत है। इसी की खातिर ट्रक वाले की बातें सुनकर सोए सपने जग उठे कि दिल्ली में कुछ भी करके पेट भरा जा सकता है। वहाँ तू भी बड़ी-बड़ी कोठियों में काम पकड़ लेना। समझीं, मेरी

जान,''...कहते हुए उसने मालती को चूम लिया। वह भी उसकी बाँहों में किसी पालतू जीव की तरह दुबक जाती तो वह उसके लंबे बालों की चोटी खोलते हुए कहता, ''मालती, तू खुले बालों में सिनेमा की हीरोइन माफ़िक लगती है। चल, किसी दिन फ़िल्म देख आएँ। इस महीने पूरे पाँच हज़ार मिले हैं मुझे। सो खूब घूमेंगे।''

उस दिन न जाने कौन-सी जादुई शक्ति के बलबूते उसके पैर अंधियारी रात में चल पड़े थे दलजीत संग। वह सपनों के भंवर में गोल-गोल घूमती रहती कि वह दलजीत संग शादी करके दिल्ली में घूम रही है कि वह चमचमाती कोठरियों में खुशबूदार व्यंजनों को नए सलीके से बनाना सीख गयी है कि वह रोज़ाना शाम को सज-धजकर मॉल में बने रेस्टोरेंट में खाना खा रही है कि वह दलजीत संग...गहरे प्यार की गिरफ़्त में...कि उसके दो सुंदर गदबदे प्यारे बच्चे हुए हैं। सपने थे कि थमते ही नहीं मगर हकीकत थी कि पीछा ही नहीं छोड़ रही थी। आँखें खोलीं तो सुबह अपनी चमक संग सुनहरे रूप में सामने नमूदार थी। इतना सब किस्सा सुनाकर वह चुप हो गयी। डॉक्टरनी उसकी बेबसी से पिघली तो वो तुरंत बोल पड़ी, ''अगर आपके यहाँ कोई भी काम मेरे लायक हो तो गुज़र-बसर हो जाएगी डॉक्टरनी...'' उस आवाज़ की बेबसी भाँपकर उन्होंने निर्णय लेने में बिलकुल देर नहीं की।

''ठीक है मालती, ज़रूर कुछ करेंगे।'' आश्वासन के कुछ दिनों बाद उसे अपने यहाँ खाना बनाने के काम पर रख लिया। वे अक्सर उसके खाने-पीने, रहने का बंदोबस्त भी कर देतीं तो बदले में वह भी उनके अस्पताल में मुफ़्त में काम कर देती। वे पैसे देना चाहतीं पर वह उनके उपकारों के बदले कुछ न लेकर अपने मन का बोझ हल्का कर लेती। उनके अस्पताल में मरीज़ों की सेवा-सुश्रूषा करके उसे बहुत अच्छा लगता। एक दिन उसने अपनी तबियत की गड़बड़ी की बात डॉक्टरनी को बतायी पर उनके बोल याद कर बेचैनी और घबराहट के मारे पैर कँपकँपाने लगे, ''सुन, तेरे पेट से स्वस्थ बच्चा होगा कि नहीं, ये बात गारंटी से नहीं बता सकती पर तू ज़्यादा मत सोच। अभी गिरवा ले तो ठीक रहेगा वरना देर होने पर मुश्किलें होंगी। तेरा डर सही है कि पेट में लात लगने से बच्चा अपंग पैदा हो सकता है पर पहले जाँच कर लें फिर बताएँगे।''

''नहीं, ऐसा नहीं हो सकता...'' पूरी बात सुने बिना ही उसके मुँह से चीख निकल गयी। उस घुप्प अँधेरे में राह टटोलते हुए वह झोपड़-पट्टी के

पीछे बने तालाब के पास जा पहुँची और देर तक क्या-क्या ऊट-पटांग सोचते हुए लौट आयी थी। कुछ दिन यूँ ही ऊहापोह में निकल गए। रह-रहकर यही सोचती, 'आख़िर क्या करे इस अनचाहे बोझ का? अपने पेट का ठिकाना तो है नहीं, ऊपर से एक और पेट की ज़िम्मेदारी आ गयी और अगर वह भी औरतजात निकली, तो?' सोचते हुए बहते आँसू किसी तरह थम ही नहीं रहे थे। धड़कते एहसासों की बाढ़ जैसे थमने का नाम नहीं ले रही थी जबकि वह उसी बाढ़ में डूबती जा रही थी। बहाव तेज़ी से कीचड़ की तरफ़ ले जा रहा था।

धीरे-धीरे बाहर का अँधेरा घिरने लगा लेकिन उसके अंदर का अंधियारा उससे ज़्यादा घना था। हकीकत की तेज़ धूप में चलते हुए सारे धुँध और भ्रम अपने आप मिटते गए। उस अंधियारी रात में चमकती बिजली की तरह मालती के दिमाग में एक खतरनाक ख़याल कौंधा। लेटे-लेटे उसने अपने पेट को सहलाया और बेखबर पड़ी उस जान की सनसनाहट सुनाई दी तो सोयी ममता के तार झनझना उठे। अरे यह क्या? अनायास मालती के अंदर सोए कबूतर फड़फड़ाने को अकुलाने लगे। बच्चे को प्यार करने की चाहत इतने वेग से उमड़ी गोया सूखे झरने ने अनायास हुई बारिश में बहने के लिए कोई अनजाना सुराख ढूँढ लिया हो। ऐन मौके पर एक ज़ोरदार हूक उठी लेकिन न जाने कहाँ से फिर वही भारी-भरकम प्रेत उसके ऊपर सवार हो गया था उस दिन। भांय-भांय करती उस गहराती काली रात में दबे पाँव खामोशी को घूँट-घूँट हलक से उतारती रही वह। डर व धुकधुकी के मारे डॉक्टरनी के पास जाते हुए पसीना चूने लगा। एकमात्र यही डॉक्टरनी भली महिला हैं जिन्होंने उसे गाढ़े वक्त में सहारा दिया था और उसकी बीमारी में उसकी मदद की थी। फिर एक दिन चारों तरफ़ से चोर निगाहों से चौकन्ने चीते की तरह बगल वाले नर्सिंग होम की तरफ़ मुड़ गए पैर मगर डॉक्टरनी ने चैक करते ही कह दिया, "चार महीने से ऊपर हो चुके हैं। अब कुछ और नहीं हो सकता। तू अच्छे से खाने-पीने का ध्यान रख। हो जाने दे इसे।"

फिर कुछ महीने दुविधा और दुश्चिंता में। जागते-सोते, उठते-बैठते, खाते-पीते हुए दिन-रात इस बच्चे को लेकर सपने बुनती-उधेड़ती रहती कि एक दिन अचानक दर्द का ऐसा जानलेवा रेला किसी तूफ़ान की शक्ल में उमड़ा जिसे कोई भी, कैसे भी थाम ही नहीं सकता था। उस दिन धुँध भरी सुबह थी जब मालती को साथ लेकर कुछ लोग नहर के पास पहुँचे। मालती के हाथ से

अचानक वह गठरी टपक गयी और नहर में से छपाक् की आवाज़ सुनाई पड़ी। अचानक उसे उस गठरी में से कोई मिमियाती आवाज़ भी सुनाई पड़ी और वह तेज़ी से नहर की तरफ़ दौड़ पड़ी मगर पानी के तेज़ बहाव संग दूर तलक तेज़ी से बहती जा रही थी वह गठरी।

उसे अपने से दूर जाते देख वह आपा खो बैठी, "बचाओ उसे। उस मासूम को बचा लो..." चिल्लाते-मिमियाते हुए वह नहर के गहरे पानी की तरफ़ तेज़ी से भागने लगी कि कुछ लोगों ने उसे पकड़ लिया। वह रोती-बिसूरती रही। तेज़ आवाज़ में गुहार लगाती पर कोई भी मदद करने वाला नहीं दिखा। सुबह बीत गयी, दुपहर गुज़र गयी फिर अँधेरा घिरने लगा और वह आने-जाने वालों से अपनी उस खोई गठरी को ढूँढ लाने के लिए मनुहार करती रही। उस बहते पानी पर तैरती हर चीज़ को हाथ से पकड़-पकड़कर खींचकर पकड़ लाती, फिर उलीचकर पहचान करके बीनकर कूड़ा-कचरा फेंकती रही। मगर वह गठरी नहीं मिली जिसकी उसे तलाश थी।

"लगता है, मालती, पगला गयी है। सदमा बैठ गया इसे तो। दरअसल उसकी बच्ची तो मरी हुई ही पैदा हुई थी। यकीन कर ले मालती," तमाम लोग समझाते रहे मगर जो भी उसे समझाने की कोशिश करता, वह गुस्से में भरकर उसी पर पत्थर फेंकने लगती। उसकी फटेहाल हालत पर तरस खाकर कुछ औरतें खाने-पीने, पहनने-ओढ़ने का सामान दे जातीं पर वह वहाँ से टस-से-मस नहीं होती बल्कि उसे यही लगता जैसे वह यहाँ से चली गयी तो कोई भी उसकी गठरी को उठा लेगा। किसी आते-जाते ने उस डॉक्टरनी को खबर कर दी जिसके नर्सिंग होम में उसने साल भर काम किया था और वे उसकी हर तरह से मदद करती रहती थीं। सुनते ही वे सीधे उसके पास चली आईं।

डॉक्टरनी ने उसे समझाने की कोशिश की, "सच्ची बात है मालती, तेरी बच्ची ज़िंदा पैदा नहीं हुई थी। छठ मासा बच्चा ज़िंदा नहीं बच पाता।" तो वह उन पर भी बिगड़ पड़ी, "डॉक्टरनी, आपको याद है ना! आपके घर पर मैंने पूरे साल भर काम किया है। वो बच्ची तो मेरे हाथ से सरक गयी थी जिसे गठरी में बाँधकर आपके पास दिखाने ला रही थी। पता नहीं कैसे मेरे हाथ से सरक गयी यहाँ इसी नहर में। सच्ची में, मेरी बच्ची मरी नहीं थी। आप तो कितना भरोसा करती थीं ना मुझ पर, तो यकीन करो मेरा। मेरी बच्ची की मिमियाती आवाज़ अभी भी मुझे रात-रात भर सुनाई देती है।" वह बोलते-बोलते रोती-

बिसूरती जा रही थी।

"मालती, ये सच नहीं है। अब तुम चलो मेरे साथ अस्पताल में। वहीं आकर रहना। तू तो पढ़ना-लिखना जानती है ना? तू तो बहुत समझदार है मालती। तू पागल कतई नहीं है।"

"सच कहा डॉक्टरनी। मैं पागल नहीं हूँ पर मैं हत्यारिन तो हूँ ना? पापिन हूँ। मेरे हाथों से वह गठरी यहाँ इसी जगह फिसल पड़ी थी। मुझे अब कुछ भी याद क्यूँकर नहीं आ रहा? कैसे हुआ होगा ये सब? आप मुझे जो चाहे, सज़ा दे डालो पर यकीन करो साब जी, जेल भिजवा दो मुझे...बच्ची ज़िंदा थी न डॉक्टर साब..."

"जो हुआ, उसे भूल जाओ और अब चलो मेरे साथ। उठो यहाँ से..." बड़े प्यार से समझाने की कोशिश करने लगीं वे।

"नहीं, नहीं मैं कहीं नहीं जा सकती। अगर मैं यहाँ से चली गई तो मेरी बच्ची का क्या होगा? कौन ढूँढ़ेगा उसे? नहीं डॉक्टरनी, मैं यहाँ से नहीं हिल सकती वरना वो गठरी में बंद मेरी बच्ची, उसका तो दम घुट जाएगा ना?" उसे याद करते हुए वह फिर से सुबकने लगी।

आँसुओं से सने उसके उलझे बालों और फटे-चिथड़े कपड़ों को देखकर पुलिसवाले भी मुँह फेरकर चल दिए, "हमारी जेल पागलों के लिए नहीं बनी है। समझ में आया कुछ?"

'सचमुच पागलों के लिए कोई जगह नहीं है इस दुनिया में। वाकई पागल नहीं है वो, पर कुछ-न-कुछ इलाज तो कराएँगे इसका,' यही सोचते हुए डॉक्टर साहिबा को अपनी उस मनोचिकित्सक डॉक्टर की याद हो आयी,जिसने एक बार ऐसी ही गंभीर पेशेंट को ठीक कर दिया था। जब समझाने पर भी वह वहाँ से हटने को तैयार नहीं हुई तो डॉक्टरनी ने अंतिम उपाय के तौर पर सोचा, 'अब तो इसे यहाँ से जबरन उठवाकर ही ले जाना होगा। तभी कायदे से इलाज शुरू हो पाएगा वरना ये तो यहीं पड़े-पड़े मर-खप जाएगी किसी दिन। ये जिस मानसिक यातना में कैद है, उससे रिहाई ज़रूरी है।' सोचते हुए डॉक्टरनी अपनी गाड़ी में उसे बिठवा रही थीं और आस-पास खड़े कुछ लोग महज़ तमाशा देख रहे थे।

ऐन उसी दिन, उसी अंधियारी रात में मेरी गाड़ी वहीं से गुज़र रही थी और भीड़ देखकर मैंने गाड़ी रुकवा ली और डॉक्टरनी से बात करने लगा। मालती तो मुझे देखते ही पहचान गयी थी और ज़ोर की आवाज़ में चिल्लाने लगी, ''हमें बचा लो दाऊ साब वरना ये लोग हमें मार डालेंगे। हमें बस गाँव पहुँचा दो। हमें अपने संगै ले चलो साब...'' गिड़गिड़ाने लगी वह, तो डॉक्टरनी ने कहा, ''इसको होश आ गया है और आप चाहें तो ले जा सकते हैं।''

''हाँ, मैं इसे अपने साथ ले जा रहा हूँ। ज़रूरत पड़ने पर सुबह दिखाने ले आएँगे।''

धुँध भरी शाम ढलने को थी मगर रात का अँधेरा अभी भी बहुत दूर था। इसके पहले कि रात ज़्यादा गहराए, इसके पहले कि कुछ अनहोनी घट जाए, सबसे पहले और सबसे ज़रूरी काम यही है कि कल सुबह होने से पहले अंधियारे में ही हमें हर हाल में मालती को यहाँ से ले चलना है। सोचते हुए मैं उसे यहाँ ले आया।

उस अंधियारी रात में अचानक फ़ैसला लेने में पल-भर की देरी नहीं की हमने कुसुम। यही है पूरी कहानी। अब तुम्हें जो सोचना हो, सोच सकती हो। वैसे मैं गुनहगार तो हूँ...

अनायास माहौल में चुप्पी पसर गयी। पति-पत्नी दोनों एक-दूसरे से नज़रें नहीं मिला पा रहे थे। हवा बहुत धीमी गति से चल रही थी और उमस के मारे बेचैनी घेरे थी। ज़मीनी हकीकतों से मुठभेड़ करते हुए जब कुसुम ने थोड़ा ऊपर उठकर सोचने की कोशिश की तो धुँध भरे बादलों के मायावी संसार में कहीं से आती ठंडी हवा का झोंका उनके अंतस में शीतल जल की तरह मन को राहत पहुँचा गया। भरोसे के बीज नींव में खूब गहरे उतरते जाते हैं कि हम चाहे कितनी ताकत से पेड़ को हिलाएँ मगर भरोसा आसानी से जाता नहीं। तेज़ हवा के झोंके से भरोसा हिल-डुल सकता है मगर फिर जस-का-तस। वे बोलते रहे, ''कुसुम, जीवन से बड़ा सच कोई नहीं। जिजीविषा एक अटल सचाई है। जहाँ जीवन राग अपनी सचाई बयान कर रहा होता है, वहाँ हवा के पहले झोंके में ही तमाम आदर्श किसी अनजान दिशा की तरफ़ रुखसत होने लगते हैं।

किस्सा चलता रहा। रात ढलती रही। काली परछाइयाँ रात में गाढ़े रंग भरने लगीं। फिर जब ये किस्सा थमा तो सन्नाटा अभेद्य लगने लगा। मन की गति को न तो कोई बाँध सकता है, न प्रेम के एहसास को कोई परिभाषित कर

पाया है। स्वत: स्फूर्त आवेग से भरी जोशीली ज़िन्दगी अपनी ही धुन में मस्ती का राग अलापने लगी। बादलों की घनी बस्ती जैसे मकानों के ऊपर खूबसूरत सफ़ेद छाते की तरह दिख रही थी जिसे छूने का मन करे मगर बस साँसों में भरने की मोहलत मिल सके, इससे ज़्यादा कुछ भी नहीं।

इस सच्चे किस्से को सुनने के बाद कुसुम को ऐसा महसूस हुआ जैसे तेज़ हवा के अनगिनत झोंकों से अचानक आयी आँधी से तूफ़ान में हिचकोले खाता जहाज़ ऊपर-नीचे डोलता हुआ बादलनुमा छद्म पहाड़ों को तोड़ने का भ्रम फैलाने लगा हो। जैसे-जैसे ये किस्सा ज़िंदा होकर आकार-प्रकार लेता गया, वही पहाड़नुमा छद्म रचते बादल टूटकर टुकड़ों-टुकड़ों में बिखरने लगे। जैसे ही वह आसमान में उड़ान भरते हुए जहाज़ से नीचे झाँके, तो धरती किसी अनाम पाताल लोक में बदलती जा रही हो और तब पाताल लोक में चले जाने का मिथक साकार होता नज़र आने लगा। कुसुम को लगता जैसे उनकी शादीशुदा ज़िन्दगी समानांतर पटरियों पर चलती रही। सचमुच, देह किसी भी रिश्ते को बहुत दूर ले जाने का पर्याप्त आधार नहीं मगर देह के बिना इनकी यात्रा क्या इतनी दूर चल सकती थी? सवाल-दर-सवाल उसके अंदर बसे अधूरेपन को उजागर करते। क्षितिज पर छाए दुर्लभ रंग जैसे पलक झपकते ही गायब, गोया किसी ने गुस्से में अहंकार से इठलाते बादलों को धुन दिया हो। आस-पास की सफ़ेदी अनायास काले रंग में तब्दील होती जा रही थी। आँखों के सामने धुँध-ही-धुँध गोया गर्म पानी की भाप ने चश्मे को धुँधला कर दिया हो ।

अनायास पति-पत्नी की आँखें एक-दूसरे से टकराईं और उनमें आत्मीय संवाद हुआ। कुछ नए रंग, नए एहसासों ने जन्म लिया, गोया अनाम किस्म के सपनों ने आकार ले लिया हो। ऐसे एहसास लेन-देन पर नहीं टिके होते। बस एक जलजला-सा आता है और सारे तटबंध एक झटके से टूट जाते हैं और हमारा वश नहीं चलता। तब सचेत दिमाग दुबककर न जाने कहाँ छिप जाता है। अनायास नेह के बादल घिर आए और झमाझम बारिश शुरू जिसकी खुशबू में हुलसते तन-मन अद्‌भुत रस से भीगने लगे। ऐसा लगा जैसे टप-टप बूँदों ने मन के सूखे कोनों को भरकर अनूठे उछाह से पुराने दर्द को बिसरा दिया हो। जैसे वो दुख-तकलीफ़ भरे दिन कभी थे ही नहीं उनके पास। अब अनकहे शब्द

अपनी जगह लेने के लिए छटपटाने लगे तो उन्होंने माहौल की चुप्पी को तोड़ते हुए पहल की—

"अब छोड़ो भी इन सब बातों को। इनमें क्या धरा है? अतीत की राख उड़ाने से क्या फ़ायदा, वापस लौटकर अपनी ही आँखों में भर जाएगी, पर हाँ, तुमने मेरी ज़िन्दगी, मेरे बच्चों को ज़रूर संवारा है," अंदर की अनकही आवाज़ों को पूरी ताकत से दबाते हुए वे चुप रहे मगर न चाहते हुए भी आवाज़ में तल्खी शुमार हो गयी।

"पापा, कौन-सी राख? कौन-सा अतीत? कैसी बातें कर रहे हैं आप लोग? बोलिए ना," बड़ी बेटी सुगंधा अचानक उनकी बातों के बीच में आ गयी और फिर बातें आयी-गयी हो गयीं।

बच्चों संग दस दिन रहकर उन्हें वापस लौटना पड़ा। बेटे के बोर्ड इम्तिहान जो आ गए थे मगर वापस आकर भी उनका मन विचलित रहा। फिर से पूजा-पाठ में तल्लीन रहने की कोशिश करती रहीं पर विश्वास का धागा जो दूर रहकर भी कहीं हिलगा रहता था, अचानक से ऐसा टूटा कि फिर कभी नहीं जुड़ पाया। वक्त आगे-आगे सरकता रहा, अपनी परछाईं छोड़ता हुआ। जीवन के पन्ने हर रोज पलटते रहे पर अकेले पड़ते ही उन्हें अपना सूना जीवन बेकार लगने लगता। अंदरूनी रास-राग के रंग ऐसे फीके व बेजान पड़ते गए कि एक दिन अचानक वक्त ने ही उनके अकेले पड़ जाने का ऐलान कर दिया यानी कुंवर सा के दुनिया कूच कर जाने की खबर आ गयी।

सालों बाद जब कभी कुसुम पीछे की तरफ़ मुड़कर देखना चाहतीं, ऐन उसी पल उनकी आँखों के सम्मुख उस मनहूस औरत का चेहरा कौंध जाता और अचानक पुरानी यादें तेज़ी से अंतस में रेंगने लगतीं। अक्सर रात के अँधेरे में भी उसकी आवाज़ फिर से गूँजने लगती जो उनकी गाड़ी के पीछे-पीछे दौड़ती हुई वह गुहार लगाती करुण आवाज़ में टेर रही थी—"माँ जी, हमें माफ़ी दै देव। आपके गुनहगार हैं हम मगर दद्दा को जाकी सजा मत देव। उनै अपने संगै लिवा ले जाव। उनकी तबियत ठीक नई रहत।"

उसके बोले ये आख़िरी अल्फ़ाज़ कुसुम के ज़ेहन में ज़िन्दगी भर बजते रहे। उनकी वे बातें, मनुहार करके बार-बार मनाना, उनका गुस्सा, हँसी-मज़ाक, बातों-बातों में मौज लेना फिर कुसुम के नाराज़ होने पर हर घंटे फ़ोन पर बतियाना और वह भी इस उम्मीद में जीती रहती कि उनका फ़ोन ज़रूर आएगा

तो फिर सारे गिले-शिकवे धुल जाएँगे। आँखें हमेशा फ़ोन के काले चोंगे पर चिपकी रहतीं और जब फ़ोन आता तो घंटे भर बात करके भी दिल को चैन न मिलता। वे कहते, ''कुसुम, तुम्हारा एकनिष्ठ प्यार और मेरी खुशियों की चिंता के इस एहसास ने मेरे जीवन में कई सुनहरे रंग भर दिए और मैं खुद को तुम्हारे काबिल बनाने में लगा रहा। सच कह रहा हूँ, हँसो मत। सुनो कुसुम, जब-जब, जो-जो, जैसे-जैसे होना है, होकर रहता है। सब कुछ हमारे नियंत्रण से परे। हमारी भावनाएँ भी समन्दर के किनारे तोड़कर भंवर बनाते हुए चक्कर काटने लगतीं। फिर वैसे ही दिमाग काम करने लगता। अपनी सालों पुरानी नाराज़गी, ज़िद और अपेक्षाओं की गठरी को लादकर मत चलो। मन की लहरें तो हर रोज़ बनती-बिगड़ती हैं और जीवन इसी का नाम है। न लहरें बनना बंद होती हैं, न कोई काम किसी के बिना रुकता है सो ये सब फ़ालतू बातें सोचकर ज़्यादा न घबराया करो। निगेटिव बातों का इतना ज़हर अपने अंदर रखकर कैसे जी पाओगी तुम? प्यार में डूबे जोड़ों को ध्यान से देखो। क्या वैसी तेज़ भावनाएँ हमेशा ज़िंदा रह सकती हैं? नहीं ना, तो?'' एक-एक बात को जतन से जोड़कर देर तक समझाते रहते।

बस यही लफ़्ज़ आख़िरी थे उनके मुँह से। हार्ट अटैक का केस था। गाँव में बसे आदमी को इतनी दूर शहर लाने में ही दो घंटे लग गए थे। पूरी कोशिशें हुईं कि समय से इलाज करवा सकें मगर किसी तरह कामयाबी नहीं मिली। एक पूरा सीन पलट गया हो जैसे सामने से। जीवन तो देता है, एक झटके में वापस ले भी तो लेता है। सचमुच अपने आख़िरी वक्त उन्होंने किसी को खबर नहीं दी। बस, वही थी उनके पास जिसने जब कभी उन्हें फ़ोन पर कुंवर सा की तबियत खराब होने की खबर भी दी मगर मुनीम जी ने इस बात को उतनी तवज्जो नहीं दी। कई बार तो बताया तक नहीं और कई बार मज़ाकिया लहज़े में टाल दिया, ''क्या हुआ? खाँसी, बुखार तो मामूली बात है। फिर तू है तो उनकी दिन-रात की सेवा और देखभाल के वास्ते?'' हँसते हुए वे कुसुम की तरफ़ व्यंग्य भरी नज़रों से घूरते, ''जिज्जी, तुमाई सौत का फ़ोन था। बीमार हैं दाऊ सा...'' सुनकर कुछ बोलते नहीं बना उनसे। उसकी सूरत याद करते ही अजीब-सी बेचैनी होने लगती और तन-बदन जलने लगता। हाँ, धीरे-धीरे कुसुम उनकी तरफ़ से थोड़ी उदासीन या लापरवाह तो ज़रूर हो गयी थीं।

किसी ने पर्दा खींचकर जैसे चल रहे नाटक को बीच में ही खत्म करने

की घोषणा कर दी हो। हम सब हतप्रभ, हैरान, अवसन्न और बेबस थे। जीवन ने दूसरी पटकथा लिखने की जैसे पूरी तैयारी कर ली हो। सब तरफ़ फैला था दुख-ही-दुख। उदासीनता के धूमिल रंग सुनामी की तरह तूफ़ानी लहरें बनकर हमारे जीवन को तहस-नहस कर चुके थे। उस दौरान क्या-क्या नहीं झेलना पड़ा, कितनी उठा-पटक से गुज़रता रहा जीवन कि दूर-दूर तक किनारा नज़र नहीं आ रहा था गोया समन्दर के बीचोंबीच फँस गयी हो हमारी नाव और प्राण अटक गए थे। चारों तरफ़ छाए घने काले बादलों ने अँधेरा गाढ़ा कर दिया था और हम डूबते जा रहे थे किसी अनजान भंवर में। सब कुछ भाग्य भरोसे। यही जीने का मंत्र बना लिया था। ऐसे-ऐसे चेहरे सामने आए जो अपनी स्वार्थ पूर्ति के लिए कुछ भी करने के लिए आतुर थे मगर न तो समय किसी का इंतज़ार करता है, न हालात। हम आँखों से गुज़रते उस ठहरे समय को महज़ देखते रहने के लिए अभिशप्त थे।

अजीब-सा रहन-सहन था उस समय घर का। सारे बच्चे रात में दो या तीन बजे तक जगते रहते और फिर दिन चढ़ने पर बारह बजे से पहले कोई नहीं उठता। खुले आंगन में मसहरी तानकर सोते बच्चों के सिर पर छाता ताने धूप खड़ी हो जाती मगर उनकी नींद कैसे भी नहीं टूटती। धीरे-धीरे वो दौर गुज़रता गया।

तब तक लड़कियों की शादियाँ नामी-खानदानी, पैसे वालों से हो गयी थीं मगर अभी बेटे की ज़िम्मेदारी उनके सिर पर थी। सुगंधा की शादी तो खूब पैसे वाले इंदौर के नामी खानदान में हो गयी थी मगर इस अलका को तो पढ़ने का भूत सवार था। कई साल शादी से मना करती रही मगर जब ज़बरदस्ती शादी करवा दी तो वहाँ ससुराल में एडजस्ट करने में दिक्कत आयी। सुगंधा की तरह इसके ससुराल वाले शहर में जाकर शिफ़्ट नहीं हुए, न ही उन्होंने अलका की इच्छा का मान रखने के लिए कुछ किया जबकि शादी से पहले तो यह साफ़ बात बता दी गयी थी कि शादी के बाद लड़की गाँव में नहीं रहेगी मगर शादी के बाद वे अपने वादे से मुकर गए और अलका को पढ़ाने से मना भी कर दिया। अलका तो शुरू से ही अपने मन का करने वाली आज़ाद-ख़याल लड़की थी सो उसने अपनी पढ़ाई को जारी रखने के लिए विद्रोह का बिगुल बजा दिया, ''नहीं, अब और यहाँ इन भुच्च देहातियों के बीच नहीं रहना मुझे। हर वक्त घूँघट में भी नहीं रह सकती। दम घुटता है मेरा ऐसे तंगदिल माहौल में।'' ऐसी अहमक

सास, जो अलका से पूरी रसोई बनवाने की ज़िद पर अड़ गयी थी, ''एक समय का खाना तो नयी बहू ही बनाएगी और ये पढ़ाई वगैरा की रट तो छोड़ ही दो...'' सुनते ही अलका भिन्ना गई।

''मैं अकेले पूरा खाना नहीं बना पाऊँगी, कोई साथ में हो, तभी...''

सास को ऐसे उल्टे जवाब की उम्मीद कतई नहीं थी। उन्होंने टेढ़ी नज़रों से उसे घूरकर देखा और उसके मायके फ़ौरन इत्तिला भेज दी, ''आपकी लड़की को न तो खाना बनाना आता है, न सीखना चाहती है और न ही उसकी कोई दिलचस्पी है सो पहले इसे सब सिखा दो, तभी भेजना और हाँ, ये पढ़ने की रट लगाए रहती है सो ये सब कुछ नहीं चलेगा हमारे यहाँ। हमें बहू से नौकरी नहीं करानी, साफ़ बात है।''

''बेशक, पहले ऐसी बातें हुई होंगी तो उससे हमें क्या? हमारे लड़के के विचार बदल गए हैं अब। हाँ, वो अपना घर-दुवार छोड़कर कहीं बाहर नौकरी करने नहीं जाएगा। कहता है, तीस-चालीस हज़ार में हमारा क्या होगा? जबकि यहाँ रहकर हम अपनी प्रॉपर्टी से ही महीने के लाखों कमा सकते हैं...''

कुसुम को अपना बीता समय याद आने लगा जब उसे ससुराल से बुला लिया गया था। जब तक उसके पति शहर में नहीं रहेंगे, वह भी अपने ससुराल गाँव में नहीं रहने वाली। उसके दुष्परिणाम सामने थे कि कुसुम का समूचा जीवन तबाह हो गया था। पति से अलग रहकर न तो उनके बीच प्यार पनप पाया और जब वे उसके साथ रहने को तैयार हुए भी तो यहाँ उनका मन नहीं लगा। दो अलग-अलग जगहों पर रहकर उनके जीवन की पटरियाँ अलग-अलग दिशा में चलती रहीं, सोचकर कुसुम ने अपनी बेटी को नसीहत देनी चाही पर उसने साफ़ शब्दों में मना कर दिया, ''न, कतई वापस नहीं जाने वाली वहाँ, उस जेलखाने जैसी ससुराल में जहाँ हर औरत घूँघट में लदी-फदी महज़ चलती-फिरती लाश में बदल दी जाती हो। जिसकी अपनी कोई मर्ज़ी ही न हो। और सुनो, मुझे बात-बात में यही सुनाया जाता—पहले अपने पति से परमीशन ले लो, फिर जो करना हो करो। क्या मतलब ऐसी बातों का? वो भी आज के ज़माने में, न बाबा, कतई नहीं लौटकर जाऊँगी वहाँ। ऐसी ससुराल जाने की कोई तुक नहीं। न बच्चा पैदा करने की मशीन बनने का भी कोई शौक नहीं पालना मुझे।'' वह लगातार बोलती रही—

''निखट्टू पति दिन भर या तो ताश खेलता या फिर दिन ढले उठकर खेत

पर जाकर थोड़ी-बहुत देर टहलकर आ जाता। बस, दिन भर इतना खाली आदमी अंड-बंड तो सोचेगा ही। उसकी अपनी कोई पर्सनैल्टी ही नहीं। आपसे शादी के लिए मना किया था ना मैंने ? पर आपने तो बहुत सारे झूठे वादे करके हमारी ज़िन्दगी तबाह कर डाली। मगर भुगतना तो हमें पड़ रहा है। मेरे पास जीने का कोई रास्ता नहीं बचा सिवाए इसके कि या तो मैं आत्महत्या कर लूँ या फिर माटी का लौंदा बनकर उस जाहिल आदमी के घर पर कीड़े-मकोड़ों की तरह बेकार बेस्वाद ज़िन्दगी काट लूँ। ऐसी सैकड़ों मुर्दा औरतों की तरह जो मुँह सिए रहती या हर वक्त जिनकी आँखों से पानी बहता रहता है। वे सहते-सहते या तो पागल हो जाती हैं या पुरानी पीढ़ी की महिलाओं की तरह भाग्य-भरोसे अपने मन को समझाती रहती हैं। मैं ऐसा नहीं कर सकती। आई कांट...'' इतना लंबा बोलने के बाद वह अचानक बोलते-बोलते रो पड़ी।

रह-रहकर पति की तेज़ आवाज़ें चीरकर रख देती हैं उसके अंतस को। वे ताने याद करके बुरी तरह झुलस जाती है उसकी जीने की लौ। रग-रग में दौड़ने लगता है तनाव। ये आदमी कभी नहीं बदल सकता क्योंकि ये बदलना ही नहीं चाहता। समानता वगैरह की बातें सुनकर ऐसे हँसता है जैसे कोई जोक्स सुना रही हो वह। सब कुछ समझा-बुझाकर देख लिया मगर बंदा टस-से-मस होने को तैयार ही नहीं। तो क्या सारी ज़िन्दगी पत्थर से सिर फोड़ती रहूँ? वह खुद से सवाल-जवाब करती रहती।

कुसुम ने कई तरह के तर्क देकर उसे समझाना चाहा मगर अड़ियल स्वभाव की लड़की ने वहाँ जाने से साफ़ मना कर दिया। पहले अपनी पढ़ाई करके नौकरी करनी है, बस यही ज़िद पकड़ ली। 'नौकरी मिलना क्या हँसी खेल है,' सोचकर दिल बैठने लगता। 'रपटीली ढलानों पर बढ़ाया गया उसका यह लापरवाह कदम था या रपटीली ढलानों पर बढ़ाया गया सावधान कदम,' वह सोचती मगर अलका जो ठान ले, कर गुज़रेगी, इतना भरोसा तो है कुसम को। वह साक्षी भाव से गुज़रते समय की नाप-जोख करने लगती अक्सर।

नई दुनिया में

करवट लेता रहा समय और उसी तरह से एहसास भी पुराने कपड़े बदल नए पहनते रहे।

बेहतर ज़िन्दगी जीने से बेहतर और कुछ भी नहीं होता...सालों पहले कही

बस यही एक बात ज़ेहन में अटककर रह गयी। लोग कहते हैं कि हम अपना अतीत भूलते नहीं पर ये निहायत ही गलत बात है। हम धीरे-धीरे अपना अतीत भूलने लगते हैं लेकिन अतीत में बिताए वो चंद लम्हे जो हम अपने चहेतों संग बिताते हैं, वे सचमुच कभी नहीं भूलते बल्कि उन्हें बार-बार याद करना चाहते हैं या बार-बार याद करके खुश होना चाहते हैं कि शायद इसी बहाने फिर से एक़ बार उस समय को जी लिया जाए। थोड़ा-सा भी पीछे मुड़कर देखने पर दो दशक पहले की सब बातें, वे साथ गुज़ारे लम्हे याद आते। घंटों साथ-साथ घूमना, चाय पीने के बहाने लंबी-लंबी सड़कों को नापना, एक-दूसरे के साथ गुनगुनाते हुए चलना और छोटी-छोटी पर्चियों पर कुछ भी लिखकर इसकी-उसकी हथेली पर रखकर कहीं और देखने लगना। वो उम्र भी क्या उम्र थी जब हम सबकी आँखें बोलती थीं मोबाइल युग न होने के बावजूद। किसी के लिए कुछ भी कह-सुन लेना और उस कहा-सुनी में से कई मतलब निकालते हुए आज़ादी से जीने का लुत्फ़ उठाते थे हम सब।

आज की दुनिया कुछ सालों में ही तेज़ी से साँप के केंचुल की तरह बदलती जा रही थी। उसी तर्ज पर हुआ कुसुम के घर का कायांतरण भी। दुपहर दो बजे तक सोकर उठने वाले बच्चे घर पर ही क्रिकेट खेलने लगे। उनके घर में कंप्यूटर, इंटरनेट और अत्याधुनिक संसाधनों के चलते दुनिया सचमुच उनकी मुट्ठी में खुलने लगी थी। अलका से छोटी वाली लड़की की शादी किसी पढ़े-लिखे नौकरीशुदा से की गयी मगर अपनी मनमर्ज़ी से यूँ चुटकियों में बेशुमार पैसा खर्च करने वाली को अपनी ससुराल के बंद रिवाज ज़रा भी रास नहीं आए जहाँ सिर पर घूँघट डालना अनिवार्य रिवाज हो, वहाँ उसका दम घुटने लगा। पति की सीमित आय में गुज़ारा करना उसे बुरा नहीं लगता मगर जब वे बात-बात पर उसे रोकने-टोकने या उसके कहे मुताबिक न चलने पर पाबंदियों की बाड़ लगाने लगे तो उसे कोफ़्त होने लगी। उसके विरोध करने पर कि वह खुद पढ़ी-लिखी है और जल्दी ही पढ़ाई पूरी करके नौकरी करेगी, उन्हें उसका यह विचार ज़रा भी रास नहीं आया और शुरू हो गए झगड़े। जल्द ही विरोध का बिगुल बजा वह उल्टे पैर वापस अपने घर लौट आयी, जहाँ रहकर अपनी आगे की पढ़ाई करके अपने पैरों पर खड़ा होने की प्लानिंग करने लगी।

जैसे-जैसे वक्त तकनीक का हाथ पकड़ रफ़्तार से भाग रहा था, बेटे की शादी किसी पढ़ी-लिखी लड़की से तय की गई ताकि वह इधर-उधर फैली

बेतरतीब संपत्ति की देख-रेख कर सके। बहू खूब चंट निकली। छोटी लड़की को वह फूटी आँख नहीं सुहाती। एक बार किसी बात पर जमकर बहस छिड़ गई, ''—जब खुद कुछ करोगी-धरोगी नहीं तो कौन तुम्हारे नखरे उठाएगा? शादी को तो निभाना ही पड़ता है सबको। वैसे तुमसे किसी की नहीं निभ सकती। तुम अपने पिए चाय का कप सिंक में नहीं रख सकतीं, तो अपने दम पर आगे क्या, कैसे पढ़ पाओगी? भगवान ही मालिक है तुम जैसे काहिलों का, जिसने सारी ज़िन्दगी नौकरों के भरोसे काटी हो, वो अब कैसे बाहर काम करेंगे? आई डाउट...''

''मगर तुम कौन होती हो मुझे इतना सारा लैक्चर झाड़ने वाली? अएं?'' अपनी भाभी को डपटते हुए उसने अपनी खीझ निकाली।

''इस घर की मालकिन और कौन?'' इस बार वे दो-टूक बात करने के मूड में आ गईं।

''अरे, बहुत बोलना आ गया तुम्हें तो। नहीं उठाऊँगी कप, जाओ, जो जी में आए करो। जिससे जो शिकायत करनी हो, कर डालो। हू केयर्स?'' उसने अपने पुराने रईसी अंदाज़ में चिड़चिड़ाते हुए बड़बड़ाना शुरू कर दिया।

''चार पैसे कमाओगी तब पता चलेगी पैसे की कीमत मगर कमाना कोई हँसी-खेल तो है नहीं, खास तौर पर उसके लिए जिसने सारी ज़िन्दगी बैठे-बैठे खाया हो। उसमें मेहनत करके कमाने लायक न तो हुनर है और न काबिलियत। समझीं? मेहनत के साथ चाहिए अक्ल जो तुम्हारी काहिलियत के चलते कब की तुम्हारा साथ छोड़कर भाग चुकी,'' इस बार वे खुलकर बोल पड़ीं।

''हाँ, हाँ, वो भी कर लूँगी। कौन-सा तुम्हारा कमाया खाती हूँ?'' इस बार ऐंठकर बोल पड़ी वो।

''और किसका है ये सब? एक बात साफ़-साफ़ सुन लो कान खोलकर, तुम सबके नाम तो हिस्से का बँटवारा पहले ही हो चुका सो अब किस मुगालते में जी रही हो? वैसे भी सीबीआई छापे के बाद हमारे पास अब पुराने ठाठ-बाट तो रहे नहीं। याद है सब कुछ? कि फिर से याद दिलाऊँ?'' पास में रखी बोतल को उठाकर पानी पीते हुए लगा जैसे उसके हाथों में अचानक ठंडे की जगह गर्म पानी आ गया हो जिसका एक-एक घूँट हलक से नीचे उतारना मुश्किल पड़ने लगा। उसे याद आया, हाँ, उसे हिस्से में जो मिलना था, मिल गया।

बस वो दिन और आज का दिन, उसने फिर पलटकर जवाब नहीं दिया। तब से उसने नज़रें मिलाकर बातें करना बंद कर दिया और धीरे-धीरे वे एक-दूसरे से बचकर निकलने लगीं। फिर जल्द ही उसने पूरी मेहनत से पढ़ाई करके नौकरी करने की ठान ली। पिछले साल भर से जीवन के कई चेहरों को पढ़ लिया उसने। कभी वही चेहरा इतना झूठा, नकली और धूर्त लगता है तो कभी ऊपर से चिकनी बातें करने वाले के चेहरे पर पाखंड की परतें देखकर मन खीझने लगता। उसे चट्टान की तरह मज़बूत इच्छा शक्ति वाला बनना होगा। अपने अंदर वही गंभीरता और खुद के बूते फ़ैसला लेने की हिम्मत लानी होगी। ये किसी-न-किसी पर निर्भरता बहुत दुखदायी है, और ये अपेक्षाएँ भी हमें कमज़ोर बनाती हैं जिनके चलते हम बार-बार मुँह के बल गिरते हैं।

उसकी सोच से अलग सोच थी अलका की। उसकी जीवनशैली और उसका जीवनदर्शन।

कुछ अलग हटकर सोचती थी अलका

सबसे अलग हटकर सोचती थी अलका। घर के बाकी लोगों की तरह उसे दिन में देर तक सोना पसंद नहीं था, न ही बाकी लोगों की तरह हर समय सजे-सँवरे रहना उसके स्वभाव में था बल्कि इन सबसे अलग वह अपने कमरे में सालों पुरानी किताबों संग देर तक पढ़ती-गुनती। उसे अक्सर लगता जैसे वह कितनी ही देर तक किताबों के बीच रहकर उनसे बतिया सकती है। अंग्रेज़ी, बांग्ला व हिन्दी साहित्य के प्रति उसकी दीवानगी देखते ही बनती थी। दूसरा पसंदीदा विषय था—दर्शनशास्त्र। राजनीतिशास्त्र और दर्शनशास्त्र की गहन अध्येता अलका कितनी बार खुद को अलग-अलग नज़रिए से जाँचती-परखती। फिर अपने लिए तय कसौटियों पर कठोरतापूर्वक खुद को कसती और कठघरे में खुद को खड़ा करके वकीलों जैसी जिरह करने लगती। ऐसा नहीं कि अलका इन सवालों से बेखबर हो बल्कि वह ऐसे धारदार सवालों से पूरी तरह बाखबर, चौकस और चौकन्नी होकर अपनी तेज़स्विता की तार्किक धार से लोगों के नुकीले वारों को झेलती रहती लेकिन न तो सवाल उसका पीछा करने से रुकते और न वह अपनी तरफ़ मुँह बाए इन नुकीले सवालों का मुकाबला कर पाती। इतना तो तय था कि वह आम लड़की की तरह घर परिवार में सामान्य जीवन

जीने के लिए कतई नहीं बनी थी सो वह अपने करियर को लेकर अक्सर सजग सचेत रहती। उसे पता था कि उसे करियर को ऊँचाई पर ले जाना है और इस राह पर वह अकेले ही चल पाएगी। दिन-रात मेहनत करके अच्छे अंकों से पास होने वाली अलका का करियर कुछ आकार ले पाता लेकिन घरवाले उसे हमेशा शादी के बंधन में बाँधने के मंसूबे बाँधते रहते।

अक्सर उसे ऐसा लगता जैसे उसकी आँखों ने ज़मीन से लेकर आसमान तक कोई अदृश्य सी, कभी खत्म न होने वाली सीढ़ी बना ली है और वह सीढ़ी-दर-सीढ़ी पाँव जमाकर ऊपर चढ़ती ही चली जा रही है पर लगता है जैसे वह तो कहीं पहुँची ही नहीं, बस जहाँ-की-तहाँ खड़ी है तो क्या वह एक ही जगह गोल-गोल चक्कर लगा रही थी जहाँ न आसमान तक ले जाने वाली कोई अलक्षित सीढ़ी, न सपने, न सपनों को पूरा करने वाला जज़्बा बचा। जैसे वक्त ने सब कुछ लील लिया हो और आँखें खोलो तो कहीं कुछ नज़र ही नहीं आ रहा था। सब तरफ़ धुँध-ही-धुँध, धूल, सर्दी और गिरते तापमान से छाए कुहरे को भेदकर कहीं न पहुँच पाने की विवशता में पूरा दशक बीत गया। कितनी बार उसने अपने जीवन को नए सिरे से भरने, खंगालने और निचोड़कर धूप दिखाने की कोशिश की मगर अंततः जीवन में सब कुछ सूखता चला गया।

जीवन-मौत के खेलों से गुज़रकर जीने की जद्दोजहद करती अलका अपनी अंदरूनी यात्रा में मिले दुखों, कचोटों, अपनों से मिले अपमानों को भूले रहना चाहती है मगर रूह कभी नहीं भूलने देती कि चेहरे कितने ही नकली हों, आवाज़ें कितनी ही नाटकीय क्यों ना हों मगर एक समय ऐसा आता है जब मन की इन सच्ची आवाज़ों को और नहीं दबाया जा सकता जो चीख-चीखकर अपने होने का सुबूत देना जानती है लेकिन जब वह बोल नहीं पाती तो घुटन में अक्सर ऐसा लगता मानो देवी माँ के कई हाथों की कई तलवारें एक साथ उसकी गर्दन उड़ाने पर आमादा हो उठी हों।

"अलका, अभी खुद को बचा वरना महिषासुरमर्दन हेतु बढ़ते मुखाकार की तरह वक्त तुझे निगल जाएगा। अलका, ओ अलका," अंदर की तेज़ आवाज़ें सुनकर मन घबराने लगा तभी उसकी माँ ने झपट्टा मारकर उसे इस जलते हवनकुंड में भस्म होने से बचा लिया।

"अम्मा, क्यों बचाया हमें? मर जाने देतीं तो कितना अच्छा रहता। कम-से-कम इन झमेलों से तो राहत मिलती। इस नरककुंड में भस्म हो जाती तो

आपको भी घर-बाहर के पैने सवालों से सामना न करना पड़ता।''

''अलका, मैंने इन सवालों की कभी कोई चिंता नहीं की और न तेरे भाई ने। फिर भी तू खामखां खुद को जलाने पर क्यूँ आमादा है?'' अम्मा ने आँसू भरी आँखों से अलका के रुआँसे व सपाट चेहरे को देखा जहाँ कोमलता की जगह उचाट भाव पसरे थे। चेहरे पर सूखी राख जैसा रंग पुता हुआ था। अम्मा की बात का जवाब दिए बगैर अलका ने खुद को वहाँ से बेरहमी से काटा और धम-धम करती हुई अंदर अँधेरी कुठरिया में पड़े तख्त पर ढह गयी मगर मन था कि पूरे दशक की जुगाली करते हुए उलझे रिश्तों के तार-तार को बेरहमी से उधेड़ता रहा। बदरंग धागों के रेशे-रेशे उस काली कुठरिया की दीवारों पर चस्पां होते गए। सूने मन में अड्डा जमाकर बैठी पुरानी घटनाएँ फिर से ज़िंदा हो उठीं।

बीसवें साल के चिकने पायदान पर पैर टेकते ही अलका की शादी की चर्चा ज़ोर पकड़ने लगी थी। मगर पढ़ाई की धूनी रमाए अभी वह किसी भी तरह से शादी जैसे झमेलों में कतई नहीं पड़ना चाहती थी। इधर भैया पर पारिवारिक, सामाजिक दबाव दिनोंदिन बढ़ता जा रहा था। अलका की शादी जब तक नहीं होगी तब तक भैया भी शादी नहीं करेंगे। भैया संग अलका का रिश्ता भी खूब आत्मीयता से भरा-पूरा व भरोसे की झिलमिल धारा जैसा पारदर्शी था, जिसमें दोनों ही अपना अक्स देख सकते थे। अलका ज़बरदस्त मेहनती है व उतनी ही मेधावी भी, ऐसा मानने के उनके भाई के पास पुख्ता सुबूत जो थे। भैया चाहकर भी फ़र्स्ट डिवीज़न नहीं पा सके जबकि अलका आसानी से फ़र्स्ट आ जाती थी। इसे भैया की समझदारी कहें या बाहरी सामाजिक दबाव कि वे शादी से मना करने वाली अलका को उल्टा समझाने लगे थे,''लड़का एम.एससी. कर रहा है तो नौकरी तो करेगा ही और तुम्हारी पढ़ाई का भी ख़याल रखेगा।''

भैया की बातों पर आँखें मूँदकर भरोसा करने वाली अलका को उनकी बात मानने के सिवाए और कोई रास्ता नहीं सूझा था।

अलका की शादी के छह महीने बाद ही भैया की भी शादी हो गयी और जल्दी ही अलका की भाभी घर परिवार का अभिन्न हिस्सा बनती गयी। इसके पहले कि इस त्रिकोण को खूबसूरत आकार-प्रकार मिल पाता कि ससुराल गयी अलका के ससुराल वालों ने उसके लिए उल्टे-सीधे फ़रमान जारी करने शुरू कर दिए, ''न, इसे अपने पति संग यहीं इसी गाँव में रहना पड़ेगा और हम अलका को आगे पढ़ने की इजाज़त नहीं देंगे। हमारे यहाँ लंबी-चौड़ी

खेती–बाड़ी है सो हमारा बेटा नौकरी करने कहीं बाहर नहीं जाएगा और अलका को यहाँ रहकर परम्परागत बहू की तरह वैसे ही रहना होगा, जैसा हम चाहें वरना जैसा उसका मन करे, करने के लिए आज़ाद है।''

आगे की और भी ढेर सारी ज़हरीली व कड़वी बातें उसके लिए कही–सुनी गयीं जिन्हें मुँह खोलकर कभी भैया को वह नहीं बता पायी। अलका के मुँह से इतना सब सुनते ही आँखें भर आयीं उनकी और वे विचलित हो उठे तो कुछ समझने के अंदाज़ में भाभी ने अपने पति की तरफ़ देखा भर, बोली कुछ नहीं मगर संवेदना के धनी भाई ने अलका की खामोशी को समझते हुए तुरंत ऐलान कर डाला, ''अलका की सारी पढ़ाई का खर्चा मैं खुद उठाऊँगा और जब तक वह पढ़ाई करके अपने पैरों पर खड़ी नहीं हो जाती, वह ससुराल नहीं जाएगी फिर अंजाम चाहे जो हो।'' उनकी आवाज़ में आत्मविश्वास की खनक साफ़ सुनी जा सकती थी।

यह सब अलका के लिए बड़ी चुनौती थी कि उसे हर हाल में सबसे पहले अपने को बिखरने से बचाना होगा, तभी वह आगे की पढ़ाई करने लायक अंदरूनी बल जुटा पाएगी। भैया की हर अपेक्षा पर खरा उतरने के लिए उसने भी कमर कस ली और ठान लिया कि सबसे पहले उसे अपनी भावुकता और स्त्री–सुलभ कोमलता को हर हाल में तजना होगा। उसे लड़की होने की मनोग्रंथि से भी खुद को मुक्त करना होगा सो हर रोज़ वह अपने आप से लड़ती और अपनी भावुकता की चीर–फाड़ करती। अपने से लगातार चलते इस युद्ध में वह दिनोंदिन परास्त होकर लहूलुहान होती मगर खुद को पढ़ाई में झोंके रहती। अंदरूनी आवाज़ें उसे चैन से नहीं जीने देतीं। जब वह देर रात तक पढ़ना चाहती और उसका पति इसी पढ़ाई से खासा चिढ़कर आए दिन चीखने–चिल्लाने लगता, ''बंद करो ये सब, किसलिए पढ़ रही हो।''

दरअसल ये ऐसा लगातार चलता युद्ध था जिसके दोनों सिरों पर वह खुद को बेरहमी से कटते देख रही थी कि उसके वजूद के कई टुकड़े कट–कटकर ज़मीन पर बिखरते जा रहे थे। कभी शक करते पति की कटूक्तियाँ, गाली–गलौच और उसके चरित्र पर आए–दिन दाग़े गए लाँछन उसे बेचैन कर देते तो कभी उसके ससुराल न जाने वाले फ़ैसले पर अडिग अलका को अम्मा के उलाहने रात भर सोने नहीं देते मगर आधी रात बीतने के बाद वह पूरी मेहनत व एकाग्रता से अपने वजूद के गिरे हुए टुकड़ों को समेटती, सहेजती, सिलती और

फिर नए मोर्चे पर तैनात सिपाही की तरह खुद को स्टडी टेबल तक खींच लाती। तब उसके टूटे सपनों के अक्स फिर से ज़िंदा होने की जद्दोजहद करते। रात के अँधेरे में अक्सर वह अपने ही अँधेरों से घिरकर भागने की कोशिश करती, लेकिन ये अँधेरे साए तो उसकी ही परछाईं बनकर नमूदार हो जाते। इससे बाहर आने की कोई तरकीब नज़र नहीं आती।

क्रमशः अलका का वजूद फौलादी बनता गया, मगर अपनी सहज इच्छाओं को गलाने की इस प्रक्रिया में अक्सर ऐसा लगता जैसे उसे किसी से खास मोह या आसक्ति नहीं रही। जैसे भूख न लगने पर भी हम आदतन खाना गटक लेते हैं या तमाम रोज़मर्रा की दिनचर्या नियत समय पर निबटाते रहते हैं, वह भी तो उसी तरह जीने की आदत डालती जा रही है, जैसे अनायास साँसें आती-जाती हैं स्वचालित मशीन की तरह, बिलकुल वैसे ही जीती है वह। रात भर वह किताबों के भीतर बसे अक्षरों के अक्स अपने अंदर उतारती जाती मगर अक्स थे कि नए आकार-प्रकार लेते हुए संजीवनी बनकर उसके प्राणों में ताज़ा हवा का संचार करते रहते।

नतीजा सामने था। एम.ए. में टॉप करते हुए वह देश की टॉप यूनिवर्सिटी की अखिल भारतीय परीक्षा में चुन ली गयी, जिसके ज़रिए मिले वजीफ़े से अब उसके पैरों तले की ज़मीन ठोस रूप में दिखने लगी। आर्थिक मज़बूती ने व्यक्तित्व के पीले मुरझाए पत्तों में नई जान बख्शी और मुरझाए पत्तों वाला पेड़ नई कोंपलों को सिर पर सजाकर ताज़ा हवा संग डोलते हुए नाचता नज़र आने लगा। धीरे-धीरे तेज़ हवाओं संग उड़ान भरने लगा अलका का तन-मन और धीरे-धीरे नई सज-धज में लिखे जाने लगे अलका के जीवन के बेरंग पन्ने। उसके हॉस्टल में साथ रहती रूममेट्स की सच्ची कहानियाँ अलका के सामने स्क्रीन पर चलती-फिरती जीवंत रूप में नज़र आतीं कि वह आँखें गड़ाए विस्मय, विमुग्ध होकर नई दुनिया के इस नए रूप व नई धुन में खुद को देखते हुए मोहासक्त हो उठती। ऐसे ही अचानक से टकरा गयी थी उसे अपनी पुरानी दोस्त। अचानक कॉलेज में इंटरव्यू देने पहुँच गयी जहाँ रेवती में अपनेपन की भीनी महक सूँघते हुए वह उसे गौर से देखने लगी। खूब जाने-पहचाने चेहरे को ध्यान से देखते ही पहचान लिया उसने झटपट।

"समय सचमुच बहुत बदल गया अलका, यकीन नहीं कर पा रही कि तुम नौकरी कर पाओगी। फ़िलहाल तो तुम मुझे बाकी सहेलियों का नंबर देना,

सालों से संपर्क छूट गया सबसे।'' उससे बात करने का मन होने लगा।

''अरे तुम यहाँ कैसे? कैसी हो? अक्सर हम अपनी पुरानी सहेलियों को याद करते रहते हैं।'' उस आवाज़ को सुनते हुए सोचने लगी, 'इतनी जानी-पहचानी सी आवाज़ सालों बाद सुनने को मिली।'

''कैसी है सुगंधा? कितने सालों से उसे देखा नहीं। हम सब अपनी-अपनी ज़िन्दगी के झमेलों में कितने उलझ गए? अलका?'' थोड़ा हिचकते हुए पूछ बैठीं वे।

''ठीक हैं वे। नंबर नोट करिए, पर मेरा यहाँ सिलैक्शन तो हो जाएगा ना? प्लीज़, मेरी मदद करेंगी ना? सुन रही हैं ना?'' उसकी आवाज़ में एक अजीब किस्म की याचना भरी कसक महसूस कर भौंचक रह गयी वह और उसे ध्यान से देखने लगी। सुगंधा की इसी बहन की पढ़ाई व करियर से जुड़े गहरे सरोकार देखकर उसकी सुगंधा से कम और धीरे-धीरे अलका से ज़्यादा दोस्ती गहराती गयी। पर उसे इस अस्थायी नौकरी की ज़रूरत भला क्यों है? सोचते ही वह झटपट पूछ बैठी, ''पर तू क्यूँ कर करेगी ये नौकरी? सच-सच बता ना, क्यों करेगी ये नौकरी? तुझे क्या ज़रूरत है ये सब करने की? इतना पैसा तो तेरे यहाँ नौकरों को दिया जाता था, याद है ना?'' रेवती उतावलेपन के साथ अपनी आँखें उसके चेहरे पर स्थिर करते हुए जवाब सुनने के लिए अधीर हो उठी।

''हाँ, करूँगी, सौ परसेंट करूँगी...'' दबे स्वर में बताते हुए उसकी बड़ी-बड़ी आँखों में थोड़ा-सा दर्द छलक आया।

''वैसे मैं यहाँ सबको जानती हूँ। सो कोशिश करती हूँ। मगर अचानक से ऐसी क्या ज़रूरत आन पड़ी?'' अपनी शिकायती नज़रों से वह लगातार उसे आँखें फाड़े घूरे जा रही थी।

''वो समय गुज़र गया। अब कुछ नहीं बचा हमारे पास। कहाँ, किस ज़माने की बातें हैं ये? दो दशक बीत गए, जैसे सदियाँ गुज़र गईं...हाँ...'' कुछ सोचते हुए उसके चेहरे पर तनाव की लकीरें बनने लगीं।

''अरे! पर अचानक से यह सब कैसे?'' जिज्ञासा जानलेवा थी पर इस समय कुछ भी कहने-सुनने का कुछ मतलब नहीं था। वह तेज़ी से अंदर चली गई, जहाँ इंटरव्यू चल रहे थे और ऐन मौके पर इंटरव्यू कमेटी की सदस्य को अलका का नाम नोट करवाया। अरसे बाद वह विगत में बिताए पलों में गोता लगाने लगी। दोनों समय की गहरी धार में कभी गहरे उतरकर पुराने समय को

जीने लगतीं तो कभी किनारे पर आकर आज के समय में लौट आतीं। बहते पानी में समय के कई अक्स बनते-मिटते रहे।

~

रेवती का कायापलट

इस रंग-बिरंगी दुनिया से खुद को एकाकार करती अलका के सामने बिंदास पन्ना खोले बैठी थी पुराने समय की दोस्त रेवती, जो अब पहले से बहुत स्मार्ट हो गई थी और नई सज-धज के साथ बदल गयी थी। अरसे बाद उसे पहली बार देखा तो देखती ही रह गयी। नए फ़ैशन के मुताबिक कपड़े पहन वह जितनी तेज़ी से फ़र्राटेदार अंग्रेज़ी बोलकर सामने वाले को प्रभावित कर सकती थी, उतनी ही बातूनी, मुँहफट और ज़िंदादिल भी थी। वह ऐसी-ऐसी बातें किया करती जिसे सुनकर अलका को अपना जीवन सबसे निरर्थक, रूखा-सूखा, बेजान, नीरस और निगले गए बेस्वाद भोजन की तरह बेमज़ा लगने लगा। अलका को लगता जैसे उसकी उदासी अक्सर पूरा सच बताने आती है और बताकर वापस मुड़ जाती है जैसे समन्दर की लहरें वेग से उमड़ती ज़रूर हैं पर किनारे पर सिर पटककर मुड़ना ही पड़ता है उन्हें। यहाँ किसे फ़ुर्सत है जो उन वेगवती लहरों को सँभाले। सो उसी वेग को अपने में जज़्ब करके वापस मुड़ना ही समुन्दर की विवशता है। उसकी धड़कनें किनारे तक आतीं ज़रूर हैं जैसे जोश में आता कोई प्रेमिल व्यक्ति प्रेमिका से मिलने अधीर होकर आता है मगर बस गले मिलकर फिर से लौटने लगता है।

रेवती अपनी तिर्यक भवें चढ़ाते हुए अलका को अपनी ज़द में लेकर शुरू-शुरू में तो पढ़ाई या करियर से जुड़ी ज़रूरी बातें समझती लेकिन जल्दी ही दोनों में साझापन पनपता गया। रेवती को अलका की गहन स्टडी में ढली बौद्धिकता, एकाग्र अनुशासन, धैर्य, समझदारी और गंभीरता से बोले गए नपे-तुले तर्क रास आते तो रेवती का मस्ती भरा 'फ्री स्टाइल लिविंग' कहीं-न-कहीं अलका के अंदर बंद संसार को साहस से खोलते हुए नई खुलती दुनिया का जादू जगाने लगता। धीरे-धीरे एक-दूसरे के भीतर बसे खालीपन को कहीं-न-कहीं भरते हुए उनमें सखी भाव का विस्तार होता गया।

वह अलका के भीतर बसी कोमलता के बहते रेशे को कायदे से पकड़

लेती, "अलका, आपने अपने चेहरे पर जो गंभीरता का लेप लगा रखा है, इसे तुरंत हटाओ वरना ऐसी कड़क सूरत देखकर दहशत होने लगती है। सच-सच बताओ, क्या आपको अपने ऊपर जबरन लादी हुई इस सख्ती से घुटन नहीं होती?"

"काहे की घुटन? जिसके हिस्से जो भी, जैसा भी, जीवन आया है, वही है उसका अपना भाग्य। अगर वही हिस्सा मेरा कटा-फटा है, तो है। सो आई कांट माईसैल्फ़..." विगत के हलाहल को भीतर उड़ेलते हुए उसने बड़ी निर्लिप्तता से यूँ जवाब दे दिया जैसे ये सब वह अपने बारे में नहीं, किसी और के बारे में बता रही हो।

"गलत बात, मैंने भी तो अपनी मर्ज़ी से बचपन में शादी कर ली थी मगर हमारी नहीं बनी तो अलग भी हो गए। बस और क्या? पर आपने तो खामखां खुद को बेरहमी से खारिज कर अपना जीना ही स्थगित कर दिया। ये तो गलत बात हुई ना? बोलिए ना?"

"शांत समन्दर देखने कोई टूरिस्ट नहीं आता, भले ही उसके अंतर में भयावह शोर मच रहा हो..."

"मगर उसके अंतर में खूबसूरत आकाश का अक्स तो बनता रहता है। नहीं क्या?"

'ओह, कितना अकेला है समन्दर...' प्रकट रूप से न बोलकर सोचती रही। अलका की चुप्पी से बेखबर वह बोलती रही, "वैसे मैं कल आपके लिए जींस व टी-शर्ट लायी हूँ। प्लीज़ न मत करना। आपका फ़ेवरिट कलर है हल्का-लैमन कलर..."

"ठीक है रेवती, पहनूँगी। पहनने-ओढ़ने में तो खासी मॉडर्न हूँ मैं। पर तू मुझे आप कहना बंद कर।" कहते हुए अलका हँस पड़ी।

"कितनी प्यारी लगती हैं आप यूँ हँसते हुए। बस, ऐसे ही मुस्कुराते रहिए। लिसन, कल मेरा एक और नया दोस्त बन गया। बहुत ज़हीन लड़का है। बहुत बिंदास व मस्तमौला टाइप। हमने कल खूब इंजॉय किया। ऐसे क्यूँ घूर रही हैं आप मुझे?" बोलते हुए उसकी आँखों में शरारत नाचने लगी।

"और क्या-क्या किया? मूवी देखी, बाहर खाना खाया होगा और?"

"नहीं, ये सब नहीं किया हमने। ये सब तो तुम जैसे शरीफ़ों के लिए छोड़ रखा है हमने। हमारी तो यूँ चंद लम्हों में फटाफट दोस्ती हुई और हमारी

नज़दीकियाँ बढ़ती गईं।'' उसने सिर मटकाते हुए विशेष अंदाज़ में मुस्कुराहट बिखेरी।

''मतलब?''

''वही और क्या? निकटता मतलब निकटता।'' आवाज़ में वही खनक, आँखों में मस्ती का सुरूर और चाल में फिर वही सान्निध्य का सुख हिलोरें लेने लगा।

''आप, नहीं-नहीं, तुम इतनी चुप क्यों हो? प्लीज़ मुझे गलत मत समझना, पर ये सच है कि मैं तुम्हारी तरह एकांतवासी की ज़िन्दगी कतई नहीं जी सकती। अपनी ज़िन्दगी का हर लम्हा पकड़कर पूरी तरह से जीने में यकीन है मेरा। मेरे लिए जीवन का हर पल उत्सव की शक्ल में सामने आता है जिसमें भरसक डूबकर मैं खाती-पीती, नाचती-गाती और परम मस्ती के सरोवर में खुद को डूबने देती हूँ। यही है मेरा जीवन-दर्शन और तुम्हारा?''

''रेवती, बहुत सारे अनुभवों को जीकर भी हमारे सवालों का मुकम्मल जवाब नहीं मिल पाता। इस रूटीन ज़िन्दगी में भी छोटे-बड़े दुख पाती हूँ जैसे दाँत में फँसे रेशे को निकालने के लिए हर रोज़ जद्दोजहद करनी पड़ रही हो। अधूरे मन से जबरन रचाए गए ब्याह जैसे स्वांग को तो मिटाना ही था। क्यों कि हमारी सोच के केंद्र तो शुरू से ही अलग-अलग थे। जल्दी ही हमें आपसी दूरी का एहसास भी हो गया था मगर कभी तलाक की बात नहीं सोच पाई या शायद उतनी हिम्मत नहीं पड़ी जबकि हम कभी साथ नहीं रहे। यूँ मेरा जीवन दो अतियों के बीच घिसटता रहा। तभी से हमने जीवन को निर्मोही नज़रिए से देखना शुरू कर दिया कि ये दुनियावी सुख मेरे हिस्से में हैं ही नहीं, सो वीतरागी होती गयी खरामा-खरामा...'' उसे रुँधे गले से कही गयीं बातें कहीं दूर से आतीं सुनाई पड़ीं।

''इस दौरान कोई, कोई भी मनमीत नहीं बना तुम्हारा?'' उसने आँखें मटकाते हुए पूछा।

''थे कुछ लोग जिनके एहसास ने कुछ समय के लिए समानांतर रेखाएँ बनायीं ज़रूर, मगर आसमान में अनायास बनी धुएँ की काली लकीर की तरह कुछ पल के बाद वे अपने-आप बादलों की तरह देखते-देखते लुप्त भी होते गए लेकिन वह कसैली कड़ुवाहट ज़रूर देर तक बनी रही। बाद में पता चला कि स्त्री-पुरुष के बीच की दोस्ती उतनी सहज-सरल नहीं होती, जैसा हम समझते हैं। दरअसल हम अलग-अलग रास्तों पर चल रहे थे। यहाँ कोई किसी का नहीं

होता या यूँ कह लो कि जितनी आत्मीयता बाँटती हूँ, उसका एक चौथाई भी लौटकर नहीं आनेवाला तो क्यों उम्मीदें पालें किसी से भी ?'' आगे कुछ और खुलकर कहने से अलका ने खुद को सायास रोक लिया।

''जब हम अलग-अलग रास्तों पर चलेंगे तो मंज़िलें तो अलग-अलग होंगी ही पर कोई अपराधबोध न पालें। कभी कोई कायदे का मिला तो तलाक की बाबत सोचा जाएगा। वैसे हमारे बीच जो याराना है, उसमें कई रंग शुमार हैं, है ना ?'' उसे सुनकर भी अनसुनी करते हुए वह अपनी ही रौ में बोलती जा रही थी—

''एक समय ऐसा आता है जब हम अपनी बनाई गुफ़ा में रहने के आदी होते जाते हैं। जब सालों-साल हमारे आस-पास कोई फूल नहीं खिलता तो धीरे-धीरे हम रूटीन रंगों, गंधों व जीवन रस से वंचित होते चले जाते हैं और हमें इसका एहसास तक नहीं होने पाता।''

''मगर जीवन तो अपने तरीके से अपना फ़ैसला सुनाएगा। है ना ? तो आपने जीना स्थगित क्यों किया ? आपने अपने वजूद के फैले टुकड़ों को सहेजने की कोई कोशिश ही नहीं की। है ना सच ?''

''तुम्हारे सवालों के मेरे पास कोई जवाब नहीं। पर हाँ, नए समय की आहटें सुन रही हूँ...जिसे तुम झुठला नहीं सकतीं। इतिहास अपने तरीके से बुनता, रचता, मिटाता और फिर से रचता है समय को। सो तुम जबरन अपने कान मूँदकर नए समय की आहटों को अनसुना नहीं कर सकतीं। वैसे मैंने आपके साथ नैनीताल चलने की प्लानिंग की है। मना मत करना। हाँ, मैंने पहले से ही टिकट करवा लिए हैं।''

इस बार उसने ठोस तरीके से अपनी बात रखी।

''बिना मुझसे पूछे ही ?'' उसने मज़ाकिया लहज़े में पूछा।

''सरप्राइज़ रहा ना, जस्ट से यस। कल के लिए आज को छोड़ने का औचित्य क्या है ? इतिहास तुम्हें मिटाने की कितनी बार कोशिश कर ले मगर तुम्हारे सपने आसमाँ तो छुएँगे ही...'' आँखों में आँखें डालकर पूछा उसने।

''हूँ, अच्छा चलो। देखते हैं। इंटरव्यू तो ठीक-ठाक निबट गया। सो कायदे से ये जॉब तो मिलनी चाहिए।''

''श्योर मिलेगी। इसी की ट्रीट हो जाएगी। तो कल हम निकल रहे हैं आपके संग।''

रेवती ने आँखें मटकाते हुए आँखों के इशारों से कुछ कहना चाहा तो उसके स्टाइल से उचारे डायलॉग सुनकर अलका को ज़ोरदार हँसी आ गयी तो वह हँसते हुए बोली, ''तू दोस्त भी मानती है तो अनौपचारिक लहज़े में बोला कर ना। फिर वही आपके ?'' अलका ने मुस्कुराते हुए कहा।

''बिलकुल सही। अलका, मैंने भी कुछ ऐसा ही सोच रखा था। ओ यस, हम नैनीताल चल रहे हैं।'' वह चहकते हुए बोल पड़ी।

मगर उसके जीवन की ये दो घटनाएँ अप्रत्याशित मोड़ लेकर आयीं कि इधर पहली बार अलका का भैया को बिना बताए दिल्ली से बाहर निकलना और उधर भैया का उसका सिलैक्शन लैटर लिए अचानक उसे सरप्राइज़ देने खुद भाभी संग चले आना। भैया-भाभी के लिए तो अलका अभी भी उतनी बड़ी नहीं हुई कि बिना उन्हें बताए वो कहीं अन्यत्र अकेले घूमने का फ़ैसला खुद कर ले। ये उनकी सोच से परे था और अलका के लिए भैया का पहली बार अचानक यूँ आना भी तो अप्रत्याशित था सो उनके आने की खबर सुनते ही वह परेशान हो उठी और उसी रात दिल्ली के लिए लौट पड़ी मगर तब तक भैया-भाभी वापस जा चुके थे। तभी से भाभी के मन में उसे लेकर जो गाँठ एक बार बनी फिर वे उसके प्रति कभी पूर्ववत सहजता नहीं बरत पायीं। वे गाहे-बगाहे भैया से अलका के बारे में कुछ-न-कुछ उल्टा-सीधा कहती रहतीं—

''अब वे बड़ी हो गयी हैं, कमाने लगी हैं सो अपनी मर्ज़ी से रहने लगी हैं। हमने अपनी ड्यूटी पूरी कर ली पर आगे की ज़िन्दगी के बारे में तो वे खुद फ़ैसला लेंगी। हमें नहीं लगता कि वो वापस अपनी ससुराल जाने के बारे में सोचेंगी भी ?''

सुनकर वे चुप रहे। वही जानलेवा चुप्पी।

''देखिए, आपने ही उन्हें इतनी ऊँचाई पर लाकर खड़ा कर दिया और आज वे इतने बड़े महकमे में ऊँचे पद पर हैं मगर अब तो वे अपने मन की करने लगी हैं। क्या पता, इसी तरह अचानक वे कहीं और शादी-वादी भी कर लें। सोचो ज़रा, उनके लिए हमने क्या-क्या नहीं किया ? कितनों से क्या-क्या नहीं सुनना पड़ा ? यहाँ तक कि हमने अपनी सुख, सुविधा और खर्चों को काटकर उन्हें पढ़ाने के लिए सालों पैसा भेजा मगर हाथ में पैसा आते ही वे सबसे पहले हमसे ही किनारा करने लगीं...''

''गलत आरोप मत लगाओ अलका पर। अभी उसने ऐसा कुछ भी नहीं

किया जिसके लिए उसे भला-बुरा कहा जाए। सुनो, ये उसकी ज़िन्दगी है। सो उसे खुद तय करने दो। तुम क्यों उसे जबरन ससुराल भेजना चाहती हो, जहाँ से कितनी बदनामी झेलने के बाद सब कुछ तजकर वो हिम्मत करके बाहर निकली थी। कितना सहना पड़ा था उसे? नहीं क्या?''

''मगर तब तो हमने यही सोचा था कि जब ये पढ़-लिखकर कमाने लगेंगी तो पति के पास वापस चली जाएँगी। वो लड़का तो आज भी इसके नाम की माला जपता है। किसी और से शादी करने के लिए कभी हामी नहीं भरी उसने।''

''पर हमने तो इस बारे में कभी लड़के को कोई आश्वासन दिया नहीं, न ही उसने कभी ऐसा कुछ कहा तो वो क्यूँकर ऐसा सोचने लगेगा? अगर वो सोचता भी है तो सोचने दो। कितना तंग किया था उसने अलका को, सब भूल गयीं क्या? बात-बात पर शक करना, गाली-गलौच करना...''

''मगर अभी तक तो उनका तलाक नहीं हुआ?'' सवाल पूरा जबड़ा खोले निगल जाने के लिए तैयार था।

''यही तो मुसीबत है। अलका के मन में क्या है, नहीं पता। हमें तो ये डर लगता है कि कहीं किसी रोज़ वो पति नाम की तख्ती टाँगे उससे पैसे माँगने न चला आए? तो क्या करेगी अलका? मुश्किलें पैदा कर सकता है वो।'' वे चिंतातुर आवाज़ में सोचते हुए बोले।

''मगर अब वो क्यों नहीं रहना चाहती अपने पति के संग? बोलिए ना, लो इस सवाल पर आप तो फिर से चुप्पी लगा गए।'' तभी उनके पास बैठी अम्मा बीच में बोल पड़ी, ''सालों से छूटे संबंधों के तार अब फिर से नहीं जुड़ पाएँगे। सुनो, इन्हें जबरन जोड़ने की कोशिश भी मत करना। वरना सालों से अलका के प्रति वह आदमी गुस्सा व नफ़रत पाले-पोसे बैठा है तो वो क्या उसके प्रति सहज बरताव कर पाएगा? कतई नहीं। भलाई इसी में है कि अलका कानूनन तलाक ले ले।'' अम्मा का दो-टूक जवाब सुनकर वे सकते में आ गयीं।

''अम्मा, ये सब बातें आप कैसे सोच सकती हैं? आप तो इतना पूजा-पाठ करती हैं और आप ही दूसरी शादी की वकालत करने लगीं...'' अपना पक्ष कमज़ोर पड़ते देख वे भड़क उठीं और फिर किसी से कुछ कहते-सुनते नहीं बना। वातावरण बोझिल हो उठा लेकिन मौन संवाद सबके अंदर चलता रहा।

इस तरह तारीखें खिसकती रहीं और उम्र का एक पूरा दशक शांत बहती नदी की तरह सरकता गया। दोनों अलग-अलग शहरों में थीं पर आभासी दुनिया के दौर में अनायास सालों बाद जब वह फ़ेसबुक पर रेवती से टकरायी तो फिर से उनके बीच छूटे संवाद शुरू हो गए। पहले मैसेजिंग, चैटिंग व वीडियो पर बातें शुरू हुईं और इस तरह जुड़ने लगीं पुरानी छूटी बातों की कड़ियाँ।

''रेवती, पहले अपना किस्सा पूरा बता। तुम्हारी कहानी तो बीच में ही छूट गयी। बोल ना?'' रेवती को कुरेदने पर वह बोल पड़ी।

''लिसन, ज़िन्दगी की भगदड़ में से जो एक बार छिटक गया सो गया हाथ से। तुम्हारी तरह न तो मैं हूँ, न हो सकती हूँ। तब से दर्जनों लड़कों से दोस्ती हुई और हम तेज़ी से आगे भी बढ़े। मगर फिर पहले जैसी बात नहीं बनी सो नहीं बनी। आगे की ज़िन्दगी अपनी शर्तों पर जीने के लिए चुन लिया था एक नया साथ। इंजॉयड फ़न, मस्ती एंड नो रिग्रेट...'' उसने पूरी मस्ती भरे मूड में चहकते हुए कहा।

''पर ये बंदा कहाँ टकराया था तुझसे?'' अलका ने उत्सुकतावश कुरेदा।

''मुझे मौका मिला और मैं नई उड़ान पर निकल पड़ी।'' दूर-दूर तक साफ़ नीले आकाश में बेशुमार पंछियों का कलरव सुनते हुए आँखें मूँद लीं उसने। वह डूबती जा रही थी उस एहसास में जैसे उन विरल पलों को याद करते हुए समय थम सा गया था तब। ''बहन के दफ़्तर में हमारी आँखें मिलीं और हम महीनों लिव इन में रहे। फिर एक दिन अचानक शादी करने का शौक भी पूरा कर डाला।'' उसने कंधे उचकाते हुए जवाब दिया।

''अब कैसी चल रही है ज़िन्दगी? तेरा ये साथ मज़ेदार रहा या फिर कुछ और नया जोड़ा ज़िन्दगी में?''

''अलका, मैं जोड़-घटाव या गुणा-भाग के घनचक्कर में नहीं पड़ती। इतना ज़रूर देखा था कि सामने वाला बंदा पैसे वाला हो। वो सरकारी महकमे में डायरेक्टर है। मुझसे पाँच साल छोटा मगर मेरी हर शर्तें कुबूल।'' कहते हुए उसने ठहाका लगाते हुए कहा, ''देख रही हो मेरा वही बिंदास स्टाइल। बस ऐसी ही हूँ मैं, जैसी पहले थी। तू सुना ना अपनी? किसी एजेंसी वाले से तेरी दोस्ती तो शादी में बदल गयी थी, फिर कैसा रहा साथ?''

''कुछ नहीं, खल्लास। मेरी किस्मत ही ऐसी निकली कि जहाँ भी ज़मीन खोदकर पानी निकालने का जतन करती हूँ, वहीं से रेत व कंकड़-पत्थर

निकलने लगते। पानी का दूर-दूर तक नामोनिशान तक नहीं।'' बोलते हुए गला रुँधने लगा उसका। एक फीकी-सी मुस्कराहट, जिसमें कोई रंग नहीं था।

''ऐ अलका, दिल छोटा नहीं करते। तेरे आँसू देखकर मन खराब हो गया। तुझे तो हम आयरन लेडी कहते थे, याद है ना?''

''कोई आयरन-वायरन नहीं थी मैं। बस हालातों के हिसाब से ढलना पड़ा था तब मुझे। पहले वाला मेरे कैरेक्टर को लेकर धज्जियाँ उड़ाने में पाशविक सुख महसूसता था और गाहे-बगाहे कॉलेज आकर परेशान करता था ताकि मेरी पढ़ाई डिस्टर्ब हो और मैं पढ़ न सकूँ। उसे बखूबी पता था कि मुझे किस जगह पर वार करके किस कदर तोड़कर कमज़ोर किया जा सकता है। सो वो उसी नस को दबाकर मुझे जकड़ना चाहता था। उसी समय मैंने खुद को आयरन लेडी में तब्दील होने दिया। तभी से मेरे स्वभाव में वैसी ज़िद या कठोरता या अनुशासन वगैरा शुमार होता गया।'' बीते समय का टुकड़ा सामने फेंकते हुए आवाज़ में तिक्तता आ गयी।

''और ये दूसरा वाला? कहाँ, कैसे चूक हो गयी तुझसे?'' बातें थीं कि एक के बाद दूसरी कड़ी बनाने लगीं।

''शुरुआत में तो शादी के लफ़ड़े में पड़ना ही नहीं चाहती थी मगर फिर पहली पोस्टिंग छोटी जगह में हो गयी जहाँ अकेले रहने के झमेलों से जूझना पड़ा। न जाने कहाँ से पता लगाकर सालों पहले छूट गया पति नामक बंदा किसी वकील की सलाह लेकर पैसे माँगने आ टपका। ज़ोर-ज़बरदस्ती करने पर मजबूरन तलाक की अर्ज़ी लगानी पड़ी। जो भी मुझसे मिलने आता तो आस-पास के लोग हमें शक की नज़रों से देखकर कानाफूसी करने लगते। रंजन ने पहले मुझसे कहा, फिर भाई को शादी के लिए मनाया और मुझे लेकर ढेर सारी बातें कीं। यूँ तो रंजन लोकल लीडरशिप करता। किसी नामी एजेंसी का मालिक था, ठीक-ठाक कमा रहा था। कुछ दिन ऊहापोह में रही मगर फिर भैया ने हामी भरते हुए कहा, 'कम-से-कम तुझसे जलता नहीं, तुझे और ऊँचाई पर देखना चाहता है, यही क्या कम है।' तू जानती है, भैया के हर लफ़्ज़ को वेदवाक्य मानकर हामी भर दी।''

''फिर? फिर आगे...''

''यूँ तो तुझे ये मामूली बातें लगेंगी मगर सुखासीन रंजन पूरी तरह आत्म केंद्रित, आत्मलिप्त ऐसा आदमी निकला जिसके चारों तरफ़ चाटुकार रहते। जो उसके इर्द-गिर्द मँडराते हुए उसका महिमामंडन करते रहते। मेरी नौकरी से

उसमें पैसों की निश्चिंतता आ गयी। सो बैठे-बैठे वह दिनोंदिन निठल्ला और निकम्मा भी बनता गया। उसकी महत्त्वाकांक्षाएँ क्रमश: चुकने लगीं। धीरे-धीरे वह सारा दिन घर पर बैठे-बैठे या तो टीवी देखता या सोता रहता। अक्सर वह मुझे डिक्टेट करने लगता। खुद को केंद्र में रखकर वह मुझे परिधि पर ठेलकर ज़िन्दगी चलाना चाहता मगर जब मैंने खुद फ़ैसले लेने शुरू किए तो उसके भीतर बैठे पुरुष ने सत्ता, वर्चस्व, हुकूमत और हक का बेज़ा इस्तेमाल शुरू कर दिया। उसके कुतर्क सुनकर मुझे लगता कि इसका वश चले तो ये तो मरने के समय भी मुझे मरने की तरकीबें सुझाने लगेगा। उसकी नसीहतें सुनकर मैं चिढ़ने लगी। बे-सिर-पैर की बातें सुनकर मुझे गुस्सा आने लगा था।''

''और तुम्हारे बीच का प्यार?'' इस बार उसने सही जगह उँगली रख दी।

''प्यार, सुनकर हँसी आ जाती है अब तो। इस एहसास से उसने कभी खुद को जोड़ा ही नहीं। खुद के सिवाए किसी और से प्यार करना उसकी डिक्शनरी में था ही नहीं। जब मुझसे कोई लगाव ही नहीं तो अधिकार कहाँ से आता? शुरुआत में ऐसा लगता रहा कि वह मेरे करियर के प्रति गंभीर है और करियर को तवज्जो भी देता...''

''मसलन...''

''अरे, तुमने भुवनेश्वर जाने को मना क्यों कर दिया? लो, ट्रेन से नहीं, फ़्लाइट का टिकट करवा देता हूँ। मेरे साथ रहोगी तो ऐश से कटेगी ज़िन्दगी, हाँ...'' कहने के साथ ही हँसने लगता था।

''ऐसे ही उल्लू बनाते रहते हैं ये सब के सब पुरुष। चमकीला हीरा कहकर फँसाने वाले लड़कों को शादी के बाद वही लड़की माटी की मूरत जैसी क्यों लगने लगती है?'' न चाहते हुए भी उसकी आवाज़ में कड़ुवाहट मिल गयी।

''सही कहा तुमने। अब तो यही लगता है कि जैसे चीनी के टुकड़ों से सजी बाल मिठाई जैसा मीठा बोलने की कला में माहिर है वो। बाद में दिखा उसका असली चेहरा। बहन के हार्ट अटैक होने पर जब ये बंदा दुख की उस घड़ी में मुझे सांत्वना देने के बजाए अपने खाने-पीने या सोने को लेकर फ़िक्रमंद था तो मेरे अंदर ज़बरदस्त आक्रोश जगा और उस माहौल में मैं घुटकर रह गयी। मन वितृष्णा से भर उठता। धीरे-धीरे खुद को इस दुश्चक्र से निकालने की जद्दोजहद की और इस तरह किसी खुदमुख़्तार इंसान की तरह अपनी मर्ज़ी से

जीने के लिए मैंने स्पेस लेना शुरू कर दिया।''

इतना बोलने के बाद उसकी आवाज़ में थकान आ गयी और वह चुप हो गयी। वह सोचने लगी कि फिर वैसा जुनून क्यूँकर नहीं उपज रहा।

''सुन, अब हालात वैसे रहे नहीं। आज के समय में ऐसे एहसासों की ज़्यादा उम्र नहीं रही। अक्सर ऐसी छोटी घटनाएँ होती रहतीं जिनसे उनके अंत में हमें लेकर घटिया सोच का पता चलता और यह एहसास हमें ज़हर की तरह गटकना पड़ता कि इनकी आँखों में हमें पाने का जो जुनून था। वह पाने के बाद एकदम से खत्म हो गया। आज तो हर कोई बाज़ार का गुलाम होकर वही करने को अभिशप्त है जैसा कि बाज़ार उससे अपेक्षा करता है। ऐसे में, एक सवाल तो बेचैन करता है। हमें सचेत मन से वैसा भाव बनाए रखना होगा, तभी हम आगे कदम बढ़ा पाएँगे।''

''यहाँ किसको पड़ी है कि वह दूसरे के लिए सोचे या उसके हिस्से के दर्द को महसूस करे। बस खुशियाँ बाँटो, बेवजह हँसो और हँसाओ, यही फ़िलॉसफ़ी जी रहे हैं आस-पास के लोग। तू ठीक कह रही है। पर लीक से हटकर कुछ पहाड़ खोदने जैसा काम करने के प्रति जुनूनी भाव पैदा नहीं हो पा रहा जबकि उतना पैशन ज़रूरी है, अन्यथा कुछ भी नहीं होने वाला। कैसे आएगा वैसा पैशन, नहीं जानती मगर कुछ-न-कुछ तो करना ही होगा। किसी तरह से इस भाव को ज़िंदा रखना ज़रूरी है वरना जीवन ढोर की तरह थोड़े ना बिताना है। मुझसे मुमकिन नहीं होने वाला कुछ भी अनूठा काम।''

''तू यूँ हार कैसे मान सकती है अलका ? तुझे तो हम हमेशा वैरी प्रेक्टिकल कहते नहीं थकते थे कि तेरे दिमाग के दो खाने हैं एक में तू इमोशनल भाव को जी लेती है और दूसरे खाने में बाकी ठुँसे हैं। है ना ?''

''पर एक यक्ष सवाल तो सीने में अक्सर उमड़ता रहता कि वैसी क्षमता को संजोने लायक अक्षय ऊर्जा को कहाँ से लाएँ? यह सवाल परेशान करने लगता पर काम तो करना ही होगा, कर्म किए बिना गुज़ारा नहीं।'' आसमान की तरफ़ देखते हुए सोच-सोचकर बोलती जा रही थी वह।

''अलका, रिश्ते अराजक जंगल में नैसर्गिक रूप से विचरते हुए ही सुंदर लगते हैं। जंगल में स्वच्छंद विचरती हिरणी भला कौन नहीं पसंद करेगा ? हम क्यूँकर रिश्तों को परिभाषाओं में कैद करने लगते हैं। जैसे सरहदें खींचकर भौगोलिक सीमा-रेखाएँ तय कर रहे हों। यह अजीब है। सचमुच हवाखोरी करते

रिश्ते ही खुशबूदार, महकते फूलों की तरह यादगार गाने बनकर रूह में अनवरत बजते रहते हैं। ऐसी भावभीनी हवाओं को हम कतई कैद नहीं कर सकते।'' वह सोचते-सोचते बोलती जा रही थी।

''सच कह रही है तू। हम अक्सर पिंजरे में कैद करने लगते हैं ऐसे अनमोल एहसास, जो कि क्षणजीवी हैं। बदलते हालात के साथ इन्हें बदलते देर नहीं लगती। ये बदलते एहसास कभी-कभी हमारी आस्तीन का साँप बनकर हमें ही डँसने लगते हैं और हम चकित भाव से ताकते रहते हैं कि इन्हीं के लिए हमने अपने मन में इतनी बड़ी-बड़ी कल्पनाएँ संजो ली थीं जबकि वो बंदा तो कितना सामान्य, कितना औसत था। हम अपनी सर्वश्रेष्ठ भावनाएँ उड़ेलने के दौरान पात्र, कुपात्र या सुपात्र नहीं देखते बल्कि जो भी तनिक बेहतर मिल गया या जिसने भी हमसे प्यार से बोल लिया, हम पागलों की तरह उस तरफ़ खिंचने लगते हैं। क्या ये ठीक स्थिति है? तो फिर क्या किया जाए? सवाल गुत्थमगुत्था।''

उसकी भरी आँखें देखकर रेवती ने इशारे से अपनी हथेलियाँ मिलाते हुए सहलाती आवाज़ में कहा, ''तो क्या हुआ? हम गिरेंगे नहीं तो सँभलेंगे कैसे? जीने की ताकत तो तभी बनती है जब हम बार-बार कुआँ खोदें, बार-बार पत्थर आएँगे तो आने दो, हम नए सिरे से फिर दूसरी जगह कुआँ खोद लेंगे। सुन रही है ना? अलका, तू इतनी जल्दी सेंटी क्यों होने लगती है? बात-बात पर आँसू...न, इतनी वीक नहीं थी तू पहले?''

''एक बात बताऊँ, भैया के विदेश चले जाने पर मेरा मनोबल, मेरी ताकत जाती रही, फिर धीरे-धीरे मेरी जिजीविषा चुकती गयी। सच बताऊँ, जीने का मन नहीं करता।'' बोलते हुए गला रुँधने लगा।

''अरे, अलका, ऐसे मत बोल। पता नहीं कितनी साँसें बची हैं अभी ज़िन्दगी की? तेरा ज़िंदा रहना ज़रूरी है हम सबके लिए।''

सुनते ही हँस पड़ी वह, ''लिसन रेवती, जिसका ज़िन्दगी से मोह न बचा हो, वो भला मौत से क्या डरेगा? पहले ऐसा ज़रूर लगता था कि मेरे साथ ही ऐसा क्यों हुआ। फिर सोचती कि अगर मैं इतनी उठा-पटक से न गुज़री होती तो जीवन के इतने अनुभवों को भला कैसे देख-समझ पाती? यहाँ भावनाओं का सौदा होता है। आए दिन रिश्ते बदलते देखे हैं। हमारी सोच व संवेदनाएँ भी हमेशा एक जैसी नहीं रह पातीं। यहाँ सब कुछ नश्वर है। खैर, अपनी सुना, तेरा

बेटा तो अब खूब बड़ा हो गया है। फ़ेसबुक पर देखा था उस दिन।"

"हाँ, जब हमारा अपना बच्चा नहीं हो पाया तो हमने उसे एडॉप्ट किया। मेरा मन था कि कोई मुझे ममा कहकर बुलाए सो एक दिन अचानक निर्णय ले लिया। पर तूने तो ऐसा कुछ नहीं जोड़ा ना अपनी ज़िन्दगी में?" वह कुरेद-कुरेदकर पूछने लगी।

"नहीं, मैं भी एडॉप्ट करना चाहती थी पर वो इसके लिए कतई तैयार नहीं था। हम अक्सर तमाम तरह के कहे-अनकहे डरों और असुरक्षाओं के तंग घेरे में कैद, बेमज़ा ज़िन्दगी जीते रहे और तूने ज़िन्दगी को आगे ले जाने का फ़ैसला कर लिया। मेरा हर एक्सपेरीमेंट, हर बार फ़ेल होता रहा पर तू हर बार जीतती रही। कितनी बार नए सिरे से ज़िन्दगी सँवारने की कोशिश की मगर हर बार वही हताशा, वही नाउम्मीदी हाथ लगी। ज़िन्दगी मेरी मुट्ठी में नहीं आनी थी सो नहीं आयी मगर अब अतीत के मुर्दों पर लाठी मारने से क्या होने वाला है? खैर, मेरी छोड़ मगर तू तो लकी रही। यू आर विनर..." अलका की चमकती आँखें रेवती पर टिकी थीं।

सुनते ही बहुत ज़ोर का ठहाका लगाते हुए बोल पड़ी वह, "न, अलका, ये पूरा सच नहीं है। हमारी ये ज़िन्दगी तभी तक बोझिल लगती है जब तक हम तमाम उसूलों को अपने कंधों पर ढोने की ठान लेते हैं। जब, जिस घड़ी हम खुद की बनाई हदबंदियों को ओढ़ने-बिछाने लगते हैं तो वही ज़िन्दगी अझेल बन जाती है।" बोलते हुए सोचने लगी कि हमने अपने मन का किया होता तो ज़िन्दगी शायद मीठे पानी का सोता बन सकती थी मगर ये पूरा सच नहीं है। उसने हँसते हुए उस पर आँखें गड़ाईं। मन में रह-रहकर खंडहर के टूटे मकबरे के चित्र बनने लगते जहाँ उन दोनों ने एक-दूसरे का हाथ थामा था। जब उन्होंने एक-दूसरे को चूमा था मगर कुछ सालों बाद हमारे वजूद के टुकड़े ध्वस्त हो चुके थे। एक-दूसरे की बिखरी किरचों को अब तक बड़े जतन से सँभाले हुए लहूलुहान थे। शायद इस तरह दुख का उत्सव मनाते हुए जीने की असफल कोशिश कर रहे थे। अचानक प्रकट रूप से बोलना शुरू कर दिया—

"अब मेरी हकीकत सुन ले। गोद लिया बेटा नालायक निकला और 10वीं में दो-तीन बार फ़ेल हो गया तो हमें बहुत बेचैनी हुई। जानलेवा तनाव में जीने लगे हम। किसी तरह उसे तकनीकी शिक्षा दिलाने की भी कोशिश की ताकि वह बिज़नेस वगैरा करके खुद के बूते जीना सीख ले। वहाँ भी

नाकामयाबी हाथ लगी। कभी हम पुचकारकर सलाह देते तो कभी डाँटते भी लेकिन हमारी नसीहतें सुनकर वह बुरा-सा मुँह बना लेता। अक्सर आक्रामक तेवर में उखड़कर बोलता। फिर ऐसे ही एक दिन किसी बात पर डाँटने पर अचानक वह बिफ़र पड़ा, 'आपकी लव मैरिज ठीक-ठाक चल रही थी तो फिर मुझे खामखां क्यों बीच में ले आए आप लोग? मुझे पता है कि आप मुझे ज़रा भी प्यार नहीं करते। तभी तो अपनी प्रॉपर्टी मेरे नाम नहीं कर रहे। मुझे लगता है कि मैं आप दोनों के गले की हड्डी बन गया हूँ। तभी तो आपकी रासलीला ठीक से नहीं चल पा रही...' सुनते ही अचानक आपा खो दिया पति ने और तैश में आकर बेटे को ज़ोर से तमाचा जड़ दिया लेकिन तब से वह गायब है। कई महीने बीत गए मगर उसकी तलाश जारी है।'' कहते हुए उसने लंबी उसाँस भरी।

''वाकई दुखद रहा ये तो। सचमुच, ज़िन्दगी जीने का कोई तयशुदा फ़ार्मूला तो है नहीं कि ऐसा-ऐसा करने से ऐसा-ऐसा सुखद नतीजा निकलेगा ही। हम सब अपनी-अपनी सोच-समझ से आगे बढ़ने के लिए एक कदम आगे बढ़ाते हैं मगर ऐन मौके पर ज़िन्दगी पीछे से पलटवार करने लगती है और हम मुँह के बल गिर पड़ते हैं...'' अलका ने ऐसा कहते हुए पता नहीं उसे दिलासा दी या खुद को। पर इसके बाद कुछ देर खामोशी तनी रही। फिर दुबारा बोलने लगी—

''रेवती, हर बार नए-नए पैने सवाल खड़े हो जाते हैं। एक बात तो साफ़ है कि अमूमन वे स्त्री को अपने अंदरूनी एहसास का अभिन्न हिस्सा बनाने से कतराते हैं जबकि स्त्री उसे अपने भीतर इतना बड़ा स्पेस देती जाती है और उस एहसास को इतने रंगों और महक से भरती जाती है कि ऐसा करते हुए वह अपने हिस्से के स्पेस को कम-से-कम करते हुए खुद को शून्य पर ला पटकती है। कुछ समय बाद पता चलता है कि जिसकी खातिर स्त्री ने अपना सब कुछ कुर्बान कर डाला, वह पुरुष तो केवल स्त्री द्वारा बनाए घेरे की बाहरी आउटलाइन तक ही रह गया। जोखिम उठाकर स्त्री के अंदरूनी घेरे के अंदर आने का हौसला ही नहीं जुटा पाते वे। शायद सुरक्षित दूरी पर खेलना रास आता है उन्हें जबकि स्त्री पुरुष की महक से बौरा उठती है। पुरुष दूर से ही उसके एहसास को महसूस तो करेंगे पर रहना चाहेंगे हमेशा आज़ाद, हर बंधन से मुक्त, किसी भी कमिटमेंट से परे।'' वह दूर देखते हुए तटस्थ नज़रिए से लंबा भाषण देती जा रही थी किसी ज्ञानी की तरह।

''वाह, कितनी शानदार फ़िलॉसफ़ी, ग्रेट। वह स्त्री के वजूद को नकार

नहीं पाता पर दूर से उसे महसूस करने को लालायित रहता है। न तो वह स्त्री शक्ति से इंकार कर पाता है और न उसे पाने के लिए उतनी ज़बरदस्त इच्छा शक्ति अपने अंदर जगा पाता है, जबकि हम औरतें रिश्तों की औपचारिक दीवारें लाँघकर, जोखिम उठाकर भी उस तक जा पहुँचती हैं मगर वे स्त्री से मिले हर तरह के स्पेस पर आन-बान-शान से चलते हैं और बाद में उसे हासिल कर उसी को तवज्जो देना बंद कर देते हैं। फिर शादी के बाद तो वह महज़ पति की आश्रिता बनकर रह जाती है।''

गंभीर मुद्रा में सोचते हुए रेवती रुक-रुककर बोलती जा रही थी, ''पर तेरा करियर तो ठीक-ठाक चल रहा है। दर्जनों सेमिनारों में शिरकत करने देश-विदेश की यात्राएँ करती है, बुद्धिजीवियों के बीच तेरा उठना-बैठना है। तूने जीवन को नया अर्थ देने की कोशिशें तो की हैं ना? मुझे देख, कितनी तरह के एक्सपेरीमेंट करके देख लिए, फिर भी खाली-खल्लास, ज़िन्दगी के पन्ने में नथिंग न्यू...'' बोलते हुए बीच में ही चुप हो गयी।

''हूँ, नएपन को तलाशने में नाहक ऊर्जा ज़ाया मत कर। अब इस स्टेज पर आकर समझ आया कि हमें अपने जीवन को भरने या खुशियाँ पाने के लिए न तो पतिनुमा टैग लगाने की ज़रूरत है और न ही बच्चों की। ये सब तो बाहरी चीज़ें हैं जबकि खुशियाँ तो हमारे भीतर दबे हीरे की खान की तरह हैं जिन्हें समय-समय पर तलाशना-तराशना पड़ता है। एक और बात, अब इस स्टेज पर आकर ये बखूबी समझ में आ गया कि अपनी खुशियों के लिए हमें अब किसी भी पुरुष की मुखापेक्षी होने की ज़रूरत नहीं। बात-बात पर उन पर निर्भर रहने के ज़माने गए। हम दोनों एक-दूसरे के पूरक हैं और अपने आप में कंपलीट भी, हैं ना डियर?'' इस बार बोले गए शब्दों में आत्मविश्वास की लौ जगमगा रही थी।

''यस, अब तो सौ बात की एक बात कह दी। सौ परसेंट खरी बात; बेशक हमारी ज़िन्दगी के रंग बदरंग ज़रूर हो गए पर दीवार के उस पार नया सूरज भी तो झाँक रहा है, नहीं क्या? यार, हम साथ-साथ हैं और रहेंगे भी। संवेदनशीलता हमारी पूँजी है तो हमारे सोचने के तरीके तो अलग होंगे ना? सुन, निमिषा से कब से बात नहीं हुई?''

''बहुत दिन हो गए। वैसे उसके फ़ोन आते रहते हैं। उसने भी बहुत संघर्ष किए। सबसे पहले तो अपने शरीर की परेशानियों से जूझती रही। ऊपर से और

भी तमाम जटिलताएँ। फिर रिश्तों में पड़ी, उलझी और फिर नए सिरे से जूझती रही। उसकी भी एक लंबी कहानी है।''

''चल उसका नंबर दे। रात को बतियाते हैं...अपनी प्यारी, भोली और शरारती निम्मी से...''

अनायास धूमिल झरोखे से ठंडी हवा का झोंका आया जिसमें बेला की महक शुमार थी। आत्मीयता की महक से सराबोर अलका बोल पड़ी, ''तू ठीक कहती है रेवती। टिपिकल ट्रेडीशनल राह पर चलना तो हमारी फ़ितरत में कभी था ही नहीं। उन घिसे-पिटे रास्तों पर चलना हमें रास नहीं आया। सो हमने इनका मोह तजने में पल भर की देरी नहीं की। हम विशिष्ट तो हैं और रहेंगी भी जिसे तूने कभी इंटैलेक्चुअल कीड़ा नाम दिया था, याद है ना?''

''हाँ, ये ऐसा कीड़ा है जो एक बार दिमाग में रेंगने लगता है तो फिर ताज़िन्दगी साथ नहीं छोड़ता, मरते दम तक, हमारी दोस्ती की तरह?'' फिर दोनों की समवेत हँसी से माहौल महक उठा।

''चल, बहुत देर हो गयी। जल्द ही फिर से मिलते हैं, अपनी उसी पसंदीदा जीटी रोड की लंबी वाक पर। हमारी ये जुगलबंदी जीने के लिए ज़रूरी रसायन है जिसे हर हाल में बचाए रखना है। तू कल मिलेगी ना वहीं, उसी खुली सड़क पर?''

''श्योर...'' हल्के अँधेरे में स्याह उनके चेहरों पर बिछी थी सुकून की लकीरें। हवा अभी भी फूलों की मादक महक लिए बेफ़िक्री से माहौल को खुशनुमा बना रही थी।

अलका अभी अपने और रेवती के बारे में कई बातों को लेकर अलग-अलग तरीकों से सोचने लगी। उसके रहन-सहन का ढंग, अंग्रेज़ी बोलने वाली खास अदाएँ या लड़कों से बेतकल्लुफ़ी से हँस-हँसकर बोलने वाला तरीका। पर उसका निजी जीवन कितना डिस्टर्ब रहा जिसे लेकर अलका चिंतित हो जाती। अलका को लगता जैसे उसका जीवन चकनाचूर होकर धूल में तब्दील हो चुका है। उसके अंदर कुछ भी तो उद्वेलित नहीं होता अब। न किसी बात का डर बचा, न किसी का सुख-दुख व्यापतता और न अच्छी खबर सुनकर उछल-कूद कर पाती है। कई बार बुरी-से-बुरी खबर सुनकर भी पहले की तरह बौखलाहट नहीं होती। जीवन के बारे में हर बार नए अर्थ निकालने की कोशिश ज़रूर करती, लेकिन जीवन बेतरतीबी से बिखरता नज़र आता। यहाँ कोई नहीं है उसको

समझने वाला। नहीं सुनेगा कोई उसे। घरवाले तो सैट पैटर्न पर ही सोच पाते सो कभी उसे समझ नहीं पाए वे। ले-देकर एक ही बात दुहराने लगते—अपना ख़याल रखना। वे शायद उसके प्रति पूरी तरह तटस्थ हो चुके हैं। जीवन है कि हर बार सम पर नहीं चल पाता। मन में उधेड़बुन और द्वंद्व के चक्रव्यूह में घिरी रह गयी वह अकेली। ऐसे ही तन्हा सफ़र चलता रहा। खाली होते ही दिमाग में ज़बरदस्त कोलाहल शुरू हो जाता जैसे साफ़-सुथरे पानी से भरी बाल्टी में किसी ने कचरा फेंककर उसे गंदा कर दिया हो, ऐसा ही हो जाता है हमारा दिमाग भी।

रेवती सही कहती है कि जिस किसी का साथ राह चलते मिल जाए, ले लो पर अलका सोचती ही रह जाती और राहगीर उसके आस-पास से निकलते रहते। न तो उसे कोई पसंद आता, न कोई उसे इस लायक लगता कि उसका मन उसके ख़यालों में डूबने को उत्सुक होता। ये राहगीर उसकी नज़रों में कभी चढ़े ही नहीं। ऐसे में फिर वही सवाल, वह क्या करती, कैसे बुनती अपनी आँखों से उधड़ गए सपनों को बार-बार? बेशक इस दूरस्थ पहाड़ी इलाके में पढ़ाते हुए उसके जीवन के कई साल बीतते रहे पर इससे ज़्यादा और कुछ नया करने की तमन्नाएँ ही नहीं पनपतीं अब। हमें पता होता है उन लम्हों का जिनमें हमारी साँसें चल रही होती हैं मगर अक्सर हम अपने ही चश्मे से दुनिया देखने लगते हैं। हम सूँघ लेते हैं उन एहसासों को जिनमें हमारी धड़कनें शुमार हैं।

"ऐ इतना चुप रहकर क्या सोच रही है अलका? कुछ हमसे भी शेयर कर ना...।" अगले ही दिन वे फिर से मिल रही थीं। अपनी पसंदीदा जगह, पिकनिक स्पॉट पर जहाँ एक बार कॉलेज के टूर पर आई थीं वे घूमने।

"लिसन, अपने गुज़रे जीवन की चंद कतरनें दिखाने वाली है ना तू? कुछ सुना अपने ही अंदाज़ में।"

"हूँ, मेरा भी मन है कि आपको कुछ ऐसे अनदेखे सीन दिखला दें जो मैंने अपने चलते-फिरते ज़िंदा जीवन के कैमरे से उतारे हैं। अलका, तू भी देख उस पुराने समय की इन कतरनों को जिन्हें मैं चाहकर भी तुझे तब नहीं दिखा पायी थी पर अब मन कर रहा है तुझे सब कुछ सुना डालूँ। कुछ भी अनकहा न रह जाए। पर एक बात है कि तू बीच में सवाल मत करना।" वह सोचते-सोचते बोलती जा रही थी।

"ठीक है बाबा, नहीं बोलूँगी बीच में, चल अब ज़रा जल्दी से हो जा शुरू...मेरी गुरु..." हँसते हुए बोली वह।

ऊबड़-खाबड़ रास्तों पर रेवती

हर जगह की एक खास महक होती है। खास जगहों, बदलते हालात और नए-पुराने लोगों से जुड़ाव के चलते वहाँ से उमगती एक अलग किस्म की खुशबू उस एहसास को विलक्षण बना देती है। सालों बाद लौटी है रेवती अपने घर। अपनी चमचमाती हवेली की तरफ़ बढ़ रहे हैं कदम, जो धीरे-धीरे खंडहर में तब्दील होती जा रही है। दीवारें इतनी भुरभुरी कि हाथ रखते ही चूना मिट्टी झरने लगता है। आँखें पिताजी को तलाशने लगती हैं...हूँ...नहीं हैं वे यहाँ और मिलेंगे भी नहीं, सोचकर एक लंबी साँस ली उसने और मन-ही-मन जैसे कुछ तय कर लिया। कस्बे की बदहाल सड़कें पहले से ज़्यादा खराब हो गयी थीं। स्टेशन पर लगा हैंडपंप काम नहीं कर रहा था। न, अब यहाँ आत्मीयता दर्शाती वे आँखें कहाँ रहीं, जो देखते ही, ''आ गयी बिन्नू...कितने दिन रहोगी इस बार...'' पिताजी के बोल उसके मन पर राहत का लेप लगाते।

यकीन नहीं कर पा रही कि अचानक, इस तरह पिताजी दिल के दौरे से चल देंगे। तब रेवती की उम्र बहुत कम रही होगी। दिल्ली से यहाँ आने का एकमात्र मकसद उनसे मिलना ही होता था। वह स्टेशन से घर लौटकर सीधे पिताजी के पास जा पहुँचती, ''चलो घरै...'' और वे सुनते ही साथ में चल पड़ते। घर की देहरी पर कदम रखते ही—पिताजी, ओ पिताजी...की आवाज़ें गूँजने लगतीं। फिर वे अम्मा से कहते, ''रेवती के हिसाब से कायदे की चाय बनाइयो।''

बचपन की असंख्य यादें दबोच लेतीं उसे। यादें क्यूँकर झपट्टा मारकर पूरी ताकत से उसे दबोच लेतीं और फिर वो एहसास बदल जाता। इंसान के जीते-जी क्यों नहीं हम उन सुखद पलों को जी पाते। यादें एक-एक करके जमा होती जाती हैं समय के किसी अनाम गुल्लक में। हम जब भी दुबारा-तिबारा मिलते हैं तो उसी गुल्लक में कुछ-न-कुछ डालकर जाते हैं। ज़िन्दगी में कभी भी, कुछ भी किसी के साथ भी अचानक घट जाता है और हम असहाय भाव से ताकते रहने के सिवाए कर भी क्या सकते हैं? रेवती का पढ़ना-लिखना, सामान्य ज्ञान की चर्चाएँ या उसकी राजनीति की समझ इतनी गहरी थी कि जब वह बाहर पढ़ने जा रही थी तो पिताजी बहुत खुश थे। उनके गुज़रने के बाद अब यहाँ इस कस्बे में क्या रह गया तो किसकी खातिर वह यहाँ आ पाएगी? पिछली बार जब वह पिताजी से मिली तो उनकी आवाज़ कँपकँपाने लगी थी,

''रेवती, तू इतनी बड़ी दुनिया में अकेले कैसे जी पाएगी ? क्यों ना उसी के साथ एडजस्ट कर लेती ?''

''पिताजी, अब मुमकिन नहीं हो पा रहा...''

''तू ज़्यादा जानती-समझती है। मेरी एक बात नोट कर ले, बहुत मुश्किल होता है वर्जनाएँ तोड़ पाना पर जो एक बार उस रास्ते आगे बढ़कर वर्जनाओं को लाँघने का साहस जुटा लेता है तो फिर पलटकर पीछे नहीं देखता। हममें कहाँ हिम्मत होती है कि हम ऐसे लौह-द्वारों को लाँघ पाएँ। तू कर पाए तो ठीक है। बस अपनी चुनी राह पर पूरी ज़िद व जुनून से चलती रहना। अपने पर भरोसा कभी मत खोना...'' रेवती को देखकर उनके चेहरे पर खिलती हँसी और उत्साह भरी वे बातें, ''आज तेरे लिए स्पेशल सब्ज़ी बनवाई है, तू खाकर जाना। बेटा, यहाँ आया-जाया कर। तेरे आने से मन हरा-भरा हो जाता है।''

रेवती की एक-एक बात को पिताजी ध्यान से सुनते, गुनते फिर अपनी बेशकीमती राय देते। उनकी गुरुता, गंभीरता और वो उजली हँसी याद करके आँखें भर आयीं। उम्र में वह बड़ी होती जा रही थी मगर जब भी खाली होती तो उनसे करियर के बारे में चर्चा करने उनके पास सीधे दुकान पर ही पहुँच जाती। संजय से शादी करने पर वे महीनों नाराज़ रहे मगर जब रेवती ने दिल्ली विश्वविद्यालय जाकर पढ़ाई करने की ठान ली तो वे खासे उत्साहित भी थे। उनकी वो गजराज जैसी चाल, पान मसाला खाने से लाल दाँत, चमकता चेहरा, आत्मविश्वास से भरी बातें और ज़बरदस्त स्वाभिमान कि जब वे डीएम से मिले तो डीएम भी उनकी दार्शनिक बातों से प्रभावित था। साहित्य हो या राजनीति, वे साधिकार बातें करते और जीवन के अनुभवों को साझा करते।

इधर उनका मनोबल टूटने लगा था। आवाज़ में कंपन सुनाई देता। बात करते-करते हाँफ़ने लगे थे। रेवती की सफलता की खबरें सुनकर बच्चों की तरह चहकने लगते, ''कितनी काबिल है हमारी ये बच्ची। कितनी बड़ी बात है कि तू इस घर से पहली बार बाहर पढ़ने गयी है वरना हम सब तो यहीं मर-खप गए। कहीं बाहर नहीं जा पाए।'' जब वह उन्हें दिल्ली ले जाने की ज़िद करने लगी तो वे हर बार की तरह फिर से अपनी तबियत की आड़ लेकर बोले, ''न, बड़े अस्पताल देखकर जी घबराता है। यहीं ठीक हो जाऊँगा। तुम चिंता न करो। अगली बार चंगा हो जाऊँगा।'' उसके बाद वक्त ने इतना मौका ही नहीं दिया। अंधविश्वासों से परे रहे वे और न ही उतने कर्मकांडी और न ही फ़ालतू के पाखंडों पर यकीन

करते थे मगर सामाजिक परंपराओं का निर्वहन ज़रूर करते थे। बहरहाल रेवती ने अपने जीवन को अपनी शर्तों पर जीने का साहस ज़रूर जुटाया और वो सब अपने पिताजी की प्रेरणा के बलबूते मगर ये सब देखने के लिए वे ज़िंदा नहीं रह पाए।

सचमुच, समय ऐसा पहिया है जो जीवन के हर रंग, हर रूप और हर मोड़ के तमाम शेड्स दिखाता जाता है। कितनी बार वो *गीता* में लिखे कर्मयोग को पढ़ती रहती कि जो गुज़र चुका, उसका शोक मत कर मगर वह अभी तक गुज़रे ज़माने में ही जी रही है। रेवती ने आँखों में भर आए आँसुओं को पोंछा मगर चंद लमहों बाद फिर वही आँसू रह-रहकर बेमौसम बरसती बूँदों की तरह पलकों को भिगो देते। कितनी बार वह उस वाकया को झटकना चाहती मगर उतने पैनेपन से वही वाकया आँखों के सामने लहराने लगता जिसे याद कर बेचैनी के मारे रातों की नींद उड़ जाती। घुटन ऐसी ज़बरदस्त कि किससे कहे? कौन यकीन करेगा अब? बात करने लायक कुछ छोड़ा भी है उसने? आत्म-भर्त्सना का विषैला एहसास रात के अँधेरे में गहराता जाता और गहरा काला रंग बदनुमा दाग बनकर माथे से चिपक गया। वह किसके सामने बैठकर क्या सफ़ाई देगी।

अब तक की ज़िन्दगी में टेढ़ी-मेढ़ी पगडंडियों पर वह आगे कदम बढ़ाती मगर निर्मल तो उसके घर की धुरी बनता गया। जिसे माँ ने भरे समाज में सबसे भरोसेमंद साथी कहकर आश्रय दिया था। वह निर्मल ही था जो हमारे घर के हर राज़ जानता था। वह निर्मल ही था जिसके साथ हम सब पूरी तन्मयता से खेलते रहते घंटों। बेहिसाब बातों के मीठे बताशे खाते नहीं अघाते थे, वह निर्मल ही था। पड़ोसी हों या सगे-संबंधी, सभी निर्मल चाचा पर यकीन कर लेते। सो, वह भी निश्िंचत होकर अपने कमरे में पढ़ती रहती और निर्मल चाचा उससे उसकी पढ़ाई वगैरह के बारे में पूछते रहते। वक्त को कोई मुट्ठी में पकड़ पाया है जो वह थामे रहती उन लम्हों को?

वह तो ठहरी एक मामूली लड़की। न जाने ऐसी कौन-सी कुघड़ी आन खड़ी हुई कि उसने बिना आगा-पीछे सोचे कह दिया, "हाँ, रह लेंगे अकेले हम। कोई डर नहीं लगता हमें। कल एक्ज़ाम है, सो शादी में जाने से मेरा समय बर्बाद होगा। आप लोग जाओ मौसी के यहाँ शादी में।" सुनकर सब लोग उसे घर पर अकेले छोड़कर चलते बने। जाते-जाते निर्मल की पत्नी से ज़रूर माँ की बात हुई, "घर पर रेवती अकेली है। सो, उसके साथ सो जाना। वो अपने कमरे में रहेगी, तू नीचे गैलरी में सो जाना।"

"ठीक है, आप चिंता न करो।" और वे सब निकल पड़े थे। अभी घंटा भर ही हुआ होगा उन्हें गए कि धूल भरी आँधी आने लगी और खिड़की-दरवाज़ों के भड़भड़ाने की आवाज़ें सुनाई दीं।

"रेवती, ज़रा नीचे का दरवाज़ा बंद कर जाना, ज़ोर से बज रहा है।"

"क्या लाइट चली गयी? ज़रा मोमबत्ती, तो जला देना बेटा..."

"अच्छा चाचा... " कहकर रेवती नीचे आई तो निर्मल चाचा कहने लगा, "रेवती, नींद नहीं आ रही क्या?"

"बारिश, आँधी और हवा के शोर से नींद टूट गयी चाचा... " न जाने किस वजह से नींद में चलता हुआ निर्मल उसके पास खिंचा चला आया और वहीं नीचे ज़मीन पर बैठकर बतियाने लगा, "किस क्लास में पहुँची? कौन से टीचर अच्छा पढ़ाते हैं?"

"अच्छा चाचा, अब हम अपने कमरे में जा रहे हैं। हमें सोना है..." इससे ज़्यादा बातें करने का मन नहीं था। अंदर से थोड़ा डर भी लग रहा था कि अम्मा ने तो निर्मल की पत्नी से रुकने को कहा था पर ये कहाँ से आ गए। उस एक पल में ही जैसे ही वो उसके पास आया और अपनी ताकतवर बाँहों से उसे अपने में समेट उसके होंठों पर अपने होंठ दबाए कि वह ज़ोर से चिल्ला पड़ी, "हटो चाचा, ये क्या कर रहे हो?" बोलते हुए अचानक उसने ज़ोर का धक्का देना चाहा मगर वो तेज़ी से पलटा और उसे फिर से दबोचने की कोशिश करने लगा। वह छटपटाई और ज़ोर से उसकी कलाई काट ली।

नवजात गुलाब की पंखुड़ियों सरीखी बच्ची को अपने अजगरी वजूद में लपेटने की कोशिश करने लगा। बच्ची का मुँह ज़ोर से दबाने की कोशिश की तो उसने फिर से मौका पाते ही अपने दाँतों, नाखूनों से नोंचने की कोशिश की। ऐन मौके पर मोबाइल बज उठा जिसे वह नहीं उठा पायी।

बगल में रखे इस्तरी के तार को पकड़कर उसने अपने बचाव के लिए प्रेस को ही उसके मुँह पर दे मारा और दौड़कर मोबाइल लेकर छत पर निकल गयी, "अम्मा, जल्दी आव। चाचा हमसे बदतमीज़ी कर रहे हैं।" उसकी बदहवास आवाज़ सुनकर दहल गयी अम्मा और तुरंत चल पड़ी।

अगले ही पल उसके तेवर एकदम से बदल गए और गर्दन नवाए नीचे हॉल में चहलकदमी करने लगा। कुछ समय बाद ही दरवाज़ा खटखटाने की आवाज़ सुनाई पड़ी।

''क्या हुआ मेरी बच्ची को? क्या किया है इसने? बोल बेटा, मैं इसे छोड़ूँगी नहीं।'' यह थी उसकी पत्नी मगर ऐन मौके पर अम्मा भी पहुँच गयीं, ''आप मुझे अकेला छोड़कर कहाँ चली गयी थीं अम्मा? इस आदमी ने ज़बरदस्त किस किया यहाँ पर चीक्स पर। अम्मा, इसने मेरी फ्रॉक उठाकर देखा था, आई हेट दिस डर्टी मैन...'' घबरायी आवाज़ में थरथराहट शुमार थी।

''मैंने तो कुछ भी नहीं किया। आख़िर क्या किया है मैंने? क्यों बिटिया, क्या कुसूर है मेरा?''

तड़ाक, तड़ाक...अम्मा ने भरपूर ताकत से पूरे तीन मुक्के उसे मारे। फिर जूते उठाकर अपने दोनों हाथों से मारती जा रही थी और जब मारते-मारते थक गयी तो रोते-रोते चिल्लाने लगीं, ''साले, हरामी, इसी दिन के लिए तुझे और तेरे कुनबे को सालों से पाल-पोसकर बड़ा करती रही। तू तो दूध पी-पीकर ज़हरीले नाग से भी बदज़ात, कमीना निकला। धोखा दिया है तूने, नमकहरामी की है तूने और मैं तुझे छोड़ूँगी नहीं...'' ज़ोर से बोलते हुए वे हाँफने लगीं।

''कोई कुसूर बताएगा? कुछ भी तो नहीं किया मैंने,''...''फूल-सी इस बच्ची को क्या सोचकर तूने चूमा था? झूठ बोलते हुए तुझे ज़रा भी शर्म नहीं आती? तेरी ज़ुबान नहीं कटी झूठ बोलते हुए? राक्षस निकला तू तो, देवता का वेश धरे। आस्तीन का साँप नहीं बल्कि विषैला नाग निकला तू तो। अभी बुलाती हूँ पुलिस को। सच-झूठ का फ़ैसला तुरन्त हो जाएगा। उन्हें ही सफ़ाई देना तू कि क्या किया है तूने। हमारे टुकड़ों पर पलने वाला पिल्ला हमीं को काटने दौड़ पड़ा?''

''आपको जो सज़ा मुझे देनी हो, मंज़ूर है मगर पुलिस को मत बुलाना। मैं हाथ जोड़कर माफ़ी माँगता हूँ, पैर पड़ता हूँ, कुछ तो रहम करो। मैंने सालों आप सबकी सेवा की है, कुछ तो दया-धर्म...''

बीच में बात काटते हुए वे फिर से भड़क पड़ीं,''तो सेवा का ये सिला दिया है तूने? बोल नालायक, कुत्ते-सी कमीनी हरकत करते हुए ज़रा भी लाज नहीं आयी तुझे?'' बिफ़रती हुई शेरनी की तरह गुर्राते हुए वे फिर से दहाड़ने लगीं, ''मुन्नी, ज़रा इसकी पोती को तो पकड़ के ला...'' किसी को कुछ समझ में नहीं आया तो वे फिर से चिल्ला पड़ीं, ''सुनता क्यों नहीं मेरी बात? मैंने कहा न, इसकी बहू और पोती को पकड़ ला...''

''अभी लाता हूँ अम्मा...'' न जाने कौन उसके घर की तरफ़ दौड़ पड़ा।

बहू और पोती को एक साथ देखकर वह सकपका गया। कुछ कहते बने, न सुनते। तभी सुनाई पड़ी वो दिल दहलाने वाली आवाज़, "तुझसे एक सवाल। इस रेवती की जगह अगर तेरी खुद की पोती होती जो इसी की उम्र की है, तो उसके साथ भी क्या तू यही सुलूक करता? उसे भी तू इसी तरीके से चूमता?"

सवालों से घिरे निर्मल के पास कोई जवाब नहीं था। ऐसे सवालों का भी कोई जवाब होता है भला? ज़मीन पर नज़रें गड़ाए लुटा-पिटा खड़ा रहा वह। जैसे ही बाहर जाने को हुआ कि वे एक बार फिर से दहाड़ने लगीं, "मेरे इस सवाल का तेरे पास कोई जवाब नहीं है ना। तो अपनी सज़ा भी सुनता जा, तभी यहाँ से कदम आगे बढ़ाना। नासपीटे, सीधे जेल की सज़ा पाएगा तू..."

उसने गर्दन मोड़कर उनकी तरफ़ देखा। गुस्से में बिफ़रती अम्मा के मुँह से लगातार गंदी गालियाँ निकलती जा रही थीं, जिसे उसके परिवारजन भी सुन रहे थे, पड़ोसी भी सुन रहे थे और आस-पास के लोग भी।

इसी बीच न जाने किसने पुलिस को फ़ोन कर दिया था। सांय-सांय करती पुलिस जीप के आते ही जमा भीड़ धीरे-धीरे तितर-बितर होने लगी थी। तब से इस समूची मर्द जाति के प्रति अजीब-सी नफ़रत उपजने लगी थी। इतना सब बोलने के बाद वह शांत नज़र आ रही थीं।

"उस निर्मल को लेकर अम्मा इतनी आश्वस्त क्यों थीं रेवती? कुछ तो वजह रही होगी।"

"बताती हूँ जितना मुझे अब तक याद है।"

याद करते हुए लगा जैसे अभी कल की ही तो बात है—जब वह बीस-पचीस साल का रहा होगा कि उसके पिताजी के गुज़र जाने के बाद पेट की खातिर उसे मजूरी करनी पड़ी। बाद में मिस्त्री का काम करने लगा। मुहल्ले के हुनरमंद मिस्त्री नए-नए डिज़ाइन के मकान बनाते रहते सो वह भी सहयोग करते-करते हमारा मकान भी बनाने लगा। उसके हाथ में कलाकारी तो थी जिसके चलते वह अपनी तरफ़ से कुछ नया व अनूठा जोड़कर अम्मा को खुश कर देता। ईंटों पर कितने सीमेंट का लेप बिछाकर बिल्डिंग के किस छोर पर गोल कट के घेरे बनाए जाएँ या कहाँ किस नमूने को छज्जे पर सेट किया जाए, यह सब उसके दिमाग की उपज थी। उसके भीतर बैठा कलाकार कला के नए व नायाब नमूने तैयार करने लगता और उसकी मेहनत, अक्लमंदी और किफ़ायती अंदाज़ में सारे काम सुलटा लेने की कला देखकर अम्मा उससे खुश रहने लगीं।

धीरे-धीरे वह अम्मा का विश्वासपात्र बनता गया कि पैसों की पूरी ज़िम्मेदारी उसी की हो गयी। बढ़ई का काम हो, पेंटिंग का काम या कोई भी काम जैसे सबसे हिसाब करना उसी के ज़िम्मे कर दिया गया और उसने हँसी-खुशी सारी ज़िम्मेदारी अपने ऊपर ले भी ली। ईंट, गारे, सीमेंट, सरिया, पत्थर खरीदना हो, मजूरों का हिसाब करना या दुकानदारों को पैसों का भुगतान करना हो, वह पूरी मुस्तैदी से हर काम निबटाया करता।

अम्मा अपने दुख तकलीफ़ को उसी से साझा करतीं। जब कभी वो घर नहीं आ पाता तो वे उदास हो जातीं। उसके आते ही वे हुलस से भरकर उमगकर भर-भर नाश्ते की प्लेटें ले आतीं। तीज-त्योहार पर भी उसने हमारे घर का स्वादिष्ट खाना खाया। पापा के गुज़र जाने के बाद अम्मा अकेले जो पड़ गयी थीं सो उनका खालीपन तो पसरा था ही जिसे वे धार्मिक ग्रंथ पढ़कर चिंतन-मनन करतीं और खेती-बाड़ी के कामों को अकेले ही निबटातीं। कभी कोर्ट-कचहरी का चक्कर काटना पड़ता तो कभी फ़सल कटाई के वक्त मजूरों संग देर रात माल की तुलाई जैसे अनगिनत कामों में खुद को खपा देतीं। विचित्र किस्म का अनमनापन पसरा था। निर्मल के संग वे अपने खालीपन को भरने लगी थीं। अम्मा ने निर्मल के कच्चे मकान को पक्का करवाया। इसके बाद तो स्थितियाँ तेज़ी से बदलने लगीं। निर्मल ने सच्चे मन और पूरी मेहनत से खेती-बाड़ी सँभाल ली। गाय, भैंसों की ज़िम्मेदारी ले ली। सब्ज़ियाँ बेचने का काम उसकी पत्नी करती थी तो पैरों में तेल मलकर उन्हें राहत पहुँचाने का काम निर्मल करता। निर्मल के बच्चे बड़े होते जा रहे थे लेकिन उसकी पत्नी चंट निकली और सब्ज़ियाँ बेचने में हेरा-फेरी करने लगी जिसे अम्मा ने ताड़ लिया। तब से निर्मल ने ये ज़िम्मेदारी भी अपने ऊपर ले ली।

उस दिन खेत पर ज़ोरदार बारिश में अम्मा भीग गयी थीं। ठंड के मारे कँपकँपा रही थीं वे। निर्मल दौड़कर अंगीठी जलाने की व्यवस्था करता रहा। उसके बाद भीगते हुए कहीं किसी झोपड़पट्टी से चाय का इंतज़ाम करके लौटा। माँ गर्म कंबल को चारों तरफ़ से लपेटकर कँपकँपा रही थीं मगर निर्मल ने जल्दी-जल्दी अंगीठी में कोयले गर्म किए। फिर तौलिया गर्म करके उनके तलुवों, माथे और हथेलियों को गर्म करता रहा। ऐसे किसी भावुक लमहे में वे बोल पड़ीं, ''निर्मल, तूने मेरी इतनी सेवा की है। ज़रूर पिछले जन्म का कर्ज़ा रहा होगा।''

"अरे नहीं अम्मा, आपकी सेवा में हाज़िर हूँ सेवक की तरह।"..."नहीं, बराबरी का समझते हैं हम सब तुझे। कभी नौकरों की तरह सुलूक किया क्या तेरे साथ?"

"ऐसी ऊँची बातें हम गरीबन पर नहीं जँचती अम्मा। कहाँ राजा भोज, कहाँ गंगू...कानूनन तो आपकी संपत्ति पर आपके बच्चों का ही हक है। मैं तो ठहरा एक मामूली मिस्त्री, बटाई पर खेती जोतने वाला आम आदमी।" उसने अभिनय करते हुए नाटकीय अंदाज़ में विनम्रता दर्शाने की कोशिश की।

अचानक अम्मा उसकी तरफ़ देखते हुए प्यार से बोलीं, "अपने को कभी कम मत समझना। कानूनन हक नहीं है तेरा मगर वैसी व्यवस्था सोच रखी है हमने। तेरे नाम कुछ-न-कुछ ज़मीन का हिस्सा ज़रूर करेंगे।"

"मगर आपके बच्चे एतराज करेंगे..."

"देखा जाएगा। उनसे निबट लेंगे। कितनी देखभाल कर रहे हैं वे मेरी? कब से बेटे ने फ़ोन नहीं किया। लड़कियाँ अपनी-अपनी ज़िन्दगी में मस्त हैं, बस एक तू ही है जो मेरी खोज-खबर रखता है..."

अक्सर वो अम्मा की हाँ में हाँ मिलाता। कभी इधर-उधर की बातें करता। समय, जल्दी से गुज़र भी जाता है और उसके गुज़रने का एहसास तक नहीं होता। जैसे ही अम्मा ने उसके नाम पाँच बीघे ज़मीन की रजिस्ट्री की कि उसका दिमाग खराब हो गया। सपरिवार वह हमारे घर पर हमारे घरेलू मसलों पर अपनी राय थोपने लगता जिसका हम सब विरोध करते और उसे चुप करवाकर ही चैन मिलता।

"हूँ, तो यही निर्मल था जिसने तुझसे बदतमीज़ी करने की हिम्मत की?"

"तब पहली बार अम्मा की आँखें खुलीं और उसे जेल भिजवा कर ही चैन से बैठीं वे। पहली बार अम्मा का रौद्र रूप देखा था मैंने।" इतना सब बोलने के बाद वह थक गयी और सोचने लगी कि इतना सारा समय निकल गया। करियर में भी और जीवन में भी। चाहकर भी मनमुताबिक जीवन जीने को नहीं मिला सो कुछ न कर पाने की कसमसाहट और अपनी कचोटों का एहसास नहीं जाता अंतर से।

यूँ तो संजय से रिश्ता टूटे दशक से ज़्यादा बीत चुका है मगर पिछले समय पर दस्तक देते हुए मन खराब होने लगा। वह कस्बाई घर, मुहल्लों और गलियों से गुज़रते हुए आज कितना अजीब-सा एहसास होता है। वही घर जैसे

किसी अजनबी का हो, ऐसा लगता है। जिस तरह से ज़िन्दगी ने झटके-पर-झटके दिए, वह उन्हें तोड़कर तेज़ी से आगे निकल जाना चाहती थी पर ऐसा नहीं हो पाया कि किसी सार्थक काम को याद करते हुए वह खुश हो सके। उस दौर में जिससे मदद लेना चाहती, वही मुँह मोड़ लेता। धीरे-धीरे समझ में आता गया कि हरेक का जीवन इतना उलझा और जटिल है कि वह चाहकर भी हमारे जीवन में कुछ नया नहीं जोड़ सकता। जब जीवन में गति नहीं होती तो सब कन्नी काटने लगते हैं। गति संग बहती हवाओं से आती महक में बहुत से रंग, स्वाद और खुशबुएँ होती हैं जिनमें से रेवती, तुम्हें खुद को केंद्र में रखकर दुगुनी मेहनत करनी होगी जिसके लिए सबसे ज़रूरी मंत्र होगा कि किसी भी किस्म की निर्भरता से मुक्ति, मानसिक, भावात्मक या कैसी भी।

रेवती के बचपन के कसैले, कड़ुवे अनुभवों को सुनकर अलका का मन खराब हो गया और वे दोनों कॉफ़ी पीने के बहाने पास बने रेस्टोरेंट में चली गयीं जहाँ दोनों ने कोल्ड कॉफ़ी पी। तभी स्कूल की प्यारी दोस्त निम्मी यानि निमिषा का फ़ोन आ गया जिसे ज़िन्दगी में कितना बड़ा हादसा झेलना पड़ा था। ऐसा हादसा जिसने उसे तोड़कर रख दिया मगर वो इतनी हिम्मती और जांबाज़ निकली जो जीवन और मौत के बीच कई साल झूलती रही मगर किस्मत से वक्त को धता बताकर जीवन और मौत के बीच का ऑपरेशन कामयाब हुआ। वह विजेता बनकर निकली। फ़ोन पर बतियाने के बाद दोनों ने अपनी बचपन की दोस्त निमिषा से मिलने की ठानी।

इसके पहले कि निमिषा के बारे में ढेर सारी बातें की जाएँ, क्यों ना हम निमिषा की कहानी को बैकग्राउंड म्यूज़िक की तरह कुछ इस तरह से सुन-समझ लें।

तो ये है निमिषा

"अनुभव तो यही कहता है कि किसी की फ़ितरत कभी नहीं बदलती। हम खुद भी इसी घेरे में कैद हैं। हर व्यक्ति अपने हिस्से का वही अंश दे सकता है जैसा वह अपने लिए चाहता है। अपने अंतर्विरोध हमें खुद ही देखने पड़ेंगे मगर हम नहीं देखना चाहते। जिस दिन देखना सीख लेंगे, उसी दिन से हमारे भीतर से एक नया चेहरा उगने लगेगा। हम अपनी तरफ़ से जो भी शब्द बाहर फेंकते हैं, वही प्रतिध्वनियाँ बनकर हमारे पास लौटती हैं..." माँ के बोले शब्द

निमिषा के अंदर आ-जा रहे थे कि वह पलटकर बोल पड़ी, ''अक्सर सवाल खुद से करती हूँ मगर जवाब नहीं आता। न ही ऐसी उम्मीद है, सो आई एम मिसअंडरस्टुड पर्सन...''

''मगर अपने को गलत समझे जाने की पीड़ा नहीं सालनी चाहिए। क्यों हम खामखां किसी से यह अपेक्षा पालें कि हमें अमुक ठीक ही समझे। न समझे कोई, हम क्यों चिंता करें? जिन्हें हमारे बारे में जो भी, जैसी राय बनानी हो, वह बनाने के लिए आज़ाद है। हमारी कोशिशों से न कोई राय बनाता है, न बनाना चाहेगा, ये सच जानते-समझते हुए भी हम क्योंकर ऐसी निगेटिव बातें सोचकर अपनी सोच को बदलें? तुझे सीधे-सीधे यह पता होना चाहिए कि तुझे ज़िन्दगी से चाहिए क्या? बस इतनी-सी बात है।''

''ममा, मेरे अपने खटमिट्ठे अनुभव हैं जिनसे मैं आए-दिन ऐसे जूझती रहती हूँ। अपने सवालों में फँसी फड़फड़ाती रहती हूँ मगर कहीं से राहत मिलने की उम्मीद नहीं।''

''तू इन जज़्बातों को लेकर खामखां परेशान होने लगती है। तेरा जो पेशा है, उसमें जीना-मरना तो लगा ही रहेगा और जब ऑपरेशन तेरी सीनियर ने किया है तो तू बेकार में क्यों परेशान हो रही है?''

माँ ने अपने तर्कों से अपनी बेटी को एक बार फिर से कन्विंस करने की कोशिश करनी चाही मगर उसे तो कैसे भी नींद नहीं आ रही थी। उसकी सीनियर ने पेशेंट की कोख में पल रही बेटी को क्यों मार डाला? ये सवाल उसके अंदर कचोट पहुँचाता रहा। रह-रहकर उसके सीने में लड़की-लड़के के भेदभाव वाले अनुभव ज़िंदा होने लगते।

घर में माँ हम दोनों बहनों को बराबरी से खूब प्यार करतीं मगर पापा बात-बात पर चिड़चिड़ाने लगते। उनका ध्यान पैसों पर रहता और वे पैसा खूब कमाते पर जीवन में संतुष्टि फिर भी नहीं। माँ इंटर कॉलेज में पढ़ाती रही और प्रॉपर्टी का काम करते पापा अपने को हमेशा ऊँचा व बड़ा मानते रहे। दोनों के बीच वैसी समरसता नहीं रही। बावजूद इसके, माँ ने अपने जीवन में संतुलन कायम रखने की भरसक कोशिशें कीं। उन्होंने कोर्स की किताबें लिखीं और बाद में शिक्षा-विभाग में उपनिदेशक पद तक पहुँच गयी थीं मगर पापा के लिए तो पैसा ही सब कुछ था। वे आदमी का कद उसकी हैसियत से आँकते।

''निमिषा, क्या सोचने लगी?...''

"माँ, मैंने अब तक जितना भी जो भी किया है, वह अपने आप में महत्त्वपूर्ण है। मैंने जल्दी काम करने की आदत बना डाली है। फटाफट काम करना कुछ तो मेरे नेचर में है पर सीनियर मैम पैसों के लिए क्यों इतना गिर जाती हैं? नहीं समझ पाती उन्हें। कितना मान देती थी मैं उन्हें पर वे भी वैसी ही निकलीं, पैसों पर बिकने वालीं...हुँह...आई कांट टॉलरेट..."

"अब भी कुछ नहीं बिगड़ा। क्यों ना कुछ ठहरकर, थमकर कुछ फ़ैसला किया जाए? जीवन हो या पानी, टैम्परेचर इतना तेज़ मत रख कि तेज़ आँच में सारा पानी सूख जाए। गुनगुने होने तक आँच में रख तभी बेहतर नतीजे निकल सकते हैं। कुछ नया रचने के लिए कुछ लीक से हटकर करने के लिए ज़रूरत इस बात की है कि अब से आगे का सफ़र कुछ अलहदा हो। तुझे कॉर्पोरेट हॉस्पिटल वाले बुलाने आए तो थे। तुझे तनिक ठहरकर सोचना है, हाँ," आगे बोलने से उन्होंने खुद को रोक लिया।

"कहाँ से तलाशें ऐसा रास्ता जहाँ हम अपनी मर्ज़ी से खुद फ़ैसला ले सकें। नामुमकिन-सा लगता है ये सब। जब ये शरीर ही हमारा साथ न दे तो? अपनी इस बेबसी पर रोते रहना कतई पसंद नहीं मुझे। आई हेट सिंपैथी...मुझे सिंगल रहना ही पसंद है ममा। प्लीज़, मेरे लिए लड़का खोजना बंद करो।" दो-टूक लहज़े में बोलने में देर नहीं की उसने।

"एज़ यू लाइक, पर हमें इस बारे में तनिक ठहरकर सोचना ज़रूरी लगता है..." माँ ने इतना कहा और वह अंदरूनी कंदराओं में खो गयीं। वे कहना चाहती थीं कि गहन, गूढ़ मन की कंदराओं में पहुँचना आम तौर पर संभव नहीं होता। हर समय हम उसी एक तरह से सुविधाजनक जाने-पहचाने नतीजे तक पहुँच जाते हैं जहाँ पहुँचना सुभीताजनक होता है। वे मुँह खोलकर कहना चाहती थीं कि एक नयी ज़मीन, एक नये किस्म का रिश्ता डेवलप करो जो ज़रूरी है पर इस दिशा में तुझे खुद से नयी पहल करने की ज़रूरत है। न जाने क्या सोचकर प्रकट रूप से इतना भर बोलीं—

"तू पहले सोच कि क्या करके तुझे अच्छा लगेगा। फिर उसके बाद अपने आप दिमाग एकाग्र होकर उस दिशा में काम करने लगेगा। कुछ नया करने का सोच, फिर उस तरफ़ तेज़ी से हिम्मत से कदम आगे बढ़ा...।"

"नो फ़िलॉसफ़ी प्लीज़...ममा..."

"अच्छा चल, मेरी ज़रूरी बातें ध्यान से सुन। इस ज़िन्दगी को खेल-

भावना से खेल। जितना उछलने-कूदने का मन करे, कर डाल। जी ले जी भर के। बस दो चीज़ें दिमाग में मत रखना, पहली किसी से अपेक्षाएँ मत रखना, दूसरा, खुद का साथ पकड़। खुद के बूते जो करना है, कर। मोहताज होना सबसे बुरी बात। आख़िरी बात, सबसे ज़रूरी है जिजीविषा को बचाए रखना। इसकी खातिर तुझे कुछ भी करना पड़े, बिना किसी अपराध-बोध के बेफ़िक्री से करना मगर सबसे ज़रूरी है तेरा ज़िंदा रहना! तू प्रॉमिस कर कि पूरे जतन से खुद को बचाकर रखेगी? कभी हिम्मत नहीं हारेगी, बोल बच्ची?''

''हाँ, ममा, प्रॉमिस...'' कहकर वह चुप हो गयी।

माँ की बातें कब और कैसे प्रवचन में बदल जातीं, इसका एहसास तक नहीं हो पाता और केंद्र में आ गया अपना जीवन जिसमें बहुत कुछ करना था मगर हर बार कोई-न-कोई झमेला फँस जाता। नए सिरे से माँ से कुछ कहने का मतलब ये कि वे हर समस्या को अपने ही नज़रिए से देखने-समझने की आदी थीं।

एक खास उम्र में आने के बाद ये एहसास दिनोंदिन तल्ख होता जाता है कि हर उम्र की सोच का धरातल अलग होता है और हमें इसे इसी तरीके से लेना होगा। हम अक्सर अपने बुने अँधेरों से बहुत दूर भाग जाना चाहते हैं लेकिन ये अँधेरे हमारे वजूद के संग हमारी परछाईं बनकर लिपटे रहते हैं। इससे बाहर आने के लिए कितने सुराख तलाशती रही वह मगर कहीं से कोई ताज़ा हवा मयस्सर ही नहीं हुई। दुखियारी, एकाकी या सहानुभूति की पात्र बनना कतई मंज़ूर नहीं हमें। जीवन के लिए फ़ैसले ज़्यादा बड़े होते हैं या खुद के लिए फ़ैसले? नहीं पता कि किस मोड़ पर कहाँ के लिए गाड़ी पकड़नी है या यूँ ही भटकने के लिए बनी है वह? कि पटरियाँ बदल-बदलकर बेपटरी हो जाएगी एक दिन? नहीं पता कि आगे कहाँ, किस चौराहे से कोई राह मिलेगी और किसी नए झरोखे से ताज़ी हवा के झोंके आएँगे या वह हवानुमा तूफ़ान में औंधे सीधे कदम धरती न जाने किस अनजान दिशा में खो देगी अपना वजूद?

यूँ निमिषा को ये फ़िज़ियोसेंटर वाला अपना पेशा पसंद है जहाँ आकर वह शरीर के तमाम हिस्सों को कसरतों से भरकर चलायमान कर देती। किस हिस्से में कितनी देर तक लोच देना या किसी सुप्तावस्था में पड़े हिस्से को किस तरह हिला-डुलाकर उसमें नए सिरे से जान डालनी है, इस तरीके से फ़िज़ियोकेयर करवाती कि सब उसकी मेधा का लोहा मानते। निमिषा जब तक सेंटर में रहती,

सबसे खूब हँसती-बोलती और सबको कुछ-न-कुछ करने के निर्देश भी देती रहती मगर कुछ मरीज़ों की बीमारी इतनी लाइलाज थी कि वह चाहकर भी उनकी हताशा को दूर नहीं कर पाती। ऐसे में वह काउच पर लेटे मरीज़ों से उनका हाल-चाल लेने लगती। अरसे से चुप बैठी प्रौढ़ा ने बोलना शुरू कर दिया और उनको आपस में बतियाता देख निमिषा वहाँ से हट गयी। तभी एक छोटी-सी बच्ची के टेढ़े-मेढ़े पैरों को देखने लगी जिसे पूरी ताकत से खींचकर थेरेपी देनी थी। एक से एक केसेज़ और हर चेहरे पर चढ़ी कई किस्सों की परतें खुरचती जाती।

ऐसे में उसे अपनी सीनियर मेधा की याद आ गयी जो एक पैर में पोलियो के चलते ठीक से चल नहीं पाती और चलने की ज़िद के चलते किसी फ़िज़ियोथेरेपिस्ट से इलाज करवाने क्या आयी कि उन्हीं से प्रेम कर बैठी। शानदार व्यक्तित्व के मालिक उनसे जब मेधा ने प्रेम विवाह किया तो उस समय के समाज ने उन्हें कैसे स्वीकार किया होगा, सोचकर हैरानी होने लगती मगर उसके साथ तो ऐसा कोई चमत्कार नहीं हुआ अब तक। फिर वह खुद से बतियाने लगती। तेरे दाएँ-बाएँ पैर और दोनों हाथों की उँगलियों के टेढ़ेपन के चलते न तू किसी से कायदे से अब तक न तो दोस्ती कर पायी है और न ही तू किसी को इस हद तक पसंद कर पाती है कि बात आगे बढ़ पाए। एक बार ऐसा वाकया हुआ भी मगर उस बारे में सोचकर ही मन खराब होने लगता। जब कोई स्वाभाविक ढंग से दोस्ती करने की तरफ़ आगे बढ़ता नज़र आता पर बाद में पता चलता कि अमुक लड़का उससे कुछ-न-कुछ सीखने या उससे कुछ पाने की ललक में उसके पास खिंचा चला आता है, न कि उससे सच्ची दोस्ती करने। ऐसे एहसास आसमान में बनती धुएँनुमा बादल की सुंदर लकीर की तरह मन में राहत बिछाते मगर जल्दी ही एहसास हो जाता कि हम हवा में लाठी भाँज रहे थे। ज़मीन पर खड़े होकर कब तक आसमाँ की उड़ान भरते?

तो क्या ये मान लिया जाए कि देह एकमात्र ज़रिया है प्रेम जैसे विरल एहसास को पाने के लिए? ऐसे सवालों से अक्सर भिड़ंत हो जाया करती। पहली बार इस हकीकत का एहसास तब हुआ था जब घर के सामने रहने वाला दीपेश अक्सर मैथ्स के सवाल पूछने आ जाया करता। निमिषा उसे घंटों पढ़ाती और सब-कुछ सीखने के बाद वह कृतज्ञता बोध से भर जाता। तब उसके मन में निमिषा के लिए अनगिनत भाव उमड़ते और वह उसके खाने-पीने से लेकर कपड़े-लत्तों तक का खूब ख़याल रखता। उसे खाने में क्या पसंद है या कब कौन-

सी मूवी में क्या देखने लायक है, से लेकर सभी सामान्य विषयों का ज्ञान खूब रटा पड़ा था। दीपेश को पढ़ाने में उसका खूब मन लगा और वह भी आज्ञाकारी बालक की तरह मन से पढ़ता। दोनों के बीच गुरु शिष्य या मित्रवत रिश्ता खूबसूरती से आगे बढ़ता रहा। न जाने क्यों व कैसे उस पर अपना हक जताने लगी थी वह।

''दीपेश, आज तुझे बैंकिंग एग्ज़ाम्स के टिप्स दूँगी और कुछ रीज़निंग के कठिन सवाल भी तुझे सिखा दूँगी।''

''जी मैम...'' वह आभार भाव से भर उठता।

दीपेश गरीब घर का लड़का था जो निमिषा की देख-रेख के लिए रखा गया था। पढ़ाई में तेज़-तर्रार निमिषा को दसवीं के बाद ही ऐसी जटिल बीमारी ने घेर लिया कि वह पूरे सात साल बिस्तर पर पड़ी रही। उसके जीने की इच्छा तक मरने लगी थी। बीमारी भी ऐसी कि किसी की पकड़ में न आए। उस दिन 10वीं के बोर्ड एग्ज़ाम्स के बाद सभी छत पर उछल-कूद करके बॉल से खेल रहे थे कि निमिषा के पैरों में बॉल तेज़ी से आकर लग गयी और वह अचानक गिर पड़ी और फिर उसके बाद पूरी तरह खड़ी नहीं हो पायी कभी। उसे तो यह भी ठीक से याद नहीं कि उसने कितनी बार, कितनी जगहों पर, कितनी तरह के टैस्ट करवा डाले। न जाने कितने शहरों में, कितने डॉक्टरों से इलाज करवाया मगर कहीं से कोई राहत नहीं।

आयुर्वेदिक से लेकर होम्योपैथ और देसी जड़ी-बूटियों को पीसकर लेप लगाने से लेकर न जाने कहाँ-कहाँ उसे लेकर उसके माँ-बाप गए मगर तबियत में कोई सुधार नहीं हुआ। इलाज का साइड एफ़ैक्ट ये भी झेलना पड़ा कि कुछ दिनों बाद दोनों हाथों की उँगलियों में भी टेढ़ापन आता गया। दिनों, महीनों और इसी तरह साल-दर-साल बीतते गए मगर उसके अँधेरे कमरे में कहीं से कोई उम्मीद की रोशनी नज़र नहीं आ रही थी। कभी इतनी हताशा घेर लेती तो कभी लेटे-लेटे दुर्भाग्य को कोसती रहती। पता ही नहीं चलता कि कब डॉक्टर आकर उसे नींद का इंजेक्शन लगाकर चले जाते और कब वह दवा खाकर नींद में चली जाती। कब, कितने घंटों बाद उसे होश आता, उसे कुछ भी याद नहीं। सोकर उठने के बाद इतना ज़रूर याद रहता कि उसकी पसंदीदा किताबों के ढेर अलमारियों में पापा ने सजाकर रख दिए हैं और ममा मेरी पसंदीदा चीज़ें बनाकर मेरे उठने का इंतज़ार करती मिलतीं। उनके इस निश्छल प्रेम की बदौलत ही निमिषा की जीने की ताकत बची रही। पापा के वे बोल उसे जीवन देते,

''निमिषा, तू बस हिम्मत न हार। बाकी बातों के लिए हम हैं ना, सो तू उल्टा-सीधा मत सोच अपने बारे में। बस इस बार अपनी तैयारी कायदे से कर और कंपीटीशन एग्ज़ाम्स निकाल ले। जो कुछ कुदरत ने तुझे नहीं दिया है, तो उसे पाने के लिए दूसरे दरवाज़ों पर दस्तक तो देनी पड़ेगी ना? हमें अपने जीने के लिए कुछ सुंदर पल तो रचने पड़ेंगे ना?''

ऐसा कहने वाले पापा, माँ की आँखों में उसके लिए इतना सारा प्यार उमड़ता कि सोयी जीवितेष्णा जग उठती और उसी दौरान ये दीपेश भी उसके आस-पास अक्सर मंडराता रहता, ''निमिषा मैम, मैंने अपना होमवर्क पूरा कर लिया। अब हम चैस खेलें?'' अक्सर कोई-न-कोई नया गेम वह उठा लाता और फिर वे घंटों खेलते रहते। निमिषा को शतरंज में हरा पाना आसान नहीं था और हर जीत के बाद उसकी खुशी देखते ही बनती थी। निमिषा लेटे-लेटे ही पढ़ाई में महारत हासिल करती रही और बाद में फ़िज़ियोथेरेपी कोर्स पूरा करके देखते-ही-देखते वह फ़िज़ियो सेंटर में निदेशक की हैसियत से काम करने लगी।

दीपेश को उसकी संगति का भरपूर लाभ मिला और वह किसी प्राइवेट कंपनी में काम करने लगा था मगर उसके मन में निमिषा को लेकर कुछ अलग ही तरह की भावनाएँ थीं, शायद सहानुभूति या करुणा या कुछ अपरिभाषित किस्म का लगाव। जबकि निमिषा के लिए वह एक साथी, दोस्त या उससे भी बढ़कर था। दरअसल वह अपना काम निकालने को उसके पास आता था। अपनी पढ़ाई में उसका गाइडेंस लेने आता रहता और वह भी पूरे मन से उसे पढ़ाती रही। ये तो बाद में पता चला कि वह अपना मतलब साधने को उससे निकटता दर्शाने लगता या गाहे-बगाहे उससे लाड़ जताता रहता, ''मैम, आप ना इतने स्वीट व इन्नोसेंट हो कि बता नहीं सकता। मेरे लिए तो भगवान के बाद आप ही सब कुछ हो। सोते समय भी आपकी सूरत दिलोदिमाग में रहती है कि आपको दवा दी है या नहीं। कहीं आपको पूरी दवा न मिले और आप ठीक से न सो पाएँ तो मैं भी बेचैन हो उठता हूँ। आँटी-अंकल तो काम से लौटकर थककर सो जाते होंगे और आप संकोच के मारे कहते नहीं हो अपनी प्रॉब्लम मैम...''

''अरे नहीं दीपेश, ऐसी चिंता करने की ज़रूरत नहीं है...'' वह मुस्कुराते हुए कहती तो वह तपाक से बोल पड़ता, ''क्यों चिंता न करूँ आपकी? अरे, आप मेरे लिए सबसे बढ़कर, सबसे ऊपर के सिंहासन पर विराजमान...'' बीच में बात काटते हुए वह बोल पड़ती—

"नहीं, दीपेश, ऐसे बोल बोलकर मुझे भगवान मत बनाओ। बस इंसान ही रहने दो..."

"मैम, जब से नौकरी का ऑफ़र आया है, तब से मैं खुद को बहुत छोटा समझने लगा हूँ और संकोच के मारे कुछ बोलते नहीं बनता पर मैं आपको बहुत-बहुत पसंद करने लगा हूँ। आपको लेकर हर वक्त इतना ज़्यादा सोचता रहता हूँ कि रातों की नींद उचट जाती है और...और ...।"

"हाँ, बोल ना, क्या बात है? खुलकर बोल, क्या सोचता है मुझे लेकर कि तेरी नींद उचट जाती है..." आत्मीयता की आँच से पिघली निमिषा उसके मन में बसे लगाव की अंदरूनी तलहटी तक पहुँच जाना चाहती थी।

तभी बीच में उसका फ़ोन बजने लगा और वहाँ से उठकर वह बालकनी में जाकर बतियाने लगा। वह उनकी बातचीत ध्यान से सुनने लगी। तब पहली बार यह राज़ खुला कि दीपेश का किसी अनीता नाम की लड़की से अफ़ेयर चल रहा है और दोनों के बीच बहुत करीबी रिश्ता है, सुनकर अटपटा तो लगा। अपनी सोच पर हैरानी हुई कि वह भी तो शायद कहीं-न-कहीं दीपेश को पसंद करने लगी थी। न चाहते हुए भी उसके तीखे शब्द सीने में उतरकर चीरने लगे, "हाँ, मैम की ठीक से दवा-दारू करना मेरी ज़िम्मेदारी है पर तू उन्हें लेकर अपने शंकालु दिमाग का इलाज करा। उनके लिए मैं ऐसे सोच भी कैसे सकता हूँ। तू जानती है ना कि उनकी कद-काठी ही आधी-अधूरी और ये कितनी बड़ी हकीकत है कि वे अपंग हैं सो उन्हें साथ-साथ लेकर आगे जीवन में चलने के बारे में मैं कैसे कुछ प्लान कर सकता हूँ? नो, नैवर, इट्स वैरी क्लियर..." सुनते ही धक्का लगा था उसे जैसे किसी ने पूरी ताकत से उसे दूर फेंक दिया हो समन्दर में मगर लहरों ने उसे वापस किनारे पर पटक दिया। बेशक ये केयर करता था मगर किसलिए? इस्तेमाल करने की कलाएँ थीं उसकी? सोचकर तनाव की अतिशयता से बेचैन हो उठी वह।

सच तो ये है कि हमें जो किसी कारणवश नहीं मिल पाता है, हम उसी की भरपाई यहाँ-वहाँ से करने लगते हैं जबकि भरपाई कहीं से होती नहीं है। किसी से भी मोह या अपेक्षाएँ पालना अपने पैरों पर कुल्हाड़ी मारने जैसा है। ओफ, इसके चमकीले चेहरे पर बहुत होशियारी से चढ़ाई गई परत को क्यूँकर नहीं भेद पायी वह? चेहरे जितने चिकने-चमकीले होंगे, परतें उतनी चालाकी से चढ़ाई गई होंगी। कितने सारे चेहरे अनपढ़-अनचीन्हे तभी तक हैं जब तक

हम उन्हें बरतते नहीं। बरतने पर पता चलता है उनका अहं, झूठ या चालें। शायद महानगरों के बाहरी चेहरे ऐसे ही नज़र आते हैं, ऊपर से चमकीले मगर अंदर से सड़ाँध मारते। अपने जीवन में एक ही घेरे में गोल-गोल घूमते रहने को विवश। इस्पात की मूरत में ढले स्थिर और पूरी तरह मशीनी जीवन-शैली। कतई भरोसेमंद नहीं होते ये सब-के-सब मतलबपरस्त, मशीनी, मानवनुमा रोबोट। रूखे, सादे, मलिन या बेरौनक चेहरों पर परतें चढ़ाना मुमकिन कहाँ होता है? मगर इनके अंदर अंदरूनी चमक ज़रूर होती है। धीरे-धीरे खुद को शांत समन्दर में तब्दील करने की कोशिश करती रही जिसके अंदर ठाठें मारती लहरें न उठें। दूर-दूर तक फैले नीले आकाश की छवि अंतस में उतारती रहती।

धीरे-धीरे वह अपनी कुंठा व हताशा के घेरों में फिर से कैद हो गयी। बचपन से जो ग्रंथि उसे जकड़े हुए है कि कोई भी उसका अच्छा दोस्त बन ही नहीं सकता। ज़्यादा-से-ज़्यादा सहानुभूति जता सकता है, मगर दोस्ती के लिए सबसे ज़रूरी है दैहिक बराबरी जो कि उसके पास है ही नहीं। सो ऐसी भावनाओं को वह पूरी ताकत से खुद से परे धकियाना चाहती पर चाहकर भी पूरी तरह खुद से अलगा नहीं पाती। कॉलेज समय में भी ऐसे अलग-अलग ग्रुप्स थे, मगर भीतर तक कोई दोस्त नहीं उतर पाया। सबके सब एक जैसे, ऊपर से ओढ़ी दोस्ती का एहसास कराते मगर अंदर-ही-अंदर उसे अपने बराबर तक नहीं समझते और न जाने ऐसा क्यों लगता कि सब पीछे से उस पर रहम कर रहे हैं, जिससे सख्त नफ़रत थी उसे। तब से उसने सबसे एक निश्चित दूरी बना ली।

धीरे-धीरे अपने घेरे में ही अकेले बने रहने की ऐसी आदतें पड़ती गयीं कि अब कोई नया दोस्त बनता भी है तो यकीन नहीं आता। न किसी से कोई अपेक्षा करती, न ही मन करता कि किसी से अपनी कहे-सुने। इस दुनिया में हर कोई तो अकेला है। हम चाहे कितना कुछ पहले से प्रण कर लें कि आगे से ऐसा नहीं करेंगे पर जीवन तो आपके वश में है ही नहीं तो अचानक से कुछ मैजिकल मूमेंट्स उसकी ज़िन्दगी में आए। सचमुच बड़ी होती है जीवन की हकीकतें और निमिषा के जीवन की ये हकीकत ऐसी कि वह किसी से साफ़-साफ़ बता भी नहीं सकती कि किसके बारे में सोचकर वह अंदरूनी खुशी से भर उठती। उम्र के इस मोड़ पर जब उसने सिंगल बने रहने का निश्चय कर लिया था। ज़िन्दगी कितनी बार उसे धक्का देकर बाहर फेंक देती, मगर हर बार वह किनारे पर कैसे आ जाती, सोचती है तो चकित हो उठती है।

कुदरती चमत्कार जैसा खुशनुमा एहसास

कुदरत ऐसे-ऐसे चमत्कार दिखलाती रहती जिसे वह विस्मित भाव से देखती और हैरान होती। ऐसा उसके साथ तब हुआ, जब प्यार में पटखनी खाने के बावजूद उसे एक बार फिर से प्यार या लगाव जैसा कुछ-कुछ हो गया था, अपने से कई साल छोटे एक प्यारे से इंसान से जिसने उसके अंदर जीने की ताकत बढ़ा दी मगर उसने इस एहसास की दिशा ही मोड़ दी।

उस दिन सूरज खूब खिला था और मन में ऐसी चाह जगी कि काश, कोई तो ऐसा हो जिससे वह मन की बातें कर सके, खूब ज़ोर-ज़ोर से हँस सके, चीख-चिल्ला सके या जिसे लेकर उसके मन में अधिकार-भाव उमड़े। दिल्ली का वह वाकया वह चाहकर भी नहीं भूल पाती जब एक बार कंपनी में काम सीखने के दौरान रुचिर सचमुच उसमें दिलचस्पी लेने लगा था और उसे लेकर बहुत पजेसिव होने लगा था। उससे बात करते हुए उसका चेहरा गुलाबी हो उठता, मगर वह उसे हमेशा अपने से बहुत छोटा ही मानती रही। जब उसने अपने लगाव का टूटे-फूटे लहज़े में इज़हार करना चाहा, "मैम...क्या मैं भी आपको अक्षम लगता हूँ, बेशक एक पैर नकली है पर इससे हमारी चाहत पर कोई असर नहीं पड़ने वाला..."

"न, वो बात नहीं पर तुझसे कई साल बड़ी हूँ और ऐसे में ये ठीक नहीं। वैसे भी शादी में मेरी रुचि कतई नहीं..." वह रुक-रुककर बोलती रही।

"तो क्या हुआ? उम्र का प्रेम से क्या लेना-देना?" वह रुआँसा होकर बोलने लगा, "निमिषा मैडम, सालों बाद मेरे मन में किसी के प्रति ऐसे भाव जगे कि सोते हुए भी आपकी सूरत नज़र आती है। आपकी हिम्मत को सैल्यूट करने का जज़्बा जगा है कि आपने मुझ जैसे नाचीज़ को इतना हौसला दिया कि आज मैं अपने पैरों पर खड़ा हूँ, ठीक-ठाक नौकरी कर रहा हूँ और हम साथ मिलकर बहुत शानदार जीवन के सपने साकार कर सकते हैं..." एक बार में ही पूरी तरह से खुद को उलीच दिया उसने।

उसकी बात काटते हुए वह बीच में ही बोल पड़ी, "देख रुचिर, तू अपनी जगह सही हो सकता है पर मैं क्या करूँ? मेरे अंदर वैसे भाव ही नहीं जगे तुझे लेकर। तू मुझे हमेशा छोटे भाई जैसा लगा..."

उसके बाद उनके संवाद के द्वार बंद होते गए और फिर किसी से कुछ कहते-सुनते नहीं बना। पहली बार निमिषा को उसे मना करके बुरा लगा पर

मन ही नहीं हो रहा था कि उसकी इस ख़्वाहिश को अपने ऊपर ओढ़ ले। जब ऐसा करने का मन बनाया भी था तो वह लम्हा हवा में ही लटका रह गया और फिर किसी ने उसकी ज़िन्दगी में दुबारा दस्तक नहीं दी।

बहुत खूबसूरत पल थे जब वह अपने फ़िज़ियोसेंटर में इलाज कराने आए डॉक्टर देवेन के केयरिंग नेचर और उनके सेंस ऑफ़ ह्युमर को पसंद करने लगी थी। उसकी भोली आँखों में बहता प्यार उसे अपनी जद में बहा ले गया था। उसकी वो मीठी बातें याद करते हुए उसे आज भी रोमांच होने लगता, "आपको कौन इतना बड़ा कह देता है, गलत बात। एक तो कुदरत ने आपको छोटे कद का बना दिया, ऊपर से बात-बात पर बच्चों की तरह जिज्ञासा-भरे मासूम सवाल। बच्ची हो एकदम से कोरी स्लेट की तरह साफ़ शफ़्फ़ाफ़ ..."

"तो फिर तो आप मैडम कहना बंद करिए, प्लीज़। वैसे मैंने पैंतीस पूरे कर लिए हैं, हाँ, छोटी नहीं हूँ," चहकती आवाज़ में कहते हुए ज़ोर से हँस दी।

"तेरी हँसी बहुत उजली व निष्कलुष है निम्मी। दिल करता है कि तू यूँ ही हँसती रहे। तेरी निश्छल धवल हँसी वेग से उमड़ती नदी की तरह यूँ ही चमकदार बनी रहे, बस इतना चाहता हूँ..." कहते हुए पहली बार देवेन ने उसके कंधे पर बहुत दुलार व आत्मीयता से अपना हाथ रखा और तब पहली बार उसने इतने नज़दीक से उन्हें देखा।

'कितने खूबसूरत हैं देवेन जी और कितने बड़े दिल के मालिक...' सोचते हुए भावविभोर हो उठी वह। तब पहली बार उसे अपनी धड़कनें बढ़ती हुई सुनाई दीं। अंदर से बार-बार उन्हीं की आवाज़ को सुनने की तमन्नाएँ जगने लगीं। मन किया कि उन्हें बार-बार देखे और वह किसी-न-किसी बहाने से मौके-बेमौके उनसे देर तक फ़ोन पर बात करती रहती। वह अपने से कई बार एक ही सवाल पूछती कि क्या उसे उनसे सचमुच प्यार हो गया है, तभी अंदर से आवाज़ आई—हाँ, तभी तो मोबाइल पर उनका नंबर चमकते ही उसका मन वेग से मोबाइल पकड़ने को आतुर हो उठता। उसका दिल करता कि वह उन्हें ही सुनती रहे, उन्हें ही अपलक देखती रहे और अपने आस-पास सब जगह उन्हीं की सूरत देखती रहे। बेशक वह आम लड़की जैसी सुंदरी नहीं थी जिसे देखकर किसी के मन में प्यार उमड़े पर भावनाओं पर तो किसी का ज़ोर नहीं चलता। वह इस बेशकीमती एहसास के सामने अवश हो उठती। वैसे इस सचाई का भान था उसे, तभी तो वह अपने इस एहसास को जताकर उन पर किसी तरह का कोई

भी बेजा दबाव नहीं डालना चाहती थी।

एक पैर से लाचार अपने बेटे का इलाज कराने आए थे, वे जिसे छोड़कर उनकी पत्नी चली गयी थी। जिसका गम उनके चेहरे से झलकता भी था। वह जल्दी ही उनके बेटे से घुल-मिल गयी और वे दोनों देर तक हँसते-बतियाते। ज़िन्दगी में ये कहाँ, किस किताब में लिखा है कि प्यार इससे हो या उससे न हो। ये उसके वश में भी नहीं था कि वह किसी पद या हैसियत वाले से प्यार करे या किसी अपने जैसे दैहिक लाचारी से जूझ रहे आदमी से ही करे। यदि उसे देवेन में किसी अच्छे इंसान वाले गुण नज़र आए और उसका मन उनकी तरफ़ खिंचने लगा तो वह इस एहसास को कैसे छिपाए और भला क्यों व कब तक? सच तो ये था कि उनके आते ही उसका मुरझाया चेहरा चमकने लगता और उसकी चाल में एक नयी किस्म की तेज़ी शुमार होने लगती, जिसे देवेन ने भी ताड़ लिया और वे भी उससे अपने सुख-दुख बतियाने लगते, ''निमिषा, जितनी सेवा मेरे बेटे की यहाँ इस सेंटर में हुई है, उतनी कोई नहीं कर सका। होल क्रेडिट गोज़ टु यू ओनली। उसे आज तक उसकी माँ ही ठीक से नहीं सँभाल पायी। उन्हें तो पार्टी-वार्टी से ही फ़ुरसत नहीं मिलती। सोचो ज़रा...'' वे शिकायतों की गठरी खोलने लगते।

''मैम कितनी सुंदर लगती हैं सच्ची में...'' उसने बात पलटनी चाही।

''मगर ऐसी सुंदरता का क्या अचार डालूँ जिसे अपने बेटे की ज़रा भी चिंता न हो। पता है, आधी रात तक बेटा तेज़ बुखार में तपता रहा और ये मैडम अपने क्लब में प्रेसीडेंट के चुनाव के लिए जगह-जगह कैम्पेन चला रही थीं। इट्स हॉरीबल। कैन यू इमेजिन?'' कहते हुए उन्होंने निमिषा की आँखों में ललक से देखा, जिसमें एक अतिरिक्त भाव नज़र आ रहा था।

वह चुपचाप सुनती रहती। फिर वह बेटे में आए सुधार के बारे में सुनाने लगते तो वह भावुक होते हुए बोली, ''पर आपकी मेहनत रंग ला रही है। मैंने तो कुछ भी नहीं किया...'' कहते हुए वह कुछ रुक गयी और अपने को आगे बोलने से रोक लिया।

''नहीं, सब कुछ तो तुमने किया है। कमाल का जादू जानती हो तुम। रियली ग्रेट...यकीन कर रही हो ना मुझ पर?'' इस बार उन्होंने उस पर दुलार की बारिश की।

''गलत बात, सिर्फ़ तुम्हारी मेहनत का कमाल है। गर्व करता हूँ तुम

पर। तुम्हारी नॉलिज पर जो इसके लिए खुद कसरत करवाती हो। वैसे तुम्हारी मैजिकल स्माइल तो गज़ब की है। वन मोर थिंग, प्लीज़ नैवर कॉल मी सर... लवली डियर गर्ल...'' कहते हुए उन्होंने पास में खड़ी निमिषा को गले लगा लिया और माथे पर चुंबन जड़ते हुए बोले, ''अक्सर मुझे तुम्हारी चिंता होती है। तुम्हारे भविष्य को लेकर। जब कभी पेरेंट्स न रहें तो कैसे रहोगी अकेली इस मुश्किल समय में और चालाक लोगों से भरी दुनिया में।''

अपने प्रति उनकी चिंता देख निमिषा की आँखें खुशी से भावविह्वल होकर नम होने लगीं और फिर कुछ बोलते नहीं बना।

''लिसन, तुम्हारे जैसी साथी चाहिए थी मुझे। लविंग एंड केयरिंग, पर क्या करें? अच्छे लोग देर से टकराते हैं ज़िन्दगी में...'' कहते हुए वे हँसने लगे और निमिषा के कंधे पर अपना हाथ रखते हुए बोले, ''लव यू डियर!''

''पर मैम संग लगभग दशक बिता चुके हैं आप। आपकी फ़ेमिली लाइफ़ सही चल रही है...'' सवालिया नज़रों से उसकी तरफ़ देखने लगी किसी जिज्ञासु बालिका की तरह। उत्साह से भरी।

''हूँ,'' वे अनमने स्वर में बोलने लगे, ''निम्मी, पिछले कई सालों से खुद को काम में खपाता गया। दिन-रात काम करने का नशा। खूब काम करते हुए निकल गया जीवन। इस दौरान मान-अपमान, जलालत और हिंसा-प्रतिहिंसा के बीच खुद को लहूलुहान होते देखता रहा। फिर भी अंदरूनी ज़िद थी, चलते रहने की, सो चलता रहा बिना थके, बिना आगा-पीछा सोचे। न जाने कहाँ जाने की उतावली घेरे रहती थी जबकि तब भी कहीं नहीं जाना होता था और अब भी कहीं नहीं।''

''पर मैम तो बहुत केयरिंग हैं ना? बहुत सपोर्टिंग एंड लविंग?'' वह अंदरूनी सच की तह तक पहुँचने के लिए उतावली हो उठी।

''लीव दिस टॉपिक। वैसे मुझे तुम्हारे एहसासों का पता है, मगर क्या करूँ? हमेशा बंधनों में बँधा रहा कि चाहकर भी अपने मन से कुछ फ़ैसला नहीं ले सका। माँ के गुज़र जाने के बाद अलग होने के बारे में पहली बार ठीक से सोच पाया। आख़िर क्यों रहूँ ऐसे बंधनों में जहाँ दम घुटता है मेरा? अक्सर तलाक केस फ़ाइल करने के बारे में सीरियसली सोचता रहता हूँ...'' आगे कुछ और कहने से उन्होंने जानबूझकर रोक लिया।

अचानक उनकी आँखों में अपने प्रति गहरे लगाव को महसूस किया

उसने। प्रेम की चिन्गारियाँ चिटककर दहकते कोयले में से चमकते कण बनकर यहाँ–वहाँ चमक बिखेरते। कैसी तो दाहक आग थी जिसमें कूदने का मन करने लगा। अजीब–सी अतृप्त लालसाएँ मुँह उठाए जीभ निकाले खड़ी तैयार मिलती थीं जैसे उसके अंदर कोई प्रेम की भूखी राक्षसी न जाने कितने सालों से जी रही थी। आसक्ति, मोह, लालसा और तमन्नाओं से भरी बेचैन राक्षसी अभी भी उसका पीछा नहीं छोड़ रही थी। न जाने क्या सोचकर आँखें भर आईं जिसे देखकर बहुत आहिस्ते से उसके नज़दीक आकर उन्होंने उसके कान में फुसफुसाया, ''आई एडमायर योर करेज। जीवट लड़की हो। जिजीविषा भी है तुममें, और भी बहुत सारा...कांट से एनीथिंग मोर...मेरे दिल में यहाँ, इस जगह रहती हो तुम। यहाँ तुम्हारे लिए खास जगह है, समझीं?''

''बस, बस, रहने दें सर... '' अपने पर झुके देवेन जी के स्नेह से अभिभूत निमिषा उनके मीठे एहसास में डूब गयी। तभी अचानक उसकी बचपन की दोस्त रेवती का फ़ोन आया, ''तू है ना वहाँ, जस्ट कमिंग विथ अलका। वेट...'' फिर बिना उसका जवाब सुने रेवती और अलका धड़धड़ाते हुए सीधे उसके केबिन में पहुँच गईं, ''हाय निम्मी,'' फिर सामने बैठे देवेन को देखते हुए बोलीं, ''ओ, तो यही हैं देवेन जी जिनके बारे में तू अक्सर फ़ोन पर चर्चा करती रहती है। हूँ...काफ़ी स्मार्ट हैं,'' उसने आँखें मटकाते हुए रहस्यमय लहज़े में कहा।

''हाँ, इनका बेटा अब पूरी तरह ठीक होने लगा है...'' बताते हुए उसकी आवाज़ में अनायास खुशी झलक उठी।

''तो देवेन जी, सुना है कि आपकी पत्नी से आपका तलाक का केस चल रहा है, है ना सही बात?''

''जी हाँ...'' कहते हुए उनकी आवाज़ लड़खड़ाने लगी।

''पर अभी हाल ही में तो आपने अपनी पत्नी के नाम नई गाड़ी बुक करायी थी, कुछ याद आया आपको? दरअसल मैं भी तब वहीं पर थी जब आप अपनी पत्नी संग वहाँ पर डील फ़ाइनल कर रहे थे। तो ये तो सरासर गलत बात है ना? काहे इससे सच्ची–झूठी बातें करते रहते हैं आप?'' आवाज़ में अनायास तैश के रंग शुमार होते गए जिसमें आक्रोश भी था और आक्रामकता भी।

अनायास देवेन को कोई जवाब नहीं सूझा तो वे तेज़ी से सेंटर से बाहर की तरफ़ निकल पड़े जहाँ पंक्तिबद्ध पेड़ों से झरते सूखे पत्तों से सड़क भर गयी थी और जिस पर चलते लोगों के कदमों से चर्र–चर्र की आवाज़ सुनी जा सकती

थी। पत्तों के झड़ने से सारे पेड़ ठूँठ नज़र आ रहे थे। निमिषा को लगा जैसे एक बार फिर उसके सिर पर कोई भारी-भरकम पेड़ टूटकर गिर पड़ा हो। किसी बौराई लड़की की तरह वह हक्का-बक्का सबके चेहरे एक-एक करके देखने लगी। जैसे ये तमाशा उसके साथ नहीं किसी और के साथ घटा हो। अपनी बेबसी और लाचारी के मारे आँसू भल-भल करके बहने लगे। सरेआम इतना अपमान, कैसे बर्दाश्त करे वह?

कुछ देर माहौल में तनाव व्याप गया मगर हमेशा की तरह रेवती ने जान-बूझकर माहौल को हल्का करने के लिए हँसी के तराने छेड़ने शुरू कर दिए। कभी मुँह बनाकर पुराने गाने गाने लगती तो कभी मीनाकुमारी टाइप हीरोइन की रुआँसी आवाज़ में—'मुझे छोड़ गया सांवरिया'...मगर कातर निगाहों से निमिषा उसकी तरफ़ देखने लगी तो वह ऊँची आवाज़ में बोली—

''सुन आँसुओं से सगा कोई और नहीं सो सबसे पहले वही साथ देने लगते हैं। ऐ निम्मी, घटनाएँ घटकर गुज़र जाती हैं और हम न तो उन्हें घटने से रोक सकते हैं और न उनके प्रति अपनी लालसाएँ या मोह कम कर पाते हैं। बस यहीं से शुरू होती है बेचैनी। लिसन, ये मेरी लाइफ़ है जिसे मैं खुद अपनी मर्ज़ी से ड्राइव करूँगी। बस इसी सच को हृदयंगम कर तू, बाकी बातें भूल जा।'' दो मिनट रुकने के बाद वह फिर से बोलने लगी—

''ज़िन्दगी क्या सचमुच खुली किताब की तरह होती है? शायद नहीं। तुम्हारे माथे पर लिखी है सरलता पर तुम्हारी काबिलियत को देह से जोड़कर देखा गया और कुछ न कर पाने की बेबसी से तुम्हारे मन में उपजी है हताशा। जो धीरे-धीरे तुम्हारे वजूद को कुतरती गयी। इस तरह एक दिन हम भीतर से खोखले और खाली होकर बेजान से होते जाते हैं। ऐसे में हमें खुद को दूर से देखने की कला विकसित करनी होगी। जैसे मैंने किया अपने संग...''

''हाँ, मगर खुद को लेकर एक अजीब तरह की घुटन होने लगती है। मेरी ज़िन्दगी के अक्षर-अक्षर पर खुदे हैं दर्द के अल्फ़ाज़। खामोशियों और लंबी चुप्पियों के कुएँ में पड़ी रहती हूँ। खुद से उकताहट होने लगती है। तब उपजता है जीवन के प्रति निरर्थकता का बोध और अपनी बेबसी पर हारती रहती हूँ बार-बार। ऐसे में खुद से सवाल दर सवाल करने लगती हूँ, आख़िर इसमें मेरी क्या गलती? रह-रहकर सवालों के मुकम्मल जवाब न पाकर बौखला जाती हूँ। फिर अपनी पराजय के अट्टहास दूर-दूर तक सुनाई पड़ते हैं। मीलों दूर से

बजते बेसुरे ढोल की तरह, जिसे कोई नहीं सुनना-बजाना चाहता। दूर-दूर तक कोई उम्मीद का कतरा नज़र नहीं आता...'' अनायास आँखें भीगने लगीं। दुख की अतिशयता में आवाज़ लड़खड़ाने लगी थी तो चुप होकर आँखें मींच लीं।

''निम्मी,'' अचानक बीच में अलका बोलने लगी, ''अपना संतुलन मत खोने देना और न ही खुद को कोसना शुरू करना। ये उम्मीदें ही तो हमें ज़िंदा रखेंगी, सो इनका गला मत घोंट। बात बस इतनी-सी है कि हम दूसरों में जिसे तलाश रहे होते हैं, दूसरा भी वही तलाशता है हममें। हम खुद को आसानी से बदलना नहीं चाहते बल्कि कुछ अनचाहा घटने पर घबरा उठते हैं जबकि वह घटना ज़रूरी होता है। तभी हम ज़्यादा मैच्योर्ड ढंग से जीने की कला सीख पाते हैं, समझी ना मेरे कहने का मतलब?''

''मैं हूँ, जो हूँ, जैसी हूँ, वही रहूँगी। सच तो ये है कि मैंने अपना पहाड़-सा दर्द भी कभी नहीं साझा करना चाहा किसी से। बस सालों तक कराहती रही अपने ही बोझ तले। अपने जीने की सहज लालसा तक को तजती गयी...''

बीच में बात काटते हुए रेवती बोल पड़ी—

''निम्मी, हमारी आदतें सालों से हमारे संग जीती-मरती हैं। सो वे हमारा साथ छोड़ने से रहीं। हम जैसे कमीने दोस्तों संग बतरस की चाह तो कभी नहीं मरेगी। अब बची प्रेम की भावना, उसे कमज़ोर न मान। एक समय था जब हम उसे पाने के लिए पगलाए रहते थे और न मिलने पर सिर पटकते किसी ज़िद्दी बच्चे की तरह। बाद में वही प्रेम कितना मामूली-सा लगने लगता कि अरे, इसके पीछे पगलाए रहते थे हम। जिसे हीरे के कण समझकर इतराते थे, वह तो माटी से भी गया-गुज़रा निकला। है ना?'' कहते हुए उसने उसके घर में रखे म्यूज़िक सिस्टम को ऑन किया और मनपसंद गाने लगा दिए।

''हरेक में वही औसत दर्जे का काइयाँपन, वही इस्तेमाल करने की चालें और वही पुराने शातिराना अंदाज़ से भावनाओं को उभारकर छल और झूठ के सहारे लड़की को अपनी मुट्ठी में कर लेने की शतरंजी चालें। बाद में किसी-न-किसी बहाने से उसे बौना साबित करके छोड़कर चलते बनना...'' अलका ने एक-एक शब्द पर ज़ोर देते हुए कहा। मगर रेवती इससे बेखबर बजते हुए गाने गुनगुनाने लगी।

''निम्मी, तू सेंसिटिव है। सो आस-पास की हर चीज़ को रिसीव करने लगती है जबकि हममें से ज़्यादातर लोग अनचाही चीज़ों को इग्नोर करते हैं।

दिमाग से काम लेना है हमें और यही है आज का सबक...'' हे...हे करते हुए सब के सब हँस पड़े।

''डिज़ायर्स को कतई नहीं कुचलना है, बल्कि इन पुरुषों की चालों को उन्हीं के तरीके से जवाब देना सीखना होगा।''

''हूँ...अपने वजूद को बचाने की मामूली-सी चाहना की खातिर हर रोज़ नए सिरे से जीने का ताना-बाना बुनती, मैं सालों से खुद से लड़ती रही हूँ। मैं ज़िन्दगी के सवालों को ठीक से समझ ही नहीं पाती, सुलझाना तो दूर की बात है। बचपन से ही मेरा हर सपना बड़ा होता कि कुदरत ने झपट्टा मारकर मेरे सपनों को रौंद दिया। धीरे-धीरे अंदर निगेटिविटी भरती गयी, जिससे खुद ही लड़ना पड़ता है। खुद से लड़ते-लड़ते लहूलुहान भी होती हूँ मगर करें तो क्या करें? ये तो मन की बीमारी है सो मन का ऑपरेशन तो खुद ही करना पड़ेगा...'' कुछ बोलती, कुछ सोचती रही वह।

कुछ समय बाद निमिषा ने अपनी दीदी संग विदेश जाने की योजना पर चर्चा करके विषय बदल दिया।

इस बीच अलका अंदर जाकर चाय बना लाई। फिर तीनों सहेलियाँ मिलकर अरसे बाद इस दौर के यू-टर्न लेते संबंधों के बारे में चर्चा करने लगीं। इतने सारे स्पीड ब्रेकर आते हैं रिश्तों में कि हमें बार-बार धक्का खाना पड़ता है। कई बार स्पीड ब्रेकर से न सँभल पाए तो मुँह के बल गिरकर सूरत बिगाड़ लेते हैं। कई बार धूल झाड़कर खड़े होकर अपने गंतव्य की तरफ़ मुड़ना पड़ता है पर हर रिश्ते में झटके-ही-झटके हैं, बिजली के करेंट की तरह।

''ये सब-के-सब इतनी नकली बातें क्यों करते रहते हैं? अजीब लोगों से दुनिया भरी है कि एक ही चेहरे पर कितने सारे चेहरे कैसे पहन लेते हैं ये। देखना, जल्दी ही एक दिन ऐसा आएगा कि आज जिन चेहरों पर रीझ रहे होते हैं, कल उन्हीं चेहरों की चमकदार परतें उतर जाएँगी तो हमें खुद वितृष्णा होने लगेगी।'' अलका ने दो-टूक लहज़े में अपनी बात कही तो तपाक से रेवती बोल पड़ी—

''देख निम्मी, सब के सब केवल आउटलाइन बनाकर निकल लेते हैं अपने बनाए घेरे में से और तुम ऐसी सरल हो जो अपने बनाए घेरे की अंदरूनी परतों में नेह के रंग भरने बैठ जाती हो, जबकि ये घेरे के भीतर आने से कतराने लगते हैं या जोखिमों के डर से हौसला खो देते हैं। हमेशा से लड़के सुरक्षित दूरी

पर इस प्यार के खेल को खेलने में पारंगत होते हैं जबकि तू इन खतरों से भरे सौंदर्य को पाने के लिए हर बार लालायित हो उठती है। सच तो ये है कि सबको ये महक ललचा देती है मगर वे इस महक को हासिल कर पतली गली से कन्नी काटकर निकल जाते हैं, हर तरह के बंधन से परे। हर कमिटमेंट से मुक्त।''

''हूँ, इस बारे में जितना सोचती, उतने ही अनगिनत कँटीले सवाल उमड़ते रहे मगर किसी के पास कोई जवाब नहीं। रह-रहकर अंत में अपने नए-पुराने दोस्तों के चेहरे कौंधने लगे जिनसे नज़दीकियाँ थीं उसकी मगर एक भी साथ लंबा नहीं चल पाया। आख़िर ऐसी क्या कमी थी उसमें या ये ज़माना ही अवसरवादी लोगों का है कि जहाँ से मतलब सधा, वहीं भारी वज़न रखकर पहले मतलब साधो फिर बाकी बातें बाद में...''

अनायास इस चर्चा से अपना ध्यान हटाने के लिए निम्मी कंप्यूटर स्क्रीन पर नए भर्ती मरीज़ों की सूची पढ़ने लगी। दूर-दराज के गाँवों से आए ऐसे मरीज़ों का नाम ऊपर रखना शुरू कर दिया, जिन्हें यहाँ रुकने की समस्या थी सो उन्हें जल्दी-से-जल्दी फ़िज़ियोकेयर देकर राहत पहुँचाकर उसी दिन मुक्त किया जा सके। उसने नए सिरे से अपने को काम के नशे में झोंक दिया।

''निम्मी, तेरी डॉक्टर बहन महक दीदी के क्या हाल हैं जो गरीबों से कम फ़ीस लेकर डॉक्टरी करने के नशे में खुद को झोंक देती थी। कितनी आदर्शवादी बातें करती थी वो? किसी एन.जी.ओ. में मुफ़्त कंसल्टेंसी भी तो करती थी ना?''

''हाँ, बिलकुल सही कह रही हो। याददाश्त तेज़ है अलका की। महक दी मस्त हैं और शादी के बाद उनके बेटे से मेरी बहुत पटरी खाती है। खूब शरारती है वो...'' हँसते हुए बोल पड़ी निम्मी।

बेचैन मन में छायी काली बदलीनुमा घुटन से राहत पाने को उसने साँस लेने के लिए खिड़की से बाहर झाँकना चाहा जहाँ पतझड़ में पेड़ से सूखते पत्तों का ढेर लगा था। यहाँ देर तक टिकने वाला कुछ भी नहीं मगर सामने ठूँठ पर उगते नन्हे-नन्हे पत्ते देखकर अनायास उसका सूखा मन फिर से हुलसने लगा।

''क्यों मुस्कराने लगी अलका, यूँ अचानक से?''

''निम्मी, यहाँ कुछ भी तो शाश्वत नहीं। सामने के पेड़ को देखकर सोच रही थी कि हर कोंपल को देर-सवेर सूखते पत्तों में तब्दील होना ही है। चीज़ें देर-सवेर झरती ही हैं फिर चाहे वह नया-पुराना पेड़ हो, चाहे जीवन में खिलते,

बिखरते या सूखते एहसास। मन की यात्राएँ चाहे साल भर की हों, चाहे दो-चार साल कीं। आख़िर में ये हमें अकेला बनाती हैं, खैर जो पहले से अकेला हो, उसे कोई और कितना अकेला बनाएगा?''

''तू और तेरी फ़िलॉसफ़ी, तू अक्सर खुद से बात करने की आदी होती जा रही है अलका। है ना?'' रेवती ने बीच में ही टोक दिया और तब वह अपने जिए गए जीवन के बारे में खुलकर बताने लगी। यहाँ कितनी सारी आवाज़ें-ही-आवाज़ें थीं जिनमें समाए थे अनगिनत अफ़साने जिनमें से कुछ प्यार के घिसे-पिटे अफ़साने तो कुछ नए ज़माने की चटपट बनती-बिगड़ती कहानियों के कवरेज—

''निम्मी, सुन, सच तो ये है कि मेरी ज़िन्दगी में बहुत से दोस्त आए जिनसे मेरी दोस्ती हुई। कुछ से तो महीनों, सालों तक याराना चला मगर कुछ समय बाद समझ ही नहीं पाती थी कि तमाम रिश्ते क्यों धराशायी हो उठते। जब तक हम रिश्ते से कुछ नहीं माँगते या महज़ अपनी भावनाएँ निःस्वार्थ भाव से देते रहने में यकीन करते हैं, ये रिश्ते चलते रहते हैं मगर जैसे ही हम इनसे बराबरी की दोस्ती में अपेक्षाएँ पाल लेते हैं, बस वहीं से चारमीनार डगमगाने लगती है।''

''सौ प्रतिशत सहमत। हम मानसिक यात्राओं में बहुत दूर जा ही नहीं पाते कि जल्दी से लौटने की विवशता घेर लेती है। रास्ते में इतने स्पीड ब्रेकर्स कि मत पूछ। पर तेरे साथ क्या हुआ, ये तो बता ना?''

''निम्मी, जिससे दस साल प्यार करके शादी की, वह रिश्ता भी कुछ साल बाद दरकने लगा। पूरी लंबी कहानी है। कई रातें दहशत में गुज़ारीं। चीख-चिल्लाहट, गुरूर और दंभ से भरी अनगिनत रातों की काली परछाइयाँ डराती रहीं मगर न जाने कहाँ से भीतर से कोई लोहे की औरत निकल आती और मेरे जीने के इरादों में जान डाल देती। न जाने कैसे सालों पुराने छिड़के गए सपनों के बीज पल्लवित होने लगते। उनकी लहलहाती फ़सल माटी फोड़कर आने को बेताब हो उठती।'' कहकर वह यहाँ-वहाँ देखते हुए सोचने लगी फिर थमकर बोली, ''ऐसा ही होता है। जब इरादे लोहे उगलने लगते हैं तो बड़े-से-बड़ा इंसान डरने लगता है। ज़िन्दगी के साल-दर-साल यूँ ही बेमतलब जीते-जीते निकल जाते हैं। तुम अपनी सुनाओ।''

इस पर निमिषा बोल पड़ी, ''इस घर में फ़िलहाल अकेली रहती हूँ। पापा

को गुज़रे कई साल हो गए हैं। खैर इसे छोड़ मगर आज हम सब अपने बारे में पूरी पारदर्शिता से रात भर बातें कर सकते हैं। तब तक मैं खाने के लिए बोल दूँ।''

''यार, तूने घर बहुत सुंदर बनवाया है। इंटीरियर इतना बेजोड़ कि जहाँ तक नज़रें घूमती हैं, सब कुछ बहुत खूबसूरत।''

''तू जानती है, मेरी ज़िन्दगी ज़्यादा दिन की नहीं है यानी ऐसे टूटे-फूटे अंगों के साथ कब तक सरवाइव करूँगी, कहना मुश्किल है। इस नाते सोचती हूँ, जितना भी पैसा है, क्यों ना जमकर अपने ऊपर खर्च करूँ, सही कह रही हूँ ना?''

''तू लंबा जिएगी दोस्त, फ़िक्र काहे की? खैर चल,'' अलका ने बात का छूटा सिरा जोड़ने की कोशिश की।

''निम्मी, तेरी दीदी की डॉक्टरी व सोशल वर्क तो सही चल रहा है पर मुझे अचानक अपने वो तथाकथित भाईसाब याद आ गए जो बचपन में अक्सर हमें बिन माँगे कुछ-न-कुछ सीख देते रहते थे...''

''और जिसे तेरे घर वाले कतई पसंद नहीं करते थे बल्कि तेरे प्रेम विवाह की जड़ उसी को मानते रहे जबकि उस बेचारे बने भाईसाब ने तो कुछ भी नहीं किया था।'' अलका ने अपनी बात आगे बढ़ायी।

''कैसे नहीं किया था। वो बंदा चाहता था मुझे! लाइन मारता था। जबकि इरादतन मैं उसे शुरू से ही भाईसाब कहकर उसकी उमड़ती भावनाओं पर लगाम लगाती रही। चल, आज उसी की दास्तान सुनाती हूँ। ध्यान से सुन उसका कच्चा चिट्ठा...''

कहते हुए रेवती के मन में बचपन के वे सीन ज़िंदा हो उठे। वो कस्बाई परिवेश और वहाँ का वैसा टुटपुंजिया टाइप दो टकिया प्रेम दर्शाते लड़के जो अपने कस्बों की लड़कियों को मन-ही-मन बेहद पसंद करते रहते, मगर साफ़ कहने की हिम्मत कभी नहीं जुटा पाते। जिन्होंने ऐसी हिम्मत जुटायी या प्रेमपत्र वगैरा फेंके, उनकी तो लड़कियों के भाईलोग वो जमकर धुनाई करते कि उसके बाद उनका मजनूं रवैया अपने आप न जाने किस पाताल लोक में जाकर दम तोड़ देता। सारे किस्से अतीत के भूले-बिसरे गीत बन जाते।

''हूँ, तो ऐसे ही थे हमारे कस्बे के वो तथाकथित भाईसाब जिनका किस्सा

उन्हीं के मुख से सुनेंगे तो ज़्यादा विश्वसनीय लगेगा। सुनकर गुनना ज़रूर तभी अपनी राय बनाना। देखें तो सही, क्या कहते हैं वे अपने श्रीमुख से।''

रेवती की लाइव स्टोरी

बचपन याद करते ही अनायास वो कन्या हाईस्कूल याद आ जाता जिसके प्रांगण में खड़ी वो प्रार्थना गा रही होती—'इतनी शक्ति हमें देना दाता'...गाने के बाद प्राचार्या साहिबा की आवाज़ सुनाई देती, ''सभी लड़कियों को सूचित किया जाता है कि वे खेल कंपीटीशन में भाग लेने शाम 4 बजे ग्राउंड में आ जाएँ। कैप्टन रेवती की यह ज़िम्मेदारी है कि वे अपनी टीम की लड़कियों को अपने साथ रखें।''

''ओके मैडम...मैं कर लूँगी।'' अपनी जल्दी बोलने की आदत के चलते उसकी आवाज़ में एक अजीब किस्म की हड़बड़ी शुमार थी, जिसे सुनकर बाकी लड़कियाँ हँस पड़ीं पर इन सबसे बेखबर वह दोनों हाथों से बस्ता सँभाले नीचे देखते हुए तेज़ी से अपनी क्लास की तरफ़ मुड़ गयी।

उस कस्बे की यह नामालूम-सी लड़की बहुत तेज़तर्रार है, क्लास की मॉनीटर है, पढ़ाई के अलावा खेल में तेज़ है और धाकड़ किस्म की है। दरअसल वह बाहर से जितनी चटपटी दिखती, भीतर से उतनी ही सरल और साफ़-साफ़ बोलने वाली थी। मुहल्ले में कोई भी उसे आवाज़ देकर बुला लेता, ''बिन्नू, ज़रा हमारे लड़के को अंग्रेज़ी ग्रामर समझा दो।''

''चाची, ट्यूशन लगा दो। तभी वह ठीक से समझेगा।''

''पर वो तो रेवती दीदी की रट लगाए है, कहता है दीदी से ही पढ़कर पिछली क्लास में सेकेंड आया था सो...''

''पर हमें तो खेलने जाना है। टाइम है नहीं, सच्ची में...'' कहते हुए वह तेज़ी से मुड़ गयी वहाँ से।

वह सर्र से अपने घर की तरफ़ निकल गयी जहाँ उसकी नानी उसका खाने पर इंतज़ार कर रही थी। उसे लगता जैसे उसकी तीनों सहेलियाँ बड़े-बड़े शहरों में जाकर पढ़ रही हैं और एक वही है जो यहाँ के इस सड़ियल कस्बे में घुट रही है। हर रोज़ अपने निजी जीवन के पन्नों में नए रंग भरने के लिए वह खुद से जूझती और हर बार कोई-न-कोई सपना उसकी आँखों में तैरता रहता।

कभी माँ उसके पास आकर फ़रमान सुना डालती, "शादी के लिए हाँ कर दो वरना वो संजय तुम्हें कहीं का नहीं रहने देगा। उसके घरवाले तुम्हारा नाम सुनकर भड़कने लगते हैं। सोच लो, अभी भी कुछ नहीं बिगड़ा..."

जैसे तेज़ धूप के बाद अचानक सुनाई देने वाली बादलों की गड़गड़ाहट शाम होने का भ्रम देती है, ठीक वैसे ही उस दुपहर में अनायास पड़ने लगी बूँदें जो तपती ज़मीन को गीला करके वापस आसमान की खोह में दुबक गई थीं सो तेज़ आवाज़ में माँ को जवाब तड़ से दे मारा, "हमें इस कस्बे की सड़ी-गली, एक जैसी ज़िन्दगी के ढर्रे पर नहीं जीना। सो जब तक अपने पैरों पर खड़े होने में कामयाब नहीं हो जाते, तब तक शादी जैसे भारी-भरकम बोझ को अपने कंधे पर कतई नहीं लादेंगे। किसी ने ठेका लिया है क्या मेरे जीवन का? कोई इमोशनल सौदेबाज़ी मंजूर नहीं।" ऐंठकर जवाब दिया उसने।

उसके बोल बवंडर बनकर सबकी आँखों में चुभने लगे। उसकी आज़ादी किसी को पसंद नहीं थी मगर उसकी ज़िद व अड़ियल स्वभाव से सभी परिचित थे सो वे इस मामले पर चुप्पी साधे रहे। कहीं ज़बरदस्ती शादी कर देने पर कोई बखेड़ा न खड़ा हो जाए। यूँ भी कस्बे में एक बखेड़ा पहले से ही खड़ा हो गया था कि शादी के दूसरे दिन वो लड़की ससुराल छोड़कर अपने प्रेमी संग दिल्ली भाग गयी थी। पर इस किस्से को बाद में, पहले रेवती के मुँहबोले भाई का ज़िक्र ज़रूरी है जो अक्सर रेवती को बिन माँगे कोई-न-कोई सलाह देना सबसे ज़रूरी समझते थे। तो आइए, उनके मुँह से ही सुन लेते हैं। वे क्या कहते हैं, रेवती के बारे में।

कस्बे के मुँहबोले भाई के मुख से—एक नया प्रसंग

इतने सालों बाद भी क्यों ऐसा लगता है जैसे ये कल की ही बात हो जब वो छोटी थी और ठुनकते हुए मेरी बेकरी से कुछ टॉफ़ी खाने ले जाती और खुश होकर मज़े ले-लेकर आस-पास के लोगों के ऐसे-ऐसे किस्से, कारनामे सुनाती रहती जिसे अमूमन उसका बचपना समझकर भुला दिया जाता। ऐसा कतई नहीं था कि उसके घरवाले उसे डाँटते-पीटते नहीं थे मगर वो थी ही इतनी उद्दंड कि हमेशा अपनी मनमानी करने पर उतारू रहती। न जाने क्यूँकर ऐसी अराजकता उसके स्वभाव में घर करती गयी कि जिस काम से उसे रोका जाता, वह उसी काम को ज़िद करके कर डालती। कभी-कभी तो उसके साहसिक कारनामे

देखकर ऐसा लगता जैसे वह जान-बूझकर अपनी जान जोखिम में डालने के लिए किसी भी हद तक जा सकती है। एक-से-बढ़कर-एक दुस्साहसिक घटनाएँ और उसके हैरतअंगेज़ कारनामे देख मेरा मन खुशी से भर उठता। 10वीं तक पीटी व योग टीचर की हैसियत से मैंने उसे पढ़ाया था, तब भी वो अपने बोल्ड कारनामों से सबके बीच अलग से पहचानी जा सकती थी। हँसते-हँसते कबड्डी खेलना और टीम लीडर के नाते सबके बीच अपने हुनर के प्रदर्शन से उसकी पहचान कायम हो चुकी थी। क्रमशः उसकी लोकप्रियता बढ़ती जा रही थी मगर तभी उसके घर पर घटे एक हादसे जिसमें उसके भाई की हार्टअटैक में मौत ने उसे हिलाकर रख दिया और उसके बाद उसका खेलना बंद हो गया। मैं तो उसे हर हाल में खुश देखना चाहता था! ऐन रक्षाबंधन के दिन उसकी नानी के कहने पर राखी बँधवा चुका था, इस नाते अब मैं साधिकार भाई की हैसियत से उसके घर आने-जाने लगा था। उससे अपनी कलाई पर राखी बँधवाकर मैंने उससे सचमुच अपनी छोटी बहन की तरह व्यवहार करना शुरू कर दिया था।

इस किस्से को कहाँ से शुरू किया जाए, समझ नहीं पा रहा। शायद तब से जब वह बहुत छोटी थी और अपनी उल्टी-सीधी इन्हीं हरकतों के चलते अक्सर घरवालों से पिटकर मेरे पास आकर अपने किस्से सुनाया करती। उसकी बातें सुनकर और उसके दुस्साहसिक कारनामे सुनकर मुझे हैरानी होती। पड़ोसी होने के नाते मैं मौका मिलते ही उसे समझाने लगता मगर अपनी ज़िद, अकड़ और जुनूनी मिज़ाज के चलते वह मेरी सलाह को सुनकर अनसुना कर देती। करती अपने मन की।

ये सच है कि उसे हमेशा से यही तलब थी कि उसे सबसे अच्छा समझा जाए। हर बात के लिए उसे ही सबसे ज़्यादा महत्त्व मिले और उसके किए को तवज्जो मिले मगर इसे उसका दुर्भाग्य कहें या उसकी बेज़ा करतूतों का प्रतिफल कि उसकी जगह तवज्जो मिलती हमेशा बड़ी बहन को जो अपनी मेहनत व मेधा से अपने करियर को साध पायी और घर की ज़िम्मेदारी भी निभाने में आगे रही। जैसे ही उसकी दीदी का ज़िक्र आता, उसका कलेजा फुँकने लगता और वह जल-भुनकर मुँह बना लेती। जब मैं उससे कहता, ''यही नियति थी तुम्हारी दीदी की'' तो अगले ही पल वह खुद को जस्टीफ़ाई करने लगती—बात-बात पर दीदी को बढ़ावा देना पसंद नहीं। उनकी तारीफ़ सुनकर बहुत कोफ़्त होती उसे। आख़िर ऐसा क्या कर डालूँ कि खुद को उनसे बेहतर साबित कर सकूँ।

पर चाहकर भी बराबरी नहीं कर सकी। जिसका मलाल उसे हमेशा कचोटता रहता। उनके हॉस्टल जाते ही पूरे घर पर रेवती का राज चलने लगा और संजय संग रेवती के प्यार के चर्चे, ब्याह में बजती शहनाई की तरह पूरे मुहल्ले में गूँजने लगे। जब भी मैंने उससे हकीकत जाननी चाही, वह तुरंत कोई-न-कोई बहाना गढ़ लेती—

"भैया, ऐसा कुछ नहीं है। आप उनकी करतूतें नहीं जानते ठीक से। तभी ऐसी आदर्श बातें हाँक रहे हो। मैं बताऊँ कुछ? उनके रहस्यमय सच्चे किस्से?" उसने आँखें मटकाते हुए कुछ विशेष अंदाज़ में सिर घुमाया और फुसफुसाते हुए बोली, "चक्कर चल रहा है उनका दिल्ली वाले डॉक्टर हेमंत से। हाँ...बड़ी आई आदर्श की बातें बघारने वाली, हुँह"..."जो भी हो पर मानना पड़ेगा कि उन्होंने बड़ी मेहनत से अपना मुकाम बनाया है और हेमंत तो अच्छा लड़का है ही, दोनों की दोस्ती है तो शादी बढ़िया रहेगी।"

"मगर जब यही काम मैं करती हूँ तो मुझे बुरा ठहराकर बदनाम कर दिया जाता है। वे पढ़ी-लिखी हैं सो उन्हें कुछ भी करने की छूट मिल जाती है। ये तो भेदभाव बरता जा रहा मेरे संग? बोलो, गलत कह रही हूँ?"

"इसलिए कि तुम्हारा कोई करियर नहीं या तुम इतनी मटरगश्ती करती घूमती-फिरती हो। करियर में उनकी तरह मेहनत करोगी तो ज़रूर तुम्हारी भी इज़्ज़त होगी..." मैंने सच कहना चाहा तो बीच में ही बात काटते हुए वो पूरी तुर्शी से बमक पड़ी, "न, न तब भी मुझे कोई पसंद नहीं करेगा। जानती हूँ और ऐसा कई बार करके देख भी चुकी हूँ। कोई फ़ायदा नहीं। इसीलिए तो तय कर लिया कि क्यों ना वही किया जाए जो मेरे मन को भाए।" उसने आसमान की तरफ़ देखते हुए ऊँची आवाज़ में ऐसे कहा जैसे किसी को सुना रही हो।

"चाहे वो संजय जैसे नाकारा संग बन-ठनकर घूमने या आवारागर्दी करने की बात ही क्यों ना हो? ऐं, बोलो?" गुस्से में सच कह बैठा। मैं मूल बात पर जल्दी ही आ गया।

"पैसे वाला तो है, बिज़निस है उसका जमा-जमाया...और क्या?" उसने ऐंठ भरे अंदाज़ में कहा।

"पर सब बाप के नाम है उसके पास तो फूटी कौड़ी भी नहीं। देखो, तुम्हें चेता रहा हूँ। कभी उसके संग इतना आगे कदम मत बढ़ाना कि वहाँ से लौटकर वापस न आ सको। पहले पढ़ाई पूरी कर लो फिर चाहे जो करो। आजकल

उसके संग तुम्हारे चर्चे ज़ोर-शोर से हवा में घुले हुए हैं, क्यों? गलत कह रहा हूँ?'' मैंने अपनी बात पूरे तर्कों को समेटते हुए कही।

''भैया, आप जानते हैं, जब से आपको राखी बाँधी है, तब से आपसे कभी झूठ नहीं बोलती। हाँ, संजय से दोस्ती को नहीं नकार रही। वह नाकारा है मगर पता नहीं क्यों, वही मुझे बहुत अच्छा लगता है। वैसे पैसे तो हैं ही उसके पास...'' आधी बात कहकर वह चुप हो गयी।

''देख रेवती, तेरा पूरा भविष्य अभी सामने पड़ा है। सो तू सबसे पहले अपनी पढ़ाई में ध्यान लगा। बी.ए., एम.ए. करने से कुछ नहीं होने वाला। कोई प्रोफ़ेशनल कोर्स करेगी तभी आगे कुछ कमाने लायक होगी। उस पर आँखें मूँदकर भरोसा करना ठीक नहीं। कल किसने देखा है?''

''पर संजय तो कहता है कि मेरे पास इतना सारा सोना-चाँदी है कि उसे पहनकर तू राजरानी की तरह मेरे घर में रहेगी। ऐसे में नौकरी करने की ज़रूरत ही क्या है?'' वह ठुनककर विशेष अदा से मुस्कुराने लगी कि उसके गालों में गड्ढे बनने लगे।

''मगर उसके घरवाले तो तुझसे नफ़रत करते हैं। वे किसी कीमत पर तुझे नहीं अपनाएँगे, तो? कहाँ भटकेगी अकेले-अकेले? इसलिए कह रहा हूँ कि करियर ज़रूरी है तेरे लिए। अपने पाँवों पर खड़ी होगी तो कैसी भी परेशानियों से निकलना सीख लेगी।'' एक-एक बात आहिस्ते से समझाने की कोशिश की।

''कैसे नहीं अपनाएँगे, हाँ...देख लेंगे। उनसे निबटना आता है मुझे...'' उसकी आवाज़ में फिर वही दबंगई उभर आयी जिसमें शुमार थे कई रंग।

''मेरी एक बात मानेगी? ध्यान से सुनना।''

''हाँ, हाँ क्यों नहीं? बताइए तो प्लीज़...''

''तुझे बी.एड. में एडमीशन लेना है, बस इस बात को गाँठ बाँध ले कि इस परीक्षा को निकालना है। हो सके तो इसके बाद ही शादी करना।'' मैंने एक-एक बात जमा-जमाकर कहते हुए उसकी आँखों में देखते हुए उसे भरोसा दिलाने की आख़िरी कोशिश की।

''हूँ, देखती हूँ, सोचती हूँ...'' हाँ, हूँ...करते हुए गंभीरता से उसने मेरी बात सुनी या अनुसनी कर दी, नहीं पता। बात-बात पर खिल-खिल करके हँसने-मुस्कुराने वाली रेवती की आँखों में जीने की लौ धीरे-धीरे बुझती जा रही थी। थोड़ी देर बाद वह ''ज़रूरी फ़ोन करना है,'' कहकर पीसीओ वाले

के पास फ़ोन करने चली गयी।

बात आई–गई हो गयी पर समय किसी से भी सवाल–जवाब नहीं करता। जैसे सूरज रोज़ अपनी गति से उगता, अस्त होता है, जैसे नदियाँ रोज़ नई लहर लेकर तट तक आकर वापस मुड़कर नए तरीके से किनारे के कचरे को दूर फेंक आती हैं व हवाएँ हर रोज़ एक जैसे वेग से नहीं बहतीं। वैसे ही समय ने रेवती को सिखाने–समझाने के लिए कई चैप्टर रच रखे थे। कुछ महीनों बाद ही सुनने में आया कि उसने घरवालों की पसंद की परवाह किए बगैर संजय से मन्दिर में शादी कर ली है। चंद दिनों बाद ही सिलसिला शुरू हो गया उसकी तमाम परेशानियों का।

सबसे बड़ी मुसीबत तो ये थी कि दोनों के ही परिवारजन उनमें से किसी को भी स्वीकार करने की स्थिति में थे नहीं। एक तरफ़ संजय के घरवाले, जो उसे अपना कारोबार सौंपने को कतई तैयार नहीं थे तो दूसरी तरफ़ रेवती के घरवाले किसी गैर जाति के लड़के को कैसे भी स्वीकार नहीं करना चाहते थे। उनके सामने एक और मुसीबत थी कि उनके बाकी बच्चों की शादियों के लिए मुश्किलें पैदा होने लगी थीं। ''दलित जाति का लड़का और कायस्थ की लड़की, न बाबा, हम तो अपने यहाँ शादियों में भी नहीं बुलाएँगे।''

कुछ दिन किराएदार के यहाँ रहते हुए दोनों ने अपने बिखरे वजूद को सँभालने की कोशिश ज़रूर की मगर इस संघर्षभरी अकेली यात्रा में दोनों ही कमज़ोर न पड़ें, इसकी कोशिशें भरसक की गईं। कभी संजय यहाँ–वहाँ के छोटे–मोटे काम करके कुछ पैसे कमाता तो कभी उसने नई जगह अपनी किस्मत आज़माई। कई स्कूलों में कोशिश की मगर वहाँ भी बात बनी नहीं। बहुत साल पहले अपनी सुंदरता सहेजने की खातिर सीखा था ब्यूटीशियन का कोर्स। सो उसी कला को आगे बढ़ाकर उसने घर पर पार्लर खोलकर भाग्य आज़माने की कोशिश की और इसमें जल्दी ही कामयाबी हाथ लगी। उसे हमेशा यही लगता जैसे उसकी ये उदासी, मन का सूनापन या चारों तरफ़ से उठने वाले सवालों का कोई जवाब है ही नहीं उसके पास। सो इस संघर्ष भरे दिनों में वो एक साथ कई मोर्चों पर जूझ रही थी। सबसे बड़ी जद्दोजहद अपनी नौकरी को लेकर थी जहाँ वह अस्थायी रूप से काम कर रही थी। दूसरी परेशानी ये कि उसके पति का कारोबार छूट गया था और घर का सारा बोझ उसी के कंधों पर था।

एक दिन अपने बच्चों को स्कूल छोड़ने वहाँ से गुज़र रहा था कि उसने

दूर से आवाज़ देकर बुलाया और आग्रहपूर्वक घर ले गयी। उस घर का नज़ारा अभी भी आँखों के सामने फिर से तैरने लगा। दड़बेनुमा एक कमरे के मकान में तख्त पर बिछा था चंद सामान। जालीदार अलमारी में रखे थे गृहस्थी के बर्तन और बस छोटी-सी बालकनी। अनायास उस घर को देखते हुए रेवती से नज़रें टकराईं जिनमें बहुत सारे सवाल थे। मगर वह अभी भी उसी बालभाव में अपने घरवालों को कोसने में लगी रही, ''भाईसाब, उन लोगों ने तो हमेशा ही मुझे हाशिए पर धकेला है लेकिन मैं भी उन्हें छोड़ने वाली हूँ नहीं। देखना, मैं अपने हिस्से का जब तक पूरा पैसा नहीं ले लेती, तब तक चैन से नहीं बैठने वाली। क्या समझ रखा है मुझे?''

''फिर वही शिकायतें यानी अपनी गलती के लिए औरों में दोष ढूँढना, ये गंदी आदत है तुम्हारी और इसीलिए मैं तुमसे मिलना नहीं चाहता था। ज़िन्दगी से सबक लेना आख़िर कब सीखोगी तुम? बोलो? बहरहाल तुम्हें समझाने से क्या फ़ायदा, तुम मानती तो हो नहीं किसी की बात?'' न चाहते हुए भी मेरी आवाज़ में गुस्सा शुमार हो गया।

''ज़रूर मानूँगी पर आप ही बताओ, गलत कह रही हूँ?''

''हाँ गलत बात। मैंने कहा था ना कि पहले स्टडी पूरी कर लो, तुमने मानी मेरी बात?''

थोड़ी देर वो चुप लगा गयी। मेरी आवाज़ का उलाहना महसूस किया उसने और आहिस्ते से कहा, ''भैया, मैंने फ़ार्म डाला है और आपको वचन देती हूँ, इसमें सिलैक्ट होकर ही दिखाऊँगी, वादा रहा।''

फिर वह अपने जीवन की भावी योजनाओं को साझा करती रही मगर रह-रहकर किसी-न-किसी बात पर उसकी आँखें भर आतीं और अपने जीवन में हार जाने की कचोट उसके चेहरे को स्याह करने लगी। मैं चाहकर भी उसे झूठा आश्वासन नहीं देना चाहता था सो उसे सब कुछ कहने दिया और बीच में नहीं रोका।

वेग से झर रहा था सब कुछ उसके अंतस से। उसका दुख, तकलीफ़, ईर्ष्या और द्वेष के सैकड़ों रंग विकृत रूप में गंदे पानी की तरह यहाँ-वहाँ फैलते जा रहे थे। कभी घरवालों से हर हाल में पैसे वसूल करने के लिए वकील करने वाला प्रसंग हो, चाहे अपने ससुरालजनों से अपने हिस्से का घर लेने वाला मुद्दा, वह मुझसे सहमत होगी, कहना मुश्किल था। फिर भी मैंने अपनी तरफ़ से इतनी

सलाह ज़रूर दी कि वह जल्दी-से-जल्दी किसी कॉलेज में पार्टटाइम पढ़ाना शुरू कर दे। उसका रास्ता दुरूह था और बिना मेहनत के उसे कुछ भी नहीं मिल सकता था, सोचकर ही मैंने कॉलेज के प्रिंसिपल से जो मेरा सहपाठी था, उसे पार्टटाइम नौकरी देने का आग्रह किया। सो उसने मेरी बात मान ली। सच तो ये था कि वह न तो किसी का कहना मानती थी और ज़्यादा ज़ोर से कह देने पर बुरा मानकर दुश्मनी बाँध लेती थी। मेरी उसकी उम्र में दस साल का अंतर रहा होगा। उसके प्रति मेरा अनकहा लगाव बना रहा।

ये मेरे लिए राहत की खबर थी कि उसने कॉलेज ज्वाइन कर लिया और धीरे-धीरे पटरी से उतरी ज़िन्दगी फिर से दौड़ने लगी। वक्त बड़ा बेरहम भी होता है। उससे जुड़ी खबरें टुकड़ों-टुकड़ों में मिलती रहतीं। अचानक कब और कैसे हमारे बीच इतना अंतराल आता गया कि हमारी बातों पर अक्सर बेवजह बहसें होनी शुरू हो जातीं। मैं उसे समझाना कुछ और चाहता मगर हमारे शब्द सही अर्थ वहन नहीं कर पाते। एक बार तो संजय से भी बहस हो गयी और हमारे बीच तल्खी बढ़ती गई। यूँ हमारा मिलना रक्षाबंधन तक सिमट गया मगर चंद सालों बाद वह भी बंद। हाँ, उसकी खबरें मिलती रहीं कि अमुक दिन उसने अपने घरवालों से दो लाख रुपए का चेक हासिल किया या अमुक दिन ससुरालवालों से दो कमरे का घर रहने को मिला। इसी क्रम में पता चला कि उसने बेटे को एडॉप्ट कर लिया सो एक दिन उसी से मिलने ज़रूर पहुँचा था मैं।

तब मुस्कुराते हुए बोल पड़ी वह, ''बहुत देर बाद खबर ली आपने?''

आवाज़ में उलाहना सुनकर अच्छा लगा मगर फिर उसने एक और कड़वी बात कह दी, ''सुना है, भाभी ने मना किया है हमसे मिलने को? बात सही है ना? बोलो? कभी हमने आज तक आपसे एक पाई पैसा माँगा है कि वे आप पर ये इल्ज़ाम मढ़ने लगीं कि आप हमारी पैसों से मदद करते हैं। गलत बात कही है ना? पर आपने विरोध भी तो नहीं किया?'' बिना जवाब का इंतज़ार किए बोलना उसका स्वभाव था।

वह जब बोलना शुरू करती फिर किसी को बोलने का मौका न देती। किसी तरह ज़ोर से बोल पड़ा, ''गलत आरोप। ऐसा कुछ भी नहीं कहा उसने मुझसे? पहले सुना तो करो फिर इल्ज़ाम जड़ा करो।''

पर न तो उसमें उतना धीरज था पूरी बात सुनने का और न बात को तर्कसंगत ढंग से सोचने-विचारने की आदत थी सो उसने झटपट कुछ और बात

करनी शुरू कर दी, "भाईसाब, पता है, नौकरी पक्की होने वाली है। हाँ..." बताते हुए अब वो मुस्कुराने लगी थी।

"अरे वाह, ये तो बहुत बढ़िया खबर है, चलो, इसी बात पर पार्टी बनती है ना?"

"कौन किसे पार्टी दे रहा है? पहले ये तो तय हो जाए..." तभी संजय के अचानक बीच में आने से वह कुछ और नहीं बोली और न ही मेरा मन किया कि और ज़्यादा बात की जाए। तैश में लंबे डग भरता चुपचाप चला आया। बाहर का अँधेरा मन पर पसरे अँधेरे से जुगलबंदी करने लगा। भीतरी संवाद चलता रहा लगातार।

जीवन इतना जटिल और इतना बहुपरतीय है कि इसके आर-पार देखना कैसे भी मुमकिन ही नहीं। हम लाख जतन करें कि इससे आगे और आगे के बारे में देखकर कुछ नतीजा निकालें और उसके बाद ही अपने जीवन में कुछ नया व वांछित करने की दिशा में अगला कदम उठाएँ मगर ये पूरी तरह लागू हो नहीं सकता। दरअसल मानव स्वभाव के बारे में कुछ भी नतीजा बताऊँ, टिप्पणी करना तर्कसंगत है ही नहीं और ऐसे नतीजे अक्सर आधे-अधूरे ही होते हैं। जीवन को तर्कसंगत ढंग से चलाने के लिए जिस निरपेक्षता की ज़रूरत पड़ती है, उससे हम चूक जाते हैं और ऐसे में न इधर कुछ कर पाते हैं और न उधर कुछ करने की इच्छा होती है।

जीवन स्कूल और घर के बीच सुसंगत तरीके से चल निकला, ये खबर ज़रूर हमें मिलती रही और फिर हम भी उसकी तरफ़ से निश्िंचत हो गए या अपने जीवन में इतने व्यस्त होते गए कि दुबारा उससे मिलने की न इच्छा हुई और न मन किया।

यूँ ही साल-दर-साल बीतते रहे। एक बार का प्रसंग याद आ गया जब बेटे के इंजीनियरिंग कॉलेज में एडमीशन की खातिर मुझसे मिलने आयी थी। एडमीशन के बाद, अपना मतलब पूरा होने के बाद वह कितनी तरह की बातें बनाने लगी थी।

ये वही लड़की थी जिसने अचानक एक झटके से सालों पुराने रिश्ते को झटकने में गुरेज नहीं किया था फिर चाहे उसका पति ही क्यों ना हो। संजय से लंबे समय अलग रही और बाद में पता चला कि उनके रास्ते अलग हो गए हैं। सच का टुकड़ा तो यही है कि अब अपने पति को लेकर उसके अंदर कुछ

भी नहीं बचा था। बात-बात पर उसे गालियाँ देना, उसके ठप्प होते बिज़निस के लिए उसे ही ज़िम्मेदार मानना व उसके घरवालों की क्रूरताओं के घिसे-पिटे पुराने किस्से सुनकर मेरा मन खिन्न हो उठता। इस बार उसकी बातचीत के केंद्र में था उसका बेटा, जिसका पढ़ने में मन नहीं लगता था या जो हर वक्त कंप्यूटर में आँखें गड़ाए रखता और जो दुनियादारी से बहुत दूर जा चुका था।

एक-दूसरे से लंबी-लंबी बातें करते जब समय सीमाएँ लाँघकर दूर खड़े होकर तमाशा देखता था, तब ऐसा ही आभास होता जैसे उनके लिए एक-दूसरे से विलग होना कितना मुश्किल पल होगा। वही वक्त आज यकीन दिलाने लगता कि यहाँ कुछ भी शाश्वत नहीं है, कोई एहसास कब तब्दील हो जाएगा, अनुमान लगाना मुमकिन नहीं।

सबका वक्त पलटता है लेकिन वक्त की मार से फिर हम वैसे नहीं रह जाते। देखते-देखते वह कितनी तेज़ी से बदल गयी। बेटे के बारे में बताते हुए उसकी रुँधी आवाज़ में टपकता अथाह कष्ट, आँखों में तैरती उदासी और बोलते वक्त उसकी बेचैनी और आवाज़ में आई हड़बड़ाहट देखी नहीं जाती। डूबते सूरज के रंग उसकी बुझी हुई आँखों में उतरने लगे, जब उसने नाउम्मीद नज़रों से बेटे को देखते हुए मायूसी से कुछ ऐसा कहा जिसमें उसके सपनों का रंग उड़ा हुआ था। बड़े जतन से पहनी गयीं उसकी चुप्पियाँ काफ़ी कुछ कह रही थीं।

उम्र का वो तूफ़ानी दौर। तब कितनी तेज़ी से आगे कदम बढ़ाती जोश से भरी, कितनी ज़बरदस्त ऊर्जा का भंडार थी ये लड़की जो कैसे भी हालातों में हार नहीं मानती बल्कि जुझारू बनकर हालातों से दो दशक तक लड़ती रही। उसका वो दिपदिपाता चेहरा धीरे-धीरे मलिन पड़ता गया। वो जादुई मुस्कुराहट न जाने कहाँ विलुप्त होती गयी। उसके वे ठहाके न जाने कहाँ, किस खोह में दुबक गए। अब वह कितनी चिड़चिड़ी, गुस्सैल और बात-बेबात बड़बड़ाने वाली कुंठित स्त्री में तब्दील हो गयी। कभी-कभी उसकी नपी-तुली बातें सुनकर ऐसा लगता जैसे वह मुझसे भी लाभ-हानि परखकर बोल रही हो। किससे, कैसे काम निकाला जाए, इसमें खासी माहिर होती गयी। एक बार मैंने उसके नाम ज़मीन के लिए एप्लाई किया और लॉटरी के ज़रिए उसके नाम एलॉट होने पर वो बहुत खुश हुई थी। तब अरसे बाद उसके चेहरे पर वही पुरानी लड़की का अक्स दिखाई दिया। किसी कारणवश एक-दो बार उसका फ़ोन नहीं उठाया तो

तुनककर बोल पड़ी, ''आप बड़े वीआईपी हो गए हैं। ऐसी ज़मीन नहीं चाहिए हमें। आप जब चाहें, उसके कागज़ात ले जा सकते हैं।'' बेलिहाज़ ढंग से मुँह पर जैसे किसी ने ज़ोरदार मुक्का दे मारा हो। सुनकर मैं हैरान नहीं हुआ। कुछ महीने से उसके बंद दिमाग से ऐसे कई कुबोल सुन चुका था मैं।

''कैसी बातें करने लगी हो तुम? अचानक इस तरह?''

''आप अब सिर्फ़ अपने मतलब की बातें करते हैं, हाँ। आपको मेरी समस्याओं से कोई लेना-देना नहीं रहा भाईसाब।''

अचानक बीच में उसके बेटे ने बोलना शुरू कर दिया, ''ठीक कह रही हैं ये। आपका रवैया चालू टाइप का...'' सुनकर लगा जैसे हवा में उड़ान भरते जहाज़ को अचानक ज़मीन पर लैंडिंग करनी पड़ी हो। वजूद की धज्जियाँ उड़ रही थीं। इतनी फूहड़ व सस्ती टिप्पणी सुनकर लगा जैसे अब कहने-सुनने को कुछ बचा ही नहीं।

''तो इस बारे में मैं क्या कर सकता हूँ? डोनेशन के बलबूते किसी कॉलेज में एडमीशन होना एक बात है और उसे पास करना दूसरी बात। उसका मन पढ़ने में ज़रा भी नहीं लगता? तुमसे कहा था ना?''

बीच में बात काटकर तुनक पड़ी वह, ''भाईसाब, भाषण देना बहुत आसान होता है। आप जैसे लोग जब बढ़-चढ़कर ज्ञान बघारने लगते हैं तो हँसी आ जाती है। जबकि हकीकत इससे पूरी तरह अलग है। वैसे आप मदद न करना चाहें तो कोई बात नहीं।''

''रेवती, तुम्हें याद होगा। मेरे मन में हमेशा से तुम्हारे प्रति वही छोटी बहन वाला भाव रहा और हमेशा चाहा कि तुम्हारे जीवन की मुश्किलों को थोड़ा आसान कर दूँ मगर संजय ने मेरे इरादों पर शक करके सब कुछ मिट्टी में मिला दिया। मेरी भावनाओं तक को गाली दी गयी तब भी मैं ये सोचकर चुप रहा कि अक्सर हम जन्म से सिखाए गए संस्कारों के हिसाब से ही दूसरे को समझ पाते हैं जबकि हमारे एहसासों में न तो पहले जैसा भाव बचा था, न कुछ और...'' आधी बात कहकर चुप लगा गया मैं।

''उस घटिया व काइयाँ आदमी का मेरे सामने नाम मत लो। मेरी कमायी पर अपना हक जताता रहता जबकि खुद कहीं भी दो पैसे तक खर्च करने की हैसियत नहीं। हम यूँ ही बेमज़ा ज़िन्दगी काटते रहे। हर सुबह होने के बाद शुरू होता अगला दिन, फिर उसके बाद वही अगला दिन। इसलिए खूब

सोच-समझकर अलग होने का फ़ैसला लेना पड़ा। इस बारे में अब मेरा मुँह न खोलना ही ठीक है... ।'' रेवती जैसी मीठी लड़की कब और कैसे खारे समन्दर में तब्दील होती गयी, पता ही नहीं चला और कटखने वक्त ने लील ली उसकी तरल हँसी।

''सुनो जिस ऐंद्रिकता को हम अक्सर गलत नज़रों से देखते हैं, बाद में वही ऐंद्रिकता गृहस्थ जीवन की धुरी बनती जाती है। नहीं क्या?'' मैंने समस्या, की तह में जाकर उसे टटोलना चाहा।

''पर हमारे बीच अब वो सब भी खत्म हो गया था।'' कहीं दूर देखते हुए बहुत बेरुखी व तटस्थता से बोलती जा रही थी वह।

''तो क्या ये मान लिया जाए कि बिना ऐंद्रिकता के सुंदर प्रेम की परिकल्पना ही नहीं की जा सकती। जहाँ कहीं भी ऐंद्रिकता होगी, वहाँ चंद लम्हे ज़रूर खुशियों के होंगे और जहाँ ऐंद्रिकता से शून्य महज़ ख़याली पुलाव होंगे, वहाँ तो कुछ भी मुमकिन नहीं। केवल एहसासों का नाम ज़िन्दगी नहीं और ठीक इसी क्रम में केवल ऐंद्रिकता के ज़रिए प्रेम की परिकल्पना मुमकिन नहीं। ये दोनों एक-दूसरे के पूरक हैं। ऐंद्रिकता संग एहसासों की गहनता का युग्म ही जीवन को संवर्धित करके अद्भुत रस का सृजन करता है। अफ़सोस कि हममें से ज़्यादा इस युग्म की गहनता तक पहुँच ही नहीं पाते। नतीजा यही कि धीरे-धीरे एक-दूसरे के प्रति ऊब होने लगती है। तब गहरे लगाव की जगह एक-दूसरे के प्रति उदासीनता का भाव पनपने लगता है।'' रौ में आकर लंबा भाषण दे गया मैं।

''अरे, आप तो कितने सुंदर ढंग से समझा देते हो। बिलकुल वही सालों पुरानी टीचर वाली भाषा। सच तो यही है कि हम अक्सर वही करना चाहते हैं जैसा हमें सालों से सिखाया जाता रहा है, फिर चाहे वो परंपरा के नाम पर हो, चाहे विरासत में मिला वैल्यू सिस्टम। मनमानी करने को उतारू मन के आगे हम विवश भाव से अपनी सहमति दे भी दें मगर सवाल ये है कि क्या मनमानी करने के बाद हम बिना किसी अपराधबोध के ज़िन्दगी की उड़ान का लुत्फ़ उठा पाते हैं? शायद नहीं। जान-बूझकर उस क्षणिक सुख की खातिर कुछ भी करने को बेकाबू क्यों हो उठता था मन?'' वह अनायास सालों पुरानी लड़की में बदल गयी जो अपने बाल-सुलभ सवालों को लेकर मेरे पास आकर घंटों जिरह करती थी।

''सही कह रही हो। जब हम उम्र के तेज़ बहाव में होते हैं तो मन व तन दो

दिशाओं की तरफ़ यूँ भागता रहता है और अक्सर दोनों हमारे नियंत्रण से बाहर। ऐसे तेज़ बहाव व उछाल के वेग में बौराए मन को उड़ान का शौक तो खूब है मगर सच की कई परतें होती हैं। जो ऊपर से दिखता है, वह पूरा सच नहीं होता बल्कि असली सच की अंदरूनी परतें वह भी होती हैं जो दिखती नहीं हैं। जिसे हम हर पल जी रहे होते हैं। सचाई अक्सर अँधेरे-उजालों के बीच आत्मा के सुर-संगीत में सरगम तैयार करके अनूठा राग रचती है जिसे हम सुनकर भी अनसुनी करते रहते हैं। सच तो ये है कि बाहरी बहाने महज़ ऊपरी आवरण भर हैं जो हवा के पहले ही झोंके से बिखर जाते हैं।'' मैं लगातार बोलता जा रहा था।

''भाईसाब, क्या आप आज भी कहीं क्लास लेने जाते हैं जो पहले योग सेशन के बाद जीने की कला केंद्र में लेते थे? कितना सधा लेक्चर दे रहे हैं?''

''हाँ, मगर कैसे याद आ गयी अचानक योग की?''

''आपके भाषण से। वहाँ इतना सब समझाते होंगे, तभी तो इतना लंबा बोलने की आदत पड़ गयी है।'' उसके दोटूक लहज़े ने समझाने के सारे हथियारों को भोथरा बना दिया। उसके चेहरे पर पड़ती धूप से पता चला कि वक्त ने कितनी बेरहमी से इस चेहरे पर असमय ही कितनी सारी लकीरें बनाकर हस्ताक्षर कर दिए।

''इन दिनों किसी चीज़ में मन नहीं लगता। वैसे स्कूल तो ठीक-ठाक चल रहा है। आपकी बदौलत स्कूल टीचरी करने लगी थी। तब नहीं पता था कि यही मेरे जीवन का आधार बन जाएगी। बेटे का नेचर कुछ अजीब-सा होता जा रहा है। न उसका पढ़ने में मन लगता, न कहीं खेलने जाता है बल्कि जब कभी समझाओ तो बात-बात पर चिड़चिड़ाने लगता है। हर समय कंप्यूटर की दुनिया में डूबा रहता है। न खाने का होश, न कुछ कायदे से पढ़कर करियर बनाने की चिंता है उसे। रात-रात भर नेट पर चिपका रहता है। यही सोचकर मन उदास रहता है कि आगे क्या होगा इसका...''

''हकीकत अक्सर हमें पूरा सच बताने आती है और बताकर वापस मुड़ जाती है। यहाँ किसे फ़ुर्सत है जो उन वेगवती लहरों को सँभाले? जैसे समन्दर की लहरें वेग से उमड़ती ज़रूर हैं पर किनारे पर सिर पटककर मुड़ना ही पड़ता है उन्हें। उतनी फ़ुर्सत है तुम्हारे पास?'' सीधे-सीधे उसकी आँखों में देखते हुए कहा मैंने।

''फ़ुर्सत तो खूब है मगर उसके पास बैठने से वो चिढ़ने लगता है। जब

कभी प्यार से समझाना चाहा तो थोड़ी देर बाद ही वह पैसे माँगने शुरू कर देता है। पैसों के लिए न जाने कितने सारे बहाने वह हर रोज़ गढ़ लेता है कि कहाँ तक क्या-क्या बताएँ...'' वह मेरे बोले शब्दों के भीतर न अटककर कहीं और चली गयी।

''तुम अपनी इस व्यस्त नौकरी में से उसके लिए कुछ समय निकालो। तुम उसे उसके मुताबिक समय नहीं दे पा रही हो। सचमुच, तुमने अपने को स्कूल, ट्यूशन और तमाम पैसा कमाने वाले कामों में उलझा लिया है जिससे वो अकेला पड़ता गया। बोलो, गलत कह रहा हूँ? मेरी मानो तो तुम उसके साथ कुछ वक्त बिताओ या उसे लेकर कहीं बाहर घूमने निकल जाओ। उसके मन को समझने की कोशिश करो। उस पर अपने प्रवचन वगैरा कतई मत थोपो बल्कि उससे दोस्ती का रिश्ता बनाओ तभी थोड़ा-बहुत बदलाव मुमकिन है...'' बोलते हुए मेरी आवाज़ में तटस्थता शुमार हो गयी।

''हम जब भी उससे दोस्ताना रवैया बरतने की कोशिश करते हैं तो वो बुरी तरह उखड़ जाता है। मैंने जब उससे एक बार कहा कि आभासी दुनिया कहीं नहीं ले जाएगी तुझे तो ऊँची आवाज़ में चिल्ला पड़ा, 'तो क्या ये घर छोड़कर कहीं और निकल जाएँ?' सुनकर हम तो सकते में आ गए थे। वाकई डर गए थे।'' उसकी आवाज़ में तकलीफ़ का गोला रह-रहकर उठता और दर्द का समन्दर आँखों में तैरने लगता।

''भाईसाब, बड़ा रिस्की लगता है जीवन उसका। जान-बूझकर जोखिम भरे कामों में हाथ डालता रहता है।'' आधी बात कहकर वह चुप हो गयी।

''ये जो जोखिम है, वही तो उसके अंदर एक अजीब तरह का थ्रिल पैदा करता है। जो उसे कहीं और से नहीं मिलता, अपनी पूरी कोशिशों के बावजूद। तब मन वहीं ले जाता है जो उसे पसंद है। तब इस अप्रिय, अरुचिकर या रूटीन के कामों से ऊबे उसके मन को हर वक्त कुछ नया तो चाहिए, फिर चाहे वह किसी भी कीमत पर मिले।'' मैं उसे किसी दुनियादार की तरह एक-एक बात समझाने लगा था।

''मगर किस कीमत पर? इस जोखिम की बात सुनते ही रूह काँपने लगती है मगर हमारे पास कोई और रास्ता ही नहीं बचा। हमने तो पैसे देकर कॉलेज में एडमीशन करा भी दिया मगर पढ़ाई न करे तो सब पैसे तो डूब गए ना... ?''

''सारा जीवन तुम पैसे ही गिनती रह गयीं, जबकि इस बारे में मैंने तब

भी तुम्हें आगाह किया था।''

''भैया, क्या बेटे को किसी मनोवैज्ञानिक डॉक्टर के पास दिखाने ले जाऊँ? घंटों गुमसुम बना रहेगा, किसी से ठीक से बोलता तक नहीं। मन करेगा तो खाना खा लेगा वरना बिस्तर पर औंधे मुँह लेटे-लेटे घंटों बिता देगा। उसकी हालत देखकर कलेजा चिरने लगता है भाईसाब। ये तो ऐसी समस्या है जिससे पहली बार रू-ब-रू होना पड़ रहा है...'' इस बार बोलते हुए आँखें भर आयीं।

''इस बात को ज़्यादा तूल मत दो। वो दोस्तों के साथ ज़्यादा-से-ज़्यादा समय बिताए, इसका ध्यान रखो। चाहो तो दिखा लो किसी डॉक्टर को। उसकी तन्हा व उदास ज़िन्दगी में सपनों के रंग भरने ज़रूरी हैं। आता हूँ किसी दिन उससे मिलने। समझाऊँगा उसे।''

मैंने टालने के लिए यूँ ही कह दिया तो वो बोल पड़ी, ''सच तो यही है कि वो इस आभासी दुनिया के किस्सों में खोया रहता है। अक्सर हवा से बातें करता है जैसे कभी किसी भी पल हवा में छूमंतर हो जाएगा। हाथ में तो कुछ भी नहीं आएगा। किसी दिन कुछ उल्टा-सीधा कर बैठे तो क्या होगा हमारा? यही सोच-सोचकर हम डरते रहते हैं और रातों को नींद उचट जाती है...'' वह आँखें मींचे ऐसे बोलती जा रही थी जैसे ऑपरेशन थिएटर में पड़ा मरीज़ बेहोशी की हालत में कुछ-कुछ बड़बड़ाने लगा हो।

''सुनो, हम सब अलग-अलग समय में अलग-अलग तरह के मुखौटे पहनकर कब किसके सामने क्या कह-सुन लें, नहीं पता। किस तरह से नकली व गढ़े हुए जीवन की सच्ची कहानियाँ हमारे आस-पास सुनने को मिल जाती हैं। ठीक इसी तरह होते हैं ये बच्चे भी। जैसा इनके कोमल मन ने अपने घर पर देखा-सुना होगा, वे वही तो करेंगे। ठीक से सोचकर देखो, कहाँ गलती हुई है तुम लोगों से? सोचो ज़रा।''

''हूँ, हमारी अक्सर लड़ाइयाँ होती रहीं और वह हम दोनों को छोड़कर कहीं-न-कहीं बिन बताए भागता रहा। जब हम उसे लेने पहुँचते तो वह हमसे कन्नी काटने लगता। शायद तभी से वो किसी-न-किसी बहाने हमसे पैसा निकालने की कला सीखता गया। सच तो यह है कि वो किसी से अटैच नहीं है...'' कुछ सोचते हुए वह बताती जा रही थी।

''हूँ, उसे जहाँ से जैसा प्यार मिला, उसे जीने लगा। तुम्हें उसके एहसासों को ठीक से समझना पड़ेगा। न कि उस पर अपनी इच्छाएँ थोपनी हैं। आजकल

का समय तेज़ी से बदल रहा है और अब वो पहले वाला दौर तो रहा नहीं, जब एक साथ परिवार में इतने सारे लोग रहते थे। अब उन्हें लगता है कि उन्हें कोई नहीं समझ रहा सो वे अकेले पड़ते जा रहे हैं। ये पीढ़ियों का अंतर है जिसमें नया कुछ भी नहीं। तुम्हें अपने समय की तो याद है ना? कितनी विद्रोहिणी हुआ करती थीं तब तुम?'' मैंने जानबूझकर विगत का एक टुकड़ा उसके सामने फेंका।

''हाँ-हाँ, याद है। पर आज के समय को कोई न तो बदल पाया है, न ही बेटे की सोच पर लगाम लगा पाए हैं हम। न हम कुछ बदल सकते हैं पर करें तो क्या करें? कंफ़्यूज़्ड हैं हम भी कि इसके साथ कैसे बरतें? आख़िर ऐसा क्या कर डालें जिससे वह खुश रहे और अपने करियर पर फ़ोकस करे।'' बेटे को लेकर वह फिर से भावुक हो उठी पर वह उसकी पहुँच से काफ़ी दूर जा चुका था, जहाँ उसके दोस्त थे और जिनके बीच उसे बेहतर लगता था।

''सुनो, उसे तुम अपने तरीके से हैंडल क्यों करना चाहती हो। गलत बात है यह। प्लीज़ उसे कठपुतली बनाने की कोशिश मत करो बल्कि बेहतर है कि उसे उसके हाल पर छोड़ दो। न खुद पर कोई बोझ रखो, न उस पर बोझ डालो। तुम्हारा काम बस टॉर्च की तरह दूर से रोशनी दिखाना भर है और वो भी तब जब तुम्हें लगे वो घुप्प अँधेरे के दुष्चक्र में घिर गया है। बस तभी रोशनी दिखाना। उसके भटके या भ्रमित मन पर पड़े पर्दे को हटाने की हल्की-सी कोशिश भर कर सकती हो तुम। बस, इससे ज़्यादा दूर की सोचना फ़िलहाल ठीक नहीं। एक और सवाल, कहीं वो किसी के प्रेम में तो नहीं पड़ गया? वैसे अपनी सुविधा या सहूलियत के हिसाब से किए गए प्रेम की उम्र कभी लंबी नहीं होती।''

''पता नहीं...'' सुनते-सुनते उसे लगा जैसे अंदर चलती किसी मूवी का अचानक से 'द एंड' कर दिया गया हो या जैसे लीड रोल करने वाले नायक की हत्या कर दी गयी हो। अनायास जैसे सोते से चौंककर जाग गई और भड़क उठी—

''वैसे भी क्या होता है ये प्रेम-व्रेम? महज़ दैहिक लगाव? जिसकी माला जप-जपकर कभी नहीं थकती थी मैं भी। जो हर वक्त लैमन कलर्ड ब्यूटी कहते नहीं थकता था मगर अंजाम देख लिया ना? धूप भरे आकाश तले सारे रंग उड़ गए। हर वक्त मेरी हँसी-ठट्टा करने की आदत चुक गयी। वो कोमलांगी लड़की आज कितनी कर्कशा, चिड़चिड़ी और कितनी हिसाबी-किताबी औरत में बदल गयी, इसका अंदाज़ा है ना तुम्हें भी?'' पल भर रुककर फिर से बोलने लगी—

"हाँ, ऐसे सवाल खुद से करती रहती हूँ कि हम क्यूँकर एक आज़ाद ख़याल इंसान की तरह वैसी ज़िन्दगी नहीं जी पाए?" न जाने क्या सोचते हुए बोलती जा रही थी वह, किसी चिंतक की तरह।

"सौ परसेंट खरी बात कही तुमने। जानती हो, पूरा सच क्या है? आदमी कभी किसी औरत को अपने अंदर लेकर नहीं जी सकता। अपनी सुविधा व सहूलियत के मुताबिक वह प्रेम के आस-पास सतह पर या आउटलाइन पर ही रहता है। उस एहसास को अंदर ले जाएगा तो चैन से जी नहीं पाएगा। कभी मन-बहलाव के लिए तो कभी मूड चेंज करने के लिए साथ लेता है पुरुष औरत का मगर औरतों की समूची सोच पुरुष के इर्द-गिर्द चक्कर काटती रहती है। दोनों की सोच में ये फ़र्क तो है ही।"

"जब वह उसे अंदर ले जाएगा तभी तो जान पाएगा औरत के उन अंदरूनी अँधेरे कोनों को जहाँ वह बेहद तन्हा है। अपने ही बनाए अँधेरों से घिर चुकी है। इसकी वजह है अंधमोह या एकतरफ़ा लगाव जिसके चलते हम खुद को लगातार तकलीफ़ पहुँचाते रहते..." बताते हुए अब तक थामे आँसू बूँद-बूँदकर टपकने लगे गोया सघन तकलीफ़ में जमा पानी बर्फ़ में तब्दील होकर फिर ज़रा-सी आँच पाकर पिघलने लगा हो।

"तुम ठीक तो हो ना? इस बेवजह के मोह से खुद को निकालो प्लीज़..." अनायास मैंने पूरे लगाव से उसकी तरफ़ देखा।

"भाईसाब, अक्सर हमारी भावनाएँ हमारा साथ छोड़कर अकेले ही यात्रा पर निकल पड़ती हैं। शिखर की तरफ़ बढ़ना मुश्किल होता है मगर उतरना बहुत आसान। जितनी देर चढ़ने में लगी थी, उससे जल्दी वक्त ने उतार दिया उस जुनून का नशा। तकलीफ़ तो होगी मगर जब 'आगे रास्ता बंद है' का बोर्ड टँगा हो तो वापस तो लौटना ही पड़ेगा ना? अब इस खाली-खोखली देह में कुछ नहीं बचा। बेताब मन आज भी प्रेम की प्यास में उमगता-उछलता मनमानी करने पर उतारू होकर वहाँ तक जाना चाहता मगर मुँह की खाकर फिर वापस लौट आता है। भीतर-ही-भीतर समन्दर के गहरे घूँट पीकर भी ज़िंदा कैसे बनी रही, ताज्जुब होता है।" उसके अंदर सालों से जमा ज़हर बाहर फिंकने लगा।

"तुम हो कि खामखां अपेक्षाओं के किले पर खड़ी होकर अपने को तकलीफ़ पहुँचा रही हो। कंट्रोल योरसैल्फ़...मैं हूँ ना हर समय तुम्हारे साथ?" अनायास खड़े होकर मैंने उसके माथे को चूम लिया।

"सही कहा आपने। भावनाएँ चरम पर पहुँचकर वेग से वहाँ पहुँचती हैं जहाँ कोई किसी का साथ नहीं दे पाता। हम सब अकेले पंछी की तरह वहाँ पहुँच सिर्फ़ चिचिया सकते हैं मगर हमारी चिचियाहट सुनने वाला वहाँ है ही कौन? इस तन्हा यात्रा में चलते-चलते बहुत थक गयी हूँ..."

"लिसन, बेटे को अपनी राह चलने दो। गिरेगा तो उठना भी सीख ही लेगा जिससे उसके अंदर कॉन्फ़ीडेंस डेवलप होगा। तुम बेटे को ज़्यादा-से-ज़्यादा संकेतों में थोड़ा-बहुत समझा सकती हो। इससे ज़्यादा अपनी सीख उस पर थोपोगी तो उसके संग गलत ही करोगी।..." शब्द इस बार पूरी ताकत से अपना अर्थ खोलकर उसके अंतर में जज़्ब होकर प्रतिध्वनित होकर गूँजने लगे।

"गलत बात भाईसाब। जब आप मेरे जीवन को सही दिशा दिखा सकते थे, सही से पढ़ाई करवा सकते थे तब कायदे से पढ़ाया नहीं। याद करो, आपने मुझे एक बार छत पर अकेले में बुलाया था। बस तभी से मैं आपकी मंशा ताड़ गयी थी और आपको जल्दी से भाईसाब कहना शुरू कर दिया। मुझे सब याद है, कुछ भी नहीं भूली। हाँ..." दोटूक लहज़े में अतीत के जले टुकड़े राख बनकर उसकी आँखों में भरने लगे जिसमें बहुत कुछ खाक हो चुका था, महज़ पुरानी जली हुईं यादें शेष थीं।

"तुम गलत सोच रही हो। ऐसा कुछ भी नहीं है। मैंने कभी तुम्हें मिसगाइड नहीं किया, ईश्वर गवाह है..." सफ़ाई देने की कोशिश करते हुए वे अचानक वहाँ से उठकर जाने लगे।

उनके बीच की बातें दिग्दिगंत तक फैलती रहीं। उन आवाज़ों में पंछियों की तरह चहचहाहट शुमार थी। हवा संग गर्दन झुकाए पेड़-पौधे इस कहा-सुनी पर हामी भरते नज़र आ रहे थे। प्रकृति के अन्य संगी-साथी इस संवाद के मौन गवाह थे।

कितने सारे मोड़ों पर, कितने ध्रुवों पर बदलता रहता है जीवन। बीस-पचीस साल की लड़की अनायास पैंतालीस साल की यात्रा तय करते-करते इतनी परिपक्व होती गई कि उसे चतुराई से पासे पलटने की कला सीखनी पड़ी। कितनी बार, कितनी तरह की परेशानियाँ आयीं पर भाई साहब ने कोई मदद नहीं की। कितनी उम्मीदों से केवल एक बार दो लाख रुपयों की मदद माँगी थी पर बड़ा पॉलिटिकल जवाब दिया गया, "रेवती, तुम्हारे नाम से मैंने

जो एफडीआर जमा करायी थी ना। उसी में से तुड़वा लो,'' सुनकर दंग रह गयी। आँसू थे कि रह-रहकर उमड़ने लगे, ''भाईसाब, उन्हीं पैसों में से तो मैंने छोटा-सा प्लॉट लिया है जिसे रहने लायक बनवा पायी हूँ।'' इसके बाद फिर कुछ कहते-सुनते नहीं बना। अचानक लगा कि ये चैप्टर अब हमेशा-हमेशा के लिए बंद हो गया है।

जीवन क्या वैसा ही है जैसा हमने सालों पहले सपने में देखा था। क्या थे चंद सपने। ये स्पष्ट नहीं था कि कहाँ, किस रास्ते हम इस फ़ील्ड में जाएँगे। कहीं से भी, किसी भी तरफ़ चले जाएँगे। इसी बीच में दस्तक देने लगतीं दोस्तियाँ, सो मस्ती करने लगती। जीवन को लेकर कोई खास विज़न तो था ही नहीं। जो था वो समूचे समाज को दिखाकर वाहवाही लूटने जैसा था। शायद ये पूरा सच नहीं है मगर आधा सच तो है ही।

परिणाम वही। बिना किसी विज़न के जो जैसा हुआ, उसे वैसा ही होना था। अंजाम से बेखबर जो भी, जैसा भी मिलता चला गया, वही मुकद्दर बनता गया। वैसी सिलसिलेवार योजनाएँ बनी ही नहीं कभी। कहा नहीं जा सकता कि ये सब क्यों व कैसे हुआ पर इतना तो तय है कि हमने स्वावलंबी होना चाहा था और इस राह में जो सबसे आसान राह थी, वह मिलती गयी। तब के हालात और आज के हालात में फ़र्क है। एक सामान्य सरल स्त्री के मन में बिंधी थीं कुछ ज़िम्मेदारियाँ जिन्हें सुलटा रही थी। जिसे असहमतियों के प्रति गहरा आक्रोश था, वहाँ पर अपनी ऊर्जा नाहक बर्बाद करने में लगी रही वह। समय कभी एक-सी चाल नहीं चलता, जानते हुए भी न जाने क्या मिट रहा था या न जाने क्या पक रहा था और ये सब प्रक्रिया क्यूँकर हो रही थी, कोई नहीं जानता।

क्रमशः

उस नामालूम-सी जगह से पढ़कर निकली ये तीनों लड़कियाँ क्रमशः जीवन के बड़े संग्राम के लिए खुद को तैयार करने में जुटी रहीं और तीनों ने अलग-अलग क्षेत्र में अपना मुकाम बनाया। रेवती किसी कॉलेज में प्राध्यापन पेशे से जुड़कर अपने अधूरे सपनों को साकार करने का प्रयास करने लगी तो अलका तीन साल के लिए नेशनल स्कॉलरशिप लेकर बाहर निकल गयी थी, जबकि निमिषा फ़िज़ियोसेंटर बंद कर पहले अपनी छूटी पढ़ाई पूरी करके किसी कॉर्पोरेट ऑफ़िस में काम करने लगी। बाद में माँ-पापा के गुज़र जाने के बाद जब बड़ी

बहन ने विदेश जाने का फ़ैसला लिया तो निमिषा भी उनके साथ हो ली। 'माँ पिताजी के बिना उस खाली घर में अकेले रहकर करती भी क्या,' सोचकर बहन ने उसे अपने साथ ले लिया। इसके पीछे और भी कई योजनाएँ उनके दिमाग में चल रही थीं जिनमें से सबसे पहली योजना थी कि निमिषा को कोई कायदे का लड़का पसंद आ जाए तो उसकी शादी कर दी जाए। गुज़रती ज़िन्दगी के पन्नों में से कुछ और पन्ने पढ़ने बाकी बचे हैं। तो ये रहे आगे के पन्ने।

एक दशक बाद—कुछ इस तरह बदलती रही दुनिया

इतिहास अपने तरीके से किस्से बुनता रहता है। कुछ रचता है नया तो मिटाता है पुराना, कुछ अनहोना रचने के लिए। कुछ समय बाद अचानक आँधी-तूफ़ान आकर मिटा देता है इतिहास के रचे समय को। फिर अनायास नए समय की आहटें सुनाई देने लगीं। क्रमशः समय नए हस्ताक्षर कर देता है और नए चरण चिन्ह रास्तों पर बनते जाते हैं। हम कितना भी चाहें मगर बदलते समय की हकीकतों को झुठला नहीं सकते। बापू के तीन बंदर प्रासंगिक नहीं रहे अब। अपना तमाशा दिखाकर पोटली सँभालकर जैसे चल देता है मदारी, उसी तरह इतिहास पुराने समय को पूरी तरह मिटाने पर आमादा था।

नया समय नए सिरे से दर्ज होता जा रहा था। इस नए दौर में अदनी-सी चींटी भी अपना इतिहास दर्ज कराने पर तुली हुई थी। उसके सपनों ने भी आसमां छू लिया था। नए किस्म के नए-नए अभियानों ने नई शक्ल ले ली थी। इस धूल-भरे मकड़जाल से निकलकर वे तीनों भी एक नए आसमान को देखने की ख़्वाहिश में जीने लगी थीं जिसमें हर दिन उनकी आँखों में नया अक्स बनकर आकार-प्रकार लेने लगा। वे फिर से खो गयीं अपने लिए एक नया आसमां रचने की अकुलाहट में।

रेवती सोचती रह गयी कि इतना सारा समय, साल-दर-साल गुज़र गए और वह जस-की-तस, करियर में भी और जीवन में भी। तमाम ठहराव मानसिक स्तर पर ही होते हैं। फिर भी कुछ तो ऐसा ज़रूर घटता रहा कि वह चाहकर भी मन-मुताबिक जीवन नहीं जी पाती। कुछ तो ऐसा था जहाँ स्नेह का निश्छल सोता बहता रहता। उसकी राह में नए साथी बार-बार टकराते जो उसे जीने की नई ताकत बख़्शते। जो उसे परंपरागत पिटे-पिटाए रास्ते पर नहीं

चलने दे रहा था। कुछ न कर पाने की कसमसाहट, पस्ती या कचोटें जाती नहीं अंतस से, कैसे भी।

रेवती चाहकर भी नहीं भूल पाती, अपने पहले कड़ुवे अनुभव को जो उसने संजय के साथ गुज़ारे। किशोरावस्था के वे त्रासद दस साल। संजय से मन इतना तिक्त हुआ कि रिश्ता टूटने के बाद दुबारा मन के दरवाज़े पर किसी की दस्तक नहीं सुनी उसने। वह खुद को टटोलती और बड़ी झिझक से आगे कदम बढ़ाते हुए चलती रही जीवन पथ पर। कितनी अजीब लगती हैं वे पिछली बचकानी बातें जब वह कस्बे की आम लड़कियों की तरह सजने-सँवरने में मन लगाया करती थी। वहाँ की गलियों से गुज़रते हुए उल्लास से भर उठती मगर सालों बाद एक बार जब उसी कस्बे में किसी काम से जाना पड़ा तो सब कुछ कितना बेगाना, कितना पराया लगा था जैसे किसी अजनबी से मिल रही हो। संजय से टकराने पर भी मिलने या बतियाने का मन नहीं किया। जिस तरह से झटके ज़िन्दगी ने दिए, वह उन सबको छोड़कर तेज़ी से कदम बढ़ाती, राह की बाधाओं को लाँघते, हाँफ़ते हुए तेज़ गति से आगे निकल जाना चाहती थी। तो क्या वह आगे निकल पायी? ये आगे निकलना भी आख़िर होता क्या है? एक दशक बाद इन सवालों का कोई औचित्य रह जाता है क्या? अनायास ही टकराया था ये दूसरा बंदा जब उसने ज़िन्दगी में किसी को प्रवेश न देने की ठान ली थी पर वह ऐसा नहीं कर पायी।

निमिषा सोचती, साल के पीछे कई साल करवट बदलकर गुज़रते रहे। उनमें से अधिकांश संगी-साथी अलग-अलग रास्तों पर लंबा सफ़र तय कर चुके। उनमें से कई लोगों का अपने-अपने सपनों या महत्त्वाकांक्षाओं से मोहभंग हो चुका था या होने के कगार पर था। ऐसे में निमिषा के जीवन में कई मोड़ आए जिन्हें पार करते हुए उसे अपना जीवन महज़ प्रयोगशाला की तरह लगने लगता। हाँ, उसने अपनी ज़िन्दगी में नए रंग भरने की भरसक कोशिशें ज़रूर कीं मगर अक्सर ऐसा लगता जैसे उसके लिए बोले गए शब्द महज़ छलावा ही साबित हुए। धीरे-धीरे पटरी से उतर चुकी ज़िन्दगी को वह ऐसे देखती रही गोया इतने सालों तक वह नहीं, कोई और ही उन पिछले रास्तों पर चला है। सबने न जाने कितनी तरह के प्रयोग अपनी ज़िन्दगी में किए। अधिकांश ने बचपन के साथी से या कॉलेज में हुई दोस्ती के बाद शादी की और बच्चे भी हुए मगर ज़िन्दगी को जो ऊँचाई या गहराई मिलनी थी, जिन सात सुरों से जीवन

का सरगम बजना था, जैसा रस गले तक उतारकर वे सब तृप्ति के आस्वाद में डूबना चाहते थे, वैसी बात नहीं बननी थी सो नहीं बनी पर जीवन क्या किसी के रोके रुकता है या रुक सकता है।

अपने उस ऑपरेशन के पहले से ही जब नया संसार पनपने की प्रक्रिया चल रही थी तब वहाँ से रहा-सहा भरोसा भी दरकने लगा। तब वह अटूट आस्था अपने आप ढहने लगी थी। ऐसे में नया कुछ-न-कुछ तो घटना ही था। पहली इमारत ढहने के बाद नयी इमारत ढहने के कगार पर थी जिसका टूटना तय था। नहीं समझ पायी कि ये सब क्यों व किस तरह होना शुरू हुआ पर हुआ। पूरी ताकत के साथ एक नयी राह कहीं से भी फूटने के लिए बेताब थी। उसे देर-सवेर खुलना ही था सो भावनाओं का वो बँधा आवेग अनायास फूटते झरने की मानिंद फूट पड़ा वेग से। भावनाएँ अपनी दिशा खुद तलाश लेती हैं जैसे कोई सुप्त झरना अनायास कहीं, किसी भी पहाड़ी सुराख में से झरने लगता है। उन्हें लगता कि जीवन के मायने तलाशने की कोशिश में फिर से कुछ साल निकल गए। निरर्थक समय उलीचता रहा उसके अंतस को।

तीनों में से एक जोखिम भरा प्रयोग तो निमिषा ने तब किया, जब उसके पेरेंट्स नहीं रहे और डॉक्टर बहन अपने परिवार संग कुछ साल के लिए विदेश चली गयी। हालाँकि बहन के आग्रह करने पर वह विदेश चली गयी और यहाँ के अपने फ़िज़ियोसेंटर को बंद करके उसने वहाँ किसी प्राइवेट संस्थान में काम करना शुरू कर दिया था। जहाँ उसकी दोस्ती हुई और वह दोस्ती इस मुकाम तक पहुँची जहाँ उसे अपने लिए सप्तरंगी इंद्रधनुष से सजा-संवरा नीला आकाश नज़र आने लगा। फिर क्या था, जीवन में नए-नए झरोखे खुलने लगे और ऐसे में जीवन का आस्वाद कई गुना बढ़ता जा रहा था। इसके पहले कि निमिषा का अपनी शादी के प्रति विचार फिर से बदल जाए, बहन ने उसकी रुचि व इस तरफ़ संलिप्तता देखकर उसकी शादी करवाने का तुरत-फुरत फ़ैसला कर डाला।

पूरा सच जैसा कुछ नहीं होता

निमिषा जब भी अपना सजा-संवरा घर देखती या आत्मनिर्भर बेटे को देखती तो मन खुशी से भर उठता। न चाहते हुए भी ऐसे ख़याल घेरने लगते कि अब उसकी ज़िन्दगी में गहरा सुकून आएगा और वह संतोष की गहरी खुमारी में

खोयी रहेगी। कुछ सालों तक ऐसा हुआ भी और देखते-देखते न जाने कब और कैसे उसकी ज़िन्दगी में ढेर सारे चमकीले रंग शुमार होते गए। एक रेस्टोरेंट में टकरायी थी वह नवल से पहली बार और वह उसके लिए खाने की प्लेट लेकर चला आया। उसकी मुस्कुराहट का जादू था या उनके बीच खाने-पीने की कॉमन बातों का दौर इतना रूटीन बनता गया कि उनके बीच धीरे-धीरे दोस्ती के रंग गाढ़े होते गए। उनके बीच मीठी बातें होतीं तो खट्टी बातें भी। तीखी बहसों के बीच कई बार मनमुटाव भी हो जाता और वह रूठ जाती लेकिन कभी फ़ोन पर तो कभी उसके घर आकर वह उसे हँसा देता। ज़्यादा देर तक नाराज़ वह रहने नहीं देता और अपनी मीठी बातों के सम्मोहन में जकड़ लेता। जब कभी वह शहर से बाहर किसी काम से जाता तो दिन भर फ़ोन करता रहता और हाल-चाल लेता रहता। वह कब, क्या खाती-पीती है, उसके शौक और पहनावे आदि का भी ध्यान रखता। जब भी बाहर से लौटता तो उसके लिए कोई अनूठा तोहफ़ा लाना नहीं भूलता। उसे याद है कि उसकी दीदी ने तब उन दोनों के प्यार के बारे में साफ़-साफ़ बात की थी, "निम्मी, सोच ले उसे लेकर। ज़्यादा सांवला रंग है सो तेरे बच्चे काले हो सकते हैं," कहते हुए वे हँस पड़ीं और वह भी साथ में हँसने लगी।

"दी, पर कितना मीठा बोलता है वो और कितना केयरिंग भी तो है।"

"हूँ, कितना नाटा भी तो है। ऊपर से एक पैर से लचककर चलता है। वो तो खैर कोई बात नहीं।" अपने ही सवाल का जवाब वे खुद देने लगतीं, "तेरी भी तो फ़िज़िकल प्रॉब्लम है ही। ठीक है। वैसे तू ठीक से सोच ले। आख़िरी बार पूछ रही हूँ, कहीं बाद में पछताना न पड़े।"

"दी, मुझे पक्का भरोसा है कि ऐसी नौबत कभी नहीं आएगी। न, प्लीज़ अब और कोई सवाल नहीं। हम लोग अगले सप्ताह शादी कर रहे हैं, हाँ।" खुशी के मारे दीदी ने उसे गले लगा लिया।

"एज़ यू विश, डियर...हम तुम्हारे हर निर्णय में साथ हैं।"

फिर वे हनीमून के लिए कई देशों में घूमने भी गए और उनका ठहरा जीवन तेज़ गति से भागने लगा।

शादी के बाद तो वह पहले से ज़्यादा ज़िम्मेदार हो गया था। घर के सारे काम हँसते हुए करने लगता। कई बार रसोई में निम्मी से कुछ गलती हो जाती तो हँसते हुए कहता, "हो जाता है निम्मी, कभी-कभी। तेरा दिल नहीं

कर रहा होगा, काम करने का। ब्रेड ही तो जलाई है, दिल तो नहीं जलाया ना? ऐ, मेरा दिल तो सेफ़ है ना? तेरे दिल के अंदर बसता हूँ, सो डरता हूँ। ऐ चुहिया...'' कहते हुए वह उसे बात-बात में हँसा देता।

सचमुच प्यार करना क्या होता है या प्यार का एहसास किस कदर उसकी रूह के अंदर धड़कता है, सोचती तो खुद पर गुमान हो आता। इतना भरोसा नवल पर करती जितना शायद खुद पर भी नहीं किया और हर बार वह उसके भरोसे को चारगुना करके लौटाता। उसकी एक आवाज़ पर वह सारे घर में कूदती-फांदती रहती और ऐसे कामों को अंजाम देती जिसे पहले खुद कभी नहीं कर पाती थी। कितनी ताकत होती है प्यार में कि नवल की एक आवाज़ सुनकर ही वह चहकने लगती और देह के सारे दर्द खत्म हो जाते। यह उसके प्यार का जादू था कि उसके छूते ही समूची देह में सोया लहू तप्त होकर दौड़ने लगता। कहाँ तो ऐसा दौर था जब शरीर के किसी-न-किसी हिस्से से कोई अनाम किस्म के दर्द का एहसास उसे अपनी गिरफ़्त में जकड़े रहता था और कहाँ नवल का ऐसा प्यार पाकर उसके तमाम दर्द तो फुर्र से गायब ही हो गए थे। नवल उसकी शारीरिक तकलीफ़ों को लेकर इतना ज़िम्मेदार था कि हर दवा को सही समय पर देता और उसकी पूरी देखभाल करता।

पति से बेशक निमिषा को खूब सारा प्यार और आदर मिला। पहली बार इतनी केयर पाकर वह अपनी किस्मत को सराहने लगती और ईश्वर को तहेदिल से शुक्रिया कहती। जब कभी वह काम से बाहर जाता तो निमिषा की सेहत की हर घंटे खबर रखता। उसे क्या पसंद है, कब किस तरह के अवसर पर उसे क्या पहनना है, उसका इतना ख़याल रखता कि उसे अपने ऊपर मान हो आता। जब कभी वह किसी बात पर रूठ जाती तो वह प्लेट में खाना लेकर आ जाता और एक-एक कौर तोड़कर उसके मुँह में डालता जाता। अक्सर अपने आत्मीय लम्हों में वह यह सोचती कि ज़रूर पिछले जन्म में उसने कुछ तो ऐसा ज़रूर किया है जो इतना नेक और भला पति मिला। हर शनिवार को वे मन्दिर ज़रूर साथ-साथ जाते, फिर लॉन्ग ड्राइव पर निकल जाते। प्यार करने का तरीका भी इतना निराला कि...सोचते ही मुस्कुराहट होंठों पर तैरने लगती। उसके रहते वह अपना देश और अपने सालों पुराने दोस्तों तक को भूलती गयी। साल में दो-चार मौकों पर फ़ोन पर थोड़ी-बहुत बात हो जाए, बस इसके अलावा वह अपनी ही दुनिया में मसरूफ़ रहती। दिन भर वे अपने-अपने काम में डूबे रहते और रात

होते ही दिलोदिमाग में खुशबुओं की महक से सराबोर रहती ज़िन्दगी। तब कहाँ वह जानती थी कि ये खुशियाँ महज़ चंद सालों तक ही टिकेंगी, इसलिए कुदरत एक साथ इतनी खुशियाँ दे रही है। तो क्या कुदरत जीवन में सुख-दुख की भी एवरेजिंग करती रहती है कि अमुक ने इतने सालों इतनी सारी खुशियाँ पा लीं तो अब और नहीं मिलेंगी उसे, सोचकर फिर उसकी झोली में उतना ही कष्ट देती है प्रकृति। ये सब रहस्य हैं कुदरत के। बस वह इतना जानती है कि अपने सच्चे प्रेमी से पति बने नवल के साथ उसने पहली बार कायदे से जीने की कला सीखी थी। उदारता बरतना किसे कहते हैं, पहली बार नवल के साथ रहकर जाना।

"ऐ निम्मी, अपने पुराने दोस्तों से बातें किया करो। कुछ ऐसा अनूठा करो जिसे करके तुम्हें सच्ची में खुशी मिले। बस एक ही बात याद रखो, जैसा सोचोगी, कुदरत हमें वही सब देगी। ये टेढ़ा मुँह बनाना बंद करो और अपने पसंदीदा गाने को गुनगुना दो। हाँ..." कहते हुए उसके माथे पर प्यार से चूम लेना और यहाँ-वहाँ से आते-जाते कंधे पर हल्का-सा दबाव बनाना या किसी भी बात पर हँसा देना। हमारे प्यार में इतने सारे रंग भरने लगे थे कि गहन अंतरंगता में डूबे पलों में बस यही मन करता था कि कब जल्दी-से-जल्दी उसके बच्चे को जन्म दूँ और माँ बनने के अनूठे एहसास से गुज़रूँ। हमने शादी के कुछ महीनों बाद ही डॉक्टर से पूछकर बेबी प्लान कर लिया। ये शायद ईश्वर का चमत्कार ही कहें कि हमारा स्वस्थ बेबी हुआ। नवल के बारे में जितना भी सोचूँ, जितना भी लिखूँ, जितनी भी बातें कर लूँ, सब कम लगता है, बहुत कम। कभी-कभी बोलते हुए सोचने लगती तो कभी-कभी सोचते हुए बोलने लगती। ऐसे हीरे कितने नसीब से मिलते हैं। वो अक्सर कहता, "निम्मी, प्यार को जितना फैलाओगी, उसका उतना ज़्यादा विस्तार होगा और उतनी ज़्यादा ही खुशी हमें मिलेगी। सो कभी इसे कम न करना, भले ही मैं रहूँ या न रहूँ मगर तुम्हारे भीतर जीने की लौ तो एक ही चीज़ जगा सकती है, केवल सच्चे प्यार के एहसास में ही वो जादू है।"

कहाँ तो एक ऐसा दौर था जब विदेश में अपनी सालों से जमी-जमायी गृहस्थी और बढ़िया नौकरी करते बेटे के साथ खुश थी मगर अचानक एक्सीडेंट में पति के गुज़र जाने के बाद एक झटके में अपना सब कुछ वहीं छोड़-छाड़कर कुछ महीनों के लिए अपने देश लौटने का कठोर फ़ैसला लेने में पलभर की देरी नहीं की उसने। उनके न रहने पर अब आख़िर वहाँ उतना आत्मीय उसका था ही कौन। बेटा ज़रूर था पर वह अपनी नई-नवेली पत्नी संग हमेशा बिज़ी रहता

या टूर पर रहता और वह अकेली पड़ी-पड़ी नेट के सहारे अपने पुराने दोस्तों संग बतियाती रहती। कितनी उम्मीदों से उसे पाल-पोसकर बड़ा किया मगर उसे ज़रा भी परवाह नहीं अपनी माँ की। अक्सर बेटे को लेकर भावुक होती रहती पर वह उसकी पहुँच से दूर जा चुका था, जहाँ उसके दोस्त थे और जिनके बीच रहकर वह कुछ-का-कुछ हो गया था।

धीरे-धीरे कुछ अपनी उकताहट और कुछ अपने देश की यादों ने उसे ऐसा खींचा कि फिर एक दिन ऐसा तय किया कि बस बहुत हो गया। महज़ आभासी दुनिया उसके लिए पर्याप्त नहीं है जीने के लिए। सो लौट आयी हिन्दुस्तान, अपने देश, अपने लोग और अपने वही सालों पुराने संगी-साथियों के बीच।

मगर क्या यही एकमात्र वजह थी वापस लौटने की? वह खुद से सवाल करती तो नवल की मीठी बातें यादकर अनायास मुरझाए चेहरे पर मुस्कान की महीन रेखाएँ बनने लगतीं। एक दिन बेमन से अपनी पुरानी नौकरी के साथियों संग चैट कर रही थी कि अचानक अपने सालों पुराने अज़ीज़ दोस्त नवीन के नाम का ज़िक्र आया और फिर आनन-फानन में उसने तुरंत ही उनसे संपर्क किया। फिर क्या था, वर्षों पुराना साथ यूँ हरा-भरा होने लगा गोया सालों से सूखा तालाब पानी की पहली बौछार में ही समूचा भर गया हो। बातें थीं कि फैलती ही जा रही थीं। एक सिरा छूटता तो दूसरा पकड़ लेता और फिर सर्र-सर्र हवा संग पंख लगाकर उड़ान भरने लगे सालों पुरानी दोस्ती के रंग और ऐसे फैलते गए कोरे पन्नों पर मानो कितनी तलब थी उसे इन विविधवर्णी रंगों की।

सालों बाद नवीन का हुलिया देखा—अरे, ये तो बहुत बदल गए हैं मगर चेहरे पर वही सौम्यता, वही मीठी-मधुर मुस्कान...

"निम्मी, आप बिलकुल नहीं बदलीं..." बड़े संकोच के साथ कहते हुए नवीन ने निम्मी के कंधे को हौले से छुआ। बातें हुईं और खूब सारी। कभी वे ऑफ़िस छोड़कर लंच टाइम में मूवी देखने के किस्से पर हँस रहे थे तो कभी सीनियर साथियों के नाम बदलकर बुलाने वाली बातें करने लगते। "कहाँ गया होगा वो चंडूकदास और वो फूलन देवी? जिसे पुलिस में जाना था।"

"मालती, बड़े मज़े में है। कांस्टेबल हो गयी है पुलिस महकमे में। आपके साथ जिसे हम मजनूं कहते थे, उसने अपनी महबूबा से शादी कर ली थी? याद है ना उसकी?"

"हाँ-हाँ, सुना है। पर, वो उसे ठीक से रख नहीं पाया। खूब मारपीट होती

थी सो उसने घरेलू हिंसा में पुलिस केस भी दर्ज कराया था।''

''सोचो, कितने सालों की मेहनत-मशक्कत के बाद दोनों की शादी हो पाई। निम्मी, एक बात नोट कर लो कि हमें हर रिश्ते को बिलकुल वैसे ही पालना-पोसना पड़ता है जैसे हम किसी बच्चे को पालते-पोसते हैं। फिर सालों बाद पनपती है वो समझ, वैसा मज़बूत घेरा। हममें से अधिकांश लोग प्रेम-प्रसंग में प्रेमी या प्रेमिका को पाने के लिए जी-जान लगा देते हैं पर इस रिश्ते को कैसे सींचा-संवारा जाए, ये कला नहीं जानते, न सीखने की ज़रूरत महसूस करते हैं। सच्ची में, उनका ये हश्र देखकर दुख होता है।''

''हूँ, पर मेरा जीवन भी ऐसे ही उतार-चढ़ावों वाला रहा फिर एक दिन मैंने खुद से वादा किया, 'नहीं, अब और नहीं सहूँगी ये सब।' सो आत्मानुशासन के लिए कड़ी मेहनत की।''

''यानी तार्किक तरीके से सोचना शुरू किया... ?''

''नहीं, बस, नवल के साथ रहकर मैंने अपने आप को प्यार करना सीखा। खुद को तवज्जो देना शुरू किया कि मैं अपने सांवले रंग व मंझोली कद-काठी के साथ भी सुंदर हो सकती हूँ क्योंकि मेरी सोच में सुंदरता है, आधुनिकताबोध है, चेतना-सम्पन्न प्रगतिशील नज़रिया है। और सबसे बड़ी बात कि मैं क्रिएटिव हूँ और मेरे डिज़ाइन किए कपड़े खूब बिकते हैं। सो क्यों ना मैं अपने पर गुमान करूँ। एक ज़माना था जब पति से अपेक्षाएँ करती और पूरा होने पर खुशी से चहकने लगती। फिर एक दिन हमने मिलकर तय किया, इनफ़ इज़ इनफ़। ये मेरी ज़िन्दगी है जिसमें किसी से कोई शिकायत नहीं है। सो क्यों ना खुद अपने बलबूते सारा काम किया जाए। आज अपनी मैच्योरटी के साथ अपनी ज़िम्मेदारी उठाने में सक्षम हूँ।'' न चाहते हुए भी आवाज़ में आत्मविश्वास उभर आया और चेहरे पर चमक।

''वाह, ये है असल में स्त्री का आज़ाद होना जब उसकी सोच में आत्मनिर्भरता पनपे, तब वह भावनात्मक स्तर पर किसी की मोहताज न हो। वैसे मेरी वाइफ़ भी बहुत प्रैक्टिकल है...'' नवीन ने बीच में ही अपनी बात को आगे बढ़ाया।

''नवीन, सुना है आपकी शरीकेहयात बला की खूबसूरत हैं...''

''और उतनी ही समझदार भी...'' अधूरी बात नवीन ने ही पूरी की जिसे सुनकर पल भर के लिए निम्मी चौंकी। मन-ही-मन अपने पति संग गुज़ारे विगत के चेहरे नमूदार हो गए। कितनी इज़्ज़त, कितना प्यार करते हैं नवीन

अपनी पत्नी को जबकि पति के गुज़र जाने के बाद उसे कितना कुछ सहना पड़ा था अपने उसी घर में, जहाँ उसके कमाए पैसों से घर भी चलता था मगर इज़्ज़त के दो बोल सुनने को तरस गए थे कान। फिर धीरे-धीरे ऐसी अपेक्षाएँ पालना ही बंद करना पड़ा।

''ऐ, क्या हो गया, इतनी चुप क्यों हो गयीं?'' नवीन ने हौले से निम्मी के कंधे पर हाथ रखा।

''नवीन, आपमें ज़रा भी अंतर नज़र नहीं आया। बिलकुल वही अंदाज़, जीवन के प्रति वही सकारात्मक सोच। ग्रेट...''

''निम्मी, ऐसा नहीं है कि सब कुछ हमेशा ठीक रहता है मेरा। मुझे भी अक्सर दिमाग को समझाना पड़ता है। खुद से कहता रहता हूँ—सब ठीक है। सब बढ़िया होगा। देखो निम्मी, हरेक के अंदर खूबियाँ-खामियाँ होती हैं। ये हमारा नज़रिया है कि हम किस तरह उसे देखते हैं। बस एक चीज़ याद रखना, हम सब अपने आप में यूनीक हैं।''

''*सीक्रेट* किताब में यही सब लिखा है। सुबह की शुरुआत संगीत से करती हूँ। फिर पॉज़िटिव एनर्जी के बारे में कुछ किताबें पढ़ती हूँ। जिन्हें पढ़-पढ़कर हमारे जीने का पैटर्न बदला है। दिमाग को ऑटो सजेशन मोड पर ले आओ। ओशो को खूब पढ़ा है मैंने। और भी तमाम किताबें पढ़कर लंबी आध्यात्मिक यात्रा तय की है सालों साल...'' अनायास इतना सब बोलते हुए निम्मी की आँखें भर आयीं।

''निम्मी, तुम्हारी तकलीफ़ें, तुम्हारे अकेलेपन का एहसास है मुझे। पर वही बात दुहराऊँगा कि हम सब अकेले ही दुनिया में आते हैं और अकेले ही रुखसती होगी तो इसमें इतना ज़्यादा सोचने का नहीं। इतना कॉन्फ़ीडेंस है तुममें। जो है उसे खुशी-खुशी स्वीकारो, बस।'' स्नेहिल आवाज़ में नवीन ने निम्मी को समझाते हुए कहा।

''हाँ, नवीन, नवल संग सालों तक यही किया मैंने। अपने को परिपूर्ण करने की लंबी साधना में तपी हूँ मैं सालों साल। सुंदर ढंग से रहना, नए कपड़े खरीदने या पहनने में खुशी महसूस करना। इस बात की कतई परवाह नहीं की कि बाकी लोग मेरे बारे में क्या सोचेंगे। सच तो ये है कि हम अपनी ऊर्जा इसी में खामखां बर्बाद करते रहते हैं कि अमुक-अमुक मेरे बारे में क्या सोचेगा।

अरे, वो तो वही सोचेगा जैसा उसे उसके संस्कारों, रूढ़ियों या परंपराओं ने सिखाया है।''

''हाँ, तुम्हारे रहने का अलग ढंग पहले भी हमें लुभाता रहा है। जैसे तुमने कभी गोल्ड ज्वैलरी नहीं पहनी बल्कि जंक ज्वैलरी च्वाइस थी तुम्हारी। पार्टी में तुम सबसे अलग इसीलिए दिखती थीं। आई नो कि तुम खुद अपनी फ़ेवरिट हो, ग्रेट...''

''न, ये पूरा सच नहीं है। यार, मैं भी आईना देखती हूँ। समझ लो कि ज़्यादा तारीफ़ करोगे तो पकड़े जाओगे। अपनी खामियों का बखूबी एहसास है मुझे और अपनी शारीरिक अशक्तताओं का भी। पर अपने आप को लगातार समृद्ध भी तो करती रहती हूँ। हाँ, ये सच कहा आपने कि अपने आप में हर कोई यूनीक तो होता है। कुछ हद तक तार्किक आध्यात्मिकता भरती है मुझे जिसमें डूबकर मस्त रहने की भरसक कोशिश करती हूँ।'' उस आवाज़ में उदासी के धूसर रंग शुमार थे।

''यही बात तो मुझे सुकून देती है कि निम्मी अपनी ज़िम्मेदारी खुद उठाने में सक्षम है और अधिकार जमाने जैसी आदत तो तुममें ज़रा भी नहीं है। कितने कम लोगों में होता है तुम्हारे जैसा उदार मन या वैसी खुली सोच...'' अधूरी बात को जान-बूझकर छोड़ दिया।

नवीन की बात को अनसुना करते हुए वह बोल पड़ी, ''लिसन नवीन, अपनी तरफ़ से एक-दूसरे को बैस्ट देने के लिए भरसक जतन करती हूँ और करती रहूँगी। प्रेम में हम देना जानते हैं मगर डरती हूँ कि जब कभी लेने की उम्मीद पनपने लगेगी जो न चाहते हुए भी पनप सकती है, तब ये एहसास धम्म से बैठ जाएगा ना? मेरे हसबैंड नवल की आध्यात्मिकता का स्तर बहुत ऊँचा था और हम घंटों मेडिटेशन करते थे साथ-साथ।''

''सही कह रही हो। तभी वो संतुलन साध पाती हो तुम। जब दोनों बराबरी से देने को तैयार होंगे तो लेने जैसी चीज़ बीच में आएगी ही कैसे?''

''यार, यही तो जादू है प्रेम का कि अचानक दो के बीच ये उम्मीदें जगने लगती हैं और हम दुनियादारी के फेर में पड़कर आपस में वही सब अपेक्षाएँ कर करके अपने इस अनूठे एहसास में शिकायतों का कचरा भरने लगते हैं। तब न चाहते हुए भी हमारी दोस्ती में टिपिकल गृहस्थी वाले अवगुण भरने लगते हैं,

जिनके बोझ तले हमारा दाम्पत्य पहले से दबकर कराह रहा है। हम इस सतही सोच से ऊपर उठने की कोशिशें तो कर ही सकते हैं ना? नहीं क्या?'' उसने अपनी सोच का टुकड़ा उसकी तरफ़ फेंका।

दोनों की बौद्धिक जुगलबंदी अपना विस्तार लेने लगती। समय मिलते ही वे साथ-साथ शहर की ऐतिहासिक इमारतों की सैर करते और फ़ोन पर देर तक लंबी-लंबी बातें। पता नहीं कब और कैसे साल भर के अंदर उनकी दोस्ती इतनी गहरी होती गयी, नज़दीकियाँ इतनी बढ़ती गईं कि वे कब उठते-बैठते हैं या कब खाते-पीते हैं या कब किसके साथ बैठकर क्या बातें कर रहे हैं, एक-दूसरे की हर खबर से बाखबर रहते। इस अनन्य दोस्ती में बेशुमार रंग कब और कैसे एक-दूसरे में गड्ड-मड्ड होते गए, उन्हें एहसास तक नहीं होने पाया। सचमुच जब दो परिपूर्ण लोग एक-दूसरे के जीवन में दस्तक देकर साथ-साथ लंबी यात्रा पर चल रहे होते हैं तो वहाँ शिकवे-शिकायतें नहीं होतीं, तो वे एक-दूसरे को अपना बैस्ट दे रहे होते हैं। उनकी यात्रा शून्य पर होती तो वे साथ-साथ शून्यों पर चल रहे होते और जब ऊर्ध्वगामी होते तो सम पर एक-दूसरे को संवर्धित कर रहे होते हैं। उनके इस साथ का एक ही दर्शन था कि जब वे किसी को जान-बूझकर नुकसान नहीं पहुँचा रहे तो ठीक ही तो चल रही है उनकी सहयात्रा।

पता नहीं क्यों जिनसे हमारी नज़दीकियाँ बढ़ने लगती हैं, हम उन्हें अपने जिए गए लम्हों का सच बताने को उतावले हो उठते हैं। सो निम्मी ने कई बार नवीन को अपने जीवन के अंश सुनाने चाहे मगर सुनाने के पहले ही उसकी आँखें नम होने लगतीं। फिर सोचा कि क्यों ना अपनी डायरी ही नवीन को थमा दी जाए।

नवीन को कल ही मिली निम्मी की लिखी डायरी जिसे उसने बड़े आग्रह से थमाया, ''प्लीज़, कुछ तो पढ़ लो मेरी विगत ज़िन्दगी के पन्ने।'' सो लगातार पढ़े जा रहे हैं डायरी के पन्ने। पढ़ते-पढ़ते अजीब किस्म की बेचैनी घेरने लगी नवीन को।

इस ज़माने में हम

नवीन, ये बातें मेरा अनर्गल प्रलाप लग सकता है तुम्हें, पर सुनाए बिना चैन कहाँ। सो अपना हालेदिल बयाँ कर रही हूँ।

जब तुमने जीवन के सच को करीब से देखा, महसूस किया या जिया है तो फिर अगर वही सब दोहराव फिर दिख रहा है तो इसमें कुछ भी तो नया नहीं। हरेक की नैसर्गिक फ़ितरत यही है कि वह हमेशा अपनी प्राथमिकता में अपने घर को ही रखता रहा और ऐसा करने में ही उसे सच्ची खुशी हासिल होती है। इस सच को स्वीकारने में कोई बुराई नहीं कि अपने को किसी गलतफ़हमी में न रखा जाए। हमें इस धुएँ या धुँध में ही हमेशा रहना होगा। जब यही सच है तो इसे यूँ ही रखा जाए, क्या बुराई है? ज़िन्दगी को हमें एक बड़े फ्रेम में देखने की ज़रूरत है।

मेरा मानना है कि ज़िन्दगी के मायने हमेशा वृहत्तर दुनिया के हों और हमें एक बड़ी दुनिया से खुद को जोड़कर रखना है सो उसी के बारे में लगातार सोचा जाए। इस छोटी-सी अमूर्त दुनिया का सुख कभी-न-कभी मिलेगा, इतना तो तय है और इस सचाई को जितनी जल्दी स्वीकार कर लेंगे, उतने ही सुकून से रहने की कला अर्जित होगी। दुनियादारी में फँसा आदमी जब जितना, जैसा भी पाता है, उसी में से कुछ अंश तुम्हारे पास टुकड़ों-टुकड़ों में फेंकता है, मन हो तो लपक लो अन्यथा अपनी दुनिया के सृजन सुख में डूबी रहो।

अक्सर सोचती हूँ कि मैं अपनी तरफ़ से संपूर्ण, निश्छल भावनाएँ देकर खुश हो जाती हूँ मगर तीखे सवाल पीछा नहीं छोड़ते। जहाँ ऐसे निश्छल एहसास एकतरफ़ा हों, वहाँ प्रतिपक्ष से कुछ नहीं मिलने वाला। सो अपेक्षाओं के कैक्टस पालना बंद करना पड़ेगा। ऐसे कैक्टस पहले भी लहूलुहान करते रहे हैं और आगे भी करते रहेंगे। अंदर से चुभते हैं कँटीले सवाल कि कुछ तो अतीत से सबक लो—ऐसा मौका दुबारा नहीं मिलेगा। इन आवाज़ों को अनसुना किया गया या हँसी में उड़ा दिया गया फिर खुद पर झुँझलाहट कि ऐसी सरलता किस काम की जिसे जब जो चाहे, जैसे चाहे, लाँघकर चलता बने अपना काम निकालकर। तो क्या मैं ही बेवकूफ़ हूँ? अपने को इसके लिए तैयार नहीं कर पाती कि अचानक उमड़ी बदली यूँ ही बरस कर खत्म होती है जिसकी एक बूँद भी हलक के नीचे नहीं उतार पाती।

हमें यहाँ इस स्तर तक आकर खुद को स्ट्रॉन्ग वूमैन में तब्दील करना होगा। किसी भी तरह की कमज़ोरी हमारे चमकते व्यक्तित्व को खा जाएगी। कभी इस हकीकत को नहीं भूलती कि कुछ साल बाद तुमसे सारे संपर्क हमेशा-हमेशा के लिए खत्म हो सकते हैं। यूँ भी फ़ोन पर बातचीत से क्या हासिल होने

वाला? जो लोग सचमुच प्यार भरे होते हैं, वे हर हाल में अपनों को चमकाने में निरंतर लगे रहते हैं। बातें अक्सर सब ध्वनित कर देती हैं। हकीकत अक्सर चीख-चीखकर अपना चेहरा दिखाती रहती है मगर हमीं अपने को भरमाते रहते हैं कि नहीं, ये पूरा सच नहीं है, पूरा सच कुछ और है। वहाँ धुँध है, बादल हैं, धुआँ है या जो भी है वो महज़ दूर से देखने के लिए, छूकर आभास करने के लिए है। उसे मुट्ठी में भरा नहीं जा सकता मगर हमारी सोच के ताने-बाने तो हमेशा आत्मीयता से बँधे रहते। नवल ने हमेशा से यही बात समझायी है कि अपनापन बाँटोगी तो लौटकर वही मिलेगा और यदि अपेक्षाएँ रखोगी तो कुछ नहीं मिलने वाला। नवल की बातों में अपनेपन की सुगंध थी और उस समय जिया गया जीवन रिवाइंड होता रहता और एक ही सीन मैं बार-बार देखकर भी नहीं अघाती। जैसे बचपन में 'प्यार किया तो डरना क्या', गाना कई बार सुनकर भी मन नहीं ऊबता था।

वो धुँध-भरी बदली अकस्मात फिर नज़र आने लगी जिसे देखते-देखते ही मिट जाना है। कुछ लम्हों तक ज़िंदा रहने वाले एहसास को देर-सवेर मिटना ही था तो इसमें विलाप जैसा कतई कुछ नहीं। प्रेम का एहसास इतना विलक्षण है जो महज़ अल्प समय के लिए किसी मुंडेर पर अपने पंजे रखता है, किसी दुर्लभ पक्षी की तरह। कुछ देर टेर लगाता है और प्रतिध्वनि न मिलने पर वापस चला जाता है कहीं और, किसी और जोड़े के पास। इस एहसास की अनसुनी करोगे, तो इसे खो दोगे और ये फिर से लौटकर नहीं आने वाला। चंद किस्मत वाले ही इस टेर को सुन पाते हैं, बाकी तो अपने को उलझाए रखते हैं दुनियादारी के मकड़जाल में। अपने सुख की खातिर या संपत्ति जोड़ने की अंतहीन भागमभाग में वे अपना जीवन दाँव पर लगाकर इस अनूठे बेशकीमती एहसास का गला घोंट देते हैं। अमूमन औसत किस्म के लोग महज़ ऐंद्रिकता के घेरे में कैद करके इस एहसास को देख पाते तो कुछ इससे परे भी आपके होने को या आपके वजूद को महसूसते। उसे देखने लायक दृष्टि है उनमें,पर दोनों में फ़र्क करना कितनों को आता है। अपने को इसके लिए तैयार कर लो कि यही है सालों से चली आती व्यवस्था जो तुमसे तुम्हारा सब कुछ लील लेगी और तुम्हें इसका एहसास तक नहीं होने देगी। सालों से ऐसा ही होता आया है सो इसमें नया कुछ नहीं। यहाँ किसी के लिए स्पेस देने-लेने का रिवाज नहीं। इस अल्पविराम वाले एहसास को अपनी तयशुदा रूढ़ियों के तहत मुट्ठी में बंद करने के बजाय अपने आप को

इधर-उधर फेंकने में ऊर्जा व समय ज़ाया नहीं होने देना है।

हमारे जीवन में जाने-अनजाने मोड़ आते रहते हैं जिनसे हमें रोज़ ही गुज़रना पड़ता है। मगर कई बार इन मोड़ों से हम सर्र से गुज़र जाते हैं तो कई बार मामूली से मोड़ पर भी अचानक से जाम लग जाता है। जिन सुपरिचित रास्तों पर चलना हमारे नियंत्रण से परे है तो फिर जीवन की अनजानी राहों पर कुछ-न-कुछ अप्रत्याशित तो होगा ही, जैसे इस उम्र में तुम्हारा मेरा साथ। यूँ तो तुमसे कोई अपेक्षा नहीं है फिर भी तुम्हारा साथ मेरे लिए हमेशा ज़रूरी संजीवनी बनकर मेरे सीने में धड़कता रहेगा। दोस्त, सपने हैं कि धड़ाधड़ चले आ रहे हैं और हम चाहकर भी इनसे अपने को दूर नहीं कर पा रहे। कितने ज़रूरी होते हैं ये सपने हमें ज़िंदा रखने के लिए। सहमत हो ना? सच कहा था तुमने उस दिन कि भावनाओं की कोई उम्र नहीं होती तभी तो तुम्हें लेकर ढेर सारी कल्पनाएँ दिन-रात बुनती रहती हूँ। भावनाओं की बाढ़ ऐसी ज़बरदस्त जो रोके न रुके तो हमारे प्रेम की उम्र को कोई गिन सकता है भला?

सहयात्री हैं हम मगर पूरा सच क्या है? दरअसल पूरा सच जैसा कुछ होता भी है क्या?

निम्मी की डायरी ने उसके अंतस को झकझोर कर रख दिया। ये सच है कि हम ढेर सारी चीज़ों को तालाब में फेंकते जाते हैं जिनमें से कुछ चीज़ें पारदर्शी पानी में साफ़-साफ़ तैरने लगती हैं। सच की ताकत ही ऐसी होती है जहाँ हर चीज़ साफ़-साफ़ नज़र आ जाती है। जब हम अपनी ही धुन में होते हैं तो हम उस तैरती सचाई से आँखें फेर लेते हैं मगर बाद में सच की समूची सत्ता गंदे पानी में हल्की होकर पानी की सतह पर तैरने लगती है जिससे हम आँखें नहीं फेर पाते हैं। निम्मी ने आईना दिखाकर नवीन को झकझोर दिया कि ये जो हकीकत दिख रही थी वो पूरी तरह छद्म है, नकली आवरण भर। डायरी पढ़ते-पढ़ते नवीन अपने बारे में सोचने लगे, उनके जीवन की हकीकत भी तो यही है। दोनों बच्चों के सैटल होने के बाद पत्नी को मेरी कोई ज़रूरत नहीं रह गयी थी। एक तरह से हम गृहस्थ बनने का ढोंग रच रहे थे। हमारे दाम्पत्य के परंपरागत प्यार के रंग काफ़ी पहले उड़ चुके थे। अब तो परछाईं मात्र हमारे पास बची थी, जिसे हम दोनों में से कोई नहीं पकड़ सकता था। न ही पकड़ने की चाह ही बची रह गयी थी। पर मन अभी भी कुछ साल पहले की दुनिया में अटका रह गया। सालों बाद बदरंग इमारतें देखकर अपना बचपन याद आने लगता।

कुछ साल पहले की बात है (नवीन की डायरी में से)

जब हम उम्र के तेज़ बहाव में होते हैं तो मन व तन दो दिशाओं की तरफ़ भागता रहता है और अक्सर दोनों हमारे नियंत्रण से बाहर। ऐसे तेज़ बहाव व उछाल के वेग में बौराए मन को उड़ान का शौक तो खूब है मगर चंद मिनट की उड़ान के बाद ज़मीन पर पैर टेकते वक्त हमें सच का सामना करना पड़ता है जो हमें धूप भरे आकाश से ज़मीन तक की यात्रा की हकीकत से रू-ब-रू करा देता है। तब अँधेरे में जिया गया जीवन और उजाले का फ़र्क क्रमशः साफ़-साफ़ दिखने लगता है। तभी आत्मा अपने रूप में आकर जजमेंटल होकर फ़ैसला सुनाने लगती है कि यह भी तो सच का टुकड़ा है और वह भी सच था। सच की कई परतें होती हैं। जो ऊपर से दिखता है, महज़ वही सच नहीं होता बल्कि असली सच की अंदरूनी परतें वह भी होती हैं जो दिखती नहीं हैं मगर जिसे हम हर पल जी रहे होते हैं। सचाई अक्सर अँधेरे-उजालों के बीच आत्मा के सुर-संगीत में सरगम तैयार करके अनूठा राग रचती है जिसे हम सुनकर भी अनसुना करते रहते हैं। दरअसल अपनी आत्मा में झाँकने की हिम्मत नहीं जुटा पाते जहाँ हम अक्सर जान-बूझकर अपनी ही आवाज़ों को अनसुना कर देते हैं और अक्सर बाहरी अवरोधों को बहाने बनाकर ओढ़ते-बिछाते रहते हैं। जबकि सच तो ये है कि बाहरी बहाने महज़ ऊपरी आवरण भर हैं जो हवा के पहले ही झोंके से ध्वस्त हो जाते हैं।

वक्त अपना सफ़र तय करता रहा। लाख कोशिशें करने के बावजूद पत्नी के साथ वैसी समझ या वैसी गहरी पारदर्शिता शायद नहीं आ पायी। मैं उससे हर चीज़ शेयर करने से कतराने लगा और उसने मुझे कायदे से कभी समझने की कोशिश ही नहीं की। ज़िन्दगी की गाड़ी मन से, बेमन से चलाता रहा। एक बार तो हद ही हो गयी जब उसने मेरी सालों पुरानी लिखी कविताओं में से सालों पहले ज़िन्दगी से निकल चुकी कॉलेज फ्रेंड्स पर ही निशाना साधा और ऊल-जलूल तरीके से घटिया इल्ज़ाम लगाने शुरू कर दिए। तब से उसके प्रति न तो किसी किस्म की अपेक्षा रही और न ही वैसी तपिश वाली चाहत। मेरी अन्यमनस्कता को भी वह जिस-तिस तरीके से यहाँ-वहाँ से जोड़कर मुझे नीचा दिखाने की कोशिशें करती और फिर मैंने चुप्पी का जो बाना पहना, उसे सालों तक नहीं उतार पाया।

उस रात देर तक नींद नहीं आ रही थी सो निम्मी को मन-ही-मन न जाने

कितनी बार, कितनी तरह की बातें दिमाग पर लिखता–सोचता रहा।

अब सालों बाद अनायास ज़िन्दगी में ये जो निम्मी आयी है, उसका साथ मेरे भीतर सोए सालों पुराने एहसासों को ज़िंदा कर देता है। वह पूरी शिद्दत से निश्छल भाव से मेरे लिए अपनी चाहतों का पिटारा खोलती है तो मैं अपने आप में सिकुड़–सिमट जाता हूँ। एकदम से रिस्पॉन्स नहीं कर पाता और वह इसे कुछ का कुछ समझने लगती है। मन कितनी तरह से निम्मी को देखकर ख़यालों से भर जाता है जैसे सालों सोए झरने में से अनायास जल उमगने लगा हो।

निम्मी, हमारे अंदर दोस्ती की वैसी आग जलती रहे जिसकी लौ से रोशनी महसूस हो। हमें उस दीये को जलाकर रखना होगा जिसकी रोशनी से तुम्हारा वजूद भी ऊर्जस्वित होगा। अक्सर जलने की प्रक्रिया से हम सब बचना चाहते हैं और शॉर्टकट के ज़रिए झटपट कूदकर बाहर निकल भागते हैं पर तुम्हें ऐसा नहीं करना है। इंतज़ार की बेकली खत्म कर दो। तभी अंदर से गहराई आएगी। अन्यथा यूँ ही लिथड़ते रहने को अभिशप्त हैं हम। निम्मी, अपने दम पर जीना होगा तुम्हें। अपनी स्त्रीसुलभ शक्ति को पहचानोगी, तभी तुम्हारे अंदर से एक सशक्त आवाज़ उभरेगी जिससे तुम्हारे अंदर परिपवक्ता का संवर्धन होगा। निजता, स्वतंत्रता या स्वायत्तता का सही मतलब यही होता है जब हम मुखापेक्षी होना बंद कर देते हैं। हर बात में परनिर्भरता तुम्हें अंदर से कितना कमज़ोर बना रही है, इसका एहसास है ना तुम्हें। इससे बचो और इससे आगे कदम बढ़ाओ।

निम्मी, तेज़ गति से अपने पैरों में चलने की ताकत बटोरो जिसके सहारे तुम अपने लक्ष्य की तरफ़ दौड़ पाओगी वरना यूँ ही मोहताज बनकर लिथड़ती रहोगी। पुराने ज़माने की रोती–बिसूरती, पुरुष की हामी या नकार की बाट जोहती दुखियारी औरत का चोला उतार फेंको। बदलते समय के साथ कदमताल करो तभी आगे के रास्ते नज़र आएँगे वरना अपने ही घेरे में कैद गोल–गोल घूमते रहने के लिए अभिशप्त होगी एक प्रौढ़ परिपक्व स्त्री जो प्रगतिशीलता की महज़ किताबी बातें करना जानती है मगर जिसे जीने के लिए हर वक्त मुखापेक्षी होना पड़ता है। ऐसी स्त्री होने से परहेज़ करो। न खुद पर तरस खाओ, न कोई तुम पर तरस खाए। ऐसी मज़बूत खुदमुख्तार औरत का चोला पहनोगी तो अगला भी आपकी कद्र करना सीख पाएगा।

तुम मेरे लिए कितनी ज़रूरी हो और मेरे इस अनकहे लगाव को बखूबी समझती भी हो। मेरे जीवन में शायद कहीं कुछ ऐसा पुण्य कर्म ज़रूर जमा होता

रहा होगा कि तुम ऐसे ज़रूरी मोड़ पर मिलीं। ऐसा लगता है जैसे तुम्हारे नाम रोज ही ढेर सारे खत लिखकर किसी ऐसे रफ़ रजिस्टर में दर्ज करता जाता हूँ, जिसकी खिचड़ी भाषा को हमारे सिवा कोई और समझ ही नहीं सकता जिसमें दर्ज है तुम्हारी तन्हाई, तुम्हारे सूख चुके आँसू, तुम्हारी हँसी और मेरे प्रति तुम्हारा लगाव। मेरे अंदर दबे ढेर सारे शब्द आकार-प्रकार लेते रहते हैं लेकिन अफ़सोस कि तुम्हारे नाम लिखी ऐसी भावनाएँ तुम्हें दिखा भी तो नहीं सकता। उन बातों का समय इतना बीत गया फिर भी तुम्हें लेकर बुने ख़यालों की काट-पीट अभी चलती रहती है।

उस अँधेरी रात में एक खामोशी पसरी थी जो चारों तरफ़ अपने हाथ-पाँव फैला रही थी। निम्मी, सचमुच हम एक-दूसरे को भरने की पूरी कोशिश करते हैं। अपनी माँ के पुराने घर को सही करवाकर तुमने जो बड़ा-सा लॉन बनवाया है जिसमें आस-पास रहती कामवालियों के बच्चों को सुबह-शाम पढ़ाकर तुम खूब खुश होकर फ़ोन करती हो और तब तुम्हें खुश देखकर मैं खूब खुश होता हूँ।

कभी-कभार मौका मिलते ही हम लंबी सैर पर निकल जाते। हमारे मन में अब पहले जैसी भावनाएँ नहीं उमड़तीं और न ही अब पहले जैसा कुदरती आवेग बचा है ।क्रमशः समन्दर के सीने में पहले जैसी खलबलाहट नहीं बची, न ही जानलेवा तेज़ व्यग्रता उभरने पाती जो सारे तटबंधों को तोड़ सके फिर भी हमारी लहरें बननी बंद होती हैं भला? हवा संग उठती-गिरती हिलोरें ही हमारे ठहरे जीवन को गति देती हैं। हमारी बातें ही जीने का संबल बनती गईं। कभी लगता जैसे बहती नदी के सीने की धड़कनें बन गए हों हम। उसी तरह महसूसते हैं हम दोनों एक-दूसरे के वजूद को। ज़िंदा रहने का सुबूत है हमारा ये साथ। चुटकी भर हवा ज़रूरी है साँसों में ताज़गी के लिए, नथुनों में सौंधी महक सूँघने के लिए, बाकी तो सब वहम है, भ्रम है, सब कुछ आभासी। मन करता है कि ताज़िन्दगी हम इसी तरह एक-दूसरे को संवर्धित करते रहें।

सोते-जागते चलता रहा ये सोच-विचार कि अनायास कहीं से फ़ोन आया। आँखें खोलकर बाहर देखने की कोशिश की—अरे, अभी तो सुबह के धुँधलके ने पूरी तरह सफ़ेद चादर तानी ही नहीं तभी अधखुली आँखों से मैंने फ़ोन नंबर पढ़ने की कोशिश की। मगर किसी अजनबी की आवाज़ सुनाई दी—"नवीन जी, जल्दी आइए, निम्मी जी को दिल का दौरा पड़ा है और वे आईसीयू में भर्ती हैं। ये नंबर हमने उनकी डायरी से लिया है...पता नोट करें।"

न चाहते हुए भी पहली बार पत्नी को ज़ोर से सुनाते हुए तेज़ आवाज़ गले से निकल पड़ी, "निम्मी को दिल का दौरा पड़ा है और उसके पास कोई नहीं सो मेरे लौटने का इंतज़ार मत करना।"

पहली बार साफ़-साफ़ कहते हुए मैं तेज़ी से अपनी कार की चाबी लिए गैराज की तरफ़ दौड़ पड़ा, मन-ही-मन उसकी सलामती की दुआ माँगते हुए।

जीवन की नश्वरता देखकर सोचता हूँ कि पता नहीं कब, कौन-सी काली आँधी आकर हमारी आँखों के सामने काला पर्दा डाल दे और तलुवों के नीचे ठाठें मारतीं समन्दर की लहरें हमें खींचकर अपनी अँधेरी अंदरूनी सुरंगों तक ले जाएँ, जहाँ चाहकर भी लौटने की कोई उम्मीद न रहे तब कितनी विवशता और छटपटाहट से गुज़रेंगे हम। हमारे वजूद के परखच्चे उड़ने लगेंगे। ऐसे में सब कुछ ईश्वर या कुदरत के हाथों सौंप देने के अलावा हमारे पास कोई दूसरा रास्ता नहीं बचता। बेचैनी और घबराहट से घिरा इंसान सब कुछ ईश्वर, परम शक्ति के हाथों सौंप देता है, अंतिम उपाय, फिर कोई चारा नहीं, सोचकर परेशान होता रहा। अँधेरे में डूबा, आँखें मींचे, साँसें लेने के लिए हाथ-पाँव पटकते हुए गुहार लगाने लगता है अपने इष्टदेव से। ऐसे में जब कोई अनजानी चमत्कारी शक्ति प्राण बचा लें तो वह आँखें खोले अविश्वसनीय तरीके से ब्रह्मांड की अथाह शक्तियों के सामने नतमस्तक हो जाता है। उसके मुख से अनायास 'ओ गॉड', निकलने लगता है। जिस परम शक्ति के बारे में आदमी कुछ नहीं जानता, पर उन्हीं इष्टदेव के सामने नतमस्तक होकर अंतिम समय तक, आख़िरी साँस तक प्रार्थना करता रहा। फिर लंबी मौन साधना में थरथराते हाथ जोड़े अविश्वसनीय नज़रों से आस-पास बैठे लोगों की तरफ़ असहायता में देखने लगता। ऐसे अनगिनत अनबूझ रहस्यों से भरी है हम सबकी ज़िन्दगी जिसमें अनिश्चितता ही एकमात्र निश्चितता है, बाकी सब आधा-अधूरा या अबूझ पहेली। बैठे-बैठे सोचते रहे आईसीयू के सामने घंटों।

हमारी सारी प्रार्थनाएँ उस ऊपरवाले ने सुन लीं। अंततः निमिषा बचा ली गयी।

तेज़ धूप में झुलस जाती हैं कोंपलें

जीवन के इतने लंबे सफ़र में निमिषा ने अपने साथ बहुत सारे प्रयोग किए। नहीं, ये प्रयोग नहीं बल्कि ज़िन्दगी ने इतनी बार पटखनी दी कि ज़िन्दगी प्रयोग की

राह पर चल पड़ी। अपनी देह के बिखरे वजूद को लेकर मन में हताशा के भाव पुख्ता होते गए कि उदास रंगों के अलावा और कोई रंग जीवन में शुमार होने ही नहीं पाया जैसे तेज़ धूप में चलते-चलते ही बाल सफ़ेद हो गए हों। उसने जिसका साथ पकड़ना चाहा, वे सब किसी-न-किसी वजह से साथ जुड़ नहीं पाए और जो जुड़ने के लिए तैयार दिखे भी, उनके पीछे उनका कोई-न-कोई स्वार्थ नज़र आ जाता था। कई बार तो उसका मन उनसे दोस्ती के लिए तैयार ही नहीं हो पाता था। फिर बहन के साथ विदेश जाकर अपनी तकदीर को पलटने का दुर्लभ मौका हाथ लगा। इसी बीच उसकी मुलाकात जिस शख्स से हुई, उसने उसे खूब प्रभावित किया तो यक-ब-यक शादी का मन एक झटके से बन गया।

हमारे बीच अच्छा-खासा तालमेल था मगर वक्त ने हमसे छल करके छीन लिया अपना दिया काफ़ी कुछ। पति के न रहने पर फिर किसी काम में मन न लगा। बेटा तब तक इतना बड़ा हो चुका था और वह धीरे-धीरे आत्मकेंद्रित और असामाजिक बन गया। अक्सर वह नेट की दुनिया में ही डूबा रहता कि रात के तीन-चार बजे तक नेट पर चैट करने में समय ज़ाया करता और अगले दिन दुपहर तक सोया रहता। फिर बाद में धीरे-धीरे वह पैसा कमाने की मशीन में बदलता गया। न जाने कब और कैसे उसके अंदर की संवेदनाएँ सूखती चली गईं और उन्हें इसका एहसास तक नहीं हो पाया। एक बार हल्के से उसने खुद कह दिया कि यदि वे इंडिया जाना चाहें तो वह टिकट करवा देगा। बेटे ने अपने आप निर्णय ले लिया कि वह वहाँ से नहीं जाएगा और आता-जाता रहेगा इस देश से उस देश तक। बहुत कुछ देख लिया, जी लिया। ज़िन्दगी के पिछले पन्नों को उलट-पलटकर बहुत कुछ देख-सुन लिया, जी लिया। पिछले पन्नों को पलटते हुए कभी हम गम में डूब जाते हैं तो कभी एकदम गुब्बारे की तरह हल्के होकर आसमां का ओर-छोर छूने का मन करता है। हमारे आस-पास के चेहरे तेज़ी से बदलते रहते हैं। अहं-केंद्रित लोगों की स्वार्थपरता देखकर खीझ आती है। जब सब साफ़-साफ़ दिख रहा हो तो रोशनी की तरफ़ आँखें मूँद लेने से क्या रोशनी बंद हो सकती है, नहीं ना, तो फिर ?

हार्ट अटैक के उस पल तो सचमुच यही लगा जैसे इस धूल-भरी आँधी ने उसके समूचे वजूद को हिलाकर रख दिया। अस्पताल में भी उसके मन में अजीब-सी हताशा घर करने लगी। बेटे से बात की तो उसने अपने काम की व्यस्तता का ज़िक्र किया, जिसके चलते वह अभी नहीं आ पाएगा, सुनकर

एक अजीब-सी वितृष्णा शुमार होती गयी उसके अंदर। तब उसने अपने को तमाम सवालों से घिरा पाया—आख़िर क्यों जी रही है वह? किसके लिए इतना पैसा छोड़कर जाएगी वह यहाँ से? अगर नवीन नहीं होते तो किसे परवाह थी उसकी? समय पर मेडिकल हैल्प न मिलती तो आज तो सब खत्म हो चुका होता। फिर तो सब खाक में मिल जाना था।

यहाँ किसी के पास उसके लिए समय या संवेदना नहीं बची, जिसकी खातिर वह वहाँ से लौटकर इंडिया आयी थी। अब यहाँ भी आस-पास के लोगों में पहले की तरह उतना लगाव या आत्मीयता नहीं रही जैसे सालों पहले जब वह बीमार पड़ती तो अगल-बगल से उसी की पसंद की सब्ज़ी आती थी और सबको उसकी बीमारी का पता चलते ही उसके मन-बहलाव के लिए उसके सारे दोस्त शाम तक उसे घेर लेते थे। उनके साथ हँसने-हँसाने का दौर इतना लंबा चलता कि मन के चंगा होते ही शरीर में बीमारी छोड़कर मन के साथ खिलखिलाहट चली आती। वह अपनी शारीरिक परेशानी भूल दोस्तों संग पढ़ाई की चर्चा करती। किताबों का लेन-देन करती और ग्रुप डिस्कशन करती। पढ़ाई, करियर की बातों के अलावा वे और भी कई बातें आपस में शेयर करते। किसका, किससे अफ़ेयर चल रहा है या किसका किससे ब्रेकअप हो गया या कौन किससे शादी करने के लिए सीरियस है, ऐसे तमाम प्रसंग उनकी मित्र-मंडली की गपशप का हिस्सा बनते रहे। अब यहाँ के हालात तेज़ी से बदलते गए। हर घर में कंप्यूटर, इंटरनेट, हर हाथ में मोबाइल की चमचमाती डिबिया और उसमें जी भरकर बातें करते, तस्वीरें देखते, आत्मीयता के दिखावटी रंग बिखेरते आस-पास के लोग। न, यहाँ रिश्तों में वैसी गर्माहट नहीं बची।

रेवती अपने घर के झमेलों में उलझी रहती तो अलका हर समस्या पर दार्शनिकता भरी अनासक्तिपूर्ण बातें करने लगती।

निमिषा अस्पताल से ठीक होकर लौट आयी और घर लौटते ही उसने अपने घर के पिछवाड़े झोपड़ी में रहती सरिता को सपरिवार हमेशा के लिए अपने घर पर रख लिया। जीवन को लेकर उसका जो नज़रिया था, पहले से अब बिलकुल बदल गया था। धीर-गंभीर रहने वाली निमिषा अब मौत के मुँह से निकलकर आयी तो पूरी तरह कायांतरण हो गया था। बात-बात पर हँसने-हँसाने वाली, खुशगवार व्यक्तित्व में तब्दील होती गयी वह। न तो पहले की तरह बात-बात पर खीझती, न ही पहले की तरह नवीन से छोटी-बड़ी अपेक्षाएँ करती बल्कि

अपने बचे जीवन को लेकर हर समय उसके दिमाग में कोई-न-कोई योजना चल रही होती। कभी नाटक देखने जाने की प्लानिंग करती तो कभी किसी प्रदर्शनी या सेमिनार में वक्ता, श्रोता की हैसियत से जाती तो कभी किसी समारोह में खुद भी गाने के शौक को पूरा करती या जी भरकर मस्ती करती। इन दिनों उसके जो भी पीछे छूटे सपने थे, वह भरपूर उन्हें जीने की कोशिश करने लगी।

इसमें कोई शक नहीं कि नवीन के साथ ने उसके अंदर जीने की ताकत भरी जैसे मूर्च्छित काया में नयी जान डाल दी। वह झाँकती है खिड़की से बाहर जहाँ बेला के सफ़ेद फूल पूरी मस्ती से हवा में अपनी खुशबू घोलने में जुटे पड़े थे। खुशबू से इतराती हवाएँ उसके इर्द-गिर्द बहते हुए उसे अपने आगोश में ले लेतीं और एक अनाम किस्म का नशा उस पर तारी होने लगता।

''निम्मी, मेरी निम्मी...'' प्रेमिल आवाज़ जैसे किसी संगीत लहरी की तरह कानों में रस घोलने लगी।

''हाँ, बोलो,'' अपनी अंदरूनी दुनिया में मस्त निमिषा आँखें मींचे नवीन के आगोश में कसकर जकड़ी रही।

''आँखें खोलो...'' अनायास नवीन ने उसके सिर को उठाते हुए पुचकारती आवाज़ में कहा।

''नहीं, मैं सुनना और महसूस करना चाहती हूँ कि आप मेरे इर्द-गिर्द हैं, मेरे भीतर ही कहीं हैं आप...'' शब्द मौन रहे, एहसासों से भीगती रही देह और अंतश्चेतना। दोनों आपस में लिपटे रहे, जैसे किसी बढ़ते पौधे को किसी सहारे की ज़रूरत पड़ जाए।

''रात ज़्यादा हो रही है, चलूँ अब...ऐ निम्मी...'' आवाज़ में अभी भी वही मादकता शुमार थी।

''हूँ...'' एक बड़ा-सा खूबसूरत वृत्त बनता गया। चाँदनी रात पूरी भव्यता से छत पर चमकती सफ़ेदी का घोल बिछाने लगी। आँगन, छत और बाहर के लॉन में लगे छोटे-बड़े पौधे इसी सफ़ेदी में नहाकर सिर उठाकर इतराने लगे।

''नवीन, मैं कुछ ज़्यादा बोल नहीं पाऊँगी मगर आपसे अलग रहना मुश्किल तो है पर हमें अलग-अलग रहना है और यही है हमारे बीच का सच...'' कहते हुए वह उनके सीने से लगी सुन रही थी। नवीन की धड़कनें, उठती-गिरती साँसों को सूँघती रही गोया उठती-गिरती समन्दर की लहरों से खेल रही हो वह।

''हम यूँ ही मिलते रहेंगे, यूँ ही आते-जाते रहना। हम थोड़े से गुज़ारा करने वाले हैं नवीन...'' बेला के खुशबूदार फूलों की महक से अंतस महक उठा।

एक लंबी साँस खींची उसने। तब नवीन ने उसे अपने आगोश में कस लिया। दो तरह के लोग, विचित्र-सी खुशबुओं के मेल से रात का सूना माहौल चहकने बोलने लगा। गोया पेड़ों पर सोयी चिड़ियाँ अचानक से चिचियाने लगी हों। शब्द थे कि कहकर भी कह नहीं पा रहे थे। भाव-लहरियाँ थीं कि वेग से समन्दर के तटबंध को काटकर बाहर निकल आती थीं। एहसास इतने प्रबल कि दोनों के अंदरूनी कुएँ की गहराई में चमकते साफ़ पानी में उनके अक्स नज़र आ रहे थे। मन था कि विवेक का साथ छोड़कर न जाने कब से मनमानी पर उतारू हो उठा था। उसके भीतर नवल की बातें भी बजने लगतीं—''निम्मी, ज़िन्दगी में नए लोगों को आने दो, तभी खूब भरी-पूरी ज़िन्दगी जी पाएँगे हम। सुनो, ये कल तुम क्या कह रही थीं कि प्यार सिर्फ़ एक बार ही होता है, गलत बात। जितनी बार तुम्हारे जीवन में सच्चे लोग आएँगे, हम-तुम बार-बार उनका साथ चाहेंगे ही। सो ऐसे सच्चे लोगों को साथ रखना हमेशा। जिनसे जीने की ताकत बढ़ेगी। ऐ, हँसो मत। सही कह रहा हूँ।'' इधर नवीन की बातें कब और कैसे नवल की आवाज़ में घुलती रहीं—उसे एहसास तक नहीं हो पाया।

''निम्मी, यूँ ही खिले फूल-सी महकती रहना। मेरे भीतर भी और फिर इस समूचे जहाँ में। न, कहीं कोई दर्द नहीं रहा, देह के किसी भी हिस्से में नहीं रहेगा दर्द। जस्ट चिल एंड फ़ील मी।'' ये कौन बोल रहा है उसके अंतस में, नवल या नवीन? या दोनों या दोनों में से कोई भी नहीं।

दोनों कितना कुछ कहना चाहते थे, कितना कुछ एक-दूसरे से सुनना चाहते थे, कितना कुछ अनकहा अनसुना ही रह गया। सोयी भावनाएँ इतने वेग से उमड़ीं कि सारे तटबंध अपने आप टूटते गए। समन्दर से आती ज़ोरदार लहर की तरह सच का बड़ा-सा टुकड़ा आया था उसके पास जिसमें वह समूची भीगती चली गयी। खुद से ज़्यादा भरोसा वह नवीन पर करने लगी है। अक्सर उनके बीच का भरोसा और नेह नींव के पत्थर की तरह अलक्षित मन की अतल गहराइयों में पड़ा रहता जो कैसे भी आँधी-तूफ़ान में ज़रा भी नहीं डिगा, न ही विचलित हुआ।

धीरे-धीरे उसने तय किया कि अपनी ज़िन्दगी को नए सिरे से गढ़ेगी और

खोए सपनों को फिर से ज़िंदा करेगी। अब तक जो जिया, ऐसा जीवन जिया जिसमें अपने अलावा सबके लिए कुछ-न-कुछ करती रही और इन अपनों के लिए करते हुए अपने आप से जो खुशी मिलती थी, उसे ही संपूर्ण सुख मानकर चलती रही पर आज दो-तीन दशक बीतने के बाद जब पीछे मुड़कर देखती है तो ऐसा लगता है जैसे अब तक जो जीवन जिया वह उसने नहीं बल्कि किसी और ने जिया हो। वह नवल के लिए दिन-रात नए तरीके से नाश्ता, लंच या डिनर के लिए परेशान रहती थी। उसकी मनपसंद डिश बनाकर खुशी से भर उठती थी। उसके लिए अपना तन-मन-धन न्यौछावर कर ऐसा अतुलनीय, अद्‌भुत सुख महसूस करती जिसका कोई विकल्प ही नहीं। आख़िर में हाथ में क्या आया? सब अपने-अपने हिस्से के सुख-दुख जीकर चलते बने। कोई सीधा ऊपर जाने का टिकट कटवा चुका था या कोई ऊपर जाने की तैयारी कर रहा था और जो दोनों से मुक्त हैं, वे अपने जीवन में फिर से कोई नया प्रयोग करने को आतुर हैं।

यहाँ सबको अपने मन से जीने की आज़ादी है। हमारे तरीके अलग-अलग हो सकते हैं पर रास्ता सीधा वहीं जाता है, जिससे जीवित रहने की इच्छा बलवती रहे। जीने का वही जज़्बा, मनोबल या उत्साह कायम रहे और नवीन का साथ उसके अंदर जीने की ताकत बनकर नसों में नए सिरे से जान डाल देता है सो वह इस बेशकीमती साथ को नहीं मरने देगी, किसी भी कीमत पर उसे नवीन का साथ चाहिए ही चाहिए, भले ही इसकी कोई भी कीमत उसे क्यों न चुकानी पड़े। विचार थे कि निमिषा का साथ छोड़ते नहीं थे जबकि सचाई तो ये थी कि नवीन अपने बिज़निस से जुड़े अनगिनत कामों में खुद को उलझाए रखते।

सबसे पहले तो उसने फिर से फ़िज़ियोसेंटर खोलने का सोचा। छान-बीन करने पर पता चला कि अब तक शहर में हर तरफ़ ऐसे सेंटरों की बाढ़-सी आ गयी थी, सोचकर इस विचार को रद्द कर दिया। वह कुछ ऐसा करना चाहती थी जिससे उसकी पहचान बने और वैसा करके उसे आत्मसंतुष्टि भी मिले। क्यों ना मानसिक रूप से मंद व अविकसित बच्चों के लिए कुछ किया जाए, सोचते ही दिमाग तेज़ी से काम करने लगा। इन दिनों वह इसी प्रोजेक्ट पर काम करने लगी।

राख में चिन्गारी की तलाश

अलका को लगा जैसे उसका जीवन टुकड़ों-किर्चों में धूल-धूसरित होकर हवा में उड़ चुका है और फिर से उसका वजूद किसी रेत के टीले में तब्दील हो चुका

है जहाँ कोई पंछी तक झाँकने नहीं आता। अब उसे किसी का भी सुख-दुख नहीं व्यापतता। अच्छी-से-अच्छी खबर भी उसके अंदर उमंग या उल्लास का भंवर नहीं बना पाती। ठीक इसी तरह बुरी-से-बुरी खबर सुनकर भी वह जीवन को तटस्थ नज़रिए से देखने-परखने लगती। अक्सर जीवन के बारे में कोई अर्थ निकालने का सोचती तो जीवन कई टुकड़ों में बेतरतीबी से बिखरता नज़र आता। नहीं है यहाँ कोई भी हमें समझने वाला। नहीं सुनेगा कोई हमारी बात, हमारे नज़रिए से और समझने का तो यहाँ सवाल ही नहीं। अक्सर ऐसा लगता कि हम लाख कोशिशें कर लें मगर कुछ-न-कुछ जो होनी को मंजूर होता है, वह होकर रहता है। ज़्यादा-से-ज़्यादा हम इशारा भर कर सकते हैं। बहते जीवन जल में से चुल्लू-भर पानी पीकर तृप्त हो सकते हैं मगर इससे ज़्यादा जीवन की दिशा को एकदम से नया मोड़ दे पाना बहुत आसान तो नहीं होता।

घरवाले उसके प्रति पूरी तरह से तटस्थ हो चुके हैं। वह उनकी अपेक्षाओं पर खरी नहीं उतर पायी और न ही उनकी अपेक्षाओं पर खरा उतरने की कोई इच्छा बची। सालों पुराना शादी का पेंडेंट जो उसे पहना दिया गया था, उसे उसने बहुत पहले उतार फेंका है। फिर भी जीवन है कि सम पर चलता ही कहाँ है। मन में उधेड़बुन और झंझटों के चक्रव्यूह में घिरी रह गयी वह अकेली ही। तन्हा सफ़र चलता रहा। ऐसे ही हल्की तबियत के लोग भी मिले जो हमारे साथ दूर तक चल सकते थे मगर वे हमारी नज़रों में चढ़े ही नहीं कि ऐसी अनुभूति जगती कि उनके साथ दूर तक चला जाए।

कुछेक से दोस्तियाँ हुईं भी मगर उनकी व्यस्तताएँ इतनी निजी होतीं कि उनके पर्सनल घेरे में वह कभी अट ही नहीं पाती। ज़्यादातर तो विवाहित लोग टकराए जो उससे दोस्ती तो ज़रूर करना चाहते मगर उनके जीवन में अलका की जगह हमेशा परिधि के बाहरी छोर पर रही जबकि उसकी चाह थी कि वह केंद्र में रहे। मगर जीवन गाड़ी के पहिए की एक तीली भर की जगह होती कि उसके जुड़ने या न जुड़ने पर उनकी जीवन गाड़ी की गति पर कोई असर नहीं पड़ता। तब उसे लगता, जहाँ गति है, वहीं जीवन है। गति संग बहती हवाओं से आती महक में बहुतेरे रंग और आस्वाद याद आते रहते कि इनमें से कहीं वह भी हो मगर ऐसे विवाहेत्तर रिश्तों में उसे अपनी स्थिति वैकल्पिक-सी लगती जबकि वह हमेशा अपने मीत के दिल में अनिवार्य सवाल की तरह मौजूदगी चाहती। आसान रास्तों पर चलना रास कहाँ आता था उसे सो अपनी चुनी राह

पर अकेली चहलकदमी करती रही। यूँ भी विवाहित पुरुष का साथ उसे अक्सर ऐसा लगता जिनके संग महज़ चंद लमहों के लिए, उमस से राहत पाने के लिए हवाखोरी कर ली जाए। सो बेहतर जीने के लिए सबसे ज़रूरी है कि हर तरह की निर्भरता से मुक्ति मिले चाहे वह भावनात्मक हो, चाहे किसी और किस्म की मगर हरेक से मुक्त होकर ही वह राहत की लंबी साँस ले पाएगी।

ऐसे में फिर वही सवाल, वह अपने जीवन के साथ नया कैसे करती, ऐसा क्या करती या कहाँ तक उसकी महत्त्वाकांक्षाएँ उसके साथ चल पातीं। अकेले सफ़र में चलते-चलते उसकी आदत पड़ गयी। फिर मन ही नहीं किया कि कोई उसके मन पर लदे बोझ को अपने ऊपर ओढ़ ले। आख़िर क्यूँकर वह ऐसे लोगों के पीछे भागती फिरती ? बेशक इस दूरस्थ पहाड़ी इलाके के कॉलेज में उसे पढ़ाने की नौकरी मिली है मगर यहाँ के बच्चों में पढ़ाई के प्रति उतनी संलग्नता नज़र नहीं आती। बावजूद इसके, पढ़ाते हुए वह हमेशा बच्चों की तरह खुश रहती है। इससे ज़्यादा की उम्मीद करे तो, यहाँ कुछ भी तो नहीं दिखता। दूर-दूर तक पहाड़ियाँ, ऊँचीं-नीची पगडंडियों पर चलती उसकी कार और वह अपने ख़यालों संग अपने में मस्त और व्यस्त।

धूल भरी आँधी के गुज़र जाने के बाद

जीवन अपने हिस्सों में से उतना हिस्सा दे सकता है जितना अपने रूटीन कामों से बचा-खुचा हो। उस एहसास में कुछ ताज़गी बख़्शते हैं बोल। इन सबसे परे हमारे भीतर बसी पुरानी, सड़ी-गली व्यवस्था में से बाहर निकल कुछ नया तलाशती हैं हमारी आँखें मगर मिलता कुछ नहीं। हम अपने जीवन की रूपरेखा कितने ही डिज़ाइनदार तरीके से, कितने ही मौलिक विचारों की रोशनी में क्यों ना पहले से तैयार कर लें, बावजूद इसके, सब कुछ हमारा सोचा तो होता ही नहीं।

कितने उत्साह से गढ़ा था जीवन अलका ने मगर सारे रंग और खुशबू खोते गए। नए आकार-प्रकार में तैयार किया था अपने जीवन को नए सिरे से सजाने के लिए मगर ये साथ भी खरामा-खरामा विलुप्त होता गया। वेग से उमड़ती भावनाएँ ऊपर से झरने की शक्ल में नीचे गिरने को उतावली लगतीं मगर नीचे आते ही सब खत्म। कुछ सालों का सफ़र तय करके मन मुताबिक नतीजे वैसे नहीं रहे जैसे शुरू में सोचे थे। हम इस पूरे सफ़र में महज़ कुछ साल ही अपनी

पसंद से बिता पाते हैं फिर यह सब तेज़ी से हमारे हाथ से छूटता, सरकता जाता है गोया मेले की भीड़ में छूटते जाते कई आत्मीय जो फिर कभी नहीं मिलते। दुनिया की भीड़ में वैसे आत्मीय चेहरे नदारद। चेहरों पर चस्पां भावनाएँ सूखकर पीले पत्तों में तब्दील हो चुकी हैं जिनसे मिलकर ऐसा लगता था गोया इनके अंदर वैसा सहज रस का स्रोत बचा ही नहीं। एक ज़माना था जब हम अपनी ज़िंदादिली को बचाने के लिए कैसे-कैसे यत्न करते थे या कितने जोखिमपूर्ण रास्तों पर चल पड़ते थे, जहाँ चलकर जीने में साझेदारी का एहसास जगने लगता था। अपने दोस्तों के कंधों पर सिर टिकाकर सुकून मयस्सर होता था।

वह करियर को उठान पर ले जाना चाहती थी और उसने वैसा किया भी मगर किन्हीं वजहों से यहाँ भी वह राजनीति की शिकार हो गयी। प्रमोशन हुआ भी मगर इतनी देर से कि तब तक मन भी बदल चुका था। पुराने सपनों की किरचें अक्सर आँखों में चुभने लगतीं। क्या सोचकर पहले वाला साथ छोड़कर गया। अरसे बाद ये जो नया हाथ थामा था, वह उसके लिए बना ही नहीं था। पहले जितनी चिंता उसके करियर की करता या जिस तरह से वह उसकी तबियत खराब होने पर उसके साथ खड़ा होता या उसके सेमिनार वगैरह में उसके आने-जाने की व्यवस्था करता था। कभी-कभार गहन अंतरंग क्षणों में उसे पूरी तरह अपने में डुबो लेता था, वह सब किसी चमत्कार से कम नहीं लगता उसे। दरअसल वह उसके जीवन में पहले प्रेम का स्फुरण जो था जिसे पाकर वह सचमुच निहाल थी कि कोई तो है जो उसे पूरे मनोयोग से सुन रहा है, उसके बोले लफ़्ज़ों को तवज्जो दे रहा है या जो उसके कहे को अमल में लाने के लिए कुछ भी करने को तैयार है, ''अरे, ऐसा क्या, तुम कहोगी तो अपना बिज़नेस बंद करके हम दोनों बाहर निकल लेंगे। वहाँ जो चाहो, करना। जैसे चाहोगी, वैसे ही रहेंगे हम लोग। यू नो, मेरा तो कोई खर्च है नहीं। बस दो जोड़ी कपड़े और तुम...''

अलका को उसे सुने बिना चैन नहीं मिलता। उसके कहे बोल उसके कानों में अमृत घोल देते। उसकी कही हर बात को सिर-आँखों पर ले लिया जाता। सालों बाद ऐसा सुखद एहसास जगा कि कोई तो है जिसके कंधे पर सिर टेककर वह घंटों तल्लीनता से आँखें मींचे सुकून की मीठी व लंबी नींद ले सकती है। इतना भरोसा तो जगाया ही उसने, ''ऐसा है अलका, ये तुम्हारा जीवन है, जिस पर अकेला तुम्हारा हक है और होना भी यही चाहिए कि तुम

खुद तय करो कि तुम्हें क्या करना है या कैसे करना है। तुम्हारा फ्रेंड सर्किल है उसमें मैं आकर क्या करूँगा। खामखां दखलअंदाज़ी पसंद नहीं मुझे। अलका, ऐसे क्या घूरकर देख रही हो मुझे। सच कह रहा हूँ, इट्स योर लाइफ़। एंड यू हैव टु डिसाइड अबाउट योरसैल्फ़। ये बंदा तो तुम्हारे सुख की खातिर कहीं भी उठकर चलने को हमेशा तत्पर है।'' सुनकर उसे गहरा इत्मीनान होता।

अलका को लगता जैसे ये खुशनुमा एहसास भी तो हरेक के साथ नहीं जगता। अचानक से जगता है जिसके साथ, पनपते हैं सोए हुए बीज जो माकूल मौसम पाते ही हरियाने लगते हैं तो वैसी जलवायु और मौसम का संजोग विरल व विलक्षण तरीके से घटता है जीवन में। जब उसे सुनाई दी थी रुन-झुन पायलों की पदचाप। खिलती बगिया में खुशबूदार फूलों के बीच सूँघती थी वह जीवनदायिनी महक। तब ऐसा लगता जैसे बेमौसम बरसात होने लगी हो और वह उस बारिश में नहाती भीगती जा रही है। तन में लहलहाने लगती है फ़सलों की हरियाली गोया महीनों के सूखे के बाद उमड़ आए हों पानी भरे बादल, तब मिलते हैं युगल, थिरकती है हँसी और देह भीगती-डूबती जाती है प्रेमिल एहसास में। किसी अनाम खुशबू के साए में अंदर से उमड़ने लगती है जीने की चाह। जहाँ हम अपनी भावनाओं की लहरों के वेग में बहते रहते हैं। वेग से बहती धार में सालों से सोए दूरस्थ पहाड़ों से पानी झरने लगता है। एक अनाम-सी खुशी उसके होंठों पर टिकती नहीं तब बिन पहने बजते हैं घुँघरू और नाचने लगता है अंतस।

उत्सवधर्मिता जीवन का अभिन्न अंग है और अभिव्यक्ति जीने की अनिवार्य शर्त। तभी हम ऐसे सौंदर्य व महकते दिनों को थोड़ा-बहुत जीने का जतन कर सकते हैं। जहाँ कहीं भी ऐंद्रिकता होगी, वहाँ चंद लम्हे ज़रूर खुशियों के होंगे और जहाँ ऐंद्रिकता से शून्य, महज़ ख़याली पुलाव होंगे, वहाँ तो कुछ भी मुमकिन नहीं। केवल एहसासों का नाम ज़िन्दगी नहीं और ठीक इसी क्रम में केवल ऐंद्रिकता के ज़रिए प्रेम की परिकल्पना मुमकिन नहीं। ये दोनों एक-दूसरे के पूरक हैं मगर हाँ, ऐंद्रिकता संग एहसासों की गहनता का युग्म ही जीवन को संवर्धित करके अद्भुत रस का सृजन करता है। अफ़सोस कि हममें से ज़्यादातर इस युग्म की गहनता व एहसासों में जीने के लिए उत्साहित करने वाली अनुभूति तक पहुँच ही नहीं पाते। नतीजा कि धीरे-धीरे वही अन्यमनस्कता, एक-दूसरे के प्रति उदासीनता और गहरे लगाव की जगह एक-दूसरे के प्रति विरक्ति का

भाव पनपने लगता है और यह स्थिति धीरे-धीरे जीवन में रस घोलने के बजाय नीरसता की तरफ़ धकेल देती है। जहाँ से, जितना भी, जैसा भी वो स्वतःस्फूर्त आवेग मिले, उसे हर हाल में जी लेना चाहिए और इससे ज़्यादा पाने की आकांक्षा तज देनी चाहिए। न तो आगामी समय का भरोसा बचा है, और न ही समय व परिस्थितियों को कोई बदल/बाँध/रोक पाया है और हमारे मन भी हमेशा जस-के-तस नहीं बने रहते। सो जब, जितना, जहाँ से, जैसा मिले, अगर वह निःस्वार्थ या निष्कपट भाव से हो रहा है तो उसे गाँठ बाँधकर जीने के लिए ज़रूरी रसायन समझकर जी लो, बस और इससे ज़्यादा दूर की परिकल्पना करने की अपेक्षा ठीक नहीं।

हम अक्सर अपनी आदतों के गुलाम होते जाते हैं या जन्म से सिखाए गए मूल्य/मानकों के हिसाब से ज़िन्दगी को बैलगाड़ी की तरह धक्का देकर खिसकाते रहते हैं जबकि हमारे एहसासों में न तो पहले जैसा वेग बचा रहता है, न वैसी स्वतःस्फूर्त भावना। सो हम शांत भाव से एक जैसी, बेमज़ा ज़िन्दगी जीते रहते हैं। सुबह होने के बाद शुरू होता है एक दिन, फिर उसके बाद वही अगला दिन।

उसे याद है, उनके बीच अंतरंग लम्हे कई बार आए-गए पर गले लगाने के सिवाए कभी कुछ और नहीं। भरोसा ऐसा ही हीरा है जिसे पॉलिश करके चमकाया जा सकता है। ये सबको मिलता नहीं पर जिसे ये हीरा मिल जाए, समझ लो, उसी के जीवन को जगमगाहट से भर देता है वरना उसी हीरे की तलाश में सारा जीवन निकल जाता है। पहला रिश्ता टूटने के कई सालों बाद बना ये संबंध भी आधा-अधूरा और देह के स्तर पर खोखला रहा। मन को भी वह पूरी तरह साधता नहीं बल्कि जब भी वह खुद से पहल करती तो वह भड़क पड़ता। जितना ज़्यादा साधने की कोशिश करती, वह उतने विकृत रूपों में सामने आने लगता। तब पहली बार इस बोध का एहसास गहराया कि शादी के पहले किए तमाम वादे महज़ उसी तरह के वादे होते हैं जैसे कोई राजनेता चुनाव जीतने के लिए हर तरह की बयानबाज़ी करने से बाज़ नहीं आता। इस सचाई का एहसास गहराया कि देह के बिना शादी के रिश्ते टिकना आसान नहीं होता। जान-बूझकर उस क्षणिक सुख की खातिर कुछ भी करने को बेकाबू क्यों हो उठता है मन? क्यों, आख़िर क्यूँकर पनपती है वैसी अनुभूतियाँ या क्यूँकर रचता है मन तमाम टेढ़े-मेढ़े रास्ते?

हम कुछ साल साथ-साथ रहे भी मगर एक ऐसा मोड़ आया जब हमें साथ रहने में ही मुश्किलें आने लगीं। बिस्तर पर चादर पड़ी हो तो एकदम साफ़ व धुली हुई हो और यदि चादर की सलवटें ठीक न करके बिस्तर पर बैठो तो वह सुनाने लगता। वॉशरूम में रोज़ाना पोंछा लगाया जाए और यदि कामवाली नहीं आई तो उसे खुद लगाना चाहिए था सो यहाँ भी बात ठनक गयी। हर वक्त सजे-संवरा रहना या मेहमानों के सामने हमेशा साड़ी में रहना भी उसे गवारा नहीं था। ऐसी छोटी-मोटी मगर महीन बातें शुरू में बहुत मामूली भले ही लगती हों मगर दरअसल यही वे मोड़ होते हैं जहाँ पर खड़े होकर ऐसा लगता है जैसे उस आदमी के अंदर सफ़ाई को लेकर जुनून इतनी गहरी जड़ें जमा चुका है कि वह उसे लेकर कोई भी समझौता नहीं कर पाएगा। अपेक्षाओं के किले इतने बड़े जिसमें उसका प्रवेश मुश्किल था।

पैसों को लेकर भी उसका रवैया खासा प्रोफ़ेशनल्स जैसा रहता। यदि उसे चाहिए तो वो अपने लिए कहीं से, कैसे भी व्यवस्था कर लेता मगर यदि उसे पैसे चाहिए होते तो वह सीधे फ़रमान जारी कर देता, "अपने खाते से क्यों नहीं निकालती हो? किसके लिए इतना बचाकर रखती हो?" कुल जमा योग या बचत खाते में पड़ी रकम का हिसाब-किताब रखने में तेज़-तर्रार उसका रवैया देखकर मन दहशत से भर उठता। पाँच लाख क्यों बचत खाते में पड़े हैं, इसे यहाँ से उठाकर वहाँ डाल दो या इस पैसे को एसी, सोफ़ा खरीदने में क्यों बर्बाद कर रही हो। पैसे की खामखां बर्बादी ठीक बात नहीं।

कुल मिलाकर वह अलका के समूचे जीवन को अपनी गिरफ़्त में लेना चाहता। मगर विचित्र बात थी कि वह खुद अपने पैसों को यहाँ-वहाँ खर्च कतई नहीं करता। अपने बिज़नेस से मिले पैसे को वह कहाँ और कैसे खर्च करता था, इसे जानने में वह कोई दिलचस्पी दिखाती तो वह टाल जाता था। कुल मिलाकर जीवन यूँ ही सरक रहा था, खरामा-खरामा। हम जो अपने को यहाँ-वहाँ से भरने के लाख जतन करते रहते हैं मगर सच तो यही है कि कोई हमें नहीं भर पाता या भरने लायक माद्दा ही नहीं है उनमें। दरअसल जब वे खुद अंदर से खाली, खोखले या नकली ज़िन्दगी जीने में ही सारा बल्कि समूचा जीवन गँवा देते हैं और तीस, चालीस या पचास साल बाद पता चलता कि जिस सच्चे प्रेम की खोज में हमने अपने जीवन के बेशकीमती साल गँवा दिए, दरअसल सामने

वाले को भी उसी की तलाश थी। वह हमें उसे कैसे दे सकता था, मुमकिन ही नहीं था, सोचकर हम वापस मुड़ आए अपने ठीए पर।

हम यूँ ही तलाशते रहते हैं कुछ-न-कुछ अपने मन जैसा, मगर नहीं मिलता मनमाफ़िक कुछ भी। यहाँ इस मोड़ पर आकर एक और धक्का लगता है कि जिसके लिए हम अपना सर्वस्व न्यौछावर कर रहे थे, वहाँ भी यही तमाम अपेक्षाएँ थीं जो तब दिखती नहीं थीं मगर बाद में दिखने लगी थीं रिश्तों की वे फाँकें, जहाँ से दरारें बननी शुरू हो गयी थीं। एहसास हुआ कि अपनी अहमियत बनाने के लिए हमें खुद मेहनत करनी पड़ती है मगर हम चिकने, काई लगे पत्थर पर पाँव टेककर नदी में छलाँग लगाने का दुस्साहस करने लगे थे, नतीजा वही रहा। हम गिरे, चोटिल हुए और जिस किसी तरह बच गए।

फिर वक्त ने ऐसे मोड़ पर लाकर खड़ा कर दिया कि जहाँ से हमारे रास्ते अपने आप अलग होते गए। किसी सेमिनार में दक्षिण भारत गयी थी वह। जहाँ यूनिवर्सिटी में काम करती योगिता की तीन बेटियों में से सबसे छोटी बेटी से वह ऐसी हिल-मिल गयी कि उसे अपने साथ ले आयी और यही बात उसे रास नहीं आयी। उसे देखते ही वह भड़क उठा, ''ये किसे उठा लायी हो यहाँ मेरे घर पर ? बोलो ? बिना मुझसे पूछे अपनी मर्ज़ी से ऐसा फ़ैसला लेने की जुर्रत कैसे की तुमने ? सुना नहीं तुमने ? जवाब दो ? चुप क्यों हो ?'' उसकी आवाज़ शेर की दहाड़ जैसी तेज़ होती जा रही थी।

सुनते ही अचानक ताव आ गया और बिना आगा-पीछे सोचे वह भी उतने ही वेग से बक गयी, ''ये मेरे पैसों से खरीदा गया घर है, जिसकी किश्तें मैं भरती हूँ सो ये कहने का हक कैसे मिल गया आपको ? दूसरी बात, अपने जीवन में कब, क्या करना है या किस तरह से करना है, ये फ़ैसला लेने का हक मेरा था और हमने शादी से पहले ही ये तय कर लिया था। बावजूद इसके, आप अपनी हदें पार कर रहे हैं, ना कि मैं। ये लड़की अब से यहीं रहकर पढ़ेगी-लिखेगी और इसकी ज़िन्दगी बनाने की ज़िम्मेदारी मेरी है। आपकी मर्ज़ी हो तो आप हमारे साथ रहें और नापसंद हो तो न रहें।'' दोटूक लहज़े में बात करके पहली बार मन को बड़ी राहत मिली।

उसके बाद ज़्यादा बातें हुईं नहीं। न ही मन किया कि इस तरह हिसाबी-किताबी ढंग से छीछालेदर के साथ रिश्ता खत्म हो। देर-सवेर ऐसे रिश्ते भी पौधे

की तरह अपने आप अपनी तरह से खाद–पानी लेकर अपना आकार–प्रकार लेते रहते। ये कोई पहले से तय करके नहीं चल सकता कि अमुक–अमुक करने से अमुक–अमुक नतीजे निकलेंगे ही, यहाँ गणित के सारे गुणा–भाग फ़ेल हैं। सब कुछ अनिश्चितता से भरा जैसे हर रोज़ मौसम हर समय करवट लेता रहता है, रिश्ते भी अपने तरीके से फैलते, सिकुड़ते या विस्तार पाते रहते हैं। अनायास बिगड़ते मौसम की तरह उनका बनना–बिगड़ना पहले से तय नहीं हो सकता था। जो होना होता है, वही होता है या इसे यूँ भी लें कि यदि वह आम हिन्दुस्तानी औरत की तरह पति की कही बात को ही आँख मूँदकर मानती रहती तो सफल जीवन कहलाता। जब उसने बेटी को पालने का अपने तईं निर्णय एक झटके में ले लिया और वह बिलकुल ठीक फ़ैसला था, वह जान–बूझकर बेटी की अवहेलना करता रहा। अक्सर उसे उपेक्षा की दृष्टि से देखता तो बेटी भी उनसे कन्नी काटने लगी। ऐसे में उसे एक बेहतर इंसान बनाने का उसका सपना साकार होता नज़र नहीं आ रहा था।

अरसे बाद अकेले में इतनी सारी बातें खुलकर वह रेवती से कह पा रही थी। किसी सेमिनार में प्रमुख वक्ता की हैसियत से आयी रेवती रात में उसके पास आकर रुकी और सालों पुरानी बातें फिर से ज़िंदा होकर माहौल में जीवंतता घोलने लगीं। मेरी–तेरी या उसकी ज़िन्दगी पर बात करते हुए रेवती बोल पड़ी, ''आए दिन इस नयी पीढ़ी के बारे में कुछ–न–कुछ सुनती रहती हूँ, क्यों ना आज ऐसी जगह बैठा जाए जहाँ वे तेज़–तेज़ बातें कर रहे हों। वहीं ध्यान से इनकी बातचीत को सुनना–गुनना। आए दिन ऐसे दृश्य नज़र आते रहते हैं वहाँ।''

''लैट्स सी एंड लिसन...देखो तो, तब से आज तक कितने कुछ बदल गए जीवन मूल्य...'' आवाज़ें ही आवाज़ें सुनाई पड़ रही थीं वहाँ और ऐसे में रेवती उस भीड़–भाड़ वाले कॉफ़ी हाउस में किसी एक कोने की तलाश में यहाँ–वहाँ की मेज़ों की तरफ़ बढ़ने लगी और जब कहीं कोई मेज़ खाली नहीं मिली तो किसी लड़के–लड़की के बीच किनारे पड़ी कुर्सी पर चुपचाप बैठ गयी। ज़ाहिर है वो अपने कान तो बंद कर नहीं सकती थी।

उन आवाज़ों को सुनती अलका को अनायास कुछ अनचाही यादों ने घेर लिया। उसकी बेटी के हाथों लग गयी थी उसकी लिखी वो नीले रंग की डायरी। इन इबारतों को रेवती के सामने बाँचकर उसे राहत महसूस हुई। सालों बाद अचानक रेवती के सामने अलका ने अपने जीवन के एक दबे–ढके सच से पर्दा उठा दिया। एक दिन मेरी बेटी ने मेरी डायरी पढ़कर सारे राज़ जान लिए।

नीले रंग की डायरी

माँ (अलका) अक्सर दार्शनिक की तरह बातें करती थीं सो काफ़ी बातें मेरी समझ में नहीं आती थीं, फिर भी उस दिन उनकी अलमारी से अपनी नयी ड्रेस निकालते समय मिली थी एक नीले रंग की डायरी। जिसमें दर्ज थीं कुछ दार्शनिक टाइप की अजीब-अजीब-सी बातें जो मुझे अबूझ लगी थीं। हाँ, हाँ, कुछ बातें जो याद हैं, बता रही हूँ, अक्सर शब्द बहुत खोखले, टुच्चे, हल्के या बेजान लगने लगे हैं। कितना अर्थहीन होता जा रहा है जीवन। बात-बात पर मुझे नीचा दिखाने के लिए कुछ भी, कितनी ओछी या घटिया बातें बोल देते हैं। हमारे बीच सेंस ऑफ़ रेस्पेक्ट तो खत्म। सचमुच भरभराकर गिरती हैं पूर्वनिर्मित मूर्तियाँ, अपने हाथों बनायी मूर्तियों को खंडहर में तब्दील होते देखना कितना त्रासद एहसास है, सोचते ही रूह काँपने लगती। कुछ ऐसा बेशकीमती-सा व्यामोह जैसा था जो हमारे हाथों से छूटकर अनंत आसमान की तरफ़ सरपट भागा जा रहा था, सब कुछ तिनकों-तिनकों में बिखेरते हुए, मगर हम समेटने के मूड में कतई नहीं थे।

जब जीवन खाली, खोखला या निरर्थक लगने लगता है तो शब्दों के भीतर की ताकत बूँद-बूँद करके रिस चुकी होती है। फिर एक दिन ऐसा भी आ धमकता है जब हमें पता चलता है कि अरे, इन शब्दों में तो जान ही नहीं बची। इतना नीरस, इतना सूखा-सूखा जीवन जैसे पैरों तले पड़े हों सूखे पत्ते...काश कि नए सिरे से जान भरने के लिए कुछ अवकाश मिला होता। काश कि कहीं से भी, कैसे भी थोड़ी-सी ताकत मिल जाती जिससे ये खोखले खाली शब्द भर सकते भावों से, संवेदना से। पर अफ़सोस कि कहीं से कुछ भी तो नहीं मिल पाता। जबकि इस हकीकत से वाकिफ़ कि शब्दों का जादुई संजाल महज़ कुछ समय के लिए ही चल पाता है, एक खास उम्र में, कुछ खास लोगों के बीच ही मीठे शब्दों का जादू चल पाता है। बाकी जीवन में ये जादू फुस्स। अब कहीं कोई रंग नहीं, कोई रस नहीं जिसका असर दूर तक या देर तक रह सके। पता ही नहीं चल पाया कि कब और कैसे वह इतनी सयानी होती गयी कि अब अगर कोई उसे मीठे शब्दों की चाशनी लपेटे बोल बोलता भी है तो होंठों तक मुस्कुराहट आकर सिमट जाता है शब्दों का असर। न, इससे ज़्यादा कोई जादू-वादू नहीं...कुछ नहीं।

माँ (अलका) लिखती हैं—कहने को हम साथ चल रहे थे मगर हमारे पैर अलग-अलग सीढ़ियों पर थे। सो वक्त ने अलग-अलग मंज़िल पर ला पटका

और धीरे-धीरे हम इतने दूर होते गए कि एक समय ऐसा आया जब लगा कि हम एक राह के राही कभी हो ही नहीं सकते। शायद हमारी सोच के केंद्र शुरू से ही अलग-अलग थे या जिन रास्तों पर हमने साथ-साथ चलने का सोचा था, शुरू से ही उन रास्तों पर एक गहरी खाई थी जिसे हम अपनी प्रगतिशील सोच के ज़रिए पाटने का भ्रामक जतन कर रहे थे। शायद जीवन इन्हीं दो अतियों के बीच रेंगता रहता है खरामा-खरामा। कभी कोई विशेष कालखंड हमें खुशबूदार महकती दुनिया में ला पटके तो कभी कब्रिस्तान में पैर टेककर जीवन को निर्मोही नज़रिए से देखने की कला सीखनी पड़े। सच तो ये है कि अंदरूनी यात्राएँ ही सचमुच हमारे जीवन को भरती, निचोड़ती या सुखाती भी हैं।

वह अपनी माँ की लिखी डायरी के पन्ने पढ़ते हुए सोचती जाती—कुछ बातों को समझ नहीं पायी। बचपन के कुछ चित्र उसकी स्मृति में टँके हुए हैं। जब पापा-माँ के साथ वह बहुत दूर किसी पहाड़ी स्टेशन पर गयी थी जहाँ दूर-दूर तक पहाड़, हरे-भरे मैदान और फिर ऊपर चलने पर चारों तरफ़ बर्फ़-ही-बर्फ़। पूरी ज़मीन पर जैसे बर्फ़ बिछा दी हो किसी ने। माँ-पापा अक्सर किसी बात पर हँसते, एक-दूसरे को हँसाते और उसके सुंदर भविष्य के ताने-बाने बुनते। पता नहीं किस बात पर पापा ने ममा से कुछ ऐसा कहा कि हँसते-हँसते वे एकदम से चुप हो गयीं। इतनी सीरियस कि मैं अपना खेलना छोड़कर माँ के साथ लिपट गयी, ''ममा, आप रो रही हैं? क्या हुआ पापा? आप चुप क्यों हैं? बोलो ना पापा...'' मैं उन्हें झिंझोड़ने लगी कि वे डपटकर बोले, ''मैं तेरा पापा नहीं, बस मुझे पापा बोलना बंद कर दे।''

''आप अभी से छोटी बच्ची के दिमाग में खामखां ऐसी ऊल-जलूल बातें क्यों भर रहे हैं? गलत बात है ये...'' ममा की आँखें गीली थीं और आवाज़ तेज़।

''इसे अभी से पूरी हकीकत क्यों नहीं बताना चाहती हो तुम? कि ये हमारी बच्ची नहीं है, तो नहीं है, बस इतनी-सी बात तो है ये। आख़िर सारी ज़िन्दगी झूठ के आवरण में क्यों लपेटी जाए? बोलो? बच्ची एडॉप्ट करना मैं कतई नहीं चाहता था पर तुमने तो मेरी बात सुनी ही नहीं, हमेशा की तरह अपनी चलायी। हो तुम वही, ज़िद्दी, अहमक और गुरूर से भरी मास्टरनी।''

''प्लीज़ चुप हो जाइए। अब आगे से एक शब्द नहीं बोलेंगे आप। हमारी भलाई इसी में है कि आइंदा से हम कभी न मिलें। ओके? यही चाहते हो ना

तुम ? समझ गयी मैं...'' वे फिर से रोने लगीं।

तब महज़ पाँच या छह साल की रही हूँगी मैं लेकिन कई घंटे लग गए गूगल में एडॉप्ट का मतलब तलाशने में पर जब फिर भी पूरी तरह समझने में कामयाब नहीं हुई तो अपनी सहेली की ममा से पूछा। यानी ये मेरे असली पापा नहीं हैं। तभी उनका रूखा बर्ताव सारी कहानी बयान कर रहा था। उस दिन सारी रात माँ के पहलू में दुबकी रही किसी नवजात की तरह जो कैसे भी अपनी माँ को नहीं छोड़ पाते। तकिये में सिर भींचे सुबकती रही सारी रात।

बेतरतीब-सी होती हैं यादें। यादें और सिर्फ़ यादें बची हैं अब तो। कुछ साल माँ-पापा साथ रह पाए फिर उनकी सोच, समझ या प्राथमिकताएँ बदलती गयीं। हम ऊपर से खुश होने का कितना ही दिखावा क्यों ना करें मगर अंदरूनी दुखों, अपमान या तकलीफ़ों को कभी नहीं भूल पाते। पापा का वो नकली चेहरा, वे नाटकीय बातें और मेरे प्रति उनका वो घटिया रवैया...सच चीख-चीखकर अपने होने का सुबूत दे ही देता है। एक बार तो मुझे अकेला पाकर वे मेरी तरफ़ बदतमीज़ी से आगे बढ़ने ही वाले थे कि माँ ने उनकी इस हरकत को ताड़ लिया और बस वही लम्हा हमारी ज़िन्दगी का आख़िरी पल था। इसके बाद माँ ने पापा को तजने में एक पल की देरी नहीं की। हमारे बीच बने रहने का हक वे खो चुके थे। फिर तो कहने-सुनने को कुछ बचा ही नहीं था।

इस एक टुकड़े सुख की तलाश में भटकते रहे हमारे पेरेंट्स पर सच्चा प्रेम कहीं दूर-दूर तक मयस्सर नहीं हुआ। आजकल हमारे आस-पास जहाँ कहीं कुछ बदलाव दिखता भी है पर सब ऊपरी दिखावे का है। हमारे साथ के अधिकांश जोड़े एक-दूसरे के लिए त्याग वगैरा करने में यकीन नहीं करना चाहते। सचमुच, आज के समय में तो करियर और पैसा एक बहुत बड़ी सचाई है, सोचते हुए अलका की लड़की ने हाल में मिली नौकरी तुरंत ज्वाइन करने का निर्णय ले लिया।

(रेवती भौंचक्क होकर सुन रही थी एक नयी हकीकत। अलका को देखते हुए लगातार सोचती जा रही थी। आज की नई दुनिया पहले से कितनी बदल गयी है कि न तो आज पुराने ज़माने की वैसी माँएँ रहीं जो आए दिन कातरता व करुणा की प्रतिमूर्ति बनी अक्सर अपने दुर्भाग्य पर आँसू बहाती रहती थीं। कुछ सहानुभूति पाने के लिए या पति/बच्चों की नज़रों में हमेशा अच्छी बनी रहने के लिए किचन में दिन-रात जुटी रहती थीं। जिसके ज़रिए वे उनके मन में कुछ जगह बना पाती

थीं तो कुछ सजी-संवरी रहने को सबसे बड़ा औज़ार मानकर पतियों को रिझाने की नित नयी कलाएँ सीखती रहती थीं। इस ज़माने में सब कुछ उलट-पुलट गया। अरसे बाद उसने मज़बूत व आत्मविश्वास से भरी आधुनिक, आत्मनिर्भर माँ की आवाज़ सुनी। कितनी सधी हुई आवाज़ में, कितने तेज से भरी माँओं का चमकता चेहरा देखकर ऐसा लगा जैसे सालों बाद एक चमकती धूप का टुकड़ा अलका के चेहरे को आलोकित करने लगा हो। अनायास उसका अंतस किसी अनिर्वचनीय आनंद से भर गया तभी रेवती ने कुछ बोलना शुरू कर दिया।)

रेवती—"अलका, इतना सारा समय गुज़र गया। तीन दशक बीत रहे हैं और ये सिस्टम जस-का-तस। करियर में भी और जीवन में भी कुछ खास बदलाव तो नज़र नहीं आता। कुछ मनमाफ़िक न कर पाने की कसमसाहट तो है। ये कचोटें जातीं नहीं अंतस से। पुराना रिश्ता टूटे साल-दर-साल बीतते रहे पर एक बार छोड़े दरवाज़े पर दुबारा दस्तक देने का मन नहीं किया। इससे ज़्यादा कुछ बचा नहीं है कहने-सुनने को।" रेवती ने बोलना जारी रखा, "ज़्यादा रोकने-टोकने पर एक दिन हमारा बेटा हमें छोड़कर चला गया था। हमने उसे खूब तलाशा फिर एक दिन बेटे की तलाश पूरी हुई, उसी नैनीताल के आश्रम में जहाँ से उसे एडॉप्ट किया था हमने। वही एकमात्र ऐसी जगह बची थी जहाँ हमने उसे ढूँढ़ा नहीं। वहाँ के अधीक्षक ने उसका लिखा पत्र थमा दिया। जिसमें उसके अपने तर्क थे—माँ, पापा हमें हमेशा शक की नज़रों से देखते। घर की कोई चीज़ छूता तो वे तुरंत टोक देते—खराब हो जाएगी। बिस्तर पर गंदे पैर न रख। किचन में जाता तो पीछे से आकर कुछ-न-कुछ बनाने की फ़रमाइश कर देते। आपके काम पर जाने के बाद तो अक्सर वे मुझसे नौकरों की तरह सुलूक करने लगे थे और इस बारे में आपसे कहा भी था मैंने पर आपने ज़्यादा ध्यान नहीं दिया। सच बताऊँ तो वहाँ मेरा ज़रा भी मन नहीं लगता था। फिर भी मैंने पूरी मेहनत से पढ़ने की कोशिश की। अब ये मेरा दुर्भाग्य कहूँ या जो भी कहें, मगर आपके पास आकर रहने का ज़रा भी मन नहीं। आप जानती हैं, ज़िद्दी तो हूँ और आपको अब भी खूब प्यार करता हूँ मम्मा।

"हमने उसे समझाने की पूरी कोशिश की और जब वह नहीं माना तो वहीं से कोई प्रोफ़ेशनल कोर्स करने की सलाह दे डाली। वह हाँ, हूँ करता रहा मगर खुलकर कुछ बोला नहीं। उसे उसके हाल पर छोड़ने के अलावा और कोई रास्ता ही कहाँ बचा था हमारे पास।" एक लंबी साँस लेने के बाद उसने फिर से बोलना शुरू किया।

''अलका, कितनी अजीब लगती हैं वे पिछली बातें जब उन गलियों, मुहल्लों से गुज़रते हुए मन उल्लास से भर जाता था मगर सालों बाद जब वहाँ गयी तो सब कुछ पराया-सा लगा। वही घर किसी अजनबी के घर जैसा लगा। जिस तरह ज़िन्दगी ने झटके दिए, उन सबको छोड़कर सचमुच आगे निकल जाना चाहती थी मगर नहीं निकल पायी। आज सोचती हूँ, क्या होता है ये आगे निकलना भी? ये सवाल ही निरर्थक लगता।''

''मैंने भी बहुत उम्मीदों से पाला था उस लड़की को मगर वह भी अपनी नौकरी में ऐसी डूबी कि मुझे फ़ोन करने तक का समय नहीं मिलता। बेशक वह पढ़ाई में अच्छी थी पर क्या यही सब कुछ है?''

''जानती हो अलका, आज के इस दौर की सबसे बड़ी त्रासदी क्या है, मोबाइल ने हरेक को आत्मकेंद्रित बना दिया। धीरे-धीरे नौबत यहाँ तक आ जाती है कि वे सिर्फ़ अपने बारे में सोचने लगते हैं और धीरे-धीरे असामाजिक भी होते चले जाते हैं...'' बीच में बात बदलते हुए वह फिर से बोल पड़ी, ''मेरा बेटा दिन-रात मोबाइल में ही तो डूबा रहता। देर रात 3-4 बजे तक चैट करके अपने संपर्कों को साधता और अगले दिन दुपहर 1 बजे सोकर उठता। ये मोबाइल एक किस्म की नशाखोरी जैसा होता जा रहा है जिसकी गिरफ़्त में उनका फ़ोकस सेंटर ही बदल जाता है। फिर एक दिन ऐसा आ धमकता है कि वे सारी दुनिया से कटकर महज़ पैसा कमाने की मशीन में तब्दील होते जाते हैं और उन्हें पता तक नहीं चलता कि उनके भीतर की संवेदनाएँ कितनी सूख चुकी हैं।'' कहते हुए वह थोड़ी देर चुपचाप सोचती रही कुछ, फिर अनायास बोल पड़ी—

''हूँ, वे घंटों अकेले गुमनाम किरदार की तरह लैपटॉप में डूबे न जाने कहाँ किस दुनिया में खोए रहते। इस पीढ़ी में से शायद ही किसी ने सुबह का उजाला देखा हो। शारीरिक मेहनत से कतराती ये कितनी काहिल पीढ़ी है जिन्हें खुद की सेहत की परवा नहीं तो पेरेंट्स की क्या खाक परवा करेंगे? नैवर...'' कहते हुए रेवती की आँखें भर आईं।

''अक्सर मन उचाट होता है और कुछ भी अच्छा नहीं लगता। ऐसे में उदासी आती है पूरा सच बताने के लिए। हम अपनी ही धुन में सचाई से आँखें चुराने लगते हैं। हमारी उड़ान को बाधित करते हैं ऐसे वाकयात मगर फिर भी जीने लायक ऊर्जा तो सहेजनी पड़ती है। हम अक्सर खुद को एक वहम भरी

दुनिया में फेंके रहते। हर बार खुद को खुशफ़हमियों के समन्दर में फेंक देते पर वहाँ भी धोखे, वही विद्रूपताएँ। जिसे लेकर इतने सपने बुने हैं, वहाँ कुछ भी तो नज़र नहीं आता। हकीकत अक्सर हमें डराती है, चिढ़ाती है या हमारे अंदर खीझ पैदा करती है। इससे ज़्यादा बताने को है नहीं कि सारे प्रयोग यहाँ आकर नाकामयाब होते गए। कभी-कभी ये भी सोचती हूँ कि हर समय के सच का चेहरा अलग-अलग होता है। सालों पहले उस दौर के सच कुछ और थे जिसके तहत हमने जो फ़ैसला लिया था। शायद तब वही फ़ैसले लिए जा सकते थे। वही घिसी-पिटी कहानी हर दौर की एक जैसी, जिसमें नया तो कुछ भी नहीं।''

आत्मकथ्य वाया अलका

जीवन क्या वैसा ही है जैसा हमने सालों पहले सपने में देखा था? क्या थे चंद सपने? तब ये पता ही नहीं था कि किस रास्ते कहाँ तक जाएँगे? हम इस फ़ील्ड में जाएँगे या कहीं से भी किसी भी तरफ़ चले जाएँगे? ऊपर चढ़ने की महत्त्वाकांक्षा ज़रूर मेरे अंदर हिलोरें मारती होगी, जिसके तहत मैं कैसे भी ऊँचाई पर चढ़ने के लिए प्रतिबद्ध तो थी ही।

परिणाम वही, बिना किसी विज़न के अंजाम से बेखबर जो भी जैसा भी, मिलता चला गया, वही मुकद्दर बनता गया। न खुद का वैसा विज़न विकसित था और न ही कहीं किसी ने इस बाबत प्रेरणा ही दी। एकदम से जो-जो, जैसा-जैसा होता गया। हम तो बस प्रयास ही कर सकते थे। इसके अलावा कुछ भी तो नहीं था हमारे हाथ में। सो जीवन जैसा बहा ले गया, हम उसी तरफ़ बहते गए। बस इतनी समझ ज़रूर थी कि प्रयोजन-शून्य नहीं था हमारा जीवन।

ये सब क्यों व कैसे हुआ, कहा नहीं जा सकता। पर इतना तो तय है कि हमने स्वावलंबी होना चाहा था और इस राह में जो सबसे आसान राह थी, वह मिलती गयी। तब के हालात और आज के हालातों में फ़र्क है। एक सामान्य सहज व सरल स्त्री मन में गुँथी थीं कुछ छोटी-बड़ी ज़िम्मेदारियाँ जिन्हें सुलटा रही थी। जिनके प्रति गहरा आक्रोश था, वहाँ अपनी ऊर्जा नाहक बर्बाद करने में लगी थी वह। उस मैरिज के पहले से ही जब नया संसार पनपने की प्रक्रिया चल रही थी तब वहाँ से रहा-सहा भरोसा भी दरकने लगा। तब वे अटूट आस्थाएँ अपने आप ढहने लगी थीं। जब हम गिरते हैं तो समूचे वेग से अपनी देह के

साथ गिरते हैं। ऐसे में कोई भी सहारा पकड़ लेते हैं जबकि अक्सर ऐसे सहारे खुद बेहद कमज़ोर होते हैं। ऐसे में दोगुने वेग से गिरने पर दोगुना बोझ ढोया। ज़ाहिर है, ऐसे में कुछ-न-कुछ तो घटना ही था।

ये भावनाएँ ही तो हैं जो हमें ज़िंदा रखती हैं जिनके सहारे हमारे सपने पल्लवित होते हैं और इनकी तेज़ धार पर चढ़कर पैने होते हैं हमारे सपने। सो इनके बगैर भी गुज़ारा नहीं। कहाँ पहली इमारत ढहने के बाद नयी इमारत की तस्वीर आँखों में तैर रही थी? पर जल्द ही समझ में आ गया कि वह भी चंद साल बाद ढहने के कगार पर थी। इसका टूटना तय था, ये जल्द ही समझ गयी थी मगर तब भी नहीं समझ पायी कि ये सब क्यों व किस तरह होना शुरू हुआ पर हुआ और पूरी ताकत के साथ एक नयी राह कहीं से भी फूटने के लिए बेताब थी। उसे देर-सवेर खुलना ही था सो भावनाओं का वो बाँधा आवेग अनायास फूटते झरने की मानिंद फूट पड़ा वेग से जिसे कैसे भी रोका नहीं जा सकता था।

ये भावनाएँ ही हैं जिनके ज़रिए हमारे अंदर कुछ कर गुज़रने की इच्छा भी बलवती होती है। ज़िन्दगी में दो-तीन बार ऐसे वाकयात गुज़रे जब भावनाएँ ज़ोर से उमड़ीं-घुमड़ीं, बादलों के रूप में और समय व परिस्थिति के मेल से झमाझम बारिश भी हुई और हम उतनी ही बार भीगे भी...पूरी तल्लीनता के साथ लुत्फ़ उठाया बारिश का और खूब हवाखोरी भी की।

यूँ तो जीवन में कोई कमी रही नहीं, खासतौर पर भौतिक चीज़ों को लेकर मगर मानसिक खालीपन हमेशा पसरा रहा। न जाने ऐसा क्या था कि मन सदैव आकुल अधीरता से भरा रहता। तब उस बेकल मन में कुछ और भरता ही नहीं था। अक्सर ऐसा लगता जैसे कहीं कुछ खाली पन्ना रह गया जीवन में, जिस पर मैं न जाने कितना कुछ उकेरना चाहती थी मगर नहीं उकेर पायी। इसी तरह बहुत कुछ अनकहा-सा रह गया, अनचाहे ही बहते रहे हम तिनके की तरह। खुद को खपाते रहे यहाँ-वहाँ बेवजह फेंकते रहे और ऐसा करते हुए हम कहीं-न-कहीं अपनी ऊर्जा को बेमतलब ज़ाया करते रहते।

एक अजीब-सी बेचैनी तारी रहती। खलबलाहट ऐसी कि किसी ने कलेजा निकालकर हथेली पर रख दिया हो। इस जीवन में कुछ भी तो निश्चित नहीं। आज के जमाने में यही है जीवन मंत्र। अनिश्चितताओं को ही एकमात्र सच मानकर उसके मुताबिक अपनी सोच और जीने की आदत डाल लो। हम सब अक्सर बहुत यात्राएँ करते रहते हैं मगर कोई भी यात्रा यादगार नहीं बन

पाती। हम सोचते रहते हैं कि सभी अपने तयशुदा गंतव्य तक पहुँचने के लिए कई बार गाड़ियाँ बदलेंगे मगर ऐसा भी तो होता है कि हमारी लंबी यात्रा की गाड़ी अचानक किसी जंगल में या घुप्प अँधेरी, अनजान जगह पर खड़ी हो जाए कि दूर-दूर तक पानी मिलने की उम्मीद ही नज़र न आए, तो? हमें जीने की जद्दोजहद हर रोज़ करनी पड़ती है लेकिन हादसे तो हर रोज़ होते ही रहते हैं और उनके प्रति हमारी संवेदना तक सुन्न हो चुकी होती है।

ऐसा सोचते हैं कि अमुक-अमुक राह पर चलकर अमुक यात्रा में हमारे जीवन में नया पाथेय बनकर तैयार होगा मगर वैसा कुछ होता नहीं। अजीब बात है कि हमारे पास दुख तो बिन-बुलाए दस्तक देता है गोया वह हमें अपना शिकार बनाने की बाट जोह रहा हो मगर सुख का एक लम्हा खोजने के लिए हमें पूरी जान लगा देनी पड़ती है। फिर भी नामालूम-सा सुख ज़रा-सी झलक भर देकर वापस अपने रास्ते मुड़ जाता है, फिर किसी और को अपनी झलक देने। ऐसी झलकियों से जीवन के प्रति हमारा विश्वास पुख्ता होता रहता है कि चलो, कुछ तो खास लम्हे हमें भी मयस्सर हुए हैं अन्यथा उम्र के इस मोड़ पर क्या याद करने को बचा रह जाता, शून्य का महा आकाश।

कहते-सुनते आए हैं कि स्मृतियाँ राह की पाथेय होती हैं मगर आज उम्र के इस मध्यम वयस में ऐसा कतई नहीं लगता कि कुछ खास लम्हों को बार-बार याद कर लें तो जीवन में भराव महसूस होगा बल्कि इससे उल्टा महसूस होने लगता है। तब उम्र की अपनी ज़रूरतें होती हैं जिनके मुताबिक हमारी चेतना में भी संवेदना-लहरियाँ बनती-बिगड़ती हैं जिन्हें बना पाना या रोक पाना हमारे वश से बाहर होता है। या तो ये बनती हैं या नहीं बनतीं। चाहने पर भी किसी खास के प्रति संवेदना लहरियाँ नहीं बनेंगी और कभी अनचाहे रूप में भी इतनी तेज़ी से बनने लगती हैं कि हमारे रोकने पर भी रुकने न पाएँ। इनका वेग अक्सर सँभलता नहीं ठीक से और हम हैं कि सँभालने की प्रक्रिया में बार-बार छलका देते हैं ये भरा हुआ जाम। सालों बाद ये सचाई समझ में आयी कि जब कभी उपजे इस एहसास को मरने न दें। इसे एक आकार-प्रकार अवश्य दें अन्यथा जैसे बहुत सारे एहसास खाद-पानी न पाकर गल-सड़ गए तो कहीं ये एहसास भी मर न जाएँ, सोचकर हम इसे बचाने में लग गए। ज़ाहिर-सी बात है कि इसे हमने यूँ ही बर्बाद होने से बचा तो लिया मगर मुकम्मल जगह देने में कामयाब हो पाऊँगी या नहीं, वक्त ही बताएगा।

अगली सुबह—अपनी बातों को नया मोड़ देने अचानक दोनों निमिषा के पास चल दीं जहाँ वे तीनों अरसे बाद अपने जीवन को लेकर चर्चाएं करने लगीं। निमिषा ने सोचते हुए बोलना जारी रखा।

अक्सर पुरानों का साथ टिकता ज़रूर था मगर जल्दी ही बुझ जाता। कुछ सालों के सफ़र के बाद हमारे मन भी पहले जैसे नहीं रहते और भीड़ में पसंदीदा चेहरे गुम होते जाते हैं। जिनके चेहरों पर चमकती भावनाएँ कभी सूरज की तरह लौ बिखेरती थीं, वही सूखकर पीले पत्तों में बदल चुके होते हैं। भीतर कहीं पसरा था गहरा, गाढ़ा अँधेरे से जूझता अकेलापन। दरकार थी कि कोई तो हो जो इस सन्नाटे भरे सूने मन में दस्तक दे। नहीं जानती कि इस तरह ही दस्तकें बेकार में नहीं होतीं। दस्तक वही देगा जो खुद अपने अँधेरे से जूझकर तुम्हारे दरवाज़े पर दस्तक देने आएगा। इस यात्रा में एक-दो दस्तक देने वाले टकराए भी और हमारी ये यात्रा एकदम बेपनाह सन्नाटों में जूझने से बची रही।

निमिषा बोलती रही—हमें पता तक नहीं चल पाया और हमारे हाथों पला बेटा हमसे बहुत दूर निकलता गया। वैसी भावनात्मक निर्भरता की जगह ले ली निजी स्वार्थों ने, दोस्तों ने या गर्लफ्रेंड ने। ये सब चीज़ें पैने औज़ार की तरह सूक्ष्मता से छलनी करती गईं मेरे वजूद को। रात-रात भर कंप्यूटर पर आँखें गड़ाए बैठा रहता। भूख लगने पर उठकर खाना निकाल कर खा लेता। न तो बाहर जाने के लिए वह मुझसे पूछने की ज़रूरत समझता और पूछने पर चिड़चिड़ाने लगता। बस अपने मन से जैसा सोच लेता, अगले ही पल उसे कर डालता। ये सब बेहद त्रासद रहा मेरे लिए। हम उस पर बेशर्त प्यार लुटाते पर उसे मेरी बीमारी तक में कोई परवा नहीं थी। हर बार उसे सही-गलत बताना चाहती पर उसका अहम् इतना बड़ा होता गया कि वह सुनी-अनसुनी करने का आदी होता गया। सचमुच, न उसे खुद की ज़्यादा परवाह थी, न मेरी। पैसा कमाना सीख गया था सो मेरी परवाह या ज़रूरत उसे रही नहीं। ये ऐसा क्यूँकर होता गया ? नहीं समझ पायी सो बेबस भाव से उसे दुआएँ देकर हम लौट आए अपनी उसी कोठरी में जहाँ जीवन के कई साल बिताए थे।

यूँ देखा जाए तो कुदरत की हर चीज़ तो अकेले सफ़र पर है। चाहे समन्दर और उसकी वेगवान लहरें हों, या अकेले खड़े बरगद के सालों पुराने पेड़-पौधे और आस-पास के गिरजाघर की काली पड़ गयीं इमारतें जो सालों खड़े रहने के बाद भी किसी अकेले पड़े जीव की तरह खंडहरों में तब्दील होती जा रही हैं।

उम्र की साँझ तले वे अब तक मिले अनुभवों को साझा करने लगीं। अलका की आवाज़ किसी गहरे कुएँ से आती सुनाई पड़ी, ''सुनो, हम कुछ भी करने के लिए आज़ाद हैं और यही है हमारा मूलभूत अधिकार। चूँकि हमारे स्वभाव में है प्रेम, प्रेम में रहना या प्रेम में जीना और यही है जीवन का शाश्वत सत्य भी।''

''हूँ, सचमुच, रिमझिम पानी की तरह बरसना मेरा स्वभाव है। प्रकृति की तरह प्रेम में डूबकर खुद को भिगोना भाता है मुझे। फिर भींगकर झूमती हूँ पत्तों की तरह अपनी ही अंदरूनी लय में जैसे तेज़ हवा में नाचते पत्ते बादल राग संग गाने लगते हैं कोई अनाम गीत। ठीक उसी तरह नवीन के बोल मेरे गीतों में बदल जाते हैं। आ जाते हैं प्रेम में डूबे शब्द। मेरी नज़रों के सामने और मैं घंटों बतियाती रहती हूँ उनसे रस भरी बातों की मिठास में हुलसती, भीगती, अनजाने तालाब में गोताखोर की तरह तलाशती रहती हूँ कुछ नया या नायाब- सा जीवन रत्न...''

''ऐ, कविता में बात करने लगीं तुम तो...'' रेवती ने चहकते हुए कहा तो अलका बोल पड़ी, ''ये उसके अंतस में सालों से जमा प्रेम है जिसकी तलाश में ये विदेश गयी थी। बेशक भटकती है रूह इसकी तलाश में मगर वो बेशकीमती एहसास मिलता नहीं हरेक को...''

''आज भी मन करता है उसी तरह खेल खेलें, जैसे बचपन में खेला करते थे। जब हम तीनों मिलकर एक साथ जीवन में नए रंग भरने में सक्षम थे। आज की इस भागती-दौड़ती ज़िन्दगी को एक सम पर लाने के लिए क्या करें जहाँ हमारे बीच का अपनापन अनकहे ही बोलने लगे। जहाँ रिश्तों को आज, कल या आने वाले कल की तराजू पर तौलकर नफ़ा-नुकसान में न आँका जाए। जो हमारे मन में भाव हों, बिलकुल वही जुबान पर आएँ। बिना आगा-पीछे सोचे, हम बस स्वत:स्फूर्त भाव से बोलते रहें और सामने वाला बिलकुल उसी भाव से समझे भी। जहाँ दोस्ती महज़ लेन-देन की सौदेबाज़ी में न बदले बल्कि गहरी संलग्नता भरा जज़्बा ज़िंदा रहे। हमारी दोस्ती टाइम पास या पल-दो-पल का साथ होकर न रह जाए बल्कि चंद गहरे सुकून-भरे लम्हों में हम उस एहसास को जिएँ जो हमें ज़िन्दगी से जोड़े। मन करता है कि ऐसी जगह चलें जहाँ घने पेड़ की छाँह में लंबी सुकून की नींद ले सकें। हमारे अंदरूनी दुख-दर्द अकेले हमें खुद न पीने पड़ें बल्कि हमारे बीच के एहसास तक साझा हो सकें। क्या ऐसी कोई जगह हो सकती है इस दुनिया में हमारे लिए?''

"हाँ, अलका, हम इसी तरह का जीवन जिएँगे। सचमुच, यही है जीने का अंदाज़ जिसमें जुनून हो और हर पल का स्वागत वैसे ही करें जैसे अपने अजीज़ के आने की खबर सुनकर हम लपककर उससे मिलने गेट पर पहुँच जाते हैं। आज भी कॉलेज के दोस्त का फ़ोन आता है जिसे सुनकर थरथराते हैं होंठ और ये कमज़ोर पैर भी तेज़-तेज़ चलने लगते हैं। तब नहीं होता घुटनों में दर्द। बस डूबती जाती हूँ किसी अनाम आनंद में। यौवन की दहलीज़ पर आहिस्ते से कदम रखते हुए कब प्रौढ़ावस्था में बदल गयी ये देह, इसका एहसास तक नहीं हो पाया। उस नैसर्गिक खुशी में जगती रहती मेरी आँखें दिन-रात। बस यही तलब लगी रहती कि जल्दी ही दोस्त की आवाज़ सुनने को मिल जाए और बार-बार याद आते हैं वे आत्मीय स्पर्श जो भिगोते हैं मेरी रूह को..." कहते हुए वह न जाने कहाँ खो गयी।

"एकदम सही कह रही हो। हम इस उम्मीद में मौजूदा हालातों को परे धकियाते रहते हैं कि कभी कुछ आगे बेहतर आएगा मगर वैसा कुछ चमत्कार होता नहीं। आगे मिलता है स्याह अँधेरा जिसका एहसास तभी हो पाता है जब हम आगे आने वाले समय में उस अंधियारे से टकराते हैं। ऐन मौके पर बड़े करीने से दबाए गए दुख भलभलाकर बह निकलते हैं जैसे अरसे से दबाकर रखी गयी दुखनुमा गठरी का मुँह अनायास खुल गया हो। बाद में समझ आया कि मेरा वश केवल मुझ पर है। हमारी भावनाएँ एकांतिक थीं सिर्फ़ मुझ तक सिमटी रहीं। सूखे व ठूँठ पेड़ पर कोंपलें निकलती तो हैं पर बहुत देर बाद। अपनी इस गठरी का बोझ लादे अकेले ही इस जीवन के मेले पर निकलना पड़ता है दोस्त..."

"सही बात। जहाँ सारे रिश्ते दिखावे के हों या ढोंग करते हुए नामालूम तरीके से रिश्ते निभाए जा रहे हों, वहाँ एक ज़रा से धक्के में ही ऐसे ऊपरी रिश्ते असली रूप में आ जाते हैं। बेहतर जीवन के लिए ज़रूरी मंत्र है निर्भरता से मुक्ति और फिर इस मुक्ति से राहत का उत्सव मनाया जाए। वैसे इस एकरस जीवनशैली से मन उकता गया है। सो कुछ-न-कुछ नया तो सोचना, करना पड़ेगा वरना जीवन बोझ बनकर रह जाएगा।" कुछ सोचते हुए गंभीर आवाज़ में बोलती रही अलका।

"पर तुम तो गाँव जाना चाहती थीं ना? पिताजी की बरसी में पिछले साल गयी थीं क्या...?"

"हाँ, जाना तो था पर उस साल नहीं जा पायी पर इस साल ज़रूर जाऊँगी। अम्मा भी जाएँगी। कुछ पुरानी प्रॉपर्टी का हिसाब-किताब करना बाकी रह गया। तुम चलोगी ना?"

"तभी तो पूछ रही हूँ। अम्मा के गाँव चलने का बहुत मन है।" दूर कहीं आसमान में उड़ते पंछियों को देखते हुए खोयी-खोयी सी आवाज़ में बोल रही थी वह।

"हम तीनों चलेंगे वहाँ। चल, वहीं रहकर कुछ नया करने का प्लान करते हैं..." एक साथ तीनों के गले से आवाज़ निकली, "चलो, वहीं चलेंगे। हम साथ-साथ हैं।"

अपनी-अपनी आत्म स्वीकृतियाँ

आज तीनों अपनी-अपनी आत्म स्वीकृतियों को जीने लगी हैं। घटनाएँ घटकर गुज़र जाती हैं और हम उन्हें गुज़रता देखने के लिए अभिशप्त हैं। अच्छी-बुरी यादों की कड़ियों को जोड़ रही हैं वे। जब वे सींचती थीं प्रेम के कई आत्मीय रूप, पूरे अपनेपन से। पूरी निश्छलता से बिखेरती थीं हँसी के अनगिनत मोती। तब उनके आने की खबर से दौड़ पड़ते थे पैर। रास्ते के गड्ढों की परवाह किए बिना चल पड़ते थे पैर कहीं भी। तब उनके बोल मुर्दा देह में प्राण डाल देते थे। चलती हुई गाड़ी को दौड़कर पकड़ लेने को उतावले थे हम कि कैसे भी झटपट अपने गंतव्य तक पहुँच लें जहाँ उनके मनमीत उनका इंतज़ार कर रहे होते। ऐसे में कँपकँपाने वाली ठंडी हवा में भी वे देर तक छत पर बैठी हुई अपने-अपने चाँद बनाम अपने-अपने हिस्से के जिए-अनजिए सपनों के टुकड़ों को निहारने में मगन थीं, मुदित थीं।

"ऐसे दुष्चक्र के शिकार क्यों होते रहते हैं हम? स्वार्थ के इस खेल में माहिर खिलाड़ी की तरह मन निर्लिप्त भाव से अपनी इंद्रियों को सुख पहुँचाने की खातिर कुछ भी करने के लिए क्यूँकर उतारू हो उठता है जबकि इन सबका अंत कहीं नहीं ले जाता हमें। ये जानते हुए भी हम उन जोखिम भरी फिसलती राह पर चल पड़ते हैं। हमारी आदतें, भावनात्मक कमज़ोरियाँ और बतरस का सुख या मित्रता की अटूट चाहतें कभी कम नहीं होतीं। ऐसे में अक्सर खुद से सवाल करने लगती पर वही लालसाएँ। अपेक्षाओं की अनुगूँजें सुनाई पड़तीं, दूर से बजती लोकधुन की तरह, है ना सच?" अलका किसी प्रवक्ता की तरह

भाषण के मूड में बोलती जा रही थी। तभी निमिषा बोल पड़ी—

"जब हम उम्र के तेज़ बहाव में होते हैं तो मन व तन दो दिशाओं की तरफ़ यूँ भागता रहता है और अक्सर दोनों हमारे नियंत्रण से बाहर। ऐसे तेज़ बहाव व उछाल के वेग में बौराए मन को उड़ान का शौक तो खूब है मगर चंद मिनट की उड़ान के बाद ज़मीन पर पैर टेकते वक्त हमें सच का सामना करना पड़ता है जो हमें धूप भरे आकाश से ज़मीन तक की यात्रा की हकीकत से रू-ब-रू करा देता है। सचमुच, तब अँधेरे में जिया गया जीवन कितनी सारी रोशनी से भरा था। बाद में अँधेरे-उजाले का फ़र्क साफ़-साफ़ दिखने लगता था। तभी आत्मा अपने रूप में आकर जजमेंटल होकर फ़ैसला सुनाने लगती कि यह भी तो सच का टुकड़ा है और वह भी सच था। सच की कई परतें होती हैं। जो ऊपर से दिखता है, महज़ वही सच नहीं होता बल्कि सच की अंदरूनी परतें वह भी होती हैं जो दिखती नहीं हैं मगर जिन्हें हम हर पल जी रहे होते हैं। सचाई अक्सर अँधेरे-उजालों के बीच आत्मा के सुर-संगीत में सरगम तैयार करके अनूठा राग रचती है जिसे हम सुनकर भी अनसुना करते रहते हैं। दरअसल अपनी आत्मा में झाँकने की हिम्मत नहीं जुटा पाते। जहाँ हम अक्सर जान-बूझकर अपनी ही आवाज़ों की अनसुनी कर देते हैं और अक्सर बाहरी अवरोधों को बहाने बनाकर ओढ़ते-बिछाते रहते हैं। जबकि सच तो ये है कि बाहरी बहाने महज़ ऊपरी आवरण भर हैं जो हवा के पहले ही झोंके से ध्वस्त हो जाते हैं।"

"अगर यही सच है तो क्यूँकर बड़ी-बड़ी बातों की दुहाई देते लोग अचानक एक झटके से सालों पुराने रिश्ते को झटकने में गुरेज नहीं करते। उनका प्रेम अचानक धम से बैठ जाता और फिर वहाँ वही औसत दर्जे का काइयाँपन, अपने-अपने अहं, एक-दूसरे को इस्तेमाल करने की चालें या झूठ व छल की शतरंजी चालों में फँसाकर एक-दूसरे को छोटा करने की साज़िशें रची जातीं। सारे एहसासों का तमाशा बनने लगता। कितनी अजीब बातें हैं ना ये सब?" बीच में ही अलका बोल पड़ी तो निमिषा ने कहा, "हाँ, घंटों बातें करनेवाले युगल बाद में कैसे बिहेव करने लगते हैं अजनबी की तरह। है ना?"

"बिलकुल। एक-दूसरे से लंबी-लंबी बातें करते युगल के लिए जब समय भी सीमाएँ लाँघकर दूर खड़े होकर तमाशा देखता है, तब ऐसा ही आभास होता है जैसे उनके लिए एक-दूसरे से विलग होना कितना मुश्किल पल होगा। तब के प्रेम की चिटकती रहीं चिंगारियाँ, यहाँ-वहाँ देह में चिपक जातीं। कैसी

तो दाहक आग थी जिसमें कूदने का मन करता था। प्रेम से अलगाकर खुद को देखते तो हताशा में भलभल आँसू निकल पड़ते थे।'' एक के रुकने पर दूसरा उस कथन को पूरा कर देता था।

''पर कुछ समय बाद वही वक्त हमें यकीन दिलाने लगता कि यहाँ कुछ भी शाश्वत नहीं है। कोई एहसास कब स्मृति में तब्दील हो जाएगा, अनुमान लगाना मुमकिन नहीं। सच का टुकड़ा तो यही है कि ये सब ऐसी दुनिया के ब्यौरे हैं जो कभी किसी भी पल हवा में यूँ ही छूमंतर हो जाएँगे यानी तब कुछ भी नहीं बचेगा, यही सोचकर इतनी बेचैनी होती जिसे शब्दों में बाँधना मुमकिन नहीं। आस-पास इतना घना कोहरा और ऐसी उथल-पुथल कि कुछ समझ ही न आए। हर बार यही सोचकर हैरानी होती कि अक्सर हालात हमारे वश में नहीं होते। हम लाख कोशिशें कर लें मगर कुछ-न-कुछ ऐसा ज़रूर घटता है जो घटना होता है।''

''आख़िर में फिर उसी पुरानी पिटी-पिटाई बात को दुहराने लगते कि कुदरत को जो मंज़ूर है, होता वही है। आउटलाइन जैसे प्रकृति बनाकर पहले से तय कर लेती है और हम महज़ उसमें नए किस्म के रंग भर सकते हैं या ज़्यादा-से-ज़्यादा उस बेतरतीब तस्वीर के आकार-प्रकार को थोड़ा-बहुत मनोनुकूल कर सकते हैं पर इससे ज़्यादा सोचना निरर्थक है। ऐसा सोचना क्या नियति के आगे घुटने टेकने जैसा है जबकि हम तीनों ने बड़ी मेहनत से अपने लिए एक मुकम्मल ज़मीन रची-बुनी है।'' अलका ने बात पूरी की। उनका आत्मालाप देर तक चल पाता कि उनके बीच पसरी चुप्पी तोड़ते हुए निमिषा बोल पड़ी—

''जब लैंडिंग करते हवाई-जहाज़ से चारों तरफ़ टिमटिमाते सितारेनुमा बिजली की रोशनी भरी धरती देखती तो ऐसा लगता जैसे कितना खूबसूरत सप्तर्षि मंडल आसमान में नहीं, बल्कि इसी ज़मीन पर बन गया हो। जैसे ढेर सारे सितारों ने ज़मीन पर बल्बों में कायांतरण कर लिया हो लेकिन पलक झपकते ही सब गायब जैसे आसमान में लटका सप्तर्षि मंडल काले बादलों में छिप गया हो। कभी लगता जैसे आसमान ने औंधा मुँह कर लिया हो। धीरे-धीरे बड़े होते जाते घर, भवन और आकार लेता संसार—तब हमारा भ्रम पूरी तरह टूटने लगता था। तो यही है जीवन और जीवन के प्रति हमारा मोह भी। जीवन के प्रति या रिश्तों के प्रति आसक्ति और भ्रम सब कुछ एक-एक करके टूटते गए।''

"तू तो काफ़ी दार्शनिक हो गयी है निम्मी...सचमुच।" अलका की बात सुनकर मुस्कुरा दी वह।

सालों पहले वे यह सब गुपचुप करती रहती थीं पर अब वे मुखर होकर गुनगुनाने लगी हैं, अपने-अपने हिस्से के सुख-दुख को। तब वे मन-ही-मन अनगिनत रातों में उनके ख़यालों में खोकर अधसोयी हालत में रेडियो से गाने सुनते-सुनते सो जाया करतीं। तब बिस्तर पर उनके बगल में सोए मिलते उनके मनमीत, तब वे निश्चिंतता से गहरी नींद में अपने सपनों के साथी संग चुंबित-प्रतिचुंबित होती रहती थीं, पर उम्र के इस मोड़ पर अब ऐसा करते हुए वे अघाने लगी थीं।

आज भी प्रेम के इस एहसास से वे ऊबतीं नहीं और किसी के जीवन में पनपते प्रेम के किस्से सुनकर ऐसे ज़ोर से खिलखिला उठती थीं गोया अभी उनकी उम्र का सोलहवाँ बसंत चल रहा हो। यही ताकत है प्रेम की कि जब वे अपने मनमीत संग प्रेम-भरी बातों से पेट भर रही होतीं, हवा में चुंबन लेते हुए तपाक् से उन्हें अपने ख़यालों में शुमार कर लेतीं, तब भी वे तीनों उसी तरह शर्म से लाल होने लगी थीं। उसी तरह ज़ोर-ज़ोर से हँसतीं, गीत की कड़ियाँ गुनगुनाने लगतीं मानो पहली बार अपने प्रिय संग प्यार के पहले चुंबन में भीगा हो उनका चेहरा। मन-ही-मन याद करती रहतीं अपने मनमीत संग लंबी बातें मगर ऊपर से अनमनेपन का आवरण ओढ़े अपनी अंदरूनी दुनिया में कैद खुद से घंटों बातें करतीं नहीं ऊबतीं। बेशक प्रेम का जादू जगाती उनकी बातों का ओर-छोर पकड़ में न आता, बस याद आता उनका प्रेमिल गुनगुना स्पर्श। अनायास उनकी नज़रें खुले आसमान की तरफ़ गईं जहाँ नया इंद्रधनुष बनने लगा था पर बादलों की कई टुकड़ियाँ आसमान के बनते-बिगड़ते रंगों को एक अभिनव रंग में रंगने लगीं। अरे यह क्या, देखते-देखते बन रहा इंद्रधनुष अचानक मिटने लगा था।

और अंत में वही पुरानी हवेली

कुसुम के भीतर कहीं पसरा था गहरा, गाढ़ा अँधेरा और उससे जूझता उनका सुदीर्घ अकेलापन। दरकार थी कि कोई तो हो जो इस सन्नाटे भरे सूने मन में दस्तक दे। इस यात्रा में कई सहयात्री टकराए होंगे शायद। तब उनकी ये एकांतिक यात्रा एकदम बेपनाह सन्नाटों में जूझने से बच गयी, शायद। उन्होंने

अपनी दुनिया में खुद को कई तरह से खपाना चाहा मगर जैसे ही हम सब बच्चों के पंख मज़बूत होते गए, हम सब अपनी–अपनी राह पर उड़ते गए। उनकी ये उड़ान उनकी यात्रा के लिए बहुत ज़रूरी भी थी सो वे अपनी चुनी राह पर चलते गए। हमारे हाथ में बचा ही क्या था, कुछ भी तो नहीं। सिवाय उन्हें ताकते रहने के, हम और कर भी क्या सकते थे?

अलका को अम्मा संग अरसे बाद गाँव जाना पड़ा। अपने इस गाँव की खबरें उसने अखबारों में पढ़ी थीं कि पहले इस गाँव की हालत भुतहा इलाके की तरह हुआ करती थी पर महिला प्रधान मनोरमा देवी ने तमाम सरकारी आँकड़ों से इतर गाँव की तस्वीर बदल डाली। न सरकारी अनुदान का इंतज़ार किया, न किसी विधायक या सांसद के दरवाज़े जाकर दस्तक दी। ग्राम पंचायत से ही आय के तरीके तलाशे और उन सारे पैसों को विकास के कामों में लगा दिया। यहाँ के प्राइमरी स्कूलों में चाइल्ड फ्रेंड्ली टॉयलेट देखकर हैरानी होती है। यह खबर मिली थी उसे अखबार पढ़कर सो फटाफट आने का प्लान बना डाला।

अब अलका ने गाँव के अंदरूनी हिस्सों में घूमने का निश्चय किया। पिताजी के पुराने पड़े बंजर खेतों का कुछ हिसाब–किताब करना बाकी था। हवेली जर्जर हालत में थी और बेबस भाव से वह आस–पास के लोगों को ध्यान से देखती रही जो हमें दुआएँ देकर अपने–अपने घर लौटने लगे थे। अपनी उसी कोठरी में अम्मा गयीं जहाँ जीवन के कई साल बिताए थे। झड़ती दीवारों पर हाथ फेरते हुए वे भावुक हो उठीं। जिठानी अब दिल्ली में अपने बच्चों संग रहने लगी थीं। बाकी लोग सब अलग–अलग जगहों पर अलग–अलग नौकरी करने शहर की तरफ़ रुख़सत होते गए।

अचानक किसी ने दरवाज़े की साँकल ठकठकाई। किसी औरत की आवाज़ सुनाई दी—

"अम्मा, ओ अम्मा, देखो तो कौन है दरवाज़े पर? बड़ी देर से खट–खट हो रही है।" फिर अम्मा का जवाब न मिलने पर अलका ने खुद ही दरवाज़ा खोल दिया।

"पहचानो हमें...हम हैं मालती..." बेधड़क बोलती हुई वो सीधे अंदर दालान में चली आई। दोनों ने एक–दूसरे की तरफ़ सवालिया नज़रों से देखा और कुसुम के मन में बहुत सारे तीखे सवाल उभरे मगर पति के गुज़रने के बाद

वे उन सवालों को परे धकियाते हुए पूछने लगीं—

“अरे! मालती तुम! अभी तक यहीं? इसी गाँव में हो... ?” कुसुम ने आश्चर्य से उसकी तरफ़ देखा फिर बोलने लगीं, “हम तो सोचते थे, तुम कहीं बाहर निकल गयी होगी मगर अभी तक यहीं, इसी गाँव में रहकर क्या कर रही हो?” उन्होंने सवालिया नज़रों से उसे गहरी नज़र से देखा।

अनायास कुसुम के अंदर उसे लेकर पुरानी भावनाएँ उभरीं। मालती के विगत जीवन की तकलीफ़ें याद करके उसकी तरफ़ स्नेह से देखती रहीं—नीले रंग की सूती साड़ी पहने छरहरी देह वाली मालती बिटर-बिटर अलका की तरफ़ देख रही थी। थोड़ी देर बाद मीठी आवाज़ में बोली, “ये छोटी बिन्नू है ना? एकदम दाऊ जी की फ़ोटोकॉपी। उनके जैसी बड़ी-बड़ी आँखें, वही कद, वैसी चाल-ढाल... ” अनायास वह खड़ी बोली में बोलने लगी—

“रिश्तों में मिले कड़वे अनुभव हमारा मनोबल ज़रूर तोड़ते हैं मगर इनसे जो सबक सीखने को मिलता है, वह संसार की किसी पाठशाला में सीखने को नहीं मिलता।”

मालती कितने आत्मविश्वास से बोलने लगी थी। अब वह किसी पढ़ी-लिखी महिला की तरह सधी आवाज़ में कहने लगी, “दाऊ जी के बताए रास्ते पर चलने की कोशिश कर रहे हैं हम। 12वीं की परीक्षा के बाद सबसे पहले छूटी पढ़ाई पूरी की। प्राइवेट बी.ए. के बाद समाजशास्त्र से एम.ए. कर लिया। अब रोज़ सुबह-शाम यहाँ के गरीब बच्चों को पढ़ाते हैं। गाँव में घूम-घूमकर औरतों को बचत करने की तरकीबें समझाते हैं और यही सब छोटे-मोटे घरेलू काम-धंधे करते पर्याप्त कमायी हो जाती है,” उसने रुक-रुककर अपने बारे में बताना शुरू किया।

“वही खेती-बाड़ी करके खर्चा-पानी चलता होगा?” कुसुम ने घुमा-फिराकर पूछा। “अरे नहीं जिज्जी, खेती-बाड़ी छोड़ दी हमने बहुत पहले। यहाँ के प्राइमरी स्कूल में पढ़ाने लगी हूँ। यहीं पर लगवा दिया था प्रधान ने हमें। सो अपने खाने-रहने भर का हो जाता है। चलो बिन्नू को स्कूल दिखला दें।” उसने पूरे आत्मविश्वास से अपनी बात कही।

“हाँ चलो, बाकी बातें बाद में...” कहते हुए वह मालती संग गाँव देखने चल दी। मालती बड़े उत्साह से उसे गाँव से जुड़ी हर बात विस्तार से बताने लगी—

“देखो बिन्नू, इस ग्राम-पंचायत का अपना हाट है। इसमें तकरीबन 200

दुकानें हैं। पंचायत ने इन दुकानों को किराए पर उठाने के लिए खुली बैठक में प्रस्ताव मंज़ूर कराया। तहसील के अफ़सरों की मदद से इसका ठेका छोड़कर कॉस्मेटिक, फल, सब्ज़ी, टेलरिंग आदि की दुकानों से किराया वसूलना शुरू कर दिया। जब आमदनी होने लगी तो अगले साल खुद अपने बूते पर ठेका छोड़ा। साल-दर-साल पंचायत का खज़ाना भरता गया और आमदनी से गाँव की अब तक 80 प्रतिशत गलियाँ पक्की कराई जा चुकी हैं। खराब पड़े करीब 20 हैंडपंपों की फिर से बोरिंग करवाकर पेयजल की सुविधा दिलाई गयी। वजह जानती हो बिन्नू?'' अलका ने प्रश्नातुर नज़रों से मालती की तरफ़ देखा जो लगातार बोलती जा रही थी, ''पता है, हमारे गाँव का कायाकल्प किसने किया? हमारी महिला प्रधान ने जो बेहद ईमानदार हैं और काम के प्रति बेहद समर्पित भी। बहुत भली हैं वे, सच्ची में।''

''वाह, बहुत बढ़िया बात है ये तो। सचमुच शानदार औरत है वो, खासतौर पर आज के जमाने में ऐसे लोग तो होते ही कितने कम हैं? न के बराबर,'' अलका ने सराहती नज़रों से गाँव की सफ़ाई देखते हुए कहा।

''बहुत साफ़-सफ़ाई दिखने लगी है अब तो।'' पूछते ही वह चट से बोल पड़ी, ''हर महीने हम घरों पर स्वच्छता कर लगाकर साफ़-सफ़ाई की व्यवस्था देखते हैं। पूरे गाँव में वाई-फाई लगवाने और आधुनिक तरीके से, कायदे से वाचनालय को बनवाने का काम भी चल रहा है। हमारी महिला प्रधान और भी कई सुविधाएँ दिलाने में जुटी हैं। ये लो, बातें करते-करते ये आ गया हमारा प्राइमरी स्कूल और बालमित्र शौचालय। फ़िलहाल बरातघर बनवाने का काम चल रहा है यहाँ।'' मालती गाँव की इस प्रगति को उत्साह से बताती जा रही थी।

''अरे वाह, तो ये है हाईटेक चाइल्ड फ्रेंड्ली टॉयलेट...'' अलका चहकते हुए बोल पड़ी।

''हाँ, इसमें अत्याधुनिक सुविधा के अलावा स्वच्छता का भी विशेष ध्यान रखा जाता है। रोशनी के लिए बेहतर लाइटिंग कराई गयी है। कक्षाओं में सुंदर फ़र्नीचर, मॉडर्न तरीके से लाइब्रेरी और इंटरनेट की सुविधा मुहैया कराई गयी है। अब तो माँ-बाप ने भी प्राइवेट स्कूलों में पढ़ रहे अपने बच्चों का एडमीशन हमारे यहाँ कराना शुरू कर दिया है।'' गाँव की तरक्की से जुड़ी एक-एक बात को वह पूरे विस्तार से लगातार बताती जा रही थी। उसे देखकर अलका सोचने

लगी कि अब भी बिजली की गति से काम करती हैं ये, जैसे सालों पहले करती थीं। अक्षय ऊर्जा के साथ वही जोशीली बातें, जुनून की हद तक काम के प्रति समर्पण, पूरे भावनात्मक आवेग के साथ संकल्प के प्रति निष्ठा और तल्लीनता से डूबकर काम करती दिखीं मालती।

''चलो, अब लौटते हैं। अम्मा इंतज़ार कर रही होंगी।'' अलका ने कहते हुए मालती की तरफ़ देखा। वे लौटती हुईं गाँव की तरक्की के बारे में चर्चा करती रहीं।

घर पहुँचते ही अम्मा ने मालती की तरफ़ ध्यान से देखते हुए कहा—

''मालती, अब इस हवेली की देख-रेख करने वाला तो कोई बचा नहीं। क्या करें? तुम यहीं रह कर क्यों नहीं पढ़ातीं बच्चों को? कहो तो यहाँ दाऊ जी के नाम पर स्कूल खोल दें?'' अचानक एक विचार सूझ गया उसकी बातें सुनकर।

''अरे अम्मा, इतनी बढ़िया बात आपके दिमाग में कैसे आयी? रियली ए ग्रेट आइडिया। अम्मा, स्कूल का नाम भी सोच लिया हमने तो। कान्हा पब्लिक स्कूल...इस पांडुरा गाँव में इंग्लिश मीडियम का यह पहला स्कूल होगा। क्यों मालती?'' चहकती आवाज़ में अलका बोल पड़ी।

''सच्ची बात कही आपने...'' अनायास मालती की आँखें भर आयीं। फिर धोती के किनारे से नम आँखों को पोंछते हुए बोली, ''बहुत नेक विचार। हम सब इंतजाम कर लेंगे। बस आप इसे जल्दी-से-जल्दी खुलवा दो।''

इतना बड़ा काम इतनी आसानी से, यूँ चुटकियों में हो जाएगा, ये तो हममें से किसी ने कल्पना भी नहीं की थी। वहाँ से लौटते ही आनन-फानन में हवेली में मज़दूर लगवाकर स्कूल बनवाने का काम चल पड़ा। दो महीने के अंदर बिल्डिंग बनकर तैयार हो गयी तो फ़र्नीचर के लिए अलका ने वहीं रहकर काम करवाया और बस छह महीने के अंदर स्कूल का काम पूरा। इस काम में गाँववालों ने भी सहयोग किया। देखते-देखते 'कान्हा जूनियर हाईस्कूल' के उद्घाटन समारोह की तैयारियाँ शुरू हो गयीं।

इस मौके पर अम्मा ने सबको बुलाया। जी भरकर पैसा खर्च किया। अपनी सारी जमापूँजी इसी में लगा दी। इस अवसर पर इकट्ठी हुई थीं वे तीनों। अलका, निमिषा और रेवती। मालती के संपर्कों से समाज कल्याण मंत्री गिरिजा देवी ने उद्घाटन करने पर हामी भरी थी जो अक्सर गाँव आती-जाती रहतीं और तभी

मालती से उनका संपर्क हुआ। स्कूल के ट्रस्टी के तौर पर गाँव के बहुत पुराने रईस सामने आए और अपनी तरफ़ से हर संभव मदद देने का आश्वासन भी दिया।

जैसे ही मंच पर मंत्री जी आईं और हाथ जोड़कर सबका अभिवादन किया तो अचानक तालियों की गड़गड़ाहट से माहौल में गर्माहट बढ़ने लगी। उस शोरगुल भरे माहौल में सनसनी फैल गयी। माइक लेकर उन्होंने गाँववालों को संबोधित करते हुए मालती द्वारा किए जा रहे कल्याणकारी कामों का ज़िक्र शुरू किया तो सबके चेहरों पर खुशी दौड़ गयी। स्वरोज़गार योजना में गाँव की महिलाओं द्वारा किए जा रहे कामों को तफ़सील से गिनाना शुरू किया कि किस तरह यहाँ पर, कितने सारे काम मालती देवी ने खुद कराए हैं और यह गाँव मालती देवी का शुक्रगुज़ार है। फीता काटने जैसे ही मंत्री जी सामने आईं कि कुसुम ने मालती को आगे करते हुए कहा—

''चूँकि ये सारे काम खुद अपनी निगरानी में मालती ने कराए हैं और इस गाँव से वह सालों से जुड़ी रही हैं, इस नाते इस स्कूल की कर्ता-धर्ता होंगी मालती देवी...'' कुसुम की घोषणा पर पूरे गाँववालों ने खुशी से तालियाँ बजाईं।

ऐन मौके पर अलका ने कहा, ''हाँ, अम्मा ने सही निर्णय लिया है। मालती जी जैसा चाहें, इसे अपने तरीके से चलाएँगी। बाकी सहयोग आप सब गाँववालों का। ये स्कूल आपका है सो अब से यह आपकी ज़िम्मेदारी है। पर हम इसे सरकार से जल्दी से मान्यता दिलवाने में कोई कसर नहीं छोड़ेंगे।''

इस अवसर पर ढेरों तस्वीरें खिंचती रहीं। बहुत सारे वादे, इरादे और भाषणों के शोरगुल के बाद दूसरे दिन अखबार भरे पड़े थे तस्वीरों से।

समय अपनी गति से अपनी सूरतें बदलकर अलग-अलग तारीखें दर्ज करवाता रहा और इस तरह कई बच्चे उस स्कूल में पढ़कर उच्च शिक्षा के लिए साल-दर-साल बाहर निकलते रहे। पहले दसवीं और क्रमश: बारहवीं तक के बच्चों के लिए बना ये विद्यालय सफलता की सीढ़ियाँ चढ़ता रहा। क्रमश: वक्त की धूप लाँघता वहाँ का आदर्श विद्यालय बन गया। एक-एक करके दिन गुज़रते रहे पर हवेली की वे भीगती, उमगती, हुलास से भरी मालती के मन की बातें कभी खत्म नहीं होतीं। वे समय को बाँच रही थीं, जबकि समय उन्हें अपने हिसाब से नए साँचे में ढालता जा रहा था। समय ने ही उनके रूप को विरूप करने में कोई कसर नहीं छोड़ी थी और समय ने ही उस विरूप चित्र में

कई नायाब खूबसूरत रंग भी भर दिए।

ये बदलते दौर का समय ही था जिसमें गाँववाले कभी अपने जीवन में आए अंधियारों का ज़िक्र करने बैठ जाते तो कभी अनायास मिले उजियारों की चर्चा करते हुए उनके चेहरे जगर-मगर होने लगते। जीवन में धूप भरे आसमान तले लंबी यात्रा तय करने के बाद मालती देवी अब संध्या बेला की छाँह में बैठकर शांति-सुकून की तलाश में, साधारण जीवन में आए असाधारण प्रसंगों को देख पा रही थीं और महसूस कर रही थीं उस एहसास को जो आज भी उनके अंदर जीने की वही लौ जगा देता था जो सालों पहले अपनी अधूरी पढ़ाई पूरी करके महसूस किया था मालती ने। जब उनके पढ़ाए बच्चे डॉक्टर, इंजीनियर, प्रोफ़ेसर वगैरह बनकर देश के बड़े-बड़े नामी-गिरामी संस्थानों में अपने काम की चमक-दमक से यश बटोरते। जब मालती उनको टीवी पर इंटरव्यू देते देखती तो मालती को लगता कि उनकी मेहनत सार्थक हुई और फिर वे नए सिरे से उतनी ही लगन और जोशोखरोश से नयी पीढ़ी के बच्चों को शिक्षित करने में जुट जातीं। ऐसा करते हुए न वे थकतीं और न ही किसी तरह की शिकायत किसी से करतीं। काम करने का इतना ज़बरदस्त नशा या जुनून मालती को दिन-रात बेचैन किए रहता कि बस फिर कोई और ख़्वाहिश उनके अंदर शेष नहीं बची। वे बच्चों के लिए जीती थीं और बच्चे उनसे जुड़ी हर सुविधा का ख़याल रखते। चाहे बोर्ड परीक्षाएँ हों या फिर प्रैक्टिकल परीक्षाएँ। शुरू से लेकर अंत तक उनकी देखरेख में ही सारे काम बखूबी होते रहते।

ऐसा नहीं है कि मालती आजकल के बदलते, बदहाल होते मोबाइल चलाते बच्चों की चालाकियों, मक्कारियों और धूर्तताओं को पहचान नहीं पातीं। ऐसे चमकते छद्म चेहरे वाले बच्चे विद्यालय के आस-पास खूब टकरा जाते। कुछ चेहरे ऊपर से खूब शिष्टाचार निभाने की कलाओं में पारंगत भी हो चुके हैं जो येन-केन प्रकार विद्यालय प्रबंधन के लोगों से अपना काम निकालने की कला में बेहद चतुर सयाने होते हैं और अपना काम सध जाने के बाद गायब हो जाते हैं। ऐसे बदमाश बच्चों की नई पीढ़ी उनके सामने आ चुकी है जिनके चेहरे पर चढ़ी कई परतों में से मेहनत से एक-एक परत उतारेंगे फिर भी अंदरूनी परत बड़ी होशियारी से दबा लेंगे। इनकी रणनीतियाँ बड़ी सधी होतीं और इनके अंदर हरेक के प्रति कुछ-न-कुछ पूर्वाग्रह ज़रूर काम करते हैं। दूसरे बच्चों

के चेहरे पर चढ़े मुखौटे पर उनकी बदतमीज़ी, अपने को बड़ा समझने का अभिमान, पढ़ने में अच्छे होने का दंभ और अहंकार की परतें निकलेंगी। किसी मौके पर उनके आप्तवचन सुनिए ज़रा, "मालती मैम, आपका ये वाला काम है ना? बस, अभी देखते हैं। पहले हम अमुक-अमुक प्रोजेक्ट-वर्क फ़िनिश कर लें। गोया उनके अपने काम ही इतने महत्त्वपूर्ण हों और बाकी पढ़ाई के अन्य दूसरे कामों की उनकी नज़रों में कोई अहमियत ही न हो। टीचरों की राय की सुनी-अनसुनी कर देते। माँ-बाप से शिकायत करो तो वे लाचारी दर्शाते। ऐसे बच्चों के लिए माँ-बाप के सलाह-मशवरे की कीमत ही जैसे नहीं बची हो।" वे जब भी ऊँची आवाज़ में कुछ समझाना चाहतीं तो वे ढीठ बनकर सुनकर भी अनसुनी कर देते। दिखावे के तौर पर ऐसा करके खुद को बड़ा जतलाने की आकांक्षा में दोहरी, तिहरी तहों वाली घटनाएँ नज़र आतीं। मिसाल के तौर पर, कंप्यूटर से जुड़े काम को लेकर आगे चलने वाले समूचे प्रोजेक्ट पर उनका असहयोगी रवैया उन्हें आहत कर गया। पर अगले बैच के कुछ होनहार बच्चों ने इस प्रोजेक्ट को आगे बढ़ाया, जिससे विद्यालय का नाम ऊँचा उठता गया। इन सब छोटे-मोटे झटकों के बावजूद जीवन चलता रहा। विद्यालय भी पूर्ववत तेज़ गति से चलता रहा। ऐसे किसी एक शानदार दिन ने जब उनके जीवन में खुशनुमा दस्तक दी तो मालती खुद के प्रति अविश्वास और अपरिभाषित खुशी से भर उठीं।

एक दिन अचानक : आज के *दैनिक जागरण* अखबार में उनकी छपी तस्वीर देखकर विस्मत विमुग्ध थे गाँव के सब लोग। 'श्रेष्ठ टीचर' अवार्ड में मालती देवी के नाम की घोषणा सुनकर सारे गाँववासी झूम उठे। सब लोग ढोल-मंजीरे संग नाचते-गाते उनके घर जा पहुँचे और इस भीड़ में एक और चेहरा उनके गले मिलने को उत्सुक था और वे थीं कुसुम जिज्जी। उत्साहित अलका ने उन्हें हवाई जहाज़ का टिकट पकड़ाते हुए कहा, "आपको ये अवार्ड लेने दिल्ली जाना है। खुद राष्ट्रपति के हाथों मिलेगा आपको ये सम्मान। चलिए, जाने की तैयारी कीजिए।"

ऐन मौके पर कुसुम ने अपनी तरफ़ से दो साड़ियाँ भेंट करते हुए कहा, "तू तो खरी सोना निकली मालती। तुझे समझने में पहले जो भूल-चूक हुई हो, माफ़ करना मुझे।" उनकी आवाज़ में अनायास खुशी तैरने लगी।

"अरे, कैसी बातें करती हो जिज्जी? ये सब आपका ही है और इस विद्यालय में हमेशा आपका और दाऊजी का नाम यूँ ही चमकता रहेगा..." विनम्र भाव से बोली मालती।

अनायास खुशी के मारे मालती की आँखें भीग उठीं और वह अंदर कुठरिया में जाकर दाऊ जी की तस्वीर के सामने आँखें मूँदकर नतमस्तक हो गयी। लगा जैसे पीछे से आती दाऊजी की पदचाप सुनाई दे रही हो। उनके बारे में सोचते ही मन के सूखेपन में जैसे बेमौसम बरसात होने लगी हो। पचास पार के सूखते तन-मन में हरियाली का एहसास अंकुरित होने लगा। पहली बार एक अलग तरह की खुशी का एहसास हुआ जैसे अब तक का जिया गया जीवन सार्थक हो गया हो। दाऊ जी को दिया वचन निभाने का संतोष गहराने लगा— "तू अपने इस बिखरे जीवन में जीने का एक मकसद ढूँढ ले और लगातार मेहनत से जब कभी, किसी मुकाम पर पहुँचेगी तो मुझे लगेगा, कहीं-न-कहीं मैं भी ज़िंदा हूँ । वादा कर, तू करेगी ना ऐसा? इस गाँव की बेहतरी के लिए और इन अनपढ़ गाँववालों के लिए तू जो कुछ भी करेगी, मुझे उससे गहरा संतोष मिलेगा।" बोलते हुए कितने भावुक हो उठे थे दाऊजी।

दाऊजी की बातें याद करके उसे ऐसा लगा गोया अरसे बाद आज वह उनकी तस्वीर से बतियाने लगी हो। जैसे अत्यधिक उमस के बाद हुई अप्रत्याशित बारिश से हुलसित हो उठी वसुधा और मालती भी। दाऊजी के बारे में सोचकर किसी अनाम किस्म की खुशबू सूँघते हुए महकने लगा मालती का अंतस। दाऊ जी की तस्वीर को देर से एकटक निहारती मालती को देख कुसुम और अलका के हाथ भी दाऊ जी के प्रति सम्मान में अपने आप जुड़ते गए। तभी मालती को मिली इस अनूठी उपलब्धि का जश्न मनाने आ पहुँचे गाँववासी भी, गाजे-बाजों के संग।

मालती को साथ लेकर उमड़ती भीड़ का स्वागत तिराहे पर खड़ी तीन महिलाओं ने अलग-अलग ढंग से किया। अलका का हाथ पकड़े थी निमिषा और रेवती। सबसे पहले अलका ने मालती के माथे पर रोली का तिलक लगाया तो निमिषा ने गुलाब के फूलों से बना हार पहनाया और रेवती ने शॉल ओढ़ा कर गले लगाया। फिर माइक अपने हाथ में लेकर बोलना शुरू कर दिया, "अब हम तीनों यहीं रहकर इस गाँव को चमकाने में कोई कसर नहीं छोड़ेंगी। इसे हम

स्मार्ट विलेज से स्मार्ट सिटी की तरफ़ ले जाने के लिए संकल्पित हैं। हमारे बीच मालती जैसी न जाने कितनी प्रतिभाएँ छिपी हैं जिन्हें मुख्यधारा में लाना ही हमारा मकसद है।'' माइक से आतीं आवाज़ें, जुलूस में उमड़ते जनसमूह और शोरगुल के बीच दबती गईं। आस-पास के लोगों को साथ लेकर आगे बढ़ता जुलूस गाँव के चारों तरफ़ चक्कर लगाने लगा। जुलूस के साथ चलती ठिलिया (ठेले) पर बज रहे थे देशभक्ति के गाने, जिसकी समवेत आवाज़ों को अपने-अपने घर का कामकाज समेटती औरतों ने साफ़-साफ़ सुना। जिज्ञासावश वे अपने हाथ का काम छोड़कर एक-एक करके घर से बाहर निकलने लगीं। जुलूस के बीचोंबीच चलती मालती को देखकर गाँव की औरतों को मालती की कामयाबी पर गर्व हुआ सो वे भी अपना स्नेह जताने को मालती के माथे पर कुमकुम से टीका करने लगीं। खुशी से उमगती मालती ने पूरे लगाव और प्यार से उन्हें भी अपने साथ जुलूस में चलने के लिए खींच लिया। इस जुलूस को गाँव प्रधान के निवास पर जाकर थमना था, जहाँ मालती का भव्य-स्वागत होना था। जुलूस में भीड़ बहुत तेज़ी से बढ़ती ही जा रही थी और उतनी ही तेज़ी से चारों तरफ़ से आती समवेत आवाज़ों संग गाने की आवाज़ें भी दूर-दूर तक सुनाई दे रही थीं।

❑❑❑

राजपाल एण्ड सन्ज़ की स्थापना एक शताब्दी पूर्व 1912 में लाहौर में हुई थी। आरम्भिक दिनों में अधिकतर धार्मिक, सामाजिक और देश-प्रेम की पुस्तकें प्रकाशित होती थीं और हिन्दी के अतिरिक्त अंग्रेज़ी, उर्दू व पंजाबी भाषा में भी पुस्तकें प्रकाशित की जाती थीं।

1947 में भारत-विभाजन के बाद राजपाल एण्ड सन्ज़ को नए सिरे से दिल्ली में स्थापित किया गया और साहित्यिक पुस्तकों के प्रकाशन का आरम्भ हुआ। रामधारी सिंह दिनकर, महादेवी वर्मा, बच्चन, अज्ञेय, शिवानी, आचार्य चतुरसेन, विष्णु प्रभाकर, राजेन्द्र यादव, मोहन राकेश, रांगेय राघव, कमलेश्वर और अन्य साहित्यिक लेखकों की कृतियाँ यहाँ से प्रकाशित होने लगीं। राजपाल एण्ड सन्ज़ से प्रकाशित *मधुशाला, कुरुक्षेत्र, मानस का हंस, आवारा मसीहा, कितने पाकिस्तान, आषाढ़ का एक दिन* जैसी पुस्तकें हिन्दी साहित्य की 'क्लासिक पुस्तकें' मानी जाती हैं और आज भी लोकप्रियता के शिखर पर हैं। भारत के राष्ट्रपतियों और प्रधानमंत्रियों की पुस्तकें प्रकाशित करने का गौरव भी राजपाल एण्ड सन्ज़ को प्राप्त है। नोबेल पुरस्कार से सम्मानित अर्थशास्त्री डॉ. अमर्त्य सेन की सभी पुस्तकों के हिन्दी अनुवाद यहाँ से प्रकाशित हैं। अन्तरराष्ट्रीय चर्चित पुस्तकों के अनुवाद, विश्वविख्यात कोशकार डॉ. हरदेव बाहरी द्वारा सम्पादित 'राजपाल' शब्दकोशों की श्रृंखला और किशोरों के लिए सैकड़ों पुस्तकें राजपाल एण्ड सन्ज़ से प्रकाशित हुई हैं।

पाठकों के स्वस्थ और सुरुचिपूर्ण मनोरंजन और ज्ञानवर्धन के लिए समर्पित राजपाल एण्ड सन्ज़ से हिन्दी और अंग्रेज़ी में पुस्तकें प्रकाशित होती हैं जो देश के सभी बड़े पुस्तक-विक्रेताओं और विश्व भर के ऑनलाइन विक्रेताओं के यहाँ उपलब्ध हैं।

राजपाल एण्ड सन्ज़

1590 मदरसा रोड, कश्मीरी गेट, दिल्ली-6, फोन: 011-23869812, 23865483
email: sales@rajpalpublishing.com, facebook: facebook.com/rajpalandsons
website: www.rajpalpublishing.com